Passionné de littérature et de cinéma, **Emmanuel Prost** *a rapidement été attiré par la volonté d'écrire : il s'essaye d'abord aux nouvelles avec* Concerto sur le Sornin, *puis il vient au roman.* Un été 48 *est sa troisième parution aux éditions De Borée, après* La Descente des anges *et* Les Enfants de Gayant, *où il continue de rendre hommage à l'ex-bassin minier artésien, sa région d'adoption.*

Un été 48

Du même auteur

Aux éditions De Borée

La Descente des anges
Les Enfants de Gayant

Autres éditeurs

Kamel Léon
Concerto sur le Sornin
Kamel Léon, les tribulations d'un métamorphe

De Borée
45, rue du Clos-Four – 63056 Clermont-Ferrand Cedex 2

Emmanuel Prost

Un été 48

De Borée

À Totoche

« Certains papillons ne vivent qu'une journée, et en général il s'agit pour eux du plus beau jour de leur vie… »

Philippe GELUCK, *Et vous, chat va ?*

I

Mon nom est Étienne Marquet. Mais dans mon coron, à Noyelles-sous-Lens, on préférait m'appeler Tienot. Et à la fosse 23 – la fosse Charles-Thellier-de-Poncheville de la Compagnie de Courrières –, où je travaillais depuis maintenant presque un an, je n'étais bien souvent pour mes camarades mineurs que *Tchiot Galibot*[1].

Ce jour était à marquer d'une pierre blanche. D'abord, parce que c'était mon anniversaire. Mes quinze ans. Mais ensuite – et surtout – parce qu'il resterait dans mes souvenirs comme le tout premier jour où j'avais vu Papa sourire.

Mon père, Alfred Marquet. Mineur depuis toujours. Comme son père avant lui. Et comme ses deux grands-pères. Un visage souvent fermé. Sans pour autant être désagréable ni antipathique. À la mine, on avait même plutôt tendance à voir en lui le copain idéal. Jamais un mot plus haut que l'autre. D'humeur toujours égale. Répondant toujours présent quand on avait besoin de lui. Apprécié de tous, quoi…

Mais son problème était qu'il ne dévoilait que très rarement ses émotions. C'était un taiseux, comme on dit par ici. Bourré

1. On appelle « galibot » le jeune manœuvre embauché à la mine pour effectuer les tâches subalternes.

d'empathie pour son prochain, mais ne se laissant jamais aller à la moindre démonstration.

Oh ! Je me doute que son visage avait pourtant déjà dû s'illuminer plus d'une fois, par le passé. Lorsque j'étais né, par exemple. Le 4 juin 1933. Et que j'avais fait du jeune homme de vingt-trois ans qu'il était alors un père de famille. À condition qu'il n'ait pas dès ce jour-là pris conscience – et peur – de ses devoirs et responsabilités.

Ou avec ses copains syndicalistes. En mai 1936. Lorsque le Front populaire avait remporté la mise aux élections législatives. Mais les vastes mouvements de grève de l'époque avaient peut-être déjà eu raison de son envie de fêter l'événement. Et puis « Tant que le Conseil n'est pas présidé par un socialiste… » avait-il dû objecter afin de modérer l'enthousiasme ambiant.

J'étais encore trop jeune à l'époque pour comprendre, mais j'étais certain que même l'arrivée ultérieure de Léon Blum à la tête du gouvernement n'avait pas dû suffire pour faire sortir mon père de sa réserve.

En revanche, en septembre 1944, là, j'étais assez âgé. J'avais onze ans. Et je m'en souvenais parfaitement. Lorsque la grève générale de l'ensemble des mineurs du Pas-de-Calais – poussés par une Résistance locale très active – avait permis de libérer le bassin minier du joug allemand. Tout le monde était sorti dans la rue pour manifester sa joie. Papa, non. « Chez les Marquet, on attend de voir les premiers résultats d'une action avant de la fêter », m'avait-il dit pour justifier sa retenue. Il était bien sorti, comme tout le monde à Noyelles. Mais il n'avait pas chanté. N'avait pas participé à la liesse générale. L'instant avait été pour lui un heureux événement, il le concédait volontiers, mais il l'avait célébré à sa façon. En silence. Parce que la foule l'effrayait. Parce qu'il cherchait à masquer la peur panique qui montait en lui. Parce qu'il voyait déjà, derrière les belles farandoles qui traversaient le coron, une chorégraphie plus macabre se mettre en place. Des danses rythmées par une funeste soif de vengeance. Il n'avait entendu dans le tocsin du clocher de l'église Saint-Amand qu'un sinistre glas qui annonçait à chacun que l'heure était venue de régler ses comptes. Les ennemis à combattre n'avaient d'un coup plus rien de militaire. Ce qui avait rendu les conflits d'autant plus terrifiants. Et Papa avait senti – dès le départ des Allemands – dans les rires de ses voisins les vilenies auxquelles nombre d'entre eux allaient bientôt se laisser aller.

Rien ne me permettait donc de voir le coup venir. Et pourtant, c'était arrivé. À l'instant où je m'y attendais le moins. J'avais aujourd'hui vu la face de mon père s'illuminer. Sans que rien n'ait été prémédité. Sans que mon anniversaire y soit pour quelque chose. Mais moi, j'avais accueilli cet inattendu sourire comme le plus beau des cadeaux.

C'était ce matin. Nous étions comme chaque jour à quatre cents mètres sous terre. Papa au poste le plus avancé de la veine. En plein abattage. Moi, dans les galeries de roulage. Avec les herscheurs. À courir d'un point d'attaque à un autre. Pour débarrasser les berlines pleines. Les pousser jusqu'à l'accrochage. En rapporter des vides. Les remplir… Bref, la course quotidienne de mon travail de galibot.

Le chef-porion avait quitté son bureau pour descendre au fond. Il était venu taper sur l'épaule de Papa.

– Oh, Marquet ! l'avait-il alors interrompu dans son travail. Il est où, ton galibot de gamin ?

– Ben… J'en sais rien ! avait alors répondu mon père. Peut-être bien à l'accrochage…

– Oui, eh bien, tu me le trouves et vous montez tous les deux voir l'ingénieur dans son bureau. Il vous demande !

– L'ingénieur ! Buzon ?

– Arrête d'être con, Marquet ! Pourquoi, t'en connais un autre, d'ingénieur, par ici ?

Le chef-porion avait aussitôt tourné les talons et avait regagné la surface aussi vite qu'il était descendu.

Mon père était alors parti à la recherche d'Eugène. Son porion. Afin de le prévenir. Eugène était dans la veine d'à côté. Il passait ses nerfs sur Paulo qui avait outrepassé ses consignes de boisage. Puis Papa m'avait retrouvé dans la galerie supérieure en passant par le *beurtia*[1].

– Viens, tchiot ! Y a l'ingénieur qui veut nous voir !

– L'ingénieur ! me suis-je alors étonné. Buzon ?

– Ben… ouais ! T'en connais un autre ?

– Pourquoi ? Qu'est-ce qu'il nous veut ?

Papa s'était contenté de hausser les épaules. Et il n'avait plus décroché un mot tout le temps qu'avait duré notre remontée. Mais il était inquiet. Je l'avais bien vu. L'ingénieur ne convoquait jamais pour rien. S'il avait un reproche à formuler, il s'adressait généralement au chef-porion. Le chef-porion faisait part de la remontrance au porion. Et lui redescendait jusqu'à nous. En gueulant, bien souvent. Parce que c'était ainsi. Le porion n'aimait pas se faire remonter les bretelles par son chef. Comme le chef-porion lui-même exécrait toute intervention de l'ingénieur dans la gestion de ses équipes.

Mais là, l'ingénieur avait tenu à nous parler. Personnellement. Sans intermédiaire. Ce ne pouvait qu'être grave. Papa portait sur son visage le masque noir de son labeur. Mais moi, je l'avais malgré tout bien vu blêmir. Ses traits étaient contractés. J'avais alors plein de questions en tête. Mais ce n'était pas le moment de l'assommer avec. Il était trop inquiet. Trop tracassé. Il n'aurait même pas su me dire quel était le rôle de Vincent Auriol dans le paysage politique français si je le lui avais demandé.

Alors, mes interrogations…

Les bureaux.

Le bruit de nos godillots sur le parquet qui menait jusqu'à celui de l'ingénieur.

---

1. Puits interne incliné qui permet de rallier à pied deux galeries de niveaux différents.

UN ÉTÉ 48

La porte était entrouverte. Pierre Buzon avait un air soucieux. Il était penché sur le plan des sous-sols de la fosse.

Mais il s'était arraché à son étude avant même que Papa ait eu le temps de frapper à sa porte.

– Ah, les Marquet ! Je vous en prie, entrez ! Et fermez la porte !

II

MADAME DUQUERCY entama le dernier cours de la semaine en faisant un tour de classe pour permettre à chacune de parler de l'origine de son prénom.

– Peut-être connaissez-vous les raisons du choix de vos parents ? nous dit-elle. En ce cas, je vous invite à partager votre histoire avec le reste de la classe, mesdemoiselles ! Vous allez voir, l'exercice s'avère bien souvent des plus intéressants.

Beaucoup répondirent de manière brève. Un simple « Je ne sais pas ! » ou « C'était le prénom de ma grand-mère ! », « De ma grand-tante ! ». On eut aussi droit par deux fois à « C'était le prénom de l'héroïne du roman préféré de ma mère ! ». Et Claudette nous a avoué s'appeler ainsi parce que son père était amoureux de l'actrice Claudette Colbert.

Puis il y eut les autres. Celles qui, par leur récit, offrirent à un auditoire attentif de formidables témoignages. Tantôt émouvants, tantôt drôles, voire surprenants. Des histoires qui me permettaient à chaque fois de découvrir sous un angle nouveau des filles avec lesquelles je vivais pourtant jour et nuit depuis près de neuf mois.

Lorsque Mme Duquercy s'approcha de moi, le contrôle de mon corps m'échappa. Ma tête se mit à trembler. Rien ne m'effrayait pourtant dans le fait de parler en public. J'y étais habituée. L'apprentissage dispensé au lycée de jeunes filles de Nice – et notamment à travers les cours de Mme Duquercy – nous préparait parfaitement à ce genre d'exercice. Mais là, il me fallait évoquer ma mère. Et même si j'aimais parler d'elle, je me savais encore incapable de le faire sans verser des larmes.

– Bella ! dit Mme Duquercy. Tu veux bien nous raconter ?

Je pris une longue inspiration et me mis debout.

– Comme vous le savez toutes, je m'appelle donc Bella. Bella Spielmann. C'est ma mère qui m'a donné ce prénom. Parce qu'elle… Parce qu'une rencontre l'avait profondément marquée, au tout début des années 1920. Elle n'avait alors que quatorze ans. Son père, un riche joaillier parisien, avait joué de son influence pour permettre à Marc Chagall de quitter Berlin et l'avait aidé à venir s'installer en France. Maman avait donc eu plus d'une fois l'occasion de recevoir le célèbre peintre dans l'appartement familial parisien de la rue de la Faisanderie. Et à chacune de ses visites, elle le voyait accompagné de celle qui était à la fois son épouse et sa muse : Bella Rosenfeld. Mes grands-parents étaient si honorés de se voir ainsi entrer dans l'intimité de Chagall qu'ils n'avaient d'yeux que pour lui. Mais la jeune Hannah Bernstein, ma mère, ne voyait, elle, que la femme de l'artiste. Une femme qui la troublait, qui affichait une certaine ambiguïté, ce qui la rendait fascinante. Parce qu'elle avait le port altier, dernier vestige de la princesse russe que son rang de naissance l'avait certainement autorisée à devenir, et à la fois la désinvolture que sa sensibilité artistique la poussait à avoir pour être en phase avec la vie de bohème qu'elle avait adoptée. Maman en avait immédiatement fait son modèle. Bella Rosenfeld était tout ce qu'elle-même voulait devenir. Une parfaite alchimie entre la rigueur d'une éducation stricte et la fantaisie de ses pulsions artistiques. Quand Maman… (Un hoquet m'arrêta dans mon récit.) Quand Maman faisait allusion à cette femme, j'avais beau n'être encore qu'une enfant à l'époque, j'ai toujours saisi qu'elle ne me la présentait pas comme étant « la femme de », mais bel et bien comme l'artiste qu'elle voulait elle-même être, faisant son possible pour sortir de l'ombre de son mari. Et en cela aussi, ma mère l'admirait. Parce que Bella Rosenfeld était amoureuse, mais sans pour autant sombrer dans l'asservissement du mariage. Elle avait signé un contrat qui ne lui faisait en rien renoncer à sa liberté. Et cette femme remarquable s'est dès le départ prise d'amitié pour l'adolescente qu'était ma mère. Elle passait du temps avec elle. Elle lui parlait. Beaucoup. Elle avait senti en elle un certain potentiel et craignait qu'elle ne s'oublie si elle écoutait et suivait aveuglément ce qu'on lui inculquait depuis son plus jeune âge. Bella Rosenfeld est arrivée comme un ange gardien dans la vie de ma mère pour l'inviter à accepter d'être ce à quoi elle aspirait vraiment - et non pas ce qu'on attendait d'elle - sans que cela ne remette un seul instant en cause tout l'amour qu'elle pouvait porter à sa famille. Elle lui a alors offert la pensée philosophique qui guidait sa vie. Une doctrine que Maman s'est empressée d'embrasser. Et c'est à cette époque qu'elle s'est juré que si d'aventure la vie lui permettait un jour d'avoir une fille, elle l'app… elle l'appellerait Bella…

Mes derniers mots s'étranglèrent dans ma gorge. Un nouveau hoquet me contracta la poitrine et Mme Duquercy m'invita à m'asseoir en posant une main délicate sur mon bras tremblotant. Mon professeur venait par ce simple geste de me montrer une inhabituelle mansuétude. Elle, pourtant d'ordinaire empreinte d'une grande austérité, n'avait pas osé refouler le sentiment de compassion qui l'avait envahie pendant mon récit. D'autres témoignages s'étaient pourtant avant le mien montrés tout aussi émouvants. Mais Mme Duquercy était parfaitement au courant de l'histoire de ma famille et de ce qu'il était advenu de ma mère. Elle savait donc qu'il m'en coûtait de l'évoquer. Elle m'avait poussée à parler, me sommant par son autorité à me lancer dans l'exercice le plus douloureux afin de me libérer de mes démons. Tout au moins le tenter. Et elle avait salué ma performance en m'accordant la caresse que seule une mère pouvait avoir pour son enfant. Parce qu'elle savait la mienne dans l'impossibilité de me la concéder.

III

MON PÈRE S'ÉCARTA et me laissa passer en premier. Il attrapa la poignée de la porte. Adopta une attitude désinvolte. Alors que sa main tremblait. Puis il me lança un regard qui voulait dire : « Vas-y, Tienot ! Va voir ce qu'il nous veut, l'ingénieur. Papa s'occupe de la porte. Ne t'en fais pas ! »

– Je ne sais pas si vous aviez des projets pour cette fin de semaine, messieurs, annonça Pierre Buzon, mais je suis au regret de vous annoncer que j'ai besoin de vous. Ce dimanche matin. Pour une réunion, ici même, à laquelle vous êtes tenus d'assister.

– Mais... tenta alors d'objecter mon père.

– Je sais ! a enchaîné l'ingénieur en prenant un air contrit. Mais la demande vient de haut. De très haut, même. La direction générale des Houillères du Nord-Pas-de-Calais, si vous voulez savoir. En fait...

Le visage de Pierre Buzon se fendit alors d'un large sourire.

– En fait, poursuivit-il, vous avez été tirés au sort. Et vous avez gagné des vacances à La Napoule. C'est une grande chance pour vous et votre famille, vous savez. Vous êtes très peu dans ce cas-là !

L'ingénieur en chef leva la tête pour mieux nous étudier.

Moi, je n'y comprenais rien. J'ai alors fixé mon père. Mais Papa restait impassible. Droit comme un « I ». À peu près aussi expressif que si l'ingénieur nous avait conviés à une partie de un, deux, trois, soleil et venait de se retourner en hurlant « Soleil ! ».

Pierre Buzon fronça les sourcils.

Un…

Il écarta les mains, en attente ne serait-ce que d'un mot de mon père.

Deux…

Il oscilla sur sa chaise, incrédule devant notre commune indifférence.

Trois…

Il reporta d'un mouvement sec de la tête toute son attention sur moi seul.

Soleil !

Je me suis alors figé à mon tour. Papa agissait ainsi. Il devait certainement attendre de moi que j'en fasse autant.

– Bon ! conclut l'ingénieur en chef. Dimanche, à 11 heures ici ! C'est bon pour vous ?

Papa retrouva sa capacité de mouvement. Il opina du chef.

J'en fis de même.

Nous n'avons pas prononcé un mot avant d'arriver au moulinage. Ce n'est qu'une fois dans la cage que je me hasardai à parler :

– C'est bien, non ?

– Oui ! acquiesça mon père, le regard fixement dirigé vers des pensées lointaines.

Le moulineur poussa un cri à l'amorce de notre descente.

– Mais ?… demandai-je afin de comprendre quel pouvait bien être le problème.

Papa cligna des yeux. Il s'arracha à ses songes. Tourna la tête vers moi.

– C'est que… Oui, c'est sûr, c'est une chance ! Mais pourquoi n'a-t-on pas été tirés au sort pour aller à Berck ? Depuis 1936, je ne rêve que d'une chose : pouvoir emmener ta mère à Berck ! À l'*Hôtel Régina*[1] ! Et puis c'est où, ça, La Napoule ?

Je me contentai de hausser les épaules et de faire vibrer mes lèvres l'une sur l'autre pour montrer toute mon ignorance.

– Cet après-midi, on n'aura qu'à aller chercher Jacquot et Zabeth à l'école. On ira voir M. Gondard. Un instituteur, ça doit savoir toutes ces choses-là, non ?

– Oui, c'est sûr ! Lui, il saura. Il pourra même nous montrer sur la carte !

– En attendant, pas un mot à Maman, hein ! Tu me laisses lui en parler...

Une fois au fond, je rejoignis les herscheurs. Ils accueillirent mon retour avec soulagement. Les berlines s'étaient entassées çà et là dans la galerie et ils avaient bien du mal à rattraper le retard. Tout en poussant les wagonnets, je leur fis part de la raison de ma convocation dans les bureaux de la direction. Personne n'était capable de me dire où était La Napoule. Mais j'ai compris. Toutes leurs réactions allaient dans ce sens. Ce qui nous attendait, ma famille et moi, ne pouvait qu'être quelque chose de formidable.

Notre poste terminé, Papa et moi sommes rentrés au coron.

Nous avalâmes une assiette de la potée de la semaine. Maman l'avait préparée avec du chou, des haricots blancs et des pommes de terre. Elle gardait les tickets de rationnement pour les repas du dimanche. Les menus des autres jours s'en retrouvaient plus restreints. Et donc peu variés. Puis j'ai suivi Papa au jardin. Nous avons planté la vingtaine de pieds de tomates qu'un cousin éloigné de Maman était venu déposer. Celui qui cultivait de la betterave sucrière près d'Aix-Noulette.

---

1. *Dans la réalité, il faudra attendre quatre ans avant de voir l'*Hôtel Régina *de Berck-sur-Mer devenir la propriété du comité d'entreprise des Houillères du bassin du Nord et du Pas-de-Calais (H.B.N.P.C.) qui en fera, en 1952, son deuxième centre de vacances après La Napoule.*

Maman nous apporta un verre d'eau fraîche. Papa en profita pour lui signifier notre intention d'aller chercher mon frère et ma sœur.

– Par ce beau temps, ça nous fera du bien de marcher un peu, avait-il alors justifié.

Sur le coup des 16 heures, nous avons laissé tomber nos bêches. Direction l'école. D'un pas tranquille. Des cumulus de beau temps galopaient au-dessus de nos têtes. Une brise légère nous caressait le visage, séchant les gouttes de sueur qui perlaient encore à nos fronts.

On était bien.

Très bien même.

M. Gondard m'aperçut et avança vers nous en souriant.

– Oh, Tienot ! Ça me fait bien plaisir de te revoir, tiens ! Et à la fosse, comment ça va ? Pas trop dur ?

– Ça va ! répondis-je laconiquement.

Que dire d'autre ? Je n'allais pas lui avouer que les berlines me mettaient le dos en compote. Que les porions aimaient jouer de leur autorité pour faire de nos journées un enfer. Que la poussière de charbon inhalée chaque jour nous faisait tous cracher nos poumons.

Zabeth nous aperçut. Elle accourut et sauta dans les bras de mon père.

Derrière elle, Jacquot traînait avec lassitude son cartable. Il nous rejoignit, le pas nonchalant.

– En fait, on voulait vous demander quelque chose, dis-je enfin à M. Gondard.

– Ah ! Ça y est, tu as décidé de suivre mes conseils. Tu veux reprendre tes études ?

– Euh… non, c'est que…

Mon père reposa Zabeth au sol. Il raconta à l'instituteur notre entrevue avec Pierre Buzon.

Louis Gondard nous fit entrer dans la classe. Il referma la porte derrière nous et nous attira vers la carte de France qui décorait le mur du fond. Son regard brillait. À l'aide de sa grande règle, il nous montra un point. Tout en bas. Au bord de la mer Méditerranée.

– La Napoule, c'est là ! s'exclama-t-il. Mandelieu-la-Napoule ! Dans les Alpes-Maritimes ! Près de Cannes, qui est là ! Et Fréjus, qui est ici !

Des noms de ville qui nous semblaient familiers. Mais comme pouvaient l'être pour nous Berlin, Sydney ou Washington. Des villes lointaines. Dont on parlait dans les journaux. Dans les livres. Très éloignées. Trop éloignées pour qu'on s'y soit un jour intéressé plus que cela. Papa était dans mon dos. Mais je sentais un grand scepticisme l'envahir. Il devait se demander pourquoi on voulait l'envoyer là-bas. C'était à l'autre bout de la France ! Pour la grande bleue qu'ils appelaient Méditerranée ? Mais il y en avait d'autres, des grandes bleues. Et plus près de chez nous. La Côte d'Opale ! Berck ! Berck et l'*Hôtel Régina*, le rêve de Papa !

M. Gondard posa sa règle sur le pupitre du dernier rang.

– Attendez ! s'enthousiasma-t-il. J'ai quelque chose à vous montrer. J'ai reçu l'année dernière une plaquette qui présentait La Napoule quand la compagnie a acheté le château. Ça devrait plus vous parler.

Il ouvrit la petite armoire qui servait de bibliothèque. Celle-là même dans laquelle je puisais, quand je suivais sa classe, les trésors qui avaient agrémenté les soirées d'hiver de mon enfance. Quand je partais sur les traces des mousquetaires. Des pirates. Des héros qui osaient s'aventurer jusqu'au centre de la Terre. D'un gamin de Paris qui s'en allait combattre une monarchie moribonde sur les barricades de l'insurrection républicaine.

Et il sortit une petite brochure qu'il tendit à mon père.

Papa commença à tourner les pages.

Je vins me placer à côté de lui.

Sous nos yeux défilaient de magnifiques prises de vue colorées. Une ville de bord de mer baignée de soleil. Des rues ornées – d'après les commentaires de M. Gondard – de pins maritimes, de palmiers, de cèdres du Liban ou de lauriers-sauce. Et un château de pierres rouges. À ses pieds, un escalier pour descendre jusqu'au chemin de la plage de La Rague, disait la légende de la photo. D'un côté, la baie de Cannes. De l'autre, celle de Théoule. Le massif de l'Esterel. Un site annoncé comme l'un des plus beaux panoramas de la Côte d'Azur.

Là, Papa a levé la tête.

Et c'est à cet instant que la magie a opéré et que je l'ai vu sourire.

IV

Je montai dans le train qui devait me ramener à Mandelieu encore troublée par ce geste maternel que m'avait accordé Mme Duquercy. Et si son but, en nous proposant cet exercice, n'avait été que de me faire parler, moi ? Je chassai très vite cette idée de mon esprit. C'était aussi présomptueux qu'idiot. Elle n'était pas le professeur d'une seule élève, mais bien des trente-cinq jeunes filles qui lui faisaient face chaque jour. Et encore, pour ne parler que de ma classe. Et puis l'exercice a peut-être été tout aussi salutaire pour mes camarades. Certaines d'entre elles nous ont quand même livré de bien belles histoires. Et alors que le train ralentissait déjà pour s'arrêter en gare de Saint-Laurent-du-Var, je réalisai l'ingéniosité dont avait fait preuve Mme Duquercy. Réciter une leçon, il n'y avait rien de plus facile. On en apprenait le texte pour le restituer mot à mot. Mais parler de soi… Sans nous en rendre compte, nous étions quelques-unes à avoir livré une bonne part d'intimité, persuadées de n'avoir pourtant fait qu'expliquer l'origine de nos prénoms.

Ma mélancolie s'envolait, au fur et à mesure que je voyais défiler les gares. Cagnes-sur-Mer ; mes larmes n'étaient plus qu'un souvenir. Villeneuve-Loubet ; ma respiration retrouvait son calme. Antibes ; mes traits crispés se détendirent. Golfe-Juan ; je sentis mes lèvres esquisser la forme d'un sourire. Cannes-la-Bocca ; mon sourire devint plus franc. En apercevant la plage Robinson par la fenêtre de mon compartiment, il me prit l'envie de sauter en marche pour courir le long de la voie qui suivait le tracé de la côte. Mandelieu-la-Napoule ; Papa était là, à deux pas, dans son château, trépignant certainement de la même impatience que moi à l'idée de nous retrouver.

Je descendis et gagnai la ville, côté mer, laissant le centre et ses commerces dans mon dos. La rue de la plage longeant l'enceinte du château de La Napoule – un autre château –, puis La Raguette, où passait le chemin pédestre du bord de mer. Un parcours tortueux qui me permit d'arriver au pied du rocher des Pendus. Là, je m'arrêtai, comme à chaque fois. Le temps de m'enivrer des embruns maritimes. De savourer la vue sur le port, sur le château et sur toute cette magnifique baie surveillée au large par les îles de Lérins. Puis, de l'autre côté, après une descente qui m'obligeait à surveiller chacun de mes pas tant le sentier était escarpé, la petite anse de La Rague. D'abord avec sa plage de galets rouges, de la même teinte que la muraille de roche qui l'enceignait. Puis ensuite celle de sable qui menait jusqu'à un petit port où étaient ancrées autour d'un quai flottant les embarcations de pêcheurs. Le château d'Agecroft était là, juste au-dessus de ma tête. Je traversai des terrains fraîchement aménagés pour jouer à la pétanque, remontai le sentier qui menait à la passerelle du chemin de fer et grimpai jusqu'à la route du bord de mer fréquentée par les automobiles. Je laissai l'entrée principale du domaine dans mon dos et passai par l'escalier de pierre. Une dernière volée de marches et j'arrivai tout essoufflée dans la cour du château. Sur la droite, derrière le bâtiment qui allait servir d'accueil, j'aperçus Papa qui s'agitait dans le jardin. Il semblait encore très préoccupé. La tension des tout derniers préparatifs. Les premiers vacanciers allaient bientôt être là et il ne s'agissait pas d'accuser le moindre retard dans les travaux.

En me voyant venir à lui, il se figea. Il venait de quitter les maçons et s'avançait en maugréant vers les jardiniers, d'un pas décidé et autoritaire. Mon apparition survint comme une parenthèse dans son quotidien fait de tracas. Il s'immobilisa, les bras ballants, se contentant de célébrer mon arrivée d'un sourire éclatant. Et je crois bien – en lançant un œil en direction des massifs de lauriers-sauce – que les jardiniers me savaient gré d'avoir permis la suspension du flot de reproches qui s'apprêtaient à leur fondre dessus.

Le sourire de Papa m'émut.

Je lisais en lui bien sûr la joie de me retrouver – même s'il n'y avait pas un mois que nous nous étions quittés –, mais aussi comme un bonheur de voir la vie enfin reprendre ses droits. Ce ne pourra jamais être comme avant, nous le savions tous les deux. Les années que nous venions de traverser étaient les plus noires de toute notre existence. Certainement aussi parmi les plus noires pour l'ensemble de l'humanité. L'homme s'était laissé aller à tant d'exactions, à tant de perversion. Au nom d'une épuration ethnique ? Politique ? Par pure idéologie ? Chacun voulait encore s'accorder un dernier espoir de croire que nous n'avions pas tous sombré dans la folie. Et pourtant… Que pouvait-on dire de ce monde qui avait, un jour de 1941, forcé mes parents à m'abandonner à une inconnue sous une fausse identité ? De ce monde qui les avait conduits sous les armes jusqu'au quai d'une gare où les attendaient des wagons sur lesquels était noté à la peinture blanche « Chevaux en long : 8 » ? De ces soldats qui les avaient escortés jusqu'à des camps qu'on disait de travail avant qu'ils ne s'avèrent être au service d'une macabre solution finale ? De ce régulateur qui avait décidé de séparer Maman des autres, dès sa descente du train, uniquement parce qu'elle avait les cheveux couleur de feu ?

Papa vint jusqu'à moi.

Il passa son bras par-dessus mon épaule et déposa sur mon front un baiser appuyé tout en arrachant mon sac de voyage de mes mains.

Puis il resta un instant planté face au château et prit une longue inspiration.

– Tu as vu ! Tout cela commence à avoir fière allure, non ?

– Si ! me contentai-je de répondre.

Le bâtiment était à l'image de mon père. Très abîmé, mais en pleine reconstruction. La guerre lui avait fait courber l'échine. Elle l'avait meurtri, au point de voir sa moitié rester à terre. Je sus alors que les deux s'étaient bien trouvés. Ils avaient eu besoin l'un de l'autre pour panser leurs plaies. Et les résultats de leurs dix mois de cohabitation commençaient enfin à être visibles. En retrouvant une partie de sa splendeur d'antan pour l'un. Et son sourire pour l'autre. Même si ce n'était qu'en partie.

Papa était revenu de l'impossible. Je pense qu'il aurait souhaité lui aussi mourir là-bas. Dès le départ. Dès qu'on l'avait séparé de Maman. Mais il s'était accroché au fil ténu que représentait la vie d'un déporté parce qu'il me savait là-haut, dans le nord de la France. J'ai été pendant de longs mois le seul moteur de sa pugnacité. Et il avait survécu. Il m'avait alors récupérée, même s'il se savait incapable de reprendre sa vie là où il l'avait laissée. Son poste de haut dirigeant à la Compagnie des mines de Lens était pourtant enviable. Mais il n'en avait plus voulu, préférant couper au plus vite les attaches qui le liaient encore à son passé. Aussi importante que soit sa fonction au sein des houillères lensoises, elle avait à ses yeux perdu tout intérêt. À quoi bon sans Maman ? Aussi, quand au cours de l'année 1947 il apprit que la direction régionale de la Compagnie des mines du Nord-Pas-de-Calais recherchait un administrateur pour le centre de vacances qu'elle venait d'acquérir, il avait postulé. Et le poste lui était échu.

Il avait fallu de longs mois de travaux pour réhabiliter le site d'Agecroft et en faire un domaine susceptible d'accueillir des vacanciers. Et même si j'avais bien conscience qu'il faudrait encore quelque temps avant de voir toutes les installations en parfait état, je devais reconnaître que ce projet fou commençait à être viable.

Mon père restait planté là, le sourire aux lèvres. Je pouvais lire dans cet éclat la grande fierté qu'il éprouvait d'avoir tout simplement su redonner un sens à notre vie. Il affichait une mine réjouie pour me montrer l'avenir radieux qu'il arrivait malgré tout à me construire. Il avait connu le gris du bassin minier du nord de la France. Puis le noir d'une contrée qui, il y a quelques années, marquait encore la frontière germano-polonaise. Il m'offrait donc les belles lumières et couleurs de la Côte d'Azur avec une satisfaction au moins aussi grande que s'il les avait lui-même créées. Le cadre était agréable. Et nous savions qu'il ne nous restait donc plus qu'à mettre nos vies à l'unisson avec toute cette belle harmonie.

V

Le carreau de la fosse 23 était désert. Comme un puits laissé à l'abandon. Comme celui du 2 de Billy-Montigny, qui avait cessé son activité juste avant la guerre et qui venait d'être remblayé. Ou encore le 7 de Fouquières-lez-Lens, à l'arrêt depuis plus de dix ans.

Papa et Maman avançaient sans dire un mot. À petits pas. Se demandant s'ils avaient finalement bien le droit de se trouver là un dimanche. Zabeth et Jacquot couraient dans tous les sens. Et moi, je fermais la marche.

Je ne voulais pas rester à hauteur de mes parents. Mon impatience de voir ce qui nous attendait m'aurait trop incité à les tirer par le bras. Et là, j'aurais inévitablement entendu parler du pays, c'était certain.

Je m'arrêtai donc un instant. Regardai mon frère et ma sœur. Enviai leur insouciance. Si j'avais eu deux ans de moins, moi aussi j'aurais couru. Jusqu'à avoir le visage trempé. Ma chemise du dimanche tout auréolée. J'aurais même attiré Zabeth et Jacquot jusqu'aux vestiaires des mineurs. On aurait forcé la porte. On s'y serait amusés à décrocher quelques pendus[1].

1. Le mineur laissait sa tenue sur un vestiaire qu'il hissait jusqu'au plafond à l'aide d'une corde ou d'une chaîne, donnant ainsi l'impression qu'il s'agissait d'un pendu (on appelait ce vestiaire « la salle des pendus »).

Mais toute cette vaste étendue n'était plus pour moi un terrain de jeu. C'était mon lieu de travail. Depuis presque un an. On a coutume de dire que jamais un mineur ne se sent plus à l'aise que quand il est sur son carreau de fosse. Non, jamais. Mais moi, je n'étais pas encore tout à fait mineur de fond. Je n'étais que galibot. Il devait donc être normal que l'endroit m'effraie encore un peu.

La voix de mon père m'arracha à ma torpeur.

– Eh ben, Tienot ! Tu viens, ou quoi ?

Je levai le nez pour observer la molette. Elle se tenait immobile tout en haut de son chevalet. Une position fixe que je lui connaissais peu. Mais le plus frappant était le silence. Ce grand silence qui planait au-dessus de nos têtes. Ce puits était – comme tous les puits de la région – le cœur de sa cité. Et un cœur n'était pas censé s'arrêter. De notre coron, nous l'entendions vivre. Gronder. Obéir aux coups de sirène qui rythmaient sa journée. Et une fois sur le carreau, ce bruit de machinerie. Incessant. Assourdissant. Tous ces longs câbles en mouvement. Les cages qui voyageaient entre le jour et le fond. Toujours plus de charbon à remonter. Et des hommes. Mais pas là. J'avais beau tendre l'oreille. Rien. Pas le moindre cliquetis métallique. Pas de couinements en provenance de la recette. Même la zone de criblage demeurait muette.

Tout près, dans le coron, je pouvais entendre les rires des enfants qui jouaient. Plus loin, ceux qui grimpaient le terril 106 pour le dévaler ensuite à pleine vitesse. Je reconnaissais ces cris de terreur. J'avais moi-même longtemps pratiqué la discipline. Même si mes parents me l'avaient toujours interdit. Ils étaient d'ailleurs plus apeurés par les éventuelles remontrances du garde que par les blessures que je pouvais m'infliger.

On approchait de la porte des bureaux. Elle était ouverte. Une rumeur enflait et venait progressivement troubler la grande quiétude du site.

Sur place, il y avait déjà une douzaine de personnes.

– Oh, Alfred ! s'écria quelqu'un. Toi aussi t'es du voyage, mon gars ?

Jedjé. De son vrai nom, Kazimierz Jdrzejowska. Il ne travaillait pas dans la même équipe que Papa et moi. Mais tout le monde à la fosse 23 connaissait Jedjé. Un Polonais au nom impossible à sortir d'un jet. D'où son diminutif. Un grand balèze. Une vraie force de la nature. Une voix de stentor sur un physique herculéen. Il était ce qu'on appelle ici « une amusette ». D'humeur toujours joyeuse. Passant son temps à rigoler. Et surtout à chanter. Un véritable poste de T.S.F. ambulant. Pour la plus grande joie de ses coéquipiers. Mais ce n'était pas du goût de tout le monde. Les porions aimaient moins. Il troublait la concentration de ses camarades, prétextaient-ils. Mais face aux râleurs, Jedjé savait parfaitement abattre son meilleur atout. Cent cinquante kilogrammes. Un poids qui fermait bien vite le clapet de ceux qui pesaient moitié moins. On racontait à la fosse 23 qu'il y avait eu un porion plus obstiné que les autres. Le malheureux avait tant insisté qu'il avait fini par faire une belle envolée. Jedjé l'avait envoyé vérifier de près le boisage supérieur de la voûte de la galerie. De très près. Un acte qui aurait pu susciter son renvoi. Porter la main sur un supérieur n'était pas toléré. Mais Jedjé était intouchable. Parce qu'il n'y avait pas meilleur mineur que lui. Il était si costaud qu'il abattait deux fois plus que quiconque. On l'avait donc changé d'équipe. Non sans l'avoir mis à l'amende au passage. Une très grosse amende. Il avait été muté dans l'équipe de Roger Palet. Parce que c'était le plus conciliant des porions. Pour le plus grand bonheur de Roger, d'ailleurs. Il n'était pas fou. Il savait qu'avec un abatteur pareil, il allait pouvoir doubler les primes de rendement de son groupe. Il lui fichait donc une paix royale. Ce Jedjé était une vraie légende.

En tout cas, mon père, qui était de nature à ne jamais vouloir se faire remarquer, en avait là pour son argent. Avec Jedjé planté comme un vigile près de la porte d'entrée, on venait de faire une entrée à peu près aussi remarquée qu'aurait été celle de la duchesse d'York annoncée par des gardes avec tambours et trompettes au bal de la reine. Je sentis d'ailleurs le rouge de la confusion empourprer le visage de Papa. Et collée à lui, cachée derrière son épaule, Maman semblait à deux doigts de la crise d'apoplexie. Tous ces yeux soudain tournés vers elle…

Derrière Jedjé – et ce qui semblait être sa famille –, il y avait un autre type. Plus jeune. Je le connaissais aussi. Robert Lamendin. Tout syndicaliste qu'il était, il affirmait n'avoir pourtant aucun lien de parenté avec Arthur Lamendin[1]. Il passait souvent dans les équipes pour parler au nom de son syndicat. Je n'y entendais pas grand-chose à tous ses discours. Mais il avait toujours un combat à mener. Encore aujourd'hui, alors qu'il avait lui aussi été tiré au sort, il affichait un air soucieux.

Passer de Jedjé à lui nous faisait faire le grand écart sur la palette des émotions.

L'un éprouvait une grande joie de se trouver là. Était prêt à vous prendre dans ses bras pour vous embarquer dans une valse folle. L'autre serrait les poings. Pour s'empêcher de crier le « S'ils croient pouvoir m'acheter en m'offrant un séjour de vacances, ils peuvent toujours aller se rhabiller ! » que ses yeux furibonds trahissaient.

Dans le fond de la pièce, une autre famille. En retrait. L'homme – qui m'était inconnu, celui-là – semblait lui aussi nourri à la soupe à la grimace. À croire que tout le monde s'était pointé ici en se demandant bien à quelle sauce on allait être mangés. Heureusement que Jedjé était là pour nous rappeler que tout cela n'était que du bonheur.

Pierre Buzon prit la parole. Il nous invita à approcher et à nous asseoir. C'était la première fois que je pénétrais dans la

1. *Arthur Lamendin fut l'une des grandes figures du syndicalisme minier du bassin du Pas-de-Calais. Il créa en 1882, à Lens, la première chambre syndicale des mineurs avant d'être élu député (en 1892), conseiller général du canton Lens-Ouest (en 1904), puis maire de Liévin (en 1905).*

grande salle de réunion. Un endroit réservé aux directeurs, ingénieurs, architectes et chefs-porions. Je fus surpris d'y découvrir une décoration des plus dépouillées. Ce n'était en rien une salle de réception. Pas de dorures. Pas de tableaux. Pas de sculptures. Ni de belle horloge comtoise pour orner le coin opposé à l'entrée. Non, la pièce ne ressemblait à rien d'autre qu'à un grand bureau. De longues tables placées en « U ». Une vingtaine de chaises un peu dans tous les sens. Sur un mur, un grand tableau noir sur lequel apparaissaient encore les traces de formules mathématiques savantes. Sur un autre, un schéma en coupe de l'ensemble des galeries souterraines de la fosse. En marge, d'innombrables cotes et annotations rajoutées au crayon. Une simple salle de travail. Du travail de cols blancs. Mais du travail quand même. Même si on ne le comprenait pas.

VI

IL ME RESTAIT ENCORE QUELQUES HEURES pour profiter du jardin du château. On était dimanche, et je devais dès ce soir regagner Nice et mon pensionnat de jeunes filles.

Je sentis déjà poindre la petite boule d'angoisse qui s'invitait à chaque fin de semaine au creux de mon ventre rien qu'à l'idée de reprendre l'école le lendemain. J'étais pourtant bonne élève. L'idée de retourner en classe ne devait pas générer pour moi une quelconque appréhension. Mais c'était ainsi chaque dimanche.

Même si je ne faisais rien de particulier avec mon père, j'éprouvais toujours du mal à le quitter. Peut-être aussi n'osais-je m'avouer que c'était mon décor de rêve que j'avais peine à laisser. Je vivais dans un château au bord de la mer. Un château certes abîmé mais qui n'avait jamais cessé d'ébahir le promeneur qui longeait la baie, à le plonger dans l'extase tant le site était prodigieux. Et la panoplie de la princesse Bella que j'avais le sentiment d'endosser le temps d'un week-end était difficile à quitter pour revêtir celle de l'écolière modèle que je m'évertuais d'être tout au long de la semaine.

Je me fis mentalement la promesse de très vite me surveiller. J'étais en train de découvrir en moi une forte propension à l'embourgeoisement, et cela m'horrifiait.

Non, pas moi !

Je soufflai alors un grand coup. D'une part pour évacuer tout ce stress qui n'avait pas lieu d'être. Et d'autre part pour me vider l'esprit. Il n'est jamais bon de trop cogiter. J'avais la chance d'avoir sous les yeux un paysage de carte postale, je n'avais qu'à me laisser aller.

Je m'évertuai donc à devenir experte dans l'art du lâcher-prise. Dix minutes au soleil, près du muret qui séparait la cour du jardin, le temps d'apprendre les bienfaits de ce qu'on appelait « lézarder ». Dix minutes à l'ombre du gros cèdre, histoire de laisser reposer ma fragile peau de rousse. Puis retour sur les cailloux baignés de chaleur avant de profiter à nouveau de la protection de l'arbre. Je me laissai aller pendant une bonne heure à cet incessant va-et-vient qui n'exigeait d'efforts de ma part que pour aller d'un point à l'autre.

Puis je cédai définitivement à la paresse en optant pour le tapis douillet que formait le carré de verdure qui se trouvait entre les plants de laurier-sauce et les pins maritimes. L'herbe y était encore exceptionnellement grasse pour la saison. Elle profitait de sa proximité avec les lauracées pour recevoir chaque jour les débordements de leur arrosage intensif. Et je connaissais trop la surveillance de mon père sur ses jardiniers pour supposer qu'ils aient pu ne serait-ce qu'une journée oublier de venir y déverser leurs grands arrosoirs d'eau. Il n'y avait qu'à voir avec quelle rigoureuse uniformité avait été posé autour de chaque pied un paillis fait d'écorces de pin pour savoir que l'endroit bénéficiait de soins particuliers. Pas une de ces écorces ne débordait du cercle qu'elles composaient ensemble au sol. Des cercles scrupuleusement identiques. À chaque arbuste. À croire qu'un compas avait été utilisé pour les tracer. Quelques mètres plus loin se dressait une longue rangée de pins maritimes. Ils étaient haut perchés, mais avaient tous la tête penchée vers les lauriers, comme pour aller jeter un œil sur ce qu'on avait fait des attributs tombés de leur tronc. Une contribution qui semblait les rendre fiers, leur donnait une somptueuse magnificence qu'ils célébraient en offrant un doux chant quand la brise se levait et venait agiter le bout de leurs branches épineuses. Des grands bras maigres maintenant vingt mètres plus bas les lauriers-sauce dans une semi-ombre qui – aux dires des vieux jardiniers – leur seyait à merveille. Et qui, je devais bien l'admettre, me convenait aussi très bien en cet instant.

L'endroit était calme. Reposant. Seuls quelques cris d'enfants montaient de la plage, là-bas, en contrebas, pour n'être plus que des murmures en arrivant aux portes du château. Je savourais. J'en profitais. Car très vite, il allait y avoir ici de l'agitation. Dans un mois, les premiers mineurs seraient là. Ils allaient arriver par centaines. Ce qui n'était aujourd'hui que le domaine d'Agecroft allait devenir leur centre de congés. Comme l'indiquait la plaque qui avait été fixée sur un des pilastres du porche d'entrée. Les vacanciers ne pourraient pas cette année – sur tout l'été – dépasser les trois mille. Les chantiers étant loin d'être tous aboutis. Mais j'avais entendu Papa annoncer que, d'ici deux ans, ce nombre allait pouvoir tripler. Voire quadrupler suivant l'avancement des travaux.

Une fille d'ici aurait pu être effrayée d'imaginer des centaines de mineurs venir envahir son univers de princesse. Des gueules noirs ! Un sobriquet qui avait de quoi en effrayer plus d'une.

Mais pas moi.

Moi, je les connaissais pour les avoir longtemps eus pour voisins. J'étais une fille du Nord, moi aussi. Une ch'timi, tout comme eux. C'est vrai que les imaginer ici, dans ce décor, si loin de la grisaille habituelle de leurs corons, me faisait sourire d'avance. Pour un choc des cultures, celui-ci s'annonçait terrible. Les gens que je côtoyais ici depuis un an étaient si différents. Pas mieux. Ni moins bien. Non, juste différents.

Mais si différents.

VII

CHACUN PRIT PLACE AUTOUR DU « U » de la grande salle de réunion.

Robert Lamendin donna une tape sur la tête du garçon qui se tenait à sa droite pour lui intimer le silence. Puis il fit volte-face et accorda à celui de gauche le même châtiment. Histoire de lui faire passer toute envie de rire de la punition infligée à son frère.

Pierre Buzon se plaça devant le tableau noir. Il invita un homme d'une cinquantaine d'années – qui portait le costume à la perfection – à le rejoindre.

– Bon, vous vous connaissez déjà tous ? demanda l'ingénieur en chef.

– Oui ! affirma Jedjé en fixant tour à tour chacune des autres familles. Moi, je connais tout le monde, ici !

Personne d'autre ne broncha.

– Et si ce n'est pas le cas, poursuivit l'ingénieur, vous allez vite apprendre à vous connaître. Parce que si vous êtes ici aujourd'hui, c'est parce que vous avez été tirés au sort pour partir ensemble à La Napoule en juillet. Mais je vais laisser M. Dumont se présenter et surtout vous exposer les modalités de votre séjour.

Puis il se tourna vers l'homme élégant, la main tendue, comme pour lui passer le relais.

Beau-Costume se présenta. Il était responsable des affaires sociales des Houillères du bassin Nord-Pas-de-Calais. C'était à lui qu'on avait confié la mission d'envoyer pour la première fois des mineurs dans le centre de congés qu'ils avaient acheté l'année d'avant sur les bords de la Méditerranée.

– L'idéal aurait été de permettre à chacun de bénéficier d'un tel séjour, expliqua M. Dumont. Mais, savez-vous combien de mineurs vous êtes, au total ?

Il nous scruta un à un.

Même Jedjé, qui avait toujours un mot pour tout, se contenta d'un simple haussement des épaules.

– Depuis la nationalisation de mai 1946, notre bassin minier a été décomposé en neuf groupes. Neuf groupes qui représentent aujourd'hui plus de deux cent vingt mille hommes. Deux cent vingt mille mineurs ! Et chacun d'eux a sa part de responsabilité dans le fait d'avoir l'année dernière permis à la production de remonter à plus de vingt-huit millions de tonnes. Donc chacun d'eux mériterait d'aller se détendre quelques jours sous le soleil de la Côte d'Azur. Mais, le domaine d'Agecroft que nous avons acheté à La Napoule a beau être un château, vous imaginez la taille des bâtiments s'il fallait recevoir tout le monde. Même avec un roulement sur deux mois. Nous avons donc procédé à un tirage au sort. Et vous en êtes les heureux bénéficiaires. Les tout premiers !

Jedjé entonna aussitôt un air à la mode que la T.S.F. diffusait en boucle depuis deux ans :

« La mer qu'on voit danser le long des golfes clairs
A des reflets d'argent, la mer[1]... »

Un simple regard de Pierre Buzon mit fin à la chansonnette.

---

1. La Mer *(Charles Trenet, Albert Lasry, 1946).*

Les ricanements que n'avaient pas pu réfréner les deux gamins de Robert Lamendin furent pour eux l'occasion de recevoir une nouvelle volée.

Beau-Costume distribua à chacun une brochure – la même que celle que M. Gondard nous avait déjà montrée. Il nous fit une présentation des lieux. Le programme possible sur place. L'organisation de notre voyage pour aller jusque là-bas. Pour en revenir.

Nous étions le 6 juin 1948.

Et dans exactement quatre semaines, nous serions tous à La Napoule. Dans ce qu'on appelait déjà « le château des mineurs ».

Pierre Buzon conclut la réunion et nous invita à boire le verre de l'amitié. Il déboucha trois bouteilles de champagne. Et pas du roteux comme celui qu'on gagne à la ducasse. Du bon. Les étiquettes le laissaient croire, en tout cas.

Ce fut l'occasion pour chacun d'aller à la rencontre de ceux qui allaient l'accompagner en voyage un mois plus tard.

Pour Jacquot et Zabeth, le cérémonial fut de courte durée. Ils se plantèrent devant les deux garçons de Robert Lamendin.

– C'est quoi vot' nom, les gars ? demanda Jacquot.

– Moi, c'est Jules ! dit le plus grand. Et lui, c'est Jean !

– On va jouer ? proposa Zabeth.

Il n'en fallut pas plus. La porte claqua. Leurs rires résonnaient déjà sur le carreau de fosse. Ils étaient tous les quatre dans la même tranche d'âge. Et leurs jeux à venir s'annonçaient des plus turbulents.

Jedjé tenta d'arracher le gamin qui restait accroché à ses jambes.

– Oh, Piotr ! Tu me lâcherais pas un instant pour aller jouer avec eux dehors ?

Le garçon s'agrippa encore plus fort.

– Laisse-le tranquille ! lui dit sa femme en invitant sa progéniture à venir se nicher entre ses bras replets. Tu vois bien qu'il n'en a pas envie. Ça ne sert à rien de le forcer. Il aura bien le temps de faire la connaissance des autres. Plus tard. Puisque nous allons tous passer nos vacances ensemble. C'est chouette, non, c'qui nous arrive ?... Ah, mais je me rends compte que je ne me suis pas présentée. Maria Jdrzejowska. La femme de Jedjé. Vous pouvez m'appeler simplement Maria. Parce que Jdrzejowska, c'est pas facile à prononcer. Nous on a l'habitude, c'est normal, puisque c'est notre nom. Mais pour les autres...

Maria Jdrzejowska s'avança vers nous, un boulet humain accroché à la jambe droite. Elle nous tendit à tour de rôle une main franche. J'ai vu mon père tiquer sous la poigne de cette femme. Elle devait faire un poids voisin de celui de son mari. Mais avec vingt centimètres de moins sous la toise. Aussi large que haute. N'affichant visiblement aucun complexe de ses rondeurs. Et elle parlait. Beaucoup, même. Sans s'arrêter entre deux idées. Une expression dénuée de ponctuation. Ce qui n'était pas toujours facile à suivre. Elle ne discourait qu'en pérorant. Même une simple liste de courses devait chez elle prendre des proportions inimaginables. Et surtout, elle avait la voix haute. Elle s'exprimait comme si nous nous trouvions sous la molette tournant à plein régime un jour de tempête. Pas étonnant que Jedjé ne sache s'exprimer autrement qu'en criant. S'il voulait être entendu, il devait juste parler plus fort que sa femme.

– T'as vu qui ils nous ont collé ? souffla Robert à Jedjé sans desserrer les dents.

– Calme-toi ! tenta de le retenir Nadine, sa femme, en lui attrapant le bras. Pas d'esclandre, s'il te plaît ! Ne va pas nous attirer des ennuis !

– Et comment j'ai vu ! répondit Jedjé en jetant à son tour un regard noir en direction de celui qui restait constamment en retrait, sa famille collée autour de lui.

– Tu ne m'enlèveras pas de l'idée qu'il n'est pas là pour rien, reprit Robert malgré la main de sa femme qui lui tirait toujours le bras. Ce mec-là, c'est qu'un *roufion*[1] ! Tirage au sort, mon cul, oui ! S'il est là, c'est uniquement pour nous avoir à l'œil !

– Ben qu'il y vienne ! s'enflamma Jedjé. Parce qu'une fois en vacances, y a plus de porion qui tienne. Il n'est rien pour nous, ce mec ! Donc s'il ne veut pas que j'le balance comme une *bourle*[2], il n'a pas intérêt à venir nous chercher des sous dans la tête…

– Des poux ! rectifia Robert.

– Quoi, « des poux » ?

– C'est « des poux dans la tête », qu'on dit.

– Ouais, ben, quoi que ce soit, s'il nous cherche, il va vite voir de quel bois je me chauffe… Et j'espère qu'il sait nager l'animal, parce qu'avec moi, il pourrait bien apprendre le plongeon à ses dépens…

Je les écoutais s'énerver contre celui qui restait dans son coin. Je compris assez vite. Il s'agissait du porion Benoît Lassagne. Aucun de nous ne travaillait dans son équipe. Mais à la fosse 23, il était connu pour être une teigne. Le pire des porions. Une réputation acquise en moins de deux ans, puisqu'il était arrivé à Noyelles au lendemain de la nationalisation. Il valait mieux pour lui. S'il avait été là avant la guerre, sa renommée l'aurait à coup sûr placé en tête de liste des règlements de compte autoritaires. Comme il y en avait eu beaucoup à la libération.

Chef-pognon, on l'appelait. Parce qu'avec lui tout était toujours question d'argent. Son petit carnet d'amendes était son principal outil de travail.

Je ne pouvais plus m'empêcher d'observer du coin de l'œil Benoît Lassagne et les siens. Chef-pognon savait qu'il se trouvait en terrain hostile. Son silence en attestait. Il avait compris. Un mot sorti de sa bouche pouvait avoir l'effet d'une bombe. Inutile pour lui de jeter de l'huile bouillante sur un feu déjà très

1. *Un traître, un dénonciateur.*
2. *Jeu de boules traditionnel du nord de la France.*

ardent. Sa femme ressentait également le malaise que générait leur présence. Ses yeux roulaient dans tous les sens. Prête à réagir à une attaque surprise. Elle protégeait d'un bras la jeune fille qui se tenait derrière elle. Plutôt mignonne, cette fille-là. Un peu plus jeune que moi. Mais plus âgée que Jacquot. Un âge où elle hésitait encore entre la petite fille d'hier et la jeune femme de demain. Les mêmes yeux que sa mère. Elle paraissait aussi apeurée qu'elle. Elle devait juger notre monde bien loin du sien. Sa blondeur n'était pas terne comme la nôtre. La sienne était dorée. Éclatante.

Enfin, derrière Chef-pognon et la gent féminine anxieuse de la famille Lassagne, un jeune homme. Un ou deux ans de plus que moi. Une nonchalance au moins équivalente à la somme de la suffisance de son père et de l'inquiétude des autres membres de sa famille. Son porion de père m'inspirait la plus profonde antipathie. Mais lui me paraissait affable. Il avait la tête du bon camarade. Celui vers qui on a tout de suite envie d'aller. Un lourd contentieux s'était implicitement installé entre nos adultes de parents. Nous devions donc l'un comme l'autre nous astreindre à une certaine réserve. Mais nos regards se sont croisés. Et nous avons aussitôt su que ces vacances allaient être pour nous l'occasion de bien nous amuser.

VIII

Dans l'entourage de mon père, j'entendais parfois des nantis s'indigner de très bientôt devoir partager le château avec ce qu'ils appelaient avec dédain « le populo ». Certains allaient même jusqu'à s'exclamer qu'inviter des ouvriers mineurs de fond à passer des vacances dans un aussi fastueux endroit équivalait à donner de la confiture à des cochons. Surtout après les grands mouvements de grève qui avaient paralysé la production des Houillères l'année dernière. Et qui semblaient aujourd'hui à deux doigts de recommencer.

– Ils se révoltent et nous on leur offre deux semaines de vacances au soleil ! s'était écrié un des directeurs des Houillères du Nord-Pas-de-Calais venu à La Napoule pour contrôler l'avancée des travaux. Vous qui êtes un homme de bon jugement, Joseph, trouvez-vous tout cela très normal ?

Ce à quoi mon père avait eu la grande intelligence de ne rien répondre. Il s'était contenté d'un petit haussement des épaules et d'un simple sourire, laissant son interlocuteur déverser le surplus de sa colère sur le malheureux chauffeur qui l'attendait pour le reconduire jusqu'à la gare.

J'avais été très fière de la réaction de mon père, ce jour-là. De la non-réaction, devrais-je même dire. Son attitude neutre lui avait permis de ne porter aucune caution aux propos du directeur. Je le connaissais trop bien pour savoir qu'il ne pouvait d'ailleurs que penser le contraire. Comment aurait-il pu accorder un quelconque crédit à pareilles injures envers le monde ouvrier qu'il avait, lui, toujours défendu ? N'était-ce pas justement cette idée de congés ouverts à toutes les classes sociales qui lui avait permis d'obtenir le poste qui était aujourd'hui le sien ? L'avait autorisé à tirer un trait sur un passé qu'il n'avait plus la force d'affronter ?

Et puis mon père, le Joseph Spielmann d'avant la guerre, celui qui occupait encore le poste d'ingénieur à la Compagnie des mines de Lens, n'avait jamais éprouvé pareil mépris pour le monde ouvrier qu'il dirigeait avec les autres cols blancs des grands bureaux. J'étais très jeune à l'époque. Mais je l'ai toujours vu se battre pour offrir aux mineurs les meilleures conditions de travail possibles. Il considérait que c'était sa mission. Mettre son savoir au service de trouvailles technologiques pour soulager au mieux la dure tâche quotidienne du mineur. Trouver les astuces qui allaient lui permettre d'améliorer la sécurité des sites d'extraction. Ce n'était pas un simple travail. C'était pour lui un véritable sacerdoce. Il y mettait de l'acharnement. Il défendait ses idées avec virulence parce qu'il y avait toujours quelqu'un pour lui rétorquer que ses projets n'étaient économiquement pas réalisables. C'était cela le Joseph Spielmann d'avant.

Alors oui, aujourd'hui il était moins pugnace.

Oui, la vie lui avait appris à être diplomate.

Mais au fond de lui, il ne pouvait qu'être resté celui qu'il avait toujours été. Un homme droit. Exigeant. Une exigence qui le poussait parfois à la sévérité. Mais avant tout un homme juste. Et l'homme juste qu'il était ne pouvait qu'applaudir des deux mains l'heureuse perspective de voir ce trésor architectural et touristique qu'était le domaine d'Agecroft devenir la plus belle réussite sociale de la Compagnie des mines qu'il servait avec loyauté. Des applaudissements qui ne s'exprimaient bien sûr pour lui que mentalement. Car depuis son retour de l'enfer, il n'était plus capable de pareilles manifestations de joie. Mais le sourire discret qu'il avait chaque jour au réveil quand il sortait dans le jardin et balayait la façade du château du regard était là pour attester de sa profonde satisfaction.

Et ce petit sourire, il l'avait, là, en avançant, les mains dans le dos, jusqu'à mon poste de délassement préféré.

– Tu n'as pas peur d'être brûlée par le soleil en restant ainsi allongée ? s'inquiéta-t-il en venant s'asseoir à côté de moi. Ce n'est que la fin du printemps. Ta peau n'est pas encore prête. Il faut y aller progressivement.

– Papa ! dis-je en me redressant sur les coudes. Tu sais bien que ma condition de rousse fait que ma peau ne le sera jamais, prête…

– Oui, eh bien, justement ! Fais attention si tu ne veux pas ressembler à une écrevisse et devenir la risée de l'internat.

– Oui, Papa ! m'exclamai-je en toute exagération.

J'adoptai à mon tour la position assise et attrapai mon père par l'épaule en déposant sur sa joue un tendre baiser. Il était rasé de près. Sa peau était douce et sentait bon. Il leva la tête et jeta son regard par-dessus le muret côté plage pour se figer dans la contemplation de cette baie qui semblait encore le ravir comme s'il la découvrait pour la toute première fois.

– N'attends pas le dernier moment pour aller préparer tes affaires, finit-il par dire en tournant enfin la tête vers moi. Le train, lui, il n'attendra pas.

– Oui, Papa ! répétai-je toujours sur le même ton de la petite fille obéissante.

Puis je vis sa joue se pincer. Ce qui exprimait chez lui à la fois son envie de sourire et son embarras d'encore me voir partir. Je savais qu'il n'aimait pas quand je le quittais. Il ne l'exprimait pas, mais son corps trahissait ses sentiments. Nous nous étions tant manqué pendant de si longues années. Chaque séparation était pour nous une nouvelle déchirure.

– Il ne reste que quatre petites semaines, Papa ! poursuivis-je. Quatre ! Et après, nous ne nous quittons plus pendant trois mois ! Nous avons tout l'été pour nous !

– Oui, enfin... nuança-t-il. Je risque d'être pas mal occupé. Je ne sais pas si je serai très présent, tu sais.

– Oui, mais moi, je serai bien présente. Et je sais que ça suffira à te rassurer.

– C'est vrai, tu as raison ! admit-il en m'embrassant à son tour.

IX

Le soleil n'avait pas cessé de briller tout au long de la journée. Il s'apprêtait à tirer sa révérence et dardait ses derniers rayons à travers les branches du cerisier qui séparait notre jardin de celui du père Lamiaux. Nous l'avons regardé décliner jusqu'à nous retrouver entièrement plongés dans la pénombre.

Papa et moi contemplions en silence ce beau spectacle.

Maman sortit de sa cuisine.

– Vous voulez manger les restes de ce midi ou je vous les garde pour votre briquet de demain ?

La vie « normale » reprenait ses droits.

Papa m'interrogea du regard.

Je m'en fichais.

– Va pour le briquet de demain ! décida mon père.

La faim ne me tenaillait pas plus que cela. Même ce midi, j'avais plus mangé par automatisme que par réelle envie. Le champagne servi par Pierre Buzon après la réunion m'avait fait tourner la tête. Pas au point d'être saoul. Comme en décembre. La fois où Laurent Dubois – un copain d'école devenu lui aussi galibot – m'avait fait boire du genièvre avant le bal de la Sainte-Barbe. Non, là j'étais sorti des bureaux de l'ingénieur sous l'emprise d'une agréable griserie. La première coupe m'avait irradié le ventre. Une douce chaleur. La deuxième m'avait engourdi les membres. Rougi les joues. Baigné dans une certaine euphorie. Mon retour au coron n'avait ensuite été qu'un agréable survol des pavés. Bien installé sur un confortable lit de coton.

– Ça va, Tienot ? s'était d'ailleurs enquis mon père qui avait bien vu que je ne me trouvais pas dans mon état normal.

– Ça va ! m'étais-je contenté de lui répondre.

J'avais à ce moment-là une perception des faits quelque peu altérée. Mais je n'étais pas le seul. Papa avait lui aussi adopté une démarche plus légère que la normale pour rentrer. Il s'était comme à son habitude forcé au plus grand stoïcisme. Mais moi, dans ma griserie, j'avais vu clair dans son jeu. Il avait souri dans la classe de M. Gondard. Son masque s'était craquelé. J'avais donc déjà fait connaissance avec cette petite lumière qui avait illuminé son regard le temps de notre retour au bercail. Puis le temps du repas qui avait suivi. Et enfin le temps de notre interminable abandon dominical sous le soleil du jardin.

Maman, si pâle d'ordinaire, ne s'était pas départie de la coloration qui était venue lui empourprer les joues. Une teinte qui lui allait bien, d'ailleurs. Elle lui donnait plus de relief. Une mine moins souffreteuse. Elle n'avait cessé de porter les mains à son visage. Comme si sa paume avait pu avoir le pouvoir de lui apporter un peu de fraîcheur. D'apaiser le feu bouillonnant qu'était devenu son sang après l'absorption des deux coupes de champagne qu'elle s'était exceptionnellement autorisées. Mais sa pudeur l'avait toutefois poussée à souffler tout l'après-midi après ce soleil qu'elle avait désigné comme seul responsable de cet échauffement.

La journée était passée. Nous n'avions fait que savourer notre bien-être.

Chacun de notre côté.

À notre façon.

Et notre façon, c'était en silence. Je connaissais déjà notre propension à nous taire face aux malheurs. Face aux tracas du quotidien. Ne pas les évoquer pour en minimiser la portée. À défaut de les oublier. Je découvris qu'il en était finalement de même quant aux heureux événements. Je ne pouvais que constater – et certainement déplorer – à quel point la parole n'était chez nous pas chose aisée. Pas naturelle. Le geste arrivait parfois à pallier l'absence de mots. Parfois. En de très rares occasions. Parce qu'en général chacun gérait ses émotions. Sans épanchement. Seul au milieu des autres.

Sauf pour Jacquot et Zabeth. Eux extériorisaient bien toute la fougue qui les animait. Et ils étaient capables à eux deux de faire tout autant de vacarme qu'une tribune du stade Bollaert un soir de grand match.

J'aurais pu cet après-midi rejoindre les copains. Taper dans le ballon sur le grand terrain derrière la chaufferie. Mais j'ai préféré rester près de mes parents. Me réjouir avec eux de notre bonheur à venir. Même si nous n'avons célébré l'événement qu'à travers un festival de regards en coin.

Nous allions dans une poignée de jours connaître quelque chose d'inédit. De bien. Que beaucoup allaient nous envier. Nous enviaient déjà. Et nous étions seulement en train d'en prendre pleinement conscience.

J'allais connaître mes toutes premières vacances…

Des vacances !

La chose était pour moi tout bonnement incroyable. Mais que dire de ce qu'elle devait représenter pour mes parents ? Moi, je n'avais que quinze ans. Eux allaient sur quarante. Et pour eux aussi l'expérience s'annonçait comme une grande première.

Et la vie n'avait pas été pour eux des plus faciles jusque-là.

Papa était né à Sallaumines. En 1910. Dans une petite maison de cité de la fosse 4, où son père, Auguste Marquet, était mineur. On l'avait baptisé Alfred pour rendre hommage à un frère de mon grand-père qui avait quatre ans plus tôt péri dans la terrible catastrophe de Courrières.

Maman, elle, était née un an plus tard. En 1911. À Méricourt. Elle était la petite dernière d'une fratrie de onze enfants. Et son frère aîné Marcel avait lui aussi disparu lors de cette même catastrophe. Il faut dire que ce drame avait fait plus de mille victimes. Tout le monde dans le coin y avait perdu au moins un proche. Quand ce n'était pas plusieurs. Marcel Fievet était descendu le 10 mars 1906. À la fosse 3. Au petit matin. Son cadavre n'avait pu être remonté que dix jours plus tard. Seules ses chaussures avaient permis de l'identifier tant son état de décomposition était avancé. Au moins avait-il échappé au Silo. Cette fosse commune où on avait jeté deux cent soixante-douze victimes sans nom. Maman n'avait jamais connu ce frère. Mais elle se faisait un devoir, chaque année – le 10 mars –, de se rendre à l'église Saint-Amand pour aller allumer un cierge à sa mémoire.

Lors de la déclaration de guerre de l'Allemagne à la France, le lundi 3 août 1914, Papa et Maman étaient l'un et l'autre encore bien jeunes pour réaliser ce que cela représentait. Mais à l'heure des bombardements intensifs qui avaient entièrement détruit tout le bassin minier, ils n'étaient malheureusement déjà plus assez innocents pour ne pas s'en soucier.

Puis ils avaient grandi. Chacun de leur côté. À trois kilomètres l'un de l'autre. Dans des cités minières en pleine reconstruction. Jusqu'à ce que leurs chemins finissent par se croiser. C'était en 1925. À la ducasse de Billy-Montigny. Papa avait quinze ans. Maman quatorze. Il était galibot depuis un an à la fosse 4. Elle venait de démarrer à la fosse 3. Au criblage. Une *cafu*, comme on disait.

Et ils ne s'étaient plus quittés.

X

LA SURVEILLANTE ÉTEIGNIT LA LUMIÈRE.
– Allez, mesdemoiselles ! Il est l'heure de dormir ! Et ne commencez pas à jacasser ! Vous avez classe demain et il faut être en forme pour la dernière ligne droite !

Elle avait employé un ton se voulant autoritaire, mais personne dans le dortoir n'avait été dupe. C'était Françoise qui était de garde cette nuit. Et Françoise, c'était de loin la plus chouette des surveillantes. Pas besoin pour elle d'utiliser la menace pour nous tenir. Sa douceur et le comportement respectueux qu'elle avait toujours avec chacune de nous suffisaient amplement pour qu'on n'ait nullement envie de lui causer des histoires.

Pas comme avec cette peau de vache de Micheline !

Micheline, elle, était capable de se forcer à rester éveillée derrière la porte. Juste pour être sûre de pouvoir prendre sur le fait la première à tenter de braver son autorité. Nous savions qu'elle faisait cela. Un matin, nous nous étions réveillées de nous-mêmes et l'y avions trouvée assoupie sur une chaise. Elle avait passé la nuit là et avait fini par s'endormir en plein milieu du couloir. La bouche ouverte. Le chignon défait. Poussant des grognements qui laissaient entendre que même dans ses rêves elle ne pouvait faire autrement que râler. Son réveil en sursaut – à cause de nos ricanements et de l'inconfortable position dans laquelle elle se trouvait – nous avait d'ailleurs valu d'être témoins de son plus bel éclat de colère. Et elle nous en avait fait baver les jours qui avaient suivi, nous dévoilant que, s'il existait un championnat dans l'art de la mauvaise foi, elle ne pouvait que jouer le haut du tableau. C'était elle qui avait failli, mais elle avait finalement tenu à nous faire payer son échec.

A contrario, Françoise n'était que probité. Droite dans la mission que lui confiait l'école de surveiller quarante jeunes filles de quinze à dix-huit ans réparties dans deux dortoirs. Mais droite également dans les rapports qu'elle entretenait avec nous toutes. Nous le savions. Et aucune de nous ne cherchait jamais à la provoquer. Aussi, quand elle ferma la porte, le dortoir plongea aussitôt dans un silence respectueux.

Et puis c'était mieux ainsi, car je n'avais aujourd'hui pas la tête aux commérages que provoquaient parfois nos retours de week-end. Alice – qui occupait le lit juste à côté du mien – l'avait d'ailleurs bien senti, tout à l'heure, avant l'extinction des lumières.

– Ça va ? s'était-elle inquiétée en me voyant rester muette.

– Oui, ne t'inquiète pas ! l'avais-je aussitôt rassurée. C'est toujours pareil quand je passe deux jours avec mon père. Ça me rappelle ceux que j'aimais… et qui ne sont plus là.

Ceux que j'aimais…

Celle, bien sûr…

J'avais essayé de généraliser ma pensée pour ne pas avoir trop à la préciser. Le flou évitait des questions auxquelles je n'avais pas forcément envie de répondre. Même si Alice savait pertinemment ce que je voulais dire. Parce qu'elle me connaissait bien. Parce qu'elle et moi partagions en général beaucoup. Mais ce soir, elle avait aussitôt senti mon besoin de rester seule. Dans la méditation. Elle savait qu'il ne servait à rien dans ces cas-là de forcer le dialogue. Le dialogue est un partage, et là je n'avais pas le cœur à partager.

Je m'étais contentée de lui sourire pour la remercier de sa délicatesse. Elle m'avait souri en retour. Françoise avait éteint et nous nous étions murmuré un discret « Bonne nuit ».

* *
*

Comme à chaque fois que je n'arrivais pas à m'endormir, je ressassai le parcours qui nous avait menés – mon père et moi – jusqu'ici, dans le sud de la France. Chaque étape était un mouton qu'il me fallait sauter par la pensée pour avancer sur le chemin du sommeil.

L'exercice allait me mener loin cette nuit.

La fatigue était pourtant bien là, mais je ne m'imaginais guère y céder. J'éprouvais un trop grand besoin de refaire encore et encore une fois ce long chemin tortueux.

Une route semée d'embûches.

Un parcours que nous avions démarré à trois pour ne revenir qu'à deux.

Nous avait-on laissé le choix ?

Pas vraiment ! La folie des hommes s'était chargée de notre destin. Comme de celui de beaucoup qui avaient tout fait pour se tenir éloignés de tous ces conflits qu'ils ne comprenaient pas. Qui n'avaient rien demandé, rien tenté. Et s'étaient pourtant retrouvés embarqués sur des voies sans issue desquelles ils n'avaient pu s'extirper qu'en signant un pacte avec le malheur.

XI

JANVIER 1929. C'était à cette époque que le destin s'était chargé d'accélérer les choses pour mes parents. Papa voyait approcher la date de son départ pour le service national. Il avait hâte. Non pas pour aller jouer au soldat. Mais dans l'optique de s'acquitter de son devoir. Au plus vite. Car plus vite il s'en débarrassait, plus vite il revenait. Et plus vite il pouvait quitter ses parents et faire d'Édith Fievet de Méricourt sa légitime épouse.

Mais un accident de mine était venu contrarier ce plan. Au 4, l'écroulement d'une galerie. Papa s'était retrouvé une journée entière la jambe coincée sous un mont de roches. Deux de ses camarades avaient péri dans cet accident. Lui en était sorti vivant. Mais avec la jambe droite abîmée. Et avec une claudication permanente assez prononcée.

L'armée l'avait réformé.

La route vers le mariage était ouverte.

Mais la compagnie s'était opposée à la reprise de son poste au fond. On lui avait alors demandé d'aller à la fosse 23. À Noyelles-sous-Lens. Elle allait très bientôt démarrer son activité. On lui proposait d'y intégrer le centre de formation. Pour apprendre le métier aux galibots.

Rejoindre cette toute nouvelle fosse. Pourquoi pas ? Mes parents y voyaient la clé de leur émancipation. Ce n'était qu'à quelques kilomètres de chez eux. Mais c'était suffisant. Ils allaient l'un comme l'autre enfin pouvoir couper le cordon ombilical.

En revanche, l'idée d'intégrer le centre de formation n'enchantait pas vraiment Papa. Les mineurs sont sans cesse en train de se lamenter. Leurs exécrables conditions de travail. Le travail le plus pénible du monde… Mais si vous voulez les voir en colère, vous n'avez qu'à leur demander d'abandonner le fond pour un poste en surface. Le vrai travail du mineur, c'était au fond ! Le reste était considéré comme un abandon des copains. Une haute trahison !

Alors, oui, Papa avait été blessé. Oui, il traînait un peu la jambe droite. Mais il considérait cela comme un très léger handicap. Pas de quoi lui interdire l'exercice de son métier.

Il accepta donc de rejoindre les équipes noyelloises. Mais à l'unique condition que ce fût pour un poste au fond. Comme il l'avait toujours fait.

Et sa requête avait été acceptée.

En avril de la même année 1929, Papa et Maman se marièrent. Ils s'installèrent à Noyelles-sous-Lens. Dans un bloc, comme ils disaient. Une habitation qui comprenait quatre petits logements. Ceux qu'on attribuait généralement aux jeunes couples sans enfants.

Les toutes premières années, Maman elle aussi partait chaque jour travailler à la fosse Charles-Thellier-de-Poncheville. Le puits n° 23 de la Compagnie des mines de Courrières. Une fosse toute neuve qui présentait une particularité : elle n'avait qu'un seul puits.

Maman y travaillait à la lampisterie. C'était elle qui donnait à chaque mineur sa lampe en début de poste. En échange d'un jeton gravé de son matricule. En fin de poste, elle récupérait les lampes. Rendait les jetons. On n'avait toujours pas trouvé mieux pour s'assurer que tout le monde était bien remonté.

Elle a occupé ce poste pendant quatre années. Jusqu'à ma naissance.

Une époque où la notion de congés payés n'était encore qu'une douce illusion. Une utopie, même. Puis il y eut le Front populaire. 1936. Et ils eurent tous droit pour la première fois à deux semaines de vacances.

Moi, je n'avais que trois ans. Un boulet pour mes parents. Impossible pour eux de voyager avec un gamin qui exigeait une surveillance de tous les instants. J'étais le lait sur le feu.

Les vacances. Les voyages. Tout cela n'avait jamais fait partie de leur programme. Comment se dire d'un coup : « Allez, zou ! En route ! » Pour aller où ? Comment ? Et puis avant toute chose, avec quel argent ? La quinzaine leur permettait tout juste de subvenir à leurs besoins. Et encore. En ayant régulièrement recours au crédit chez l'épicier. L'aventure congés payés avait forcément elle aussi un coût. Et ils n'en avaient pas les moyens.

Puis le temps pour eux de se faire à l'idée que les vacances étaient du domaine de l'envisageable, et Jacquot était né. L'année d'après, c'était la guerre. Une guerre qui, même si elle était terminée depuis maintenant trois ans, était encore bien présente dans tous les esprits.

Après lui avoir valu d'être exempté de service national, la jambe abîmée de Papa l'avait empêché de partir au combat. Il était resté à la fosse. Mais les Allemands avaient vite pris possession des mines. Et donc de ses hommes.

Le travail du mineur était loin d'être une sinécure. Celui du mineur sous l'occupation allemande était encore pire. Un combat permanent. Plus insidieux que ceux qui se déroulaient en surface. Se syndiquer équivalait à entrer en résistance. Et pas un mineur n'avait manqué de prendre sa carte. Les rythmes d'extraction avaient subitement chuté. Le matériel rencontrait régulièrement de bien étranges dysfonctionnements. Les trains déraillaient. Le sabotage était quotidien. Mais avec des représailles à la hauteur de la grandeur de toutes ces actions. Nombre de camarades mineurs étaient tombés sous le feu des salves vengeresses de l'ennemi. Quand les Allemands avaient abandonné les lieux, gaullistes et communistes eurent vite fait de trouver un accord. Il fallait exploiter au mieux cette fibre résistante et patriotique que l'Occupation avait fait naître dans tout le bassin artésien – et dans tous les bassins miniers, d'ailleurs. L'union sacrée du Général et de Maurice Thorez. Ils décrétèrent alors la mobilisation des mineurs. Les travailleurs de l'ombre reçurent le titre de « premier ouvrier de France ». Ceux sur qui toute une nation devait désormais compter.

Pour relever la France !

Pour contribuer au redémarrage économique du pays !

La bataille du charbon était lancée.

Dans des conditions bien difficiles. En pleine période de pénurie. La crise économique des années 1930. La guerre. Des événements qui avaient mis l'état des finances des Houillères au plus bas. Et le retard dans la modernisation des installations minières commençait à être important. Un programme avait été élaboré. Un programme ambitieux. Et la reprise fut bien là. Chacun avait repris son rythme d'abattage d'avant-guerre. On ne travaillait plus pour les Allemands.

Mais 1947 avait donné un sacré coup de frein à ce bel essor. Un arrêt aussi spectaculaire qu'avait pu l'être le redémarrage. L'inflation ne faisait qu'augmenter. Le rationnement et le marché noir perduraient. L'industrie automobile s'enflammait. Le plan Marshall divisait. Parti communiste et gouvernement étaient en plein désamour. On avait révoqué le président des charbonnages du bassin houiller du Nord, Léon Delfosse. Et les mineurs n'avaient pu faire autrement que rejoindre le mouvement national des grévistes.

Alors, oui, les vacances qui s'annonçaient ne pouvaient pour nous que relever du miracle. Nous restions lucides. Les problèmes du quotidien n'allaient pas s'envoler pour autant. La rétribution de notre travail allait toujours nous paraître aussi ridicule. La désillusion par rapport à cette bataille du charbon qui nous avait été présentée accompagnée de moult promesses n'avait très certainement pas fini de nous faire enrager...

Mais là, à cet instant, je réalisai sans la moindre honte que ma pensée n'était obnubilée que par une seule idée. Une pensée égoïste mais légitime : ce voyage à La Napoule.

XII

La nuit était noir opaque. Et j'avais beau tendre l'oreille, pas un bruit ne parvenait à déchirer le lourd rideau de silence qui était tombé sur tout le dortoir.

L'angoisse me gagna.

Je n'avais pas envie de parler, mais j'aimais pouvoir méditer en sentant la vie tout autour de moi. Je concentrai toute mon attention sur la respiration de mes camarades endormies. Leurs souffles réguliers finirent par m'apaiser et je pus reprendre un peu plus sereine le fil de ma pensée.

Jamais mes parents n'avaient fait de politique. Ils s'étaient toujours contentés d'agir dans tout ce qu'ils faisaient avec le plus d'humanité possible, que leurs interlocuteurs soient de leur condition ou pas. Mais ils avaient eu un tort. Et de taille. Celui d'être juifs. Spielmann ! Bernstein ! Des noms qui, auparavant, portaient en eux tout l'héritage de leur histoire familiale et leur permettaient comme tout un chacun de se distinguer de leurs voisins. Puis un jour, sans crier gare, ces noms ne leur servirent plus qu'à être inscrits sur des listes. Pour n'être plus que le « plus un » de celui d'avant et le « moins un » de celui qui suivait. Des numéros. Des matricules qu'on avait même été jusqu'à leur tatouer sur la peau. Des fois que les wagons à bestiaux dans lesquels on les avait entassés n'aient pas suffi à leur faire comprendre qu'on ne les considérait plus comme appartenant à la race humaine.

Mon père était pourtant un ingénieur comme les autres à la Compagnie des mines de Lens. Même plutôt meilleur que la moyenne, aux dires de beaucoup. Maman donnait des cours de piano aux enfants des collègues ingénieurs de Papa et était unanimement appréciée par tous les notables lensois. Et que dire de tous ceux qui avaient un jour été enfermés avec eux, qui avaient été déportés tout comme eux ? La plupart devaient être tout aussi irréprochables. Tout aussi respectables.

Je raisonnais dorénavant ainsi, mais devais bien reconnaître qu'à l'époque j'en eus été incapable. J'avais éprouvé le sentiment d'être entraînée du jour au lendemain dans un monde que je ne comprenais plus. Pas un instant je ne m'étais préoccupée de ce qu'il avait pu advenir de mes parents. Moi, ma seule interrogation était alors : « Mais pourquoi diable m'ont-ils ainsi abandonnée ? »

Je ne savais rien de ce qu'il se passait. Et il valait mieux pour moi. Je n'aurais pas pu comprendre. Mais Papa s'était échiné à tout me raconter dès son retour. Il avait tant côtoyé la mort qu'il savait la fragilité de l'existence. Oui, il était revenu de l'enfer. Mais il pouvait encore choir, lui aussi. Et très vite. Aussi étais-je son avenir. Celle qui devrait un jour passer le relais à la nouvelle génération. Celle qui devrait tout raconter. Pour que personne n'oublie. Jamais…

Mes parents ne m'avaient pas abandonnée. Ils m'avaient cachée, préférant me faire mourir aux yeux de l'Administration afin de m'éloigner de toute cette chienlit. Pourtant eux non plus ne savaient encore rien, à l'époque. Mais la rumeur grondait déjà suffisamment sur tout le bassin minier pour qu'ils ressentent le besoin de devoir me sauver. Même si me faire disparaître de leur vie avait été un déchirement. Pour eux. Comme pour moi.

C'était le Dr Schaffner qui avait trouvé la parade.

Ernest Schaffner était un ami de Papa. Ils s'étaient connus en 1927, lorsque le médecin, alors jeune diplômé, était arrivé à Lens. Il ne devait être que de passage. Pour une mission sur les mineurs parce qu'il s'était spécialisé en phtisiologie. Plus de vingt ans après, il n'était toujours pas reparti. Il paraît même qu'il y a quelques mois les Lensois l'avaient choisi pour maire.

Tout comme mon père, le Dr Schaffner ne s'était jamais contenté de son confortable statut de notable. Il avait toujours œuvré pour le bien du monde ouvrier. Pour le bien des mineurs. Les travaux pour le dépistage de la silicose, c'était lui. La faire reconnaître comme maladie professionnelle, c'était encore lui. Et les mineurs ne pouvaient que louer son opiniâtreté. Il était capable sur une seule journée de passer jusqu'à quarante patients sous les rayons X de ses intrigants appareils de radiographie. Il en eut très vite les doigts noircis et avait dû subir plusieurs amputations. Mais jamais il n'avait abandonné le combat. Même quand le gouvernement de Vichy l'avait relevé de ses fonctions de médecin-chef de l'hôpital de Lens.

C'était d'ailleurs à cette époque, en 1941, qu'Ernest Schaffner avait réussi à persuader mon père de déguerpir pendant qu'il était encore temps. Il sentait qu'un grand danger nous guettait. Nous étions juifs et, même si personne autour de nous n'y avait vu jusque-là quelque chose de mal, les mentalités évoluaient. Et pas dans le bon sens. Mais mon père avait toujours refusé de tout abandonner pour faire de moi une vagabonde. Je n'avais même pas dix ans, et l'idée de me voir fuir sur les routes pour risquer de me faire arrêter au moindre village traversé lui était tout à fait intolérable.

– Et si je trouve un moyen de la mettre définitivement à l'abri, ta Bella ? avait alors suggéré le Dr Schaffner. Tu me promets de fuir avec Hannah, et de tout faire pour sauver votre peau ? Dis, Joseph ! Tu me le promets ?

– Oui ! avait fini par acquiescer mon père. Je te le promets, Ernest !

Et notre ami médecin s'était occupé de tout.

Il y avait eu une bavure qui avait secoué et ému la population lensoise. Suite au sabotage de la voie de chemin de fer qui passait derrière le stade Félix-Bollaert, un convoi allemand avait déraillé. Les représailles furent immédiates. On avait pris au hasard une poignée de mineurs parmi ceux arrêtés la veille – parce qu'ils avaient osé braver l'autorité allemande en menant une grève patriotique de dix jours – et on les avait rassemblés sous le pont Césarine. Les fusils étaient déjà en joue lorsqu'une forte agitation avait gagné la population venue en masse assister à l'exécution. Malgré leurs armes, les soldats allemands eurent le plus grand mal à juguler la colère montante de la foule. Deux des mineurs condamnés avaient profité de l'agitation pour s'enfuir. Les coups de feu avaient alors éclaté pour ne s'arrêter qu'au bout d'une très longue minute. Il fallut la découverte des corps de deux petites filles fauchées par les balles allemandes pour que la rumeur grondante cesse enfin. La colère et l'indignation avaient d'un coup cédé la place à l'incompréhension. Et c'est une foule silencieuse et recueillie dans la prière qui avait observé la levée du corps des deux fillettes.

Le Dr Schaffner les avait accueillies à l'hôpital et n'avait pu que constater leur décès. Et c'est à cet instant qu'il avait glissé mes papiers d'identité – que mon père lui avait confiés à sa demande depuis déjà quelque temps – dans les poches d'une des deux filles. Il savait que par ce geste il privait une famille lensoise du deuil de son enfant. Mais il savait aussi que, pour elle, c'était de toute façon trop tard. Et s'il avait osé aller à l'encontre de ce que lui dictait sa déontologie, ce n'était que pour la bonne cause. Pour la survie d'une autre petite fille. Pour MA survie.

Ernest Schaffner m'avait ensuite fourni des faux papiers et trouvé un lieu d'accueil, à Givenchy-en-Gohelle, au pied de la colline de Vimy. C'était chez Marie Delacourt. Une brave paysanne d'une cinquantaine d'années. Elle était veuve. Ses deux fils avaient participé à la percée de Sedan en mai 1940 et n'en étaient jamais revenus. Et c'était là que pour la dernière fois j'avais embrassé Maman. C'était là que j'avais éprouvé l'horrible sentiment d'abandon. Que j'avais vu mes parents me tourner le dos. Qu'ils avaient disparu au bout du chemin de terre qui reliait la ferme à la route nationale pendant que Marie Delacourt retenait de force dans ses bras potelés celle qu'elle allait devoir présenter pendant des années comme une petite-nièce orpheline.

J'avais d'ailleurs très vite cru être réellement orpheline. Mes parents ne pouvaient être que morts. Pourquoi ne revenaient-ils pas me chercher, sinon ?

J'étais bien loin de me douter de ce qu'ils enduraient alors…

XIII

CE DERNIER JOUR DU MOIS DE JUIN avait une saveur particulière.

C'était jour de quinzaine. Le jour où nous allions enfin pouvoir palper le fruit de nos efforts. Un jour où l'on se sentait puissants. Pour un temps plus ou moins long. C'était selon. Tout dépendait du passage obligé à l'estaminet.

Tout le monde allait s'y retrouver dès le poste terminé. L'ambiance allait être festive. Joyeuse. Et pour beaucoup, l'étape allait s'avérer périlleuse. Pour ceux qui aimaient un peu trop fêter l'événement. Ceux qui étaient capables d'y laisser leur quinzaine. Et pour ceux-là, le retour dans les foyers était à chaque fois des plus difficiles. Arriver chez soi les poches à moitié vides – voire complètement vides pour les plus inconscients – ne pouvait qu'entraîner de fâcheuses conséquences.

Ah, les soirs de quinzaine ! On assistait dans tout le coron à un étrange charivari. Des rumeurs joyeuses. Chez ceux qui offraient aux leurs un repas amélioré de dernière minute. Mais surtout aussi de nombreuses scènes de ménage. Il en éclatait de partout. Où les cris des soûlards aux discours incohérents se mêlaient à ceux de leurs femmes spoliées. Outragées.

Chez nous, c'était Maman qui gérait les finances. Papa lui avait laissé cette responsabilité. Il disait que les chiffres l'ennuyaient. Mais il était surtout très impressionné de voir comment elle s'en sortait. Jamais il n'aurait su en faire autant avec si peu.

Maman, c'était la douceur incarnée au quotidien. Mais quand tombait la quinzaine, elle pouvait devenir une véritable pie-grièche. Elle remplissait son petit carnet. Y barrait des chiffres. En notait d'autres. Comptait et recomptait les billets de chacune de nos enveloppes. En isolait une partie pour s'affranchir de la dette d'épicerie. Insérait le reliquat en début de carnet. Et elle mettait le tout bien à l'abri. Dans une petite boîte en fer. Nous n'avions pas, ni Papa ni moi, intérêt à avoir laissé à l'estaminet autre chose que la menue monnaie. Juste de quoi boire un verre avec les copains, quoi. Mais jamais plus. Il y allait de notre équilibre familial. Et sûrement de la bonne santé de nos oreilles.

Mais cette quinzaine-là ne pouvait pas être une quinzaine comme les autres. À trois jours de notre voyage à La Napoule. Une perspective qui nous mettait particulièrement le cœur en joie. Papa et Maman ne le montraient guère. Mais je les savais aussi excités que moi je pouvais l'être. Plus la date approchait et plus j'avais le pas léger. J'avais même aujourd'hui eu l'impression de voler en me rendant sur le carreau de fosse. Jamais l'escalier pour accéder à la recette ne m'avait paru plus facile à grimper.

Jedjé me trouva en pleine béatitude dans la file de ceux qui attendaient la prochaine cage.

– Eh bé, galibot ! m'interpella-t-il. T'as l'air comme un coq en plâtre, comme t'es là ! Tu t'vois déjà les pieds dans l'eau ?

Je ne savais pas si l'approximation de son expression était une erreur de sa part. Ou une simple tentative de me faire rire. Mais je préférai ne pas relever. Je soupirai d'aise et me contentai de lui adresser un clin d'œil complice. Il baignait autour de moi une douce volupté que rien ne semblait pouvoir venir perturber.

Une journée à la fosse avait pourtant de quoi casser le moral des plus optimistes. Surtout pour le galibot que j'étais. Mes journées me semblaient souvent longues. Voire pénibles tant elles étaient éprouvantes. Et je me languissais la plupart du temps de l'heureux moment où le porion nous libérait enfin. Nous ordonnait de rejoindre l'accrochage. Pour remonter.

Le galibot n'était jamais que l'apprenti. Et qui disait apprenti, disait corvées permanentes. Une fois au fond, à qui demandait-on de courir dans tous les sens pour aller ouvrir les portes d'aérations ? Aux galibots ! À qui s'adressait celui qui avait besoin d'une nouvelle lampe parce que la sienne venait de s'éteindre ? À un galibot ! Qui envoyait-on pour renforcer l'équipe de herscheurs quand elle avait besoin de bras supplémentaires pour tirer les berlines ? Les galibots ! Pour dégager le charbon jusqu'à l'entrée de la voie... Pour apporter leurs bastaings aux boiseurs... Pour porter les seaux... Les galibots ! Encore les galibots ! Toujours les galibots !

Et si la plupart des ouvriers de la mine s'adressaient au galibot que j'étais en me raillant avec gentillesse, certains me considéraient avec mépris. N'hésitaient pas à même parfois se montrer un peu cruels. À croire qu'ils n'étaient eux-mêmes jamais passés par là. Papa m'avait prévenu. Tout cela ne durait qu'un temps. Mais il fallait apprendre à courber l'échine. Mettre son pouce dans sa main. Être de bonne composition. Constamment au mieux de sa forme.

Le mineur ne mettait en général que quelques secondes pour s'endormir dès qu'il gagnait son lit. Moi, le temps de la remontée de la cage vers le moulinage suffisait à m'expédier dans les bras de Morphée. Et il fallait bien souvent me secouer à l'arrivée pour me réveiller.

Mais j'exécutai aujourd'hui toutes ces tâches avec un inhabituel enthousiasme.

Allez-y ! Demandez-moi tout ce que vous voulez !...
Moi, dans trois jours, je pars pour le château des mineurs !

* *
*

On m'appela en milieu de matinée. À la baraque des ouvriers. J'aimais bien cet endroit. C'était là que les ouvriers d'abouts stockaient tout leur petit matériel. Une véritable caverne d'Ali Baba (Jedjé aurait peut-être lui dit « caserne d'Ali Baba »). Le paradis du bricoleur. Et puis c'était un endroit convivial. On aimait tous s'y retrouver. Pour faire le point. Ou, à l'occasion, boire un coup ensemble.

L'aboutier – c'était ainsi qu'on appelait le porion de cette équipe –, René Boursier, m'accueillit avec bonne humeur.

– Ah ! C'est toi le galibot que m'envoie l'Eugène Capeau ?

– Oui ! Étienne Marquet ! me présentai-je en lui tendant la main. Mais tout le monde m'appelle Tienot !

– Marquet ! T'es de la famille d'Alfred Marquet ?

– Oui, c'est mon père !

– Bien ! Si t'es l'tchiot de l'Alfred, tu n'peux qu'être un bon tchiot gars ! Ça va bien s'passer... Y m'en manque deux, aujourd'hui, t'es prêt à nous filer un coup d'main jusqu'à la fin de ton poste ?

– Heu... Oui ! répondis-je.

– Tu sais en quoi consiste notre boulot ?

– Ben... vous... bégayai-je. Vous êtes un peu touche-à-tout et vous vous occupez de la maintenance générale de toutes les installations !

– Détends-toi, tchiot ! T'es plus à l'école. Et c'est pas une interro ! C'est ça ! T'as tout bon. Ceux qui travaillent dans mon équipe ont effectivement la particularité d'être à la fois un peu maçons, menuisiers, mécanos et électriciens sans n'avoir eu aucune de ces formations à la base. Qui sait ? Peut-être que ça t'plaira et que tu voudras nous r'joindre, plus tard, quand tu s'ras un homme !

Je ne me vexai pas de sa remarque. René Boursier était de ceux qui ne pouvaient vous voir comme un homme qu'une fois que vous aviez été soldat. Au moins m'avait-il dit cela sans la moindre malice. Ce qui n'était pas forcément le cas de tout le monde.

Il m'accompagna jusqu'à la recette où m'attendaient deux de ses ouvriers d'abouts. Achille et Blaise m'accueillirent avec la même bonhomie que celle de leur chef quelques instants plus tôt.

Ils étaient occupés à consolider les fixations d'un *cuffat* – une sorte de grand tonneau métallique – qui allait nous permettre de descendre le long du cuvelage. Par le même chemin que celui emprunté par la cage.

– On y va, tchiot ! s'exclama Blaise alors qu'Achille avait déjà pris place à bord de notre nacelle de fortune. On va descendre le long du câble porteur pour en vérifier l'état. Bon, pour ça, on n'a pas forcément besoin de toi, c'est vrai. Mais on profite toujours de la descente pour jeter un œil au cuvelage et aux *pichoux*[1]. Et pour ça, il faut parfois s'pencher un peu. C'est donc mieux à trois. Question d'équilibre. Bon, t'es pas très épais, mais ça va l'faire, tchiot !

Et je me retrouvai donc à mon tour dans le cuffat. Les deux gaillards qui m'accompagnaient étaient habitués à ce genre de manœuvre. C'était indéniable. Et mon anxiété les amusait visiblement beaucoup. Je me retrouvai coincé entre eux deux. Et les sentais rire à travers les soubresauts de leurs deux bedaines qui me comprimaient.

Achille devina ma panique et se mit à rire encore plus fort.

– Ça ! T'es quand même plus à l'aise dans la cage, pour descendre, hein ? Y a pas l'gros bide de Blaise qui prend toute la place !

1. Joints de cuvelage laissant « pisser » l'eau de la terre.

– Écoutez-le, li ! rétorqua Blaise. C'est l'hôpital qui s'moque de la charité !

Je sentis les deux bedaines se mettre à vibrer de plus belle. Mais leurs plaisanteries eurent le plus grand mal à m'arracher ne serait-ce qu'un sourire. J'étais bien calé. Mais je me sentais dans une position des plus inconfortables.

– C'est ton premier cuffat ? s'étonna Achille en retrouvant son sérieux devant mon angoisse apparente.

Je me contentai d'un signe de tête.

J'avais trop peur qu'en desserrant les dents ma trouille se traduise ici par un long cri.

XIV

Le train était déjà annoncé au départ lorsque j'arrivai à la gare.
Mon sac était lourd, aujourd'hui. Mme Duquercy venait de nous souhaiter de bonnes vacances et nous avait donné rendez-vous le 1er octobre. Le temps de vider les dernières affaires du dortoir. D'interminables embrassades sur le trottoir du lycée. Quelques larmes à l'idée de ne plus se voir pendant trois mois. Tout semblait avoir été fait pour que je rate le dernier train pour La Napoule.

Mais il était toujours à quai et semblait n'attendre que moi. La locomotive cracha un épais nuage de fumée qui vint camoufler l'amertume des derniers adieux. Puis le grand coup de sifflet qui s'ensuivit annonçait un départ imminent. Je montai donc dans la voiture de queue et m'installai dans le premier compartiment.

Le temps de poser mes bagages dans le filet, le convoi se mit en branle et je me retrouvai assise de force à la place collée à la fenêtre. Je soufflai de soulagement à l'idée de ne pas être contrainte de passer une nuit supplémentaire à Nice. J'allais bien être dès ce soir au château, auprès de mon père.

Les grandes vacances…

J'étais restée tant d'années sans retourner à l'école que j'avais presque oublié l'agréable sensation de me voir libérée de toutes contraintes le temps d'un été. Même pour la bonne élève que j'étais, le sentiment s'avérait doux et caressant.

Il fallut les rires hystériques du gamin à côté de moi pour m'arracher au bien-être dans lequel je m'étais un instant laissée aller. Il devait avoir quatre ou cinq ans, pas plus, et venait de sauter à pieds joints sur la banquette. Puis il se mit à faire des bonds comme s'il se trouvait sur un trampoline. À croire qu'il s'était fixé comme but d'aller rejoindre ma valise dans le filet.

Sa mère semblait avoir perdu toute autorité sur lui. Ses gestes las et sa voix trop douce étaient d'une bien vaine utilité face à l'impétuosité du marmot. Et lui l'avait déjà bien compris. Il n'accorda pas le moindre regard à sa mère et redoubla d'efforts dans son chahut en me toisant au passage d'un sourire narquois qui me glaça. Pouvait-on déjà à cet âge faire preuve d'un tel esprit retors ? La naïveté de l'enfance était donc une valeur révolue ?

Sur le siège d'en face, côté porte, une grosse femme cherchait à capter le regard de la mère pour lui intimer l'ordre de réagir au plus vite. Je sentais dans son trépignement une réelle envie de régler elle-même la question. Elle pouvait se lever au nom de chacun et faire en sorte que le mouflet se tienne enfin tranquille. Un signe de la mère, et elle y allait. Mais la mère s'interdisait elle-même toute communication avec l'extérieur et se bornait à réprimander son rejeton sur le même ton que celui qu'elle devait employer quand elle lui chantait une berceuse.

Côté fenêtre, face à moi, il y avait un vieil homme. Il avait l'air embarrassé et s'obstinait à garder la tête baissée pour ne pas avoir à partager son sentiment sur la question, ne seraitce qu'à travers le simple geste de lever les yeux au plafond. Il se contenta alors de retirer sa veste qu'il plia en deux sur ses genoux. Peut-être sa manière à lui de faire comprendre que pour chaque problème il y avait une solution. La chaleur de cette journée d'été l'indisposait : il se mettait en bras de chemise. Et s'il caressait avec délicatesse les manches de velours de sa veste, c'était peut-être pour apaiser sa pensée et ne pas laisser paraître au grand jour la virulence des actes punitifs qui lui traversaient l'esprit pour gérer le cas du gamin.

Il tenait devant lui ses bras décharnés. Sur l'un d'eux apparaissait en tatouage un nombre à cinq chiffres. Il le recouvrit immédiatement de sa longue main émaciée et tremblante et leva enfin le nez pour constater que je le fixais. Son regard était chargé d'un lourd sentiment d'impudeur. Comme si je venais de le surprendre nu en pleine rue. Je me contentai de lui sourire, discrètement. Un sourire qui voulait dire que je comprenais. Que je savais.

Je connaissais ce tatouage. Cette marque que lui jugeait honteuse. Tout comme mon père jugeait la sienne. Papa avait le « 45936 » gravé sur le bras droit. Un matricule qu'il ne pourrait jamais oublier même s'il faisait tout pour le cacher aux yeux d'autrui. Pour laisser une chance à son nom de reprendre ses droits. Pour ne pas tenter ses interlocuteurs de s'apitoyer sur lui. La pitié était le meilleur moyen de le cantonner au statut de victime. Or, lui ne voulait plus être une victime. Plus jamais.

Il devait en être de même pour ce vieil homme. Aussi arrêtai-je immédiatement de l'inonder de mes sourires et de ma commisération pour ne plus le regarder que comme un homme ordinaire.

Du moins essayai-je…

Parce qu'après ce que Papa m'avait raconté, pouvais-je encore croire que ces hommes et femmes revenus des camps de la mort allaient un jour pouvoir redevenir des gens ordinaires ?

La liberté de mes parents avait été de très courte durée après qu'ils m'avaient laissée chez Marie Delacourt, à Givenchy-en-Gohelle. Ils avaient gagné Paris, persuadés qu'il serait plus facile pour eux d'y passer inaperçus. Bénéficiant pendant quelque temps de l'aide d'amis de la famille de Maman, ils n'avaient pu échapper à la « politique des otages » mise en œuvre par l'occupant allemand. Dès l'automne 1941, Vichy avait réussi à les inscrire sur une de ses listes. Et comme bon nombre de Juifs et de prisonniers politiques, ils avaient été envoyés à Compiègne.

Là-bas, dans l'Oise, au camp de Royallieu qu'administrait et gardait la Wehrmacht, les conditions de détention étaient loin d'être idéales. Mais Papa et Maman étaient ensemble. C'était ce qui les aidait à tenir. Obéissance. Discrétion. Ils firent tout leur possible pour éviter de se faire remarquer.

Très vite, on parla autour d'eux de déportation. Juifs, communistes ou « asociaux » s'étaient avérés trop nombreux à gérer. Et à la fin de l'année 1941, Otto von Stülpnagel, commandant des troupes d'occupation et chef de l'administration militaire allemande en France, avait proposé à ses supérieurs de remplacer les exécutions massives – ordonnées chaque jour en représailles des attentats – par la déportation de tous ces otages vers l'est.

Dès le début du printemps 1942, il y avait eu un premier convoi au départ de Compiègne. Mille Juifs. En mai et juin, quatre autres départs. Toujours des Juifs. Papa n'avait pas compris pourquoi il n'avait pas été du lot. Mais il n'en chercha pas plus d'explications. Tant qu'on le cantonnait à Compiègne, il restait près de Maman. Tant de ses camarades étaient montés dans les premiers convois sous les cris et pleurs de leur épouse restée sur place.

Mais en juillet 1942, la séparation devint pour eux inévitable.

Les Allemands avaient organisé un grand convoi d'otages communistes. Papa faisait partie des cinquante derniers hommes juifs du camp de Royallieu encore « déportables » à cette époque. Les autres – les éclopés, les malades, les trop âgés –, Papa se doutait bien sans en avoir jamais eu confirmation de ce qu'il était advenu d'eux. Ce départ avait donc été pour lui une chance. C'était ainsi qu'il l'avait vendu à Maman pour apaiser ses inquiétudes. Il était encore apte au travail. On allait le déporter pour cela. Même si au fond de lui-même il ne savait rien et appréhendait ce qui l'attendait là-bas.

Là-bas ! Mais où ?

Papa maîtrisait parfaitement la langue allemande. Et il avait plus d'une fois intercepté des bribes de conversations de ses geôliers où il était question d'un endroit qu'ils appelaient Auschwitz. Visiblement un de leurs *K.Z.*[1]. Mais c'était les mots *Vernichtunslager* ou *Todeslager* qui revenaient le plus souvent quand ils en discutaient. Des mots qui signifiaient pour lui la destruction, la mort… Pas le travail comme ils voulaient le laisser croire en parlant d'*Arbeitslager* !

Et pourtant, quand il est arrivé en Haute-Silésie, une inscription en lettres forgées annonçait la couleur au-dessus du portail d'entrée. Une devise, *Arbeit macht frei*[2] – qu'ils avaient empruntée à un autre de leur camp, celui de Dachau –, qui avait pu un instant lui laisser espérer qu'il s'était trompé. Un instant. Un très court instant. Car dès que les lettres se trouvèrent dans son dos, Papa sut qu'il venait de mettre les deux pieds définitivement en enfer.

Ils avaient dû se déshabiller et jeter leurs piteuses loques au milieu de la cour. Ils s'étaient ensuite avancés nus, un à un, devant des tables où des officiers S.S. leur aboyaient d'incompréhensibles ordres. Bousculés. Frappés. Tout s'était déroulé dans une grande cohue.

Papa avait été placé dans le groupe qui comprenait le plus de prisonniers. Il avait failli protester, tous ses amis juifs étant là-bas, de l'autre côté de la cour. C'était auprès d'eux qu'était sa place. D'autant plus qu'on venait de lui remettre une tenue rayée sur laquelle était cousu un triangle vert. Celui des

---

1. *Abréviation pour* Konzentrationslager *(camp de concentration, en allemand).*
2. *Le travail rend libre.*

détenus de droit commun. Il n'avait jamais été pour le port de l'étoile jaune, mais elle correspondait au moins à la réalité de sa condition. Alors qu'un criminel, non ! Jamais il n'en avait été un ! Mais son instinct le poussa malgré tout à se taire. Les prisonniers qui l'entouraient n'étaient pas plus que lui des criminels. Il connaissait beaucoup d'entre eux pour avoir déjà longuement débattu de leur idéologie communiste. Et il sentit dès cet instant que la loi du nombre devenait son seul salut possible. Tant qu'il était au sein d'un groupe majoritaire, l'espoir, aussi infime pût-il être, perdurait. Il n'y avait déjà qu'à voir les traitements infligés aux quarante Juifs isolés de l'autre côté de la cour. La confession était donc pire que le crime aux yeux des soldats allemands ? Quant aux quelques souffreteux qu'on avait fait regrimper directement dans un camion, ils ne faisaient qu'étayer un peu plus la toute nouvelle théorie de Papa. Ils avaient d'emblée été isolés, exclus du nombre. Et sans avoir eu droit à une quelconque tenue rayée. Mis en marge parce que déjà promis à une mort plus qu'imminente.

Papa et ses compagnons de voyage s'étaient ensuite vu attribuer un matricule. Des numéros qui allaient, pour ce convoi du 6 juillet 1942, de « 45157 » à « 46326 ». Des numéros qui permirent très vite de les identifier dans tout le camp. Ils étaient devenus les « 45000 ».

XV

LES DEUX OUVRIERS D'ABOUTS commencèrent leur inspection. Ils m'expliquaient chacun de leurs gestes dans le détail. M'occuper l'esprit. Un excellent moyen pour me faire oublier que j'étais en train de me balancer dans une sorte de baignoire en ferraille. Au-dessus d'un gouffre de cinq cents mètres de profondeur.

Le moulineur – resté en surface pour diriger la manœuvre – stoppait notre descente tous les cinquante mètres. Blaise se penchait alors pour atteindre les câbles. Il sortait un pied à coulisse de la poche de son pantalon et en relevait les diamètres. Il criait des chiffres à l'intention d'Achille. Ce dernier s'empressait de les noter sur un carnet. Puis c'était au tour du contrôle des distances entre chaque câble. Nouveaux cris. Nouvelles annotations. Un numéro bien rodé. Ils m'expliquèrent qu'un écart par rapport au même relevé fait quelques jours plus tôt pouvait révéler une usure de l'installation. C'était donc d'une importance vitale. Achille fit enfin un tour sur lui-même et s'exclama en griffonnant :

– R.A.S. pour ce qui est du cuvelage et des pichoux ! Tu vois, ajouta-t-il en s'adressant à moi. Tant que l'eau s'écoule correctement, il est inutile d'aller voir plus près.

La descente du cuffat reprit. Cinquante nouveaux mètres.

J'en profitai pour leur demander :

– Et si les câbles sont à changer, comment vous faites ?

– On fait ça le week-end, répondit Blaise. Et sur plusieurs week-ends, parce qu'on ne peut faire qu'un câble à la fois.

Nouvel arrêt.

Nouveaux relevés qui permirent aux deux ouvriers d'abouts de faire une nouvelle démonstration de leur belle entente et de leur efficacité.

Deux cents mètres plus bas, le rituel changea quelque peu. Certains joints de cuvelage exigeaient une plus grande attention. Blaise sortit du cuffat pendant qu'Achille penchait les épaules à l'opposé, au-dessus du vide, tout en me demandant d'en faire autant. Blaise s'agitait tant pour taper sur le pichou défectueux que j'eus plus d'une fois l'impression que j'allais basculer par-dessus bord.

– Ne t'inquiète pas ! me cria Achille. Tu es bien sanglé. Tu ne peux pas aller bien loin.

Blaise, tel un équilibriste, attrapa son marteau et planta dans le cuvelage une sorte de piton assorti d'une grosse rondelle jaune.

– Comme ça, ajouta Achille, on repère le pichou à changer.

Blaise reprit place à l'intérieur du cuffat avec une agilité qui s'avérait surprenante vu son embonpoint.

– Tiens ! Y a un autre pichou à contrôler derrière toi, me dit-il. Tu t'sens de le faire ?

Je jetai un œil paniqué vers l'endroit qu'il m'indiquait sur le cuvelage et tournai la tête vers Achille. N'étaient-ils pas en train de se ficher de moi ? Mais Achille m'adressa un signe de tête. Et m'invita à aller jouer à mon tour à l'acrobate. Je me rassurais en me disant qu'il était tout aussi périlleux de jouer le contrepoids. Je venais d'en faire la surprenante expérience. Et puis j'étais harnaché. Je ne risquais pas grand-chose. Ces deux hommes n'étaient pas inconscients au point de me pousser à faire une opération qui pouvait s'avérer dangereuse.

Je pris une longue inspiration. Tâtai la poche où se trouvait mon marteau. Il était là. Bien à l'abri. Et accessible. Je me lançai.

Le cuffat se mit à verser.

Je crus un instant que mon cœur allait se décrocher. N'avais-je donc pas dans ma précipitation dépassé le point de non-retour ? Fait le geste de trop ? Celui qui allait me précipiter vers ce gouffre sans fond. Sous moi, un prédateur obscur à la gueule béante. Juste là. Prêt à ne faire de moi qu'une bouchée. Les sécurités en place étaient-elles suffisantes ? Ne pouvais-je pas malgré tout faire le grand plongeon ? Et surtout n'allais-je pas par mon incompétence entraîner dans ma chute deux ouvriers pourtant rompus à ce genre d'exercice ?

J'eus soudain l'étrange sentiment de sortir de mon corps. Le cri d'effroi qui traversa ma gorge percuta les parois du cuvelage. Il se mit à résonner et plongea en écho dans l'abîme noir du puits.

Je gardai les yeux fermés.

Je ne voulais surtout pas voir cela.

Mais je sentis soudain le cuffat se redresser. Je tournai vivement la tête. Achille et Blaise s'arc-boutaient, le dos bien cambré hors de la nacelle. Et celle-ci retrouva une certaine (providentielle) stabilité.

Je m'attelai aussitôt à ma tâche.

Il fallait que je leur fasse oublier au plus vite l'évident manque de maîtrise dont je venais de faire preuve. Le pichou pour lequel j'avais fait le voyage était là. À une longueur de bras. Sous mon nez. Semblant se gausser de me voir dans une aussi fâcheuse position. J'attrapai d'une main ferme le manche de mon marteau et assenai au joint une avalanche de coups rageurs. J'y mis tant de hargne que des bulles firent assez vite irruption. Elles annonçaient une chance de voir le pichou cracher l'embole qui obstruait son conduit d'évacuation.

Je redoublai donc d'efforts. Et soudain, sous mes coups répétés, l'eau réapparut. D'abord d'un jet que je pris en pleine figure, tel un crachat de défense. Puis un simple écoulement, faiblard, mais régulier. J'accueillis ce déblocage avec grand soulagement. Parce qu'il n'y paraissait pas, mais piocher un piton dans ma poche, le caler entre mes dents le temps de trouver les bons appuis et aller le planter dans le cuvelage constituaient une suite de gestes qui, s'ils pouvaient paraître simples, m'effrayaient au plus haut point. J'étais déjà en bien assez mauvaise posture comme cela. J'avais eu mon compte d'émotion pour la journée.

– Alors, tchiot ! Tu t'es fait une frayeur, on dirait ! s'amusa Blaise pour saluer mon retour dans le cuffat.

– Oui ! admis-je en toute honnêteté. C'est le moins qu'on puisse dire.

Achille se contenta d'une tape amicale sur mon épaule.

J'eus droit cent mètres plus bas à une deuxième sortie. Je l'abordai cette fois en connaissance de cause. Avec moult précautions. Et tout se déroula pour le mieux. Avec toujours une légère appréhension, mais sans empressement. Et le pichou se mit encore une fois à pleurer sous mes coups. Sans que j'aie à le déclarer défectueux. Sans recours à un de ces pitons qui garderaient définitivement le fond de ma poche pour aujourd'hui.

Une fois tous les paliers effectués, nous entamâmes notre remontée. Lente. Régulière.

Ultime arrêt à cinquante mètres de la plate-forme du moulinage. Le temps pour Achille et Blaise d'effectuer un dernier relevé. La tension. Blaise frappa le câble d'un gros coup de marteau pendant qu'Achille déclencha un chronomètre. L'onde de choc descendit. Elle rebondit sur le toit de la cage restée au fond et remonta jusqu'à nous. Blaise accueillit son retour par un « Top ! » tonitruant. Achille nota le temps sur son carnet et hurla un « Allez, hue ! » à l'intention du moulineur qui surveillait l'opération quelques mètres plus haut.

– Qu'est-ce t'en dis, tchiot ? me demanda l'aboutier René Boursier qui nous attendait au pied du chevalet. Ça t'a plu ? Ils ne t'ont pas trop fait la misère, les deux vieux ?

– Non, c'était vraiment une très chouette expérience ! répondis-je alors que j'avais encore l'impression de sentir le sol bouger sous moi et que je manquai de tomber à la renverse.

– Ouais ! surenchérit Achille. Il s'est fait un peu peur, le tchiot, mais il ferait un très bon ouvrier d'abouts. On le voit tout de suite. Pas vrai, Blaise ?

– Pour sûr ! consentit Blaise.

J'étais arrivé le cœur léger, ce matin, à la fosse. Mais je devais bien reconnaître que je me sentais là encore plus aérien que jamais. J'étais le maître du monde. J'avais survolé le puits et contrôlé le bon état de chaque centimètre de son cuvelage. Vérifié chaque câble. Avais pris de grands risques pour que chaque mineur de la fosse 23 puisse descendre et remonter en toute sécurité. Pouvait-il y avoir plus gratifiant ? J'avais passé trois heures avec les deux ouvriers d'abouts. Je ne les connaissais même pas en arrivant ce matin. Et ils avaient eu pour moi plus de gentillesse qu'on ne m'en avait prodigué en plusieurs mois au sein de ma propre équipe. Et puis surtout, je n'avais pas vu le temps passer. Trois petites heures riches en émotion. Mais encore plus riches en instruction. Car je quittai René Boursier, Achille et Blaise, convaincu que mon avenir de mineur était là. Si je devais fonder quelque espoir quant à la suite de ma carrière, c'était celui d'intégrer un jour cette équipe des ouvriers d'abouts.

Quand je serai un homme…

Je récupérai ma quinzaine dans une douce sérénité.

Ce dernier jour de juin avait définitivement la saveur des grands moments. De ceux qui marquaient une vie. De ceux dont on se souvenait. Parce que c'était là que tout avait changé.

Une fois à la maison, mes parents et moi avons commencé à préparer nos valises. Je ne savais pas comment expliquer cela, mais tout en pliant mes affaires j'éprouvai pour la première fois le sentiment d'être à l'aube de lendemains qui chantent. Et notre voyage à La Napoule s'annonçait comme la toute première étape de ce périple vers un avenir enfin radieux.

XVI

DÈS LE LENDEMAIN DE LEUR ARRIVÉE, les « 45000 » – dont Papa faisait partie – furent déplacés à Birkenau, le deuxième camp d'Auschwitz. On leur fit traverser une immense plaine déserte, s'étalant entre les deux camps comme une langue géante qui les invitait à venir se jeter dans la gueule d'un ensemble de bâtiments à l'haleine nauséabonde.

Papa supposa aussitôt l'endroit comme un de ces centres de mise à mort évoqués par les plus pessimistes d'entre eux quand ils étaient encore en France. Tout ici en avait la couleur. Et surtout l'odeur. Une odeur insoutenable et âcre de chairs brûlées. Il eut très vite confirmation de ce qu'il refusait pourtant de croire. Surtout une fois employé à la construction des grands *Krematorien*. Ils constituaient, ses camarades d'infortune et lui, une main-d'œuvre gratuite au service des desseins macabres de leurs geôliers, œuvrant du matin au soir à la transformation d'anciens corps de ferme en une combinaison de chambres à gaz et de fours crématoires.

Les S.S. ne ménageaient personne. Et encore moins tous ces rebuts que représentaient à leurs yeux ces « 45000 ». Les kapos non plus ne se privaient pas d'asseoir avec cruauté leur autorité sur ces nouveaux arrivants. Dès qu'ils tombaient sur un réfractaire, ils n'hésitaient pas à l'abattre sans la moindre sommation. Les Juifs du groupe furent les premiers à être exécutés. Ils n'étaient déjà plus qu'une petite poignée à la mi-juillet, quand la moitié des « 45000 » fut réexpédiée vers le camp principal.

Papa, lui, resta à Birkenau.

Le *S.S.-Obersturmbannführer* Rudolf Höss – alors directement sous les ordres d'Heinrich Himmler – faisait régner sur tout le camp une terreur sans nom. La mort y était permanente. Des conditions d'hygiène des plus déplorables. D'interminables épidémies de typhus. Et surtout ces chambres à gaz où les S.S. les menaient par centaines. Birkenau était une usine au service de la mort. La grande faucheuse y exerçait son activité à l'échelle industrielle, servie avec zèle par des soldats animés de haine, des kapos prêts à tout pour sauver leur peau, et même par les autres détenus – majoritairement des Polonais – qui s'étaient d'emblée montrés très hostiles envers tous ces prisonniers venus de France.

Six cents des « 45000 » restèrent à Birkenau quand le groupe fut scindé en deux. On leur arracha le triangle vert pour en mettre un rouge à la place. Celui que l'on réservait aux individus politiquement opposés au Troisième Reich. Un statut certes moins incriminant. Mais qui ne changea en rien leur quotidien.

En janvier 1943 – soit six mois après leur arrivée –, les « 45000 » n'étaient plus qu'une trentaine. Trente hommes qui, eux aussi, avaient dû bien des fois être tentés d'abdiquer. Ils avaient résisté aux maladies, aux épidémies, aux conditions inhumaines dans lesquelles on les avait maintenus. Mais aussi aux nombreuses séances de désinfection du camp qui avaient fini par leur ronger la peau et leur brûler tout le système respiratoire.

Ils n'étaient déjà plus que d'improbables survivants n'avançant sur leurs deux pieds que par automatisme quand on fit appel à eux pour participer au tri d'un convoi de femmes résistantes. Elles venaient de France. Du fort de Romainville. Comme eux-mêmes six mois plus tôt, ces femmes allaient subir à leur tour la même humiliation. Déshabillées. Dépossédées de leurs biens. Marquées d'un numéro – qu'on avait subitement décidé de leur tatouer sur le bras – entre « 31625 » et « 31854 ».

Les femmes entrèrent dans le camp en chantant *La Marseillaise*, levant le poing et défiant du regard leurs bourreaux. Il n'en avait pas fallu plus pour que naquît la légende de celles qu'on allait appeler les « 31000 ».

Mais ce qui mit Papa en alerte ce jour-là fut d'apercevoir au milieu de toute cette grisaille une longue chevelure rousse que le vent glacé de janvier faisait onduler. Il était loin et n'arrivait pas à distinguer les visages. Mais pareils cheveux… Il était sûr de ne pas se tromper. Maman n'était pas plus résistante que lui était communiste, mais elle était bien là, au sein de ces deux cent trente femmes qui venaient les rejoindre.

Le regard de Papa se perdit aussitôt dans un flot de larmes. Il aurait voulu courir vers elle pour la prendre dans ses bras, sentir sa peau, sa chaleur. Tout simplement la sentir vivre. Mais la scène se poursuivit comme dans un cauchemar. Il n'arrivait rien à faire d'autre que bouger la main. Tout semblait se dérouler au ralenti sous ses yeux hagards.

Et pourtant, tout a été si vite.

Un soldat se jeta sur Maman. Il la tira par le bras et la fit sortir du groupe pour la pousser vers la table du Dr Mengele.

– Non, pas Mengele ! Pas mon Hannah ! ne put que marmonner Papa.

Papa savait parfaitement quel était le rôle de cet homme dans le camp. Il portait le titre de docteur mais était plus porté sur les sciences que sur la médecine elle-même. Son cabinet était un laboratoire, un champ d'expérience. Le consulter n'apportait jamais le moindre espoir de guérison. On y était un simple cobaye. Un jouet entre ses mains. Josef Mengele avait perdu toute valeur humaine dès lors que Rudolf Höss l'avait autorisé à piocher dans son inépuisable tas de prisonniers pour répondre aux études anatomiques les plus folles qui lui polluaient l'esprit. Être choisi par lui signifiait la mort. Moins expéditive que dans bien d'autres endroits à Auschwitz, mais mort certaine tout de même. Et souvent, dans d'atroces souffrances. Jamais personne n'était revenu du cabinet médical du Dr Mengele. Jamais…

Papa voulut hurler. Mais à l'image de sa main qui n'avait fait que commencer à se lever, sa mâchoire ne put que s'entrouvrir. Aucun son n'en sortit. Mais pourquoi Maman ? Papa restait aujourd'hui encore intimement persuadé qu'elle n'avait dû sa condamnation qu'à sa flamboyante chevelure rousse. Elle était pourtant belle sous sa toison couleur de feu. Partout où elle passait, on ne voyait qu'elle. Et c'était bien cela. Mengele n'avait vu qu'elle, lui aussi. Avec en tête toutes les inepties qu'on colportait autour des roux et des rousses. Un challenge pour l'homme de science qu'il était. Comme lorsqu'il était confronté à un nain, un géant, un manchot, un bec de lièvre, un bossu ou un trisomique.

Maman avait dû sentir qu'il n'y avait pour elle rien de bon à se retrouver ainsi isolée du reste du groupe. Elle se retourna sur le soldat qui l'avait bousculée, le gifla et lui tourna le dos pour aller reprendre sa place dans la colonne de prisonnières – qui n'avaient toujours pas cessé de chanter.

L'officier S.S. dégaina son Walther P38. Et sans un mot, il tira une balle dans la nuque de Maman. Les chants cessèrent pour se muer en cris. Le Dr Mengele lui-même se mit à hurler sur le soldat. Même si sa rage et son indignation n'étaient pas chez lui le fruit d'une quelconque humanité, mais sûrement le dépit de voir ainsi sacrifié son plus beau cobaye.

Papa, lui, n'avait toujours pas réussi à bouger. Il resta la main suspendue. La gorge engluée d'une grosse boule d'effroi. Au milieu de l'agitation, un de ses camarades de camp intervint pour venir l'arracher à sa torpeur. S'il restait planté là, il n'allait pas tarder à être exécuté à son tour. Pour l'exemple. Pour inciter chacun à obéir aux ordres. Mais peut-être était-ce bien ce que Papa souhaitait le plus ardemment à cet instant.

Son ami s'empressa de lui charger les bras avec les habits que les premières femmes venaient d'abandonner sur le sol. Et il le poussa vers ce qu'ils appelaient le « Canada », la baraque de récupération où d'autres prisonniers se chargeaient déjà d'effectuer le tri.

Papa tourna une dernière fois la tête vers Maman. Elle gisait, inerte sur le sol dur et gelé de la grande cour. Il eut juste le temps de graver cette image qui allait désormais le hanter jusqu'à la fin de ses jours : la belle chevelure éclatante de rousseur de Maman baignant dans son sang carmin qui s'écoulait sous elle en une large flaque.

Cette scène, Papa n'avait jamais eu la force de m'en parler. Bien évidemment. Même s'il se faisait un point d'honneur de tout partager avec moi. Car il disait toujours qu'on ne pouvait pas se construire sur le mensonge. Mais là, c'était trop. Le père qu'il était ne pouvait décemment pas me raconter la mort de ma mère dans d'aussi effroyables détails. Il était toujours resté assez évasif sur le sujet. Mais j'avais un jour surpris une conversation. Il était avec le Dr Schaffner. C'était juste avant que nous quittions Lens. J'étais cachée sous l'escalier pendant qu'ils discutaient dans la cuisine, ignorant l'un comme l'autre ma présence. Papa avait confié ses horribles souvenirs à Ernest Schaffner dans un murmure qui les avait rendus encore plus terrifiants. J'étais restée pétrifiée sur place. Autant à cause des images que son témoignage m'avait balancées à la figure que des larmes que mon père avait été incapable de retenir.

Ce récit, je me l'étais répété en boucle par la pensée. Tant de fois que j'avais fini par me persuader d'avoir moi-même assisté à la mort de Maman. Au point de pouvoir la raconter. Dans le plus petit détail. Dans toute son atrocité. Et encore aujourd'hui, quand mes hurlements déchiraient la nuit et réveillaient Papa en sursaut, il était loin de s'imaginer que c'était le résultat d'un partage inconscient de son cauchemar le plus récurrent.

* *
*

Je ne connaissais rien de cet homme qui se tenait là, assis sur la banquette d'en face. Avait-il lui aussi des enfants auprès de qui il s'était empressé de (presque) tout raconter comme l'avait fait mon père ? Ou s'était-il comme beaucoup tu, jugeant son témoignage trop indécent pour être partagé ? Je n'en savais rien. Même si son regard fuyant me laissait imaginer qu'il avait plus certainement opté pour le silence.

Je réalisais bien que l'impertinence du gamin d'à côté – ne faisait-il que reprendre son incroyable remue-ménage ou était-ce moi qui, trop absorbée par mes pensées, l'avais un instant éludé ? – le mettait mal à l'aise. Mais il préféra baisser les yeux. Encore et toujours. Comme on le lui avait appris. Comme il avait été obligé de le faire pendant trop longtemps. Parce que se taire avait été la clé de sa survie. Et qu'il en avait fait aujourd'hui son credo.

Aussi me contentai-je – ne serait-ce que pour apporter à cet homme l'instant de tranquillité auquel il avait droit – d'appliquer une main ferme sur le bras du gamin bondissant. Et mon regard, lourd, encore chargé de toute la noirceur vers laquelle venaient de me guider mes pensées, suffit à le calmer sur-le-champ. Le marmot baissa la tête, descendit de la banquette et se cala bien au fond de son siège pour enfin y demeurer immobile et tranquille.

Je sentis la grosse femme d'en face prête à se lever pour m'embrasser. Mais elle parut déchiffrer en moi la grande confusion dans laquelle je me trouvais encore et préféra réfréner son envie de manifester toute reconnaissance ostentatoire.

Je lui en sus gré et me contentai de fermer les yeux, me laissant bercer par les secousses régulières du train roulant à pleine vitesse le long de la mer. Cette mer si apaisante…

XVII

NOUS ARRIVÂMES DEVANT L'ÉGLISE Saint-Amand. Le bus qui devait nous conduire jusqu'à la gare de Douai était déjà sur place.

Papa nous avait pressés. Il fallait partir de bonne heure. Pas question d'être en retard. Pas question de faire attendre les autres. Tout en traversant Noyelles-sous-Lens avec nos valises, je n'avais fait que pester. Me disant qu'à ce train-là nous allions être bons premiers. Et allions devoir attendre un temps interminable après tout le monde. Mais une fois la mairie passée, je n'avais pu m'empêcher de rire sous cape. Mon père avait été battu dans son extrême diligence ; le porion Lassagne et sa famille étaient déjà sur place.

Je sentis bien la petite pointe d'agacement naître sur le visage de Papa lorsqu'il les aperçut. Il avait tout fait pour que nous, les Marquet, soyons les premiers. Pour que nous puissions montrer à la compagnie à quel point nous étions honorés – et reconnaissants – d'avoir vu le sort nous désigner.

Chef-pognon nous accueillit avec sa légendaire froideur. Sa femme avec la réserve que les mises en garde de son mari n'avaient pas dû manquer de susciter. Sa fille avec timidité. Seul son fils semblait vraiment content de nous voir arriver. Ne plus se retrouver seul avec ses parents. Pour lui, visiblement, un grand soulagement.

Le chauffeur descendit de son bus. Il arracha les sacs des mains de Maman et de Zabeth. Les cala bien au fond d'une grande soute. Sous les sièges. Papa et moi l'avions suivi pour y déposer nos deux grandes valises. Jacquot, lui, dut se faire prier. Il ne voulait plus lâcher son bagage.

Tout cela ressemblait à un ballet muet. Presque sans un mot. Mais le calme fut de courte durée.

Jedjé arriva.

– Amis du jour, bien l'bonjour ! s'époumona-t-il comme s'il venait de parier qu'il pouvait être entendu jusqu'au fin fond du cimetière qui se trouvait derrière l'église.

Puis il attrapa mon père par les épaules. Et, mû par l'excitation de vivre un très grand moment – mais y avait-il autre chose que des grands moments dans la vie de Jedjé ? –, se mit à le secouer. À croire qu'il le prenait pour un prunier et cherchait à en faire tomber les fruits. Sa femme le suivait. Elle riait très fort. Presque avec exagération. Et à supposer que la chose fût possible, Jedjé redoubla d'énergie lorsqu'il aperçut le chauffeur de bus.

– Hé ! T'es là, tisaut ! s'exclama-t-il tout à sa joie d'avoir trouvé un nouveau prunier à secouer. C'est toi qui nous emmènes à Douai ?

Le pauvre chauffeur n'eut pas le temps de répondre. Maria Jdrzejowska fondait déjà sur lui. Elle l'embrassa si bruyamment que je me demandai comment il pouvait ne pas y avoir laissé un tympan. Puis elle l'assomma de questions. Les enchaîna sans lui laisser le loisir de s'exprimer. Tout y passa. La famille. La météo. Les derniers potins noyellois. Le Racing Club de Lens. Les grèves de l'année dernière. Celles à venir. La mort d'un des deux frères inventeurs du cinématographe[1]. Le blocus

1. Louis Lumière est décédé le 6 juin 1948.

de Berlin… J'eus la confirmation que le chauffeur y avait bien laissé un tympan. Il n'aurait sans cela jamais été capable de supporter une telle attaque verbale. En tout cas pas sans être victime sur-le-champ d'une crise d'épilepsie.

À cet instant, mon regard croisa celui du fils Lassagne. Nous ne pûmes nous empêcher de pouffer de rire. Je le soupçonnai même de s'amuser encore plus que nous devant l'évident agacement de son Chef-pognon de père.

Jedjé, lui, resta indifférent à l'évidente contrariété du porion. Il passa devant lui et le salua avec la plus grande nonchalance. Et sitôt leurs mains séparées, le tourbillon de bonne humeur reprit de plus belle. Jedjé attrapa sa femme par la taille et l'embarqua dans une valse folle en chantant à tue-tête :

« C'est la java de celui qui s'en va
Sans r'garder en arrière…
Seul dans la nuit en laissant derrière lui
Leurs braises et les prières[1]… »

C'en était trop pour le porion qui ne put s'empêcher de lever les yeux au ciel.

Il n'y avait plus le moindre doute. Les Jdrzejowska étaient bien un feu d'artifice permanent. Tout du moins Jedjé et sa femme. Parce que derrière eux, aussi statiques qu'eux étaient remuants, se tenaient un vieil homme et le petit Piotr qui se donnaient la main.

– Vous connaissez mon beau-père ? demanda Maria en interrompant sa danse et en invitant de la main le vieil homme à s'avancer. Zbigniew Jdrzejowska ! Jedjé *dziadek*, si vous préférez. Ce qui veut dire « grand-père Jedjé » en polonais. Mais vous pouvez tout simplement dire Jedjédja, comme on l'appelle tous !

Et alors qu'elle poussait Jedjédja et Piotr vers nous comme si elle s'échinait à vouloir faire rouler une berline sur un épais tapis de cailloux, la famille Lamendin se pointa.

---

1. *Paroles de la chanson* Celui qui s'en va, *de Damia (1936, paroles de Richter, musique de Tiarko Richepin).*

– Ben alors ! la railla aussitôt Jedjé comme si nous l'attendions depuis des heures. C'est à c't'heure-ci que vous arrivez, tisaut ?

Il n'en fallut pas plus pour voir Robert Lamendin démarrer au quart de tour.

– S'ils croyaient que j'allais m'pointer deux heures avant sous prétexte qu'ils m'offraient des vacances… Alors là, j'vais t'dire, y s'mettent le doigt dans l'œil !

– Tu ne vas pas commencer à nous faire remarquer ! lui chuchota sa femme à l'oreille. Tu as promis, j'te rappelle !

– Oui, bon, ça va ! Mais c'est lui, aussi, s'énerva aussitôt Robert en montrant Jedjé du doigt. Faut toujours qu'il fasse remarquer qu'on est en retard !

– Oh, Robert ! Tu ne vois pas que j'déconne ? se défendit Kazimierz Jdrzejowska. Faudrait quand même pas prendre les enfants du Bon Dieu pour des connards sauvages, non plus ! Tu vas voir que ça va être de ma faute…

Les traits de Robert se détendirent.

– Oui, excuse-moi ! dit-il dans sa moustache, de peur que tout le monde le voie capituler. Ça m'rend toujours un peu nerveux les grands voyages.

– Hein, Papa, que c'est pas des « connards sauvages », mais des « canards sauvages » qu'on doit dire ? vint claironner son cadet sous le nez de Robert Lamendin.

– On t'a demandé quelque chose à toi ? explosa Robert en mettant une claque sur le sommet du crâne de son fils. Va voir ta mère, elle t'a fait un flan !

– Tu n'es pas obligé de t'en prendre à lui, non plus ! réagit sa femme en invitant le gamin à venir se consoler dans ses bras.

Le jeune Jean Lamendin s'y nicha en versant des larmes aussi vraies que celles d'une pleureuse qui venait de toucher un cachet pour gémir sur la dépouille d'un inconnu. Mais si pareille comédie prenait sur sa mère, son père, lui, n'était pas dupe. Il voyait bien les petits sourires provocateurs du gamin.

Comme nous tous. Et il s'apprêtait à fondre sur lui pour lui donner des vraies raisons de se plaindre. Mais il fut stoppé dans son élan par l'arrivée d'un monsieur qui se présenta – sous un nom aussi imprononçable que celui de Jedjé – comme étant un collègue de Georges Dumont, le responsable des affaires sociales des Houillères qui nous avait présenté le séjour. Il portait une tenue décontractée. En bras de chemise. Un chapeau de paille sur la tête. Des sandales aux pieds. Déjà habillé comme s'il était à la plage. Il portait à la main une valise. Ce qui nous laissait supposer qu'il allait lui aussi être du voyage.

– Bon, je vois que vous êtes tous arrivés ! s'exclama-t-il après nous avoir comptés. Nous allons donc pouvoir y aller ! Tout le monde dans le bus !

D'un coup, ce fut la bousculade. À croire qu'on venait de nous donner le signal pour le jeu des chaises musicales.

– Du calme ! s'écria le chauffeur. Je sais que vous êtes tous pressés d'aller voir la mer, mais inutile de vous bousculer ! Vous aurez tous un siège ! Vous pourrez même en avoir deux si ça vous chante !

Effectivement, la place ne manquait pas. Nous étions dix-huit passagers avec le gars des affaires sociales. Nous aurions pu être au moins le double.

Sur la place, devant l'église, s'était amassé un groupe de curieux qui nous fit de grands signes quand le véhicule démarra. Nous répondîmes à leurs saluts avec la même excitation que si nous nous trouvions à bord du *Normandie* s'apprêtant à quitter Le Havre pour rallier New York lors de son voyage inaugural. Il s'agissait quand même pour nous d'une sacrée traversée. J'avais bien étudié la carte de France. Celle qui illustrait une des pages de notre *Almanach Vermot 1930* – le seul que nous ayons toujours eu à la maison, mon père l'ayant reçu de ses parents le jour de ses vingt ans. Pour aller à La Napoule, on allait devoir parcourir le pays sur toute sa longueur. Plus de mille kilomètres, d'après mes calculs à partir de l'échelle de la carte.

Jedjé et sa femme, assis au premier rang, se mirent à chanter. Et à chaque refrain, Jedjé se retournait pour nous inviter à les accompagner. À ma plus grande surprise, Papa donna de la voix, lui aussi. Je ne savais même pas qu'il eut été capable de pousser la chansonnette. Même Robert Lamendin abandonna un instant la surveillance accrue de ses deux garçons pour participer avec entrain. Aussitôt suivi par le fils Lassagne qui ne se préoccupa pas un instant du regard torve que lui lança son père.

XVIII

JE M'EN VOULAIS TELLEMENT D'AVOIR osé maudire mes parents. Mais comment aurais-je pu à l'époque imaginer un seul instant ce par quoi ils en passaient ? Je n'avais même pas neuf ans, quand ils m'avaient laissée en 1941 chez Marie Delacourt. Et la fillette que j'étais n'avait vécu cette séparation que comme une grande injustice. Nous étions en danger. D'accord ! Mais alors, pourquoi nous séparer ? Mes parents n'étaient-ils pas les mieux placés pour me protéger ?

Je le comprenais aujourd'hui, mais à l'époque…

Maman m'avait embrassée. Une longue étreinte comme jamais elle ne l'avait fait. Nous avions pourtant l'habitude de nous séparer. Tous les matins. Quand je me rendais à l'école Sainte-Ide pour rejoindre la classe de Mme Lannoy. Les larmes de Maman m'avaient mise en alerte et je commençai à paniquer. Papa s'était penché sur moi et m'avait pris dans ses bras à son tour. Son geste s'était voulu réconfortant, afin d'apaiser l'agitation qui me gagnait. Mais elle n'avait fait que l'empirer. Jamais Papa ne cédait à mes caprices au point de me cajoler. Il préférait me parler, me raisonner. Ces embrassades ne pouvaient donc pas être un ordinaire « Bonne journée, ma chérie ! Travaille bien ! ». Et puis nous étions trop loin de l'école.

J'avais bien senti que Mme Lannoy allait pour ce jour devoir se passer de moi. Mais j'étais encore loin de m'imaginer qu'il n'y aurait finalement plus jamais classe pour moi avant bien longtemps.

Pendant que je me débattais pour tenter d'échapper aux bras potelés de celle qu'ils m'avaient présentée comme étant Marie Delacourt, Papa et Maman étaient partis. Ils avaient disparu au bout d'un interminable chemin de terre. Je ne savais pas si c'était mes larmes qui avaient troublé ma vision, mais j'avais bien eu le sentiment de ne jamais les voir se retourner. Je me doutais bien aujourd'hui à quel point l'instant avait dû être pénible pour eux aussi. Ils avaient marché, main dans la main. Ils devaient être en pleurs. Maman avait dû suggérer de se retourner, pour me voir une dernière fois. Mais Papa avait dû le lui interdire. Pour ne pas céder. Pour ne pas être tentés de revenir en courant m'arracher aux bras de cette vieille femme moustachue.

Je ne fis que sangloter tout au long de cette première journée. L'odeur de bouse de vache qui planait constamment dans l'atmosphère m'indisposait. Tout me semblait d'une saleté extrême et me répugnait. La femme qui me gardait, Marie Delacourt, ne me voulait pas de mal. Elle semblait même au contraire constamment encline à vouloir me prendre dans ses bras. Mais je ne faisais que me dérober. Parce qu'elle sentait mauvais. Parce qu'elle piquait et que son sourire édenté me faisait peur. Mes parents avaient voulu m'abandonner chez quelqu'un, mais pourquoi cette femme ? Qu'avais-je fait pour mériter pareille punition ? Je ne me souvenais pas avoir mal agi ou avoir désobéi en quoi que ce soit. Je ne comprenais pas. Je compris encore moins quand, la nuit venue, cette vieille personne m'annonça que je devais aller me coucher. Je me retrouvai blottie au cœur de draps qui dégageaient une forte odeur d'humidité. Dans une chambre sombre hantée par d'intrigants bruits de craquements. J'étais alors persuadée de ne jamais arriver à fermer l'œil de la nuit. Mais mes pleurs incessants m'avaient tant épuisée que je finis malgré tout par céder au sommeil.

Quand le chant d'un coq me fit faire un bond dans mon lit, j'étais alors persuadée d'avoir été victime d'un très vilain cauchemar. Mais même si je ne distinguais encore que des ombres, tout ce qui se trouvait autour de moi ne ressemblait en rien au confort douillet de ma chambre. J'étais dans des draps froids qui sentaient le rance. Je frissonnai en réalisant où j'étais. Tout était donc bien réel.

Attirée par une odeur de lait chaud, je descendis en toute lenteur un escalier grinçant qui menait en plein cœur de cette cuisine au sol de terre dans laquelle j'étais restée tapie la veille. La vieille femme était là. Elle m'accueillit avec un sourire. Je fus incapable d'y répondre.

– Alors, fillette ! Bien dormi ? me demanda-t-elle.

Je me contentai d'opiner de la tête. Même si j'avais le sentiment d'avoir passé une très mauvaise nuit. Mais je n'avais aucune envie d'engager le dialogue.

En prenant place autour de la table, je fus de nouveau assaillie par cet horrible remugle qui émanait de partout. À croire que cette femme faisait dormir ses bêtes dans sa cuisine. Tout autour de moi me répugnait. Ces meubles rafistolés. Cette table collante. Ces rideaux sans couleur qui encadraient une fenêtre à la vitre opacifiée par une épaisse couche de crasse. Et cette femme à l'allure négligée qui semblait n'avoir toujours qu'une envie, celle de m'enlacer. Je louchais d'un air soupçonneux sur le bol de lait qu'elle venait de me glisser sous le nez. Mon estomac se noua. Je sentais les forces m'abandonner. J'avais l'impression de n'avoir pas mangé depuis des jours, et pourtant, j'étais incapable d'avaler quoi que ce soit. Combien de temps allais-je pouvoir tenir ainsi ? Il fallait que Papa et Maman reviennent très vite. Je ne comprenais déjà pas pourquoi ils m'avaient laissé passer la nuit dans une pareille porcherie. Ils n'allaient quand même pas me forcer à y rester une journée de plus !

Mais Papa et Maman n'étaient pas revenus. J'étais pourtant restée tout le jour durant le nez collé au carreau. Et même si la vitre ne permettait guère de distinguer ce qu'il se passait au-dehors, je peux vous assurer que mes parents débouchant au bout du chemin de terre, même s'ils n'avaient été que de vagues silhouettes lointaines, je ne les aurais pas manqués. Mais la nuit tomba. Encore une fois. Puis une autre nuit. Et encore une autre. Jusqu'à ce que je n'arrive plus à savoir depuis combien de temps j'étais là.

Marie Delacourt s'échinait chaque jour à me préparer des plats cuisinés. Le bassin minier était en pénurie de viande depuis bien longtemps, mais pas ici. Il passait même régulièrement des hommes qui arrivaient en rasant les murs, laissaient une grosse liasse de billets et repartaient avec un lapin ou un poulet dans leur gibecière. Mais moi, je m'obstinais à ne pas y toucher. Je me contentais d'avaler les petites galettes de pain que Marie faisait elle-même à partir d'une farine d'orge qu'elle complétait avec des brisures de riz. C'était ce qui sentait le moins fort.

– Tu vas finir par t'écrouler, si tu ne manges pas, fillette ! me disait-elle sans cesse, sans jamais élever la voix, tout en rognant goulûment les os de sa préparation du jour.

Et ce qui devait finir par arriver arriva.

Je m'étais enfin décidée à la rejoindre à l'extérieur. Marie était en train de donner à manger à ses vaches qu'elle maintenait enfermées dans une vieille étable. Un bâtiment qui ne devait tenir debout que grâce à la boue et la crotte dans lesquelles ses pieds de mur étaient plantés. Alors que j'avançais doucement dans la cour, je sentis le sol se dérober sous mes pas. Quand je revins à moi, j'étais dans la chambre de Marie. Allongée sur son lit. Un docteur m'auscultait et en conclut rapidement que j'étais anémiée.

– Il faut absolument lui faire manger de la viande ! ordonna-t-il à Marie.

La vieille femme le remercia et le paya avec un beau lapin qu'elle exécuta sur-le-champ.

Je dus donc me résoudre à accepter les petits plats de mon hôte. Leur odeur me répugnait toujours autant mais, si je voulais un jour revoir Papa et Maman, il fallait que je me fasse violence. D'autant plus que, dans mon état vaporeux, j'avais entendu Marie me présenter comme une petite-nièce qui avait perdu ses parents. Je refusais l'idée d'être orpheline, mais ce mensonge m'avait fait réaliser que mes parents n'étaient pas près de se pointer à Givenchy-en-Gohelle avant longtemps.

J'appris donc à vivre aux côtés de Marie Delacourt. Elle n'était même pas si vieille que cela. Son aspect négligé et ses cheveux blancs (apparus, je l'appris plus tard, après qu'on lui eut annoncé la mort de ses deux fils) lui donnaient bien vingt ans de plus. Elle était dans la cinquantaine – elle-même ne savait visiblement pas son âge et le situait entre cinquante-quatre et cinquante-six suivant les jours. Son mari était mort à Verdun, pendant la Première Guerre mondiale. Ses deux garçons avaient subi le même triste sort, vingt-cinq ans après leur père, sur un champ de bataille des Ardennes. Ses voisins la disaient folle. Ils la prenaient pour une sorcière. C'était ce qu'un homme avait murmuré à un autre dans mon dos, le jour où j'eus enfin l'audace de me lancer à la découverte du village. Mais Marie m'avait elle-même dit de ne pas tenir compte des ragots qui pouvaient être colportés çà et là sur son compte. Ils n'étaient de toute façon tous que des *mangeux d'maguettes*[1], disait-elle. Je trouvais horrible l'idée de tous ces gens en train de manger de la chèvre. Mais en même temps, si Marie s'interdisait pareille pratique, je devais bien reconnaître que ce qu'elle mitonnait en général dégageait un fumet qui ne me rassurait guère plus.

1. Des mangeurs de chèvres. Les « mangeux d'maguettes » était le nom jeté par lequel étaient identifiés les habitants de Givenchy-en-Gohelle.

Je ne parlais pas beaucoup, mais passais beaucoup de temps à l'observer. Marie Delacourt n'était pas très amène. Elle était même ce qu'on appelait une bourrue et ne parlait aux autres que lorsqu'elle y était contrainte. Elle vivait comme un ermite. Un anachorète qui se retrouvait avec une petite-nièce orpheline sur les bras. Personne ne l'avait pourtant forcée à me recueillir. Si elle l'avait fait – je ne m'imaginais à l'époque pas un instant qu'elle prenait des risques en faisant cela –, ce ne pouvait être que parce qu'elle avait du cœur. Et du cœur, oui, elle en avait. Je finis même par la trouver attachante. Je sentais bien ce désir qu'elle avait toujours de vouloir me serrer dans ses bras, de m'embrasser. Même si elle ne faisait que réfréner cette envie. Pour ne pas m'effrayer. Et surtout, parce que pas un instant elle n'avait eu la prétention de se prendre pour ma mère, même de substitution. Une mère, j'en avais une. Céder à ses pulsions aurait été pour Marie comme accepter que Maman pût être déjà morte. Et elle s'y refusait. Si elle-même se mettait à le croire, comment aurait-elle pu s'y prendre pour me convaincre du contraire ?

Je ne comprenais pas pourquoi je n'allais plus à l'école. Je pris l'habitude de vivre au milieu des bêtes. Même si ce n'était pas vraiment une ferme. Dans une gadoue permanente. J'étais devenue à mon tour une souillon. Et je ne savais toujours pas aujourd'hui comment la chose put être possible, mais il arriva même un temps où je ne fus plus le moins du monde indisposée par la puanteur des lieux.

XIX

NOUS RÉPONDÎMES par de grands gestes aux coups de Klaxon du chauffeur de bus. Pour lui le voyage s'arrêtait là. Il nous avait conduits à Douai et retournait sans plus attendre au dépôt de Sallaumines, juste à côté de Noyelles-sous-Lens.

Face à nous, la gare.

Le sbire de M. Dumont distribua à chacun de nous un billet. Il fallait y faire attention. Sans ce petit bout de papier, impossible de monter dans le train. Puis il nous demanda de le suivre en restant groupés.

Un train spécial commandé par la compagnie nous attendait le long d'un quai.

– On n'a même pas droit aux wagons-lits ? s'énerva d'emblée Robert Lamendin après avoir été jeter un œil à l'intérieur.

– Non, il ne faut pas exagérer, lui répondit celui dont on ne comprenait toujours pas le nom. La compagnie est généreuse, mais pas au point de venir tous nous border avant notre départ.

– D'accord ! surenchérit Robert. Et vous, je parie que vous allez rejoindre M. Dumont (que je vois là-bas arriver dans son beau costume) et que vous allez bénéficier de belles couchettes.

– Vous avez raison sur le fait que je vais devoir rejoindre mon supérieur le temps du voyage. Mais je peux vous assurer que nous allons tous être logés à la même enseigne.

– Mouais… se contenta d'ajouter le syndicaliste sous le regard implorant de sa femme qui le suppliait de se taire.

– Et puis tu crois peut-être que je vais te laisser le temps de dormir ! intervint Jedjé en l'attrapant par le cou pour lui frotter le dessus de la tête avec son poing serré.

– Non, mais rassurez-vous, conclut notre accompagnateur en se tournant vers Maman et Nadine Lamendin, qui semblaient plus à même de l'écouter. Les banquettes sont très confortables, vous verrez.

Notre voiture était composée de cinq compartiments. Chaque famille prit possession d'un des quatre premiers. Le cinquième était déjà occupé par une famille qui venait de la fosse 1ter de Bully-les-Mines. La Compagnie de Béthune. Ils semblèrent dans un premier temps contrariés de se retrouver séparés de leurs camarades de fosse. Mais le contact se fit rapidement. Un mineur ne pouvait que finir par s'entendre avec d'autres mineurs, fussent-ils d'une tout autre compagnie que la sienne.

– Tant qu'ils ne nous mélangent pas avec ches porions ! s'exclama le père de cette famille bullygeoise quand il répondit à l'invitation de mon père, Jedjé et Robert pour aller fumer une cigarette sur le quai.

Robert lui lança aussitôt un regard qui lui intima l'ordre de ne pas en dire plus. Le type comprit en suivant les yeux de Robert – qui lui montrait avec insistance le compartiment qui jouxtait le sien – qu'il venait de commettre un impair.

– Cha ! pesta-t-il en descendant du train. Si y a eun gaffe à faire, ch'est toudis pour mi ! Y a un porion dins ch'train, et ch'est min voisin…

Benoît Lassagne ne devait pas être le seul porion de tout le convoi. Mais il avait fallu qu'il se trouve à côté d'un mineur allergique à ceux de sa condition. Même s'ils ne se connaissaient pas. Je jetai un œil vers le compartiment des Lassagne, craignant l'irruption de Chef-pognon. Mais il n'y eut aucune réaction. La porte resta close. En revanche, je me mis à trembler un peu lorsque Jedjé rangea le mouchoir avec lequel il venait de s'éponger le front et se décida enfin à rejoindre les autres. Derrière lui, caché par son imposante carrure, il y avait le fils Lassagne. Il était accoudé au rebord d'une des fenêtres du couloir. Il se tourna vers moi et m'adressa un sourire qui laissait très clairement entendre qu'il venait d'assister à toute la scène. J'éprouvai alors les plus grandes difficultés à lui rendre son sourire. Je n'avais rien dit, moi. Pas un mot ! Et pourtant, je me sentais aussi coupable que si j'avais hurlé que son père était un gros con.

– Tu… T'as entendu ? demandais-je en sentant la honte me gagner.

– Oui, j'ai tout entendu ! répondit-il en avançant vers moi sans se départir de son air malicieux. Mais, rassure-toi, poursuivit-il en baissant d'un ton pour ne pas être entendu. Si mon père se montre aussi pénible dans son rôle de porion qu'il peut l'être dans celui de père, je comprends tout à fait qu'il vous dérange.

– Oui… Enfin, on ne peut pas non plus généraliser, tentai-je maladroitement de rattraper.

– Ne te fatigue pas, m'interrompit-il, mon père est un chieur de première catégorie. Je le sais parfaitement.

Nous restâmes un instant plongés dans un profond silence qui contrastait avec la grande agitation montant des quais.

– Nous ne nous sommes même pas présentés ! s'écria-t-il soudain sans retenue en me tendant la main. Henri ! Henri Lassagne ! Fils de…

Puis sa tête pencha en direction de son compartiment où se tenait toujours tapi son père.

– Étienne ! lui répondis-je. Étienne Marquet ! Mais tu peux m'appeler Tienot !

– T'as quel âge ? poursuivit-il.

– Quinze ! Et toi ?

– Moi, j'en ai dix-sept ! Ça va, on est presque du même âge. On devrait bien se marrer.

Je me contentai d'opiner du chef.

J'avais tout de suite vu qu'il était plus âgé que moi. Deux petites années ne représentaient effectivement pas un gros écart. Mais elles paraissaient toujours un peu plus importantes entre quinze et dix-sept qu'elles pouvaient l'être dans les dizaines supérieures. Jamais je n'aurais eu, moi, le courage – et la présomption – de faire le premier pas pour lui offrir mon amitié. Mais la proposition émanant de lui, je la recevais avec bonheur. Parce que, oui, il suffisait de lire sur son visage. Henri avait des traits qui rappelaient inévitablement son Chef-pognon de père, mais on voyait bien qu'il en était autrement de ses sentiments. Il était à l'aise. Avait visiblement la plaisanterie facile. Et surtout, il était animé d'une réelle volonté de profiter du séjour. De prendre le maximum de bon temps.

Et en cela, j'étais prêt à l'accompagner. Les yeux fermés.

* *
*

Le train roulait déjà depuis trois heures.

Chacun allait et venait. Entre les compartiments – l'intimité de chaque famille – et le couloir où les pères aimaient se rassembler pour fumer.

Les portes claquaient.

Les deux intrépides garçons de Robert Lamendin suivaient avec enthousiasme – et grand tapage – les jeux turbulents de Jacquot et Zabeth qui couraient dans tous les sens. Ce qui donnait à Robert l'occasion de s'énerver un peu plus à chaque fois qu'il les voyait passer sous son nez.

Tout le couloir était devenu la scène d'un étrange ballet. Les groupes se faisaient et se défaisaient inlassablement. Même Chef-pognon était sorti à plusieurs reprises de sa tanière. Le temps d'une cigarette avec les autres. On sentait qu'il prenait sur lui à chacune de ses incursions. Et chacun fit l'effort d'au moins ne pas lui montrer d'animosité. Mais il était évident que l'ambiance redevenait autrement plus joyeuse dès que Benoît Lassagne regagnait son compartiment.

Jedjé avait même fini par sortir une bouteille de vodka de ses bagages.

Sa femme Maria fut la seule représentante de la gent féminine à venir trinquer avec les hommes. Il ne lui fallut pas plus de deux verres pour qu'elle tire son mari par le bras et l'invite à danser en chantant à tue-tête des polkas polonaises. Leur piste de fortune était exiguë. Mais peu leur importait. Ils y allaient de bon cœur. Comme s'ils étaient sur le parquet de la salle des fêtes de Noyelles. Et ils faisaient trembler les fines parois à chacune de leurs virevoltes. Ils tentèrent bien plusieurs fois une intrusion dans les autres compartiments. Histoire de rameuter d'autres danseurs. Mais en vain. Aussi, dès qu'ils attaquèrent une deuxième bouteille, j'eus l'énorme surprise de voir mon père et Robert se prendre dans les bras. Et sous mes yeux ébahis, ils accompagnèrent les Jdrzejowska dans leurs entraînants pas de deux.

XX

PUIS CE FUT LA FIN DE LA GUERRE. Je le découvris par hasard, en traînant dans Givenchy-en-Gohelle. Devant chez le marchand de journaux, il y avait une affiche du *Petit Journal* qui annonçait la capitulation de l'Allemagne nazie. Les journaux, il n'y en avait pas chez Marie Delacourt. Et même si le conflit semblait enfin terminé depuis plusieurs semaines, rien n'avait changé dans notre quotidien. Le rationnement était toujours de rigueur. Il y avait donc toujours des hommes qui passaient en toute discrétion chez Marie. Pour un lapin. Pour une poule.

Ce fut ainsi pendant encore de très longs mois.

Puis un jour, alors que je n'avais même pas songé à ce que la paix pouvait signifier pour ma famille et moi, je fus stoppée net dans mon application à réaliser un pâté de boue aux herbes dans le petit seau que Marie me laissait pour jouer. Une automobile s'engageait sur notre chemin de terre. Elle avançait vers nous, lentement, dans un nuage de poussière qui ne m'empêchait pas de constater qu'il s'agissait d'un véhicule neuf. Rien à voir avec les camionnettes pétaradantes que j'avais l'habitude de voir venir jusqu'ici. Je crus d'abord à un étranger égaré. Il devait chercher le bourg et avait loupé le croisement. Mais l'homme qui en descendit réveilla immédiatement en moi quelques souvenirs. Je connaissais cette silhouette. Mais tout cela me semblait si lointain. Je restai quelques secondes à errer dans mes pensées quand, soudain, la mémoire me revint. Oui, il n'y avait plus aucun doute : c'était l'ami de Papa. C'était le Dr Schaffner.

– Bonjour, Bella ! me dit-il en faisant le tour de son véhicule. Tu me reconnais ?

Je demeurai telle la sauvageonne que j'étais devenue, muette, incapable de lui répondre.

Il resta à distance et se contenta d'ouvrir la porte passager. Ses mains à la peau brûlée plongèrent à l'intérieur du véhicule pour aider un autre homme à en sortir. Un vieillard qui eut le plus grand mal à s'extirper du siège visiblement trop bas pour son dos brisé.

Le Dr Schaffner lui tendit une canne.

– Merci, Ernest ! chevrota le vieil homme en prenant aussitôt appui sur sa béquille.

Le médecin se tourna alors vers moi, son sourire visiblement en attente d'une réaction de ma part.

Marie sortit à cet instant.

– Jésus, Marie, Joseph ! s'exclama-t-elle en se signant comme jamais je ne l'avais vue le faire. Bella ! Ton papa est là !

Je sentis mon cœur se soulever.

En vivant aux côtés de Marie, j'avais vite compris qu'elle n'était pas aussi vieille qu'elle le laissait paraître. Mais là, force était de constater que la sénilité semblait l'avoir gagnée. Comment pouvait-elle confondre le Dr Schaffner avec mon père ? Ils n'avaient rien en commun. Et pas un instant je ne m'imaginais qu'elle pouvait parler du vieillard accompagnant le médecin lensois. L'individu était tout ratatiné sur lui-même, comme s'il portait la misère du monde sur ses frêles épaules. Il était décharné. Une peau fripée posée sur un squelette fragile. Mais même s'il éprouvait le plus grand mal à relever la tête, mon regard finit par capter le sien. Et je fus soudain prise de vertige. Ce regard…

C'était le sien !

C'était celui de Papa !

Les années pendant lesquelles nous avions été séparés m'avaient paru interminables. Mais pas au point de lui laisser le temps de décrépir de la sorte ! Que s'était-il passé ? Et si c'était Papa, pourquoi Maman ne l'accompagnait-elle pas ?

Je restai pétrifiée sur place. Incapable de réagir. Incapable de me lever. Mon cœur me disait de courir vers lui, de l'étreindre et de le serrer fort. Comme je le faisais chaque jour avant qu'il ne m'abandonne là. Mais mon corps refusait de bouger. Comment se put-il qu'un homme aussi malingre ait un jour pu me porter dans ses bras ? Ait pu me faire sauter sur ses genoux ?

Je fixai la porte arrière du véhicule. Priant le ciel pour qu'elle finisse par s'ouvrir. Pour y voir apparaître Maman qui me dirait que non, je ne rêvais pas. Mais la porte demeura résolument close. Le Dr Schaffner ne s'en approcha d'ailleurs pas. Mon regard, troublé par un sanglot, ne pouvait que faire la triste constatation que personne d'autre n'accompagnait les deux hommes. Personne n'attendait sur la banquette arrière.

Marie Delacourt m'aida à me relever. Elle m'agrippa d'une poigne ferme pour me guider vers nos visiteurs. Ernest Schaffner en fit de même pour mener… mon père (*Papa ?!*) jusqu'à moi. Nous n'étions plus que deux pantins dans les mains robustes de nos marionnettistes.

Lorsque je me trouvai face à lui, si un doute avait pu jusque-là subsister en moi, il fut aussitôt balayé. Je m'en voulais tant. Papa était dans un tel état. Non, il ne m'avait pas abandonnée comme je l'avais longtemps cru. Il n'avait tout simplement pas voulu que je l'accompagne là où il avait été. Là où les conditions de détention s'étaient substituées au temps pour exercer sur son corps son outrage en vitesse accélérée. Papa n'avait plus de joues. Pas plus de lèvres. Ses yeux paraissaient trop grands au milieu de son visage aux traits si raides qu'on les aurait crus dessinés à la règle. Je luttais pour chasser le sentiment en train de m'envahir. Parce que je devais bien le reconnaître : mon père tel qu'il était là me faisait peur.

Mais je constatais aussi qu'il était de nous deux le plus terrifié.

Je trouvai enfin la force d'aller me blottir dans ses bras. Il était d'une maigreur affolante. Alors qu'il ne demandait qu'à s'effondrer, tout son corps ne tenait debout qu'avec l'aide du Dr Schaffner qui s'interdisait de le lâcher. Je collai ma tête sur sa poitrine qui tremblait, hoquetait. Puis sa bouche s'ouvrit. Je ne reconnaissais pas l'homme qu'il était devenu, mais sa voix ne pouvait que réveiller en moi de doux souvenirs. Quand il s'asseyait face à moi. Quand il me parlait comme s'il s'adressait à une adulte. Depuis que j'étais ici, chez Marie Delacourt, je n'étais pour tout le monde qu'une petite orpheline. Celle que l'on plaignait. Celle à qui on s'adressait comme à une petite fille qui ne maîtrisait pas encore l'art du langage. Plus personne ne voyait en moi la jeune femme que j'étais pourtant destinée à devenir un jour, comme mon père l'avait toujours fait. Il n'y avait là aucune malveillance, je le savais bien. Le malheur change tellement la donne dans le regard que les autres vous accordent qu'ils en deviennent maladroits. Marie et ses voisins n'avaient toujours eu pour moi que de bonnes intentions. Mais ils les exprimaient à leur façon. Sous des airs un peu rustres. En tout cas bien loin de la sophistication à laquelle m'avaient habituée mes parents dès mon plus jeune âge.

Je restai donc là, les sens en éveil, à attendre que la voix de mon père jaillisse enfin de ce frêle corps tremblotant que je serrais dans mes bras. Cette voix qui n'avait toujours été pour moi que synonyme de sagesse. Au timbre ferme. Précis. Rassurant.

Mais je ne perçus qu'un long geignement. Comme un filet d'air sifflant qui s'échappait de la gorge de Papa, chargé à la fois de toute la tendresse qu'il voulait me manifester et de la rage qu'il n'arrivait pas à exprimer. Un cri d'impuissance, presque bestial, noyé dans des larmes qui n'arrivaient même plus à couler tant son corps et son âme semblaient asséchés.

Moi, mes larmes étaient bien présentes et inondaient mon visage.

– Et… Maman ? hurlais-je comme si je connaissais déjà la réponse.

Mon cri déclencha une nouvelle plainte émanant du corps décharné que je sentis défaillir. Et la main caressante du Dr Schaffner dans mes cheveux ne fut à cet instant qu'une preuve supplémentaire que ce que je refusais d'admettre était bien réel.

Je lâchai alors Papa pour fondre dans les bras de Marie qui se tenait en retrait, silencieuse. Un lourd sentiment de colère me submergea. Pourquoi avoir pris cette stupide décision de partir je ne sais où ? S'il fallait se cacher, pourquoi ne pas l'avoir fait ici, chez Marie Delacourt ? Nous serions toujours ensemble ! Tous ! Papa ne ressemblerait pas à ce squelette ambulant qui semblait incapable du moindre mouvement sans l'appui de son ami médecin. Et Maman… Ah, Maman…

* *
*

Le train s'arrêta en gare de La Napoule.

Je saluai d'un simple mouvement de tête mes compagnons de voyage qui restèrent interdits devant mes larmes soudaines. J'étais celle qui avait réussi à ramener le calme dans le compartiment. Je sentis en eux l'envie d'à leur tour voler à mon secours. Mais la pudeur les empêcha de bouger. Le chagrin n'était pas la chose la plus aisée à partager.

Je me retrouvai sur le quai et le train redémarra, permettant à chacun de poursuivre sa route. Chacun avec ses histoires. Ses malheurs. Dans l'espoir de fuir vers un avenir qui, à défaut d'être serein, pourrait tout au moins s'avérer acceptable.

XXI

JAMAIS JE N'AVAIS VU PAPA AINSI. Il avait arraché le masque soucieux de son quotidien pour s'abandonner dans un inhabituel lâcher-prise.

La magie des vacances ?

Peut-être bien. Pour preuve, même Robert Lamendin semblait d'un coup se trouver bien loin des combats qu'il avait l'habitude de mener. Voir mon père si heureux m'émut au plus haut point. Je l'avais récemment vu sourire. Pour la toute première fois. Mais j'étais loin de penser qu'il puisse être capable de plus. Et pourtant, il n'y avait qu'à le regarder. Il dansait dans le couloir d'un train. Au bras d'un copain. En riant aux éclats. J'avais sous les yeux un homme qui m'était inconnu. Un homme qui devait ressembler à celui qu'il était dans ses toutes jeunes années. Papa était dans une telle décontraction qu'il venait d'un coup de perdre vingt ans.

Puis chacun regagna son compartiment.

Le bal était terminé.

J'en fis de même et me calai bien au fond de la banquette. Sur celle d'en face, il fallut un bon moment à Papa avant de trouver la bonne position. Il se tourna et se retourna. Plusieurs fois. Mais il finit par s'assoupir. Malgré toute l'excitation qui devait encore l'animer. Je soupçonnais Maman de ne toujours pas dormir. À cause de son souffle. Mais elle gardait les yeux fermés et s'était abstenue de tout commentaire sur notre bruyant retour. N'était-ce pas d'ailleurs un sourire qui étirait là ses lèvres fines ? Même si elle semblait condamnée à une longue nuit d'insomnie, elle n'était pas d'humeur à râler. Le bonheur apparent de mon père faisait également son bonheur. Il n'y avait qu'à voir à quel point ses traits étaient détendus. À côté de moi, Jacquot et Zabeth se tenaient aussi immobiles que s'ils avaient été pétrifiés par un sort. C'était peut-être aussi cela qui faisait sourire Maman. Parce que les voir tous les deux se tenir aussi tranquilles, c'était rare. Il convenait de savourer l'instant.

Je me laissai bercer par les secousses régulières du train. Mes muscles se détendaient. Un peu plus à chaque fois que les roues passaient sur une nouvelle jointure. J'étais en total relâchement quand un bruit incongru vint perturber ce doux ronron. Se pouvait-il que ce fût un ronflement que j'entendais là ? Je me tenais aux aguets. Sur le qui-vive. Et il ne me fallut pas longtemps pour comprendre qu'il ne s'agissait pas d'un ronflement, mais de deux qui se faisaient écho. Un tonitruant dans le compartiment voisin. Celui des Jdrzejowska. Et un autre un peu plus lointain, à en juger par la faiblarde riposte qu'il offrait à Jedjé. J'avais beau vouloir faire abstraction de tout cela, toute mon attention se porta malgré moi sur cette joute nocturne entre deux compartiments voisins.

Un rugissement « jedjéal » retentit soudain. Comme s'il avait senti dans son sommeil la volonté d'un rival de vouloir se mesurer à lui. Il lui intimait par ce roulement à s'en décrocher les cloisons nasales l'inutilité de venir lui contester toute suprématie dans ce domaine.

Maman ouvrit les yeux.

Mon regard croisa le sien et nous ne pûmes nous empêcher d'échanger un rire complice.

Une fois l'amusement passé, je me levai en soufflant.

– Où tu vas ? me murmura Maman.

– Je n'arrive pas à dormir, lui répondis-je avec la même précaution pour ne pas réveiller les autres. Je vais me dégourdir les jambes.

Henri Lassagne était là, dans le couloir. Lui non plus n'arrivait pas à trouver le sommeil et avait préféré s'isoler pour fumer une cigarette.

– La loco est bruyante ! s'exclama-t-il en donnant un coup de tête dans le vide en direction du compartiment de Jedjé. Tu veux une tige ?

– Mouais ! dis-je en haussant les épaules et en tentant de me donner l'assurance et la désinvolture que lui-même adoptait.

Je piochai dans son paquet la cigarette qu'il me tendait, cachant comme je le pouvais ma crainte d'être pris sur le fait. J'avais déjà eu l'occasion de fumer. Mais trop exceptionnellement pour avoir le geste sûr. Le fils Lassagne ne put d'ailleurs que constater ma grande gaucherie. Surtout quand il me tendit son Zippo. Je me réfugiai dans la contemplation de la belle gravure de Charlot qui ornait le briquet. Toujours quelques secondes de gagnées pour masquer ma totale incapacité à en faire jaillir une flamme.

– Il faut connaître la bête ! dit Henri pour justifier son intervention et ne pas me laisser m'empêtrer plus longuement.

Il prit le briquet-tempête bien en main, le secoua deux fois dans le vide, fit basculer le capuchon d'un mouvement sec du poignet et sembla claquer des doigts pour en faire jaillir une haute flamme oscillante. Du grand art. Je mesurai à quel point je me serais rendu ridicule en m'essayant à pareil exercice.

– Dépêche-toi avant que les ronflements de l'ours ne viennent souffler la flamme ! ajouta-t-il en plaçant sa main gauche en protection.

J'aspirai un grand coup. La fumée s'infiltra en moi. C'était comme si j'avais déchiré un oreiller de plumes et y avais plongé la tête en haletant. Je ne pouvais plus respirer et ça me chatouillait. Mes yeux s'emplirent de larmes. J'avais la gorge irritée. Une forte envie de tousser. Mais je me retins. Il fallait que je fasse un minimum illusion. Sans cela, à quoi bon se la jouer « mec à l'aise » et accepter l'américaine qu'Henri ne m'avait en aucun cas forcé à prendre ? Je ne pus toutefois faire autrement que recracher la fumée dans une sorte de hoquet. La tête me tourna. Et si j'eus soudain le pas quelque peu flottant, je ne le devais aucunement au train qui nous brinqueballait dans tous les sens.

J'avais envie d'en apprendre plus sur cet Henri qui me fascinait déjà. Lui poser des questions. Savoir de quoi était faite sa vie. Mais lui se contentait de rester silencieux. Le nez tourné vers la fenêtre. Alors je l'ai imité. Quinze jours se présentaient à nous. Nous avions bien le temps de nous découvrir.

Sous nos yeux, la campagne défilait, drapée de son voile obscur. Nous ne pouvions que la deviner. Et pourtant, je la trouvais belle. Quelques rais de lumière venaient subrepticement déchirer l'obscurité. Une ville, au loin. Un passage à niveau. Une petite gare rurale que nous passions sans même ralentir. Et au bout de nos nez, ces petits ronds rougeoyants dont l'incandescence semblait s'intensifier à chacune de nos taffes.

Chaque aspiration déclenchait en moi une forte envie de tousser. Je m'habituais toutefois au geste et l'appréhendais de mieux en mieux. Mais plus j'approchais du filtre, plus la fumée devenait âcre. Je tenais toutefois le coup, remerciant le ciel qu'Henri Lassagne ne soit pas consommateur de tabac gris. Comme celui que Laurent Dubois (encore lui) avait piqué à son père lorsque nous étions encore à l'école élémentaire. J'en conservais un souvenir horrible. Il m'avait suffi d'une seule taffe pour être pris de vertige. Au point d'en avoir rendu tout mon petit déjeuner sur-le-champ. Laurent, lui, avait continué sa cigarette jusqu'au bout. Comme s'il faisait cela tous les jours. Et il était parti – en riant à en pleurer – prévenir M. Gondard de mon indisposition. Après cette première expérience, je m'étais juré de ne plus jamais toucher à une cigarette de ma vie. Et je m'y étais tenu. Jusqu'à aujourd'hui.

Je ne sais pas si c'était dû aux secousses du train. Ou au fait de me rappeler ce pénible épisode de ma très proche enfance. Mais je sentis soudain la nausée me gagner. J'éteignis – avec soulagement – le mégot que je tenais au bout de mes doigts tremblants et pris de longues inspirations, histoire de chasser le malaise.

– Ça va ? s'inquiéta aussitôt Henri qui malgré la semi-obscurité qui régnait dans le couloir avait parfaitement perçu mon trouble.

– Oui... Oui, ça va ! me forçai-je à bien articuler. C'est que... Les voyages me rendent toujours un peu patraque.

Bon, que je me montre gauche dans la manipulation d'un Zippo passait encore. Que je sois à deux doigts de cracher mes poumons chatouillés par la fumée, à la rigueur. Mais vomir sur les pieds d'Henri risquait de compromettre notre amitié naissante. J'avais intérêt à très vite me reprendre.

– Tiens, respire un coup ! dit Henri en faisant coulisser la partie haute de la fenêtre.

La nuit était chaude, mais un courant d'air s'infiltra et vint me caresser le visage. Je repris aussitôt des couleurs.

– Ah ! Ça fait du bien ! me contentai-je de dire pour remercier Henri de cette heureuse initiative.

– On a qu'à essayer d'aller dormir un p'tit peu ! proposa Henri. Si on veut être en forme pour découvrir la grande bleue...

– Ouais ! acquiesçai-je laconiquement.

Henri porta la main au front et m'expédia un salut militaire des plus anarchiques. Puis il disparut derrière sa porte. Je le regardai faire sans prononcer un mot. J'avais encore du chemin à parcourir si je voulais un jour arriver à me donner un air aussi dégagé.

Je pris à nouveau place sur la banquette de mon compartiment. Me mouvant au ralenti pour ne réveiller personne. À côté de moi, les deux statues pétrifiées n'avaient toujours pas bougé d'un pouce. Papa ronflait. Enfin ronflait... En comparaison de ce qui venait d'à côté et faisait trembler les maigres parois, j'aurais plutôt été tenté de dire qu'il reniflait. Je sentais en revanche que Maman ne dormait toujours pas. Avait-elle deviné que j'étais allé partager une cigarette avec le fils Lassagne ? L'odeur de tabac dont mes vêtements étaient imprégnés ne pouvait que le lui confirmer. Mais elle resta silencieuse et me laissa m'installer.

Je me sentais mieux. Mon estomac avait quitté ma gorge. Et le sentiment de nausée m'abandonna enfin.

Ma respiration se raccourcit et je ne mis pas longtemps à m'endormir au rythme du train qui poursuivait son voyage vers les terres inconnues du sud de la France.

XXII

En descendant l'escalier, je sus aussitôt que le château n'était à compter de cet instant plus tout à fait le même. Ce n'était plus NOTRE château. Il était devenu ce qu'annonçait la plaque à l'entrée de la propriété : le Centre de congés des mineurs. Et il régnait au rez-de-chaussée et dans les allées du jardin une effervescence comme je n'en avais jamais connue.

La nationale 98 – qu'on appelait communément la route du bord de mer – n'était plus, à la hauteur du kilomètre 121, qu'une grande avenue piétonnière où défilait un interminable cordon humain. Dans un grand tumulte, des familles entières de vacanciers remontaient à pied de la gare, les valises à la main.

Le jardin se mit à résonner de l'accent guttural du Nord. Un langage dont je n'avais saisi la particularité qu'en devenant une fille du Sud. Les tonalités chantantes du parler provençal m'étaient désormais plus familières, mais je fus surprise de ressentir autant d'émotion en captant à la volée tous ces « che », ces « ti » et ces « mi » qui illustraient les discussions tout autour de moi. Les sons n'étaient pas séduisants mais me rappelaient une époque – pas si lointaine que cela – où nous vivions heureux. Encore insouciants. Et avec Maman. Mme Duquercy nous avait cette année longuement parlé de Marcel Proust et de ses fameuses madeleines. Je venais à mon tour de comprendre à quel point tous nos sens étaient capables de rester connectés avec notre passé, avec nos souvenirs. Et pas un instant je ne m'étais jusque-là imaginé que l'arrivée de tous ces mineurs ch'timis allait sonner en moi le réveil d'un souvenir auditif aussi troublant.

– Eh bien, ma fille ! m'accueillit Papa. Ne te laisse pas impressionner par tout ce monde. Il va falloir t'y habituer. Nous ne serons plus jamais seuls, tu sais.

– Oui, je sais ! répondis-je en tentant de camoufler mon émoi.

Papa semblait si satisfait de voir enfin ce grand projet social démarrer. Il donnait l'air d'être heureux. Mais je savais qu'il ne s'agissait que d'une façade. Heureux… Pouvait-il l'être encore ? J'en doutais. Et m'en voulais de ne pouvoir suffire à son bonheur. Comme lui ne pourrait jamais, même avec la plus grande volonté, apaiser à lui seul la grande douleur qu'était pour moi l'absence de Maman.

De grandes tables avaient été dressées dans le jardin, et tous les estivants furent conviés à s'en approcher. Là, jus de fruits et limonade fraîche les attendaient. Je m'empressai de rejoindre mon père pour servir à boire à toutes ces familles exténuées par le long voyage qu'elles venaient de faire. Alors que je versais des verres sans jamais arrêter, un grand type s'approcha de moi :

– Dis donc, ma poulette ! me dit-il en s'épongeant le front avec son bras. Mi, j'prendrais bien eun tchiote bière !

Mon père vola aussitôt à mon secours :

– Il est seulement 10 heures, l'ami ! Vous avez voyagé toute la nuit. Une boisson fraîche vous sera plus bénéfique, non ? Ou même un café, si vous préférez !

– Oui, une boisson fraîche, je veux bien. Mais… eun bière !

– Oh, Jedjé ! l'interpella un autre homme derrière lui. Tu n'vas pas commencer à leur faire la misère. Regarde toutes ces bonnes choses qu'ils ont préparées pour nous !

– Je m'excuse, répondit aussitôt l'homme à la carrure imposante. Mais comme disait Cafougnette[1] : « Y vaut miux eun bonne bière dins l'corps, qu'un corps dins eun bière ! »

Et il partit dans un grand rire, aussitôt accompagné par une femme à la forte corpulence qui le suivait de très près.

– Je vous préviens, s'excusa mon père, j'en ai, mais elles ne sont pas fraîches !

– Va pour une bière tiède, chef ! Eh ben, tisaut ! Y en a pas un pour m'accompagner ? demanda-t-il à la volée.

Les bras se levèrent, un à un. Certains avec franchise. D'autres avec plus de timidité, leur geste virant sur une attitude gauche qui semblait vouloir dire : « Si vous allez en chercher… »

– Vous ne voulez pas d'abord un petit café, monsieur Gégé ? proposai-je avec mon plus beau sourire histoire de détendre l'atmosphère.

– Oh, elle est mignonne ! s'exclama l'homme en se retournant sur moi. Non, merci, ma belle, je n'aime pas les mélanges. Mais… Comment vous m'avez appelé ?

– Gégé ! Ce n'est pas ainsi que vous a appelé votre ami ?

– Non ! Jedjé ! rectifia-t-il en insistant bien sur le « d ». C'est pour faire simple. Parce que mon nom de famille est Jdrzejowska ! Ça vous dit quelque chose ?

– Non, pas le moins du monde ! fus-je bien obligée d'admettre.

– Jadwiga Jdrzejowska ! prononça-t-il comme une évidence.

Il se retourna.

Dans toute cette nombreuse assistance, le nom bizarre qu'il venait de prononcer ne semblait parler à personne.

– Oh ! reprit-il quelque peu vexé. Jadwiga Jdrzejowska ! La joueuse de tennis ! Jed, quoi !

---

1. Cafougnette est un personnage récurrent dans l'œuvre du poète-mineur patoisant du Nord Jules Mousseron (1868-1943). (Un équivalent de Toto dans le reste de la France.) Le terme « cafougnette » s'est ensuite généralisé dans le nord de la France pour définir une histoire drôle en patois picard.

Pas plus de réactions.

– Elle a gagné le double dames à Roland-Garros… En 1939… aux côtés de Simonne Mathieu !

– Ah ! Simonne Mathieu, ouais, j'conno ! cria quelqu'un.

Ce M. Jedjé fusilla l'intervenant du regard.

– Alors ti, s'emporta-t-il, té connais Simonne Mathieu, mais t'as jamais entendu parler de Jed ?

– Ben non, s'excusa aussitôt le pauvre malheureux. Mais, Simonne Mathieu, c'était quand même la numéro un française avant la guerre. C'est un peu comme si tu me demandais si je connais Suzanne Lenglen…

– Et puis, tu sais, intervint un troisième homme en posant la main sur l'épaule de Jedjé, tu t'imagines bien que le tennis, c'est pas trop notre monde, à nous aut' !

– Ouais, mais Jed, quand même, répéta-t-il en baissant la voix. Bref, c'est ma cousine… Bon alors, elle arrive cette bière ? cria-t-il d'un coup en souriant pour bien montrer que l'incident était clos.

– Je m'en occupe, monsieur Jedjé ! lui répondis-je en mimant une discrète révérence et en souriant plus fort que lui, histoire de bien lui faire comprendre que je n'étais pas dupe de l'image d'ours mal léché qu'il semblait vouloir se donner.

– Vous voyez, clama-t-il haut et fort à l'attention du groupe qui l'accompagnait, je le savais que cette jeune fille était eun bonne tchiote. Elle a vite vu à qui elle avait affaire, elle. Monsieur Jedjé, qu'elle a dit ! Je vous invite tous à faire comme elle si vous ne voulez pas que je vous envoie ma femme pour vous corriger.

– Rhoo ! Mais qu'il est bête ! gloussa cette dernière en lui tapant sur les fesses comme si elle le corrigeait.

M. Jedjé accompagna son rire d'un clin d'œil appuyé à mon intention.

Les bouteilles de bière arrivèrent et furent accueillies dans la plus grande joie.

Je vis aussitôt le regard de Papa nous abandonner un instant. Il semblait absorbé par le calcul d'une commande urgente à passer. La bière, il avait prévu. Mais il allait devoir très vite revoir sa copie avec son intendant. Il y allait du bon déroulement de ce premier séjour.

XXIII

Henri Lassagne s'avança vers moi. Deux verres dans la main droite. Une carafe de bière dans la gauche.

– Maintenant que ce fameux Jedjé nous a obtenu ça, me dit-il en s'asseyant à mes côtés sur le muret du fond du jardin, on va s'en j'ter une, non ?

– Ouais, bonne idée ! me surpris-je à répondre.

Il m'arrivait souvent d'aller partager une bière avec les copains. À l'estaminet. En remontant de la fosse. Ou parfois avec Papa, dans le jardin. Ou même entre voisins, quand on terminait une belle journée en sortant les chaises sur le trottoir. Mais dans la matinée, comme maintenant, jamais.

En mon for intérieur, la petite voix s'était pourtant manifestée :

« Non, pas à cette heure-ci ! Merci ! Après la nuit que l'on vient de passer, moi, je n'ai qu'une envie : un bon jus de fruit ! Bien frais ! »

Mais non.

– Ouais, bonne idée !

Je détestais quand je m'interdisais de la sorte d'être naturel. Quand ma conviction n'était pas suffisamment forte pour m'autoriser à l'exprimer. Bon, d'accord, je voulais faire bonne impression sur le fils Lassagne. Ne pas lui laisser croire que j'étais une chiffe molle. Mais je devais me méfier. Parce qu'avec ce petit jeu-là j'étais capable de répondre présent pour une virée en stop jusqu'à Cannes, alors que je n'avais qu'une envie : aller me coucher et combler au plus vite mon manque de sommeil.

– Pfiou ! J'suis mort ! s'exclama Henri en remplissant nos verres. T'as intérêt à me faire la conversation et à parler très fort. Parce que là, honnêtement, je m'endormirais dans la seconde.

Toujours ça de pris... Je n'avais pas à craindre une virée cannoise.

– Alors, mon gars, enchaîna aussitôt Henri, tu fais quoi quand tu ne joues pas au châtelain sur la côte méditerranéenne ? Toujours à l'école ?

– Non ! ripostai-je comme si je voulais lui montrer que je n'étais plus un enfant. Je travaille à la fosse. Au 23, comme ton père.

– Tu travailles dans son équipe ?

– Non, non ! m'écriai-je comme si j'exprimais un profond soulagement, avec une spontanéité que je regrettai aussitôt.

Henri se mit à rire.

– Tant mieux, mon gars, tant mieux ! J'ai l'impression qu'il n'y a pas grand monde qui aime travailler avec lui.

– Je... Je ne sais pas, bégayai-je. Je ne le connais pas plus que ça.

– Allez ! Détends-toi ! J'irai pas lui raconter, tu sais !

– Oui, c'est vrai, finis-je par avouer. Il n'est pas le porion le plus populaire de la fosse 23.

– Tu m'étonnes ! s'exclama Henri en remplissant à nouveau nos verres.

Je me sentais mal à l'aise. Je savais bien qu'Henri n'allait pas s'en aller rapporter à son père le fait que nous le considérions tous comme le dernier des connards. Mais je trouvais la situation des plus incongrues.

– Et toi ? demandai-je histoire de vite changer de sujet. Tu fais quoi ?

– Moi ? Je suis toujours à l'école. À Douai. Tu connais Douai ? Chouette ville...

– Je crois y être allé une seule fois. C'était avant la guerre. Pour les fêtes de Gayant. Mais j'étais trop petit pour bien m'en souvenir. Je ne conserve que l'image de ces géants qu'ils font défiler à travers la ville. Ça m'avait bien foutu les j'tons, d'ailleurs...

– Ouais, la famille Gayant, y sont flippants, admit Henri en plongeant à nouveau le nez dans son verre.

Je l'imitai. Plus pour masquer ma gêne que par réelle envie de boire.

Nous restâmes un instant silencieux. Cet Henri Lassagne avait beau être le mec le plus à l'aise que j'aie jamais connu, il n'était pas sans faille. Lui aussi avait tremblé devant les géants en carton-pâte des fêtes douaisiennes de Gayant. Il en avait même peut-être encore un peu peur, du haut de ses dix-sept ans.

Je m'obstinais tellement à boire sans interruption pour me donner une contenance que je sentis rapidement la griserie me gagner. J'avais les jambes molles. L'esprit chavirant. Mais je pris sur moi pour relancer la conversation :

– Tu dis être encore à l'école ? C'est une chance pour toi de pouvoir poursuivre tes études ! Moi, j'aurais bien aimé...

Henri afficha une moue dubitative.

– Ouais... Une chance... Peut-être... J'ai beau être au lycée, ça ne m'assure pas pour autant de pouvoir m'orienter vers ce qui me plaît vraiment. Mon père, ce con, y veut que je fasse l'École des mines. Y veut faire de moi un ingénieur.

– Et alors ! C'est chouette, ça, non ?

– Chouette ? Ouais, si on veut !

Et il se tourna vers moi en tirant la langue. Faisant semblant d'être pris d'une violente nausée.

Je reculai si brutalement que je tombai du mur et me retrouvai le cul par terre, mon verre de bière se déversant sur mon pantalon.

Je ne pus faire autrement que me mettre à rire. D'abord un simple ricanement. Puis de plus en plus fort pour devenir un véritable éclat.

Henri, lui aussi, se laissa aller à une bruyante hilarité.

– Tu vois, se mit-il à crier, ça te fait le même effet ! Je te parle de l'École des mines, et tu te pisses dessus !

Je n'arrivais plus à me relever tant je riais. Ce qui embarqua Henri dans un fou rire incontrôlable. Je parvins à regagner ma place sur le muret avec la plus grande difficulté.

– Tu n'avais qu'à me le dire si tu voulais encore à boire, me dit Henri en remplissant à nouveau mon verre. Tu n'étais pas obligé d'en jeter le fond pour bien me faire voir qu'il était presque vide, tu sais !

Nous étions obligés de nous tenir l'un à l'autre tant nos corps étaient secoués de spasmes.

Henri souffla un gros coup pour reprendre le contrôle de lui-même.

– Je ne voulais pas me montrer désobligeant, me dit-il soudain sérieux. Toi, tu es mineur. Donc forcément, l'École des mines c'est quelque chose pour toi. Mais moi, je t'assure, c'est une perspective qui m'emmerde, tout simplement. Et tu sais ce que je voudrais faire ?

– Eh bien, non ! répondis-je tout en continuant à rire.

Henri sauta du muret.

Il se retourna vers moi, prit un air solennel et s'exclama :

– Tout condamné à mort aura la tête tranchée !

– Tu veux être juge !

Il fit non de la tête.

– Avocat !

– Mais non ! s'écria-t-il. Regarde. Interrogatif : « Tout condamné à mort aura la tête tranchée ? » Affirmatif : « Tout condamné à mort aura la tête tranchée ! » Pensif : « Tout condamné à mort… tranchée… »

Il m'interrogea du regard.

Je marquai mon ignorance d'un haussement d'épaules.

– Attends ! reprit-il enthousiaste. Comique : « Tout condamné à mort aura la tête tranchée », proféra-t-il dans un nouveau fou rire.

Je ne pus faire autrement que l'accompagner dans ce nouvel éclat.

Henri reprit son sérieux dans la seconde :

– Alors, t'as pigé ?

– Non ! fus-je bien obligé d'admettre en ne cessant de me tenir les côtes.

– Fernandel ! Là, je viens de te faire une scène de Fernandel dans *Le Schpountz*. Tu as vu ce film de Marcel Pagnol ? Fernandel ! Tu connais Fernandel, quand même ? me questionna-t-il en voyant que je ne réagissais toujours pas.

– Oui ! finis-je par reconnaître. Fernandel, je connais. Et alors ! Tu veux devenir Fernandel ?

– En quelque sorte, oui ! Je veux être acteur. Jouer la comédie. Le théâtre, le cinéma, tout ça, quoi !

– Ah, oui, effectivement, je ne crois pas que l'École des mines puisse te préparer à ça ! L'école des mimes, à la rigueur…

– Mon père m'a mis en pension. Il croit qu'il suffit de débourser pour acheter ma destinée. Mais ce qu'il ne sait pas, c'est que moi, à Douai, je fais le mur dès que je peux pour aller au cinéma. Je vais voir tout ce qui passe à l'affiche. Tu y vas, toi, au ciné ?

– Parfois ! Mais je dois bien t'avouer que ça m'arrive assez rarement.

– Ah ! souffla-t-il, visiblement déçu de ma réponse.

– Ils ne sont pas en train de tous bouger, là ? demandai-je en jetant un œil aux autres qui faisaient grand bruit autour des tables dressées dans le jardin.

Henri attrapa la carafe vide et son verre.

– Si, on dirait bien… J'espère que là où ils nous emmènent, y aura des toilettes, parce que là, j'ai bu trop de bière. Tout le monde n'a pas eu la chance de pouvoir se soulager, me dit-il en me tapant sur le ventre et en riant à nouveau très fort.

Puis il m'attrapa par l'épaule et nous rejoignîmes le groupe. Comme deux larrons en goguette. Comme si nous nous connaissions depuis notre plus tendre enfance et savourions d'avance le bel été qui nous attendait.

XXIV

– Nous, on veut la demoiselle ! criait Kazimierz Jdrzejowska.
– Bella ! Ça ne te dérange pas de t'en occuper ? me demanda Papa.

J'accourus aussitôt à son secours. Ma mission était simple : accompagner ce groupe de mineurs jusqu'aux baraquements qui allaient leur servir de logement pour les deux semaines à venir.

Papa me tendit donc une liste sur laquelle était noté « Compagnie des Mines de Courrières – Fosse 23 Charles-Thellier-de-Poncheville – Noyelles-sous-Lens ». Et en dessous, une liste de noms.

J'invitai donc les mineurs de cette fosse à s'approcher de moi et procédai à l'appel :

– Famille Jdr... Jze... Pardon ! Jedjé, je suppose. Quatre personnes !

– C'est bien ça, ma p'tite demoiselle ! hurla M. Jedjé en venant se placer à côté de moi avec sa femme (riant toujours à gorge déployée), un enfant et un vieil homme.

– Famille Lamendin, quatre personnes également !

– Oui ! répondit plus discrètement un petit homme aux yeux noisette qui s'approcha à son tour avec femme et enfants.

– Lamendin… pensai-je alors à haute voix. Vous êtes de la famille du célèbre…

– Non ! me coupa l'homme d'un ton sec, visiblement agacé qu'on lui pose toujours la même question.

Je retournai à ma liste sans plus de questions.

– Famille Lassagne, quatre personnes ! Et famille Marquet, cinq !

Pas un ne manquait à l'appel.

Je les invitai donc à me suivre et, ensemble, nous empruntâmes l'allée qui partait de la cour pour rejoindre ce que nous avions baptisé les « dortoirs ».

– Ne soyez pas effrayés par l'aspect « cabanes » de ces bâtiments, les rassurai-je en arrivant sur place. Ici, le climat est si bon que vous pourriez parfaitement dormir à la belle étoile sans subir la moindre gêne. Alors oui, ce ne sont que des baraquements qui ont notamment servi aux ouvriers venus rénover le domaine. Mais je peux vous assurer que nous en avons fait quelque chose de très propre et que vous y serez très bien. Vous allez de toute façon vite vous apercevoir qu'ici ce n'est pas l'endroit où l'on dort qui est important.

Je venais de débiter tout cet argumentaire avec le même aplomb et la même foi que si je l'avais écrit moi-même. J'avais entendu mon père présenter ainsi ces baraquements aux directeurs de la compagnie quand ils avaient voulu voir où seraient logés leurs ouvriers. Et je devais bien reconnaître que je venais de le vendre avec la même conviction que si j'y avais eu un quelconque intérêt commercial. Bon, ce n'était effectivement que de simples baraquements de chantier, mais j'étais tout à fait sincère en leur disant que ce n'était pas là le point le plus important de leur séjour. La priorité avait été la rénovation du château. Pour accueillir directeurs et ingénieurs. Il était évidemment prévu de construire de vrais logements pour accueillir tous ces mineurs-estivants. Mais le temps avait manqué. L'endroit n'était la propriété des Houillères que depuis une petite année. Et le château avait connu d'assez importantes dégradations pendant la guerre. Il avait donc fallu parer au plus pressé. Alors oui, les conditions d'accueil étaient encore loin d'être optimales en cet été 1948. Mais au moins, la machine était lancée. Pour en faire profiter le plus grand nombre. Et au plus vite.

Un des pères parut toutefois surpris que je les amène là :

– Mais… Nous ne dormons pas au château ?

– Non ! m'empressai-je de lui répondre. Vous vous doutez bien que le château n'a pas la capacité de tous vous accueillir. Aussi est-il exclusivement réservé aux directeurs et ingénieurs de vos compagnies !

– Oui, j'entends bien, poursuivit l'homme en me tirant par le bras afin de nous isoler du reste du groupe pour m'entretenir en privé. Mais… moi, je suis porion, voyez-vous. Je ne suis pas un simple mineur. Vous voulez bien vérifier votre feuille ? Peut-être avez-vous fait une erreur…

– Non ! dis-je sans le moindre doute. Si votre nom apparaît sur cette liste, c'est que…

– Oh, Lassagne ! intervint M. Jedjé en faisant sa grosse voix du gars contrarié. Tu n'vois pas que tu mets mal à l'aise la demoiselle ?

– Non, mais ça v… tentai-je de placer.

– Tu te doutes bien que ce n'est pas elle qui fait les règles ! poursuivit-il en haussant encore le ton. Regarde, elle est à peine plus âgée que ta fille ! Et si elle nous a accompagnés ici, c'est uniquement parce que je l'ai demandé à son père !

– Je m'en doutais ! ronchonna celui qui avait le même nom que le célèbre syndicaliste. Vouloir à tout prix nous faire cohabiter entre gens de classes sociales aussi différentes est une bêtise sans nom ! Ça ne peut que faire des histoires !

– Non ! rugit M. Jedjé. Il ne va y avoir aucune histoire ! Parce que si Chef-pognon n'est pas content, il ira se plaindre à qui de droit. Mais devant nous, il va juste la fermer. On est tous bien d'accord ?

Robert Lamendin se contenta de reculer en levant les mains en l'air pour dire qu'il abdiquait et ne trouvait rien à y redire.

Le porion Lassagne – que M. Jedjé venait d'appeler par un drôle de quolibet – ne protesta pas plus et poussa sa famille à entrer sans plus attendre à l'intérieur du baraquement.

– Ne vous en faites pas, repris-je histoire de calmer les esprits, je vous le dis encore une fois : vous allez être très bien ici ! Vous devez tous être fatigués par le long voyage que vous venez de faire. Installez-vous tranquillement ! Reposez-vous ! Et vous verrez, après une bonne sieste sous le chant des cigales, toutes les tensions se seront envolées.

– T'as vu comme je te l'ai calmé le Chef-pognon ? annonça M. Jedjé en donnant un coup de coude à Robert Lamendin. J'peux te dire que j'lui ai fait peur. Je l'ai lu dans ses yeux ; il avait la chtouille.

– C'est pas la trouille, plutôt, que tu veux dire ? lui demanda son camarade en riant.

– Hmmm ! grogna M. Jedjé comme pour dire qu'il se fichait bien que le terme fût bon ou pas et que seul le résultat de son intervention comptait.

Puis il salua mon départ en me lançant un nouveau clin d'œil et en me faisant promettre – sans se soucier de pouvoir être entendu depuis l'intérieur du baraquement – de venir immédiatement le prévenir si ce « râleux de Chef-pognon » (tels furent ses mots) continuait à me faire des histoires.

Je retournai vers le château, bien décidée à aller chercher de nouveaux groupes. Maintenant que j'avais commencé… Mais s'ils étaient tous de cet acabit, la journée promettait d'être folklorique. Beaucoup de ces mineurs avaient le verbe haut – j'avais déjà oublié à quel point il était courant de parler aussi fort dans les corons. J'eus droit à pas mal de railleries. Parfois même à certaines grivoiseries qui ne manquèrent pas de me faire rougir. Et pourtant, dès que j'étais avec un nouveau groupe, il effaçait de ma mémoire le précédent.

Tous, sauf le premier. Avec ce M. Jedjé qui venait de Noyelles-sous-Lens. Eux restaient constamment accrochés à ma pensée et ne l'avaient toujours pas quittée quand j'en eus fini avec le dernier groupe.

Je rejoignis mon père dans la grande salle du château. Il était accaparé par sa mission d'hôte. Autour de lui, d'éminents invités dont la tenue vestimentaire révélait à elle seule la haute position dans l'échelle hiérarchique des Houillères. Il prit toutefois le temps de s'extraire une seconde de leurs conversations pour me décocher son plus beau sourire. Celui de l'homme ravi de voir sa fille aussi impliquée dans la réussite de son projet.

XXV

Il faisait chaud à l'intérieur du baraquement. Le soleil grimpait haut dans le ciel et dardait avec générosité ses rayons sur les tôles ondulées qui composaient la toiture de ce grand dortoir de fortune. Une véritable étuve. Ma chemise collait à mon dos. Aussi trempée que l'était mon pantalon imbibé de bière.

– Tu devrais t'habiller plus légèrement, Tienot ! me suggéra Maman en empilant nos vêtements sur l'étagère qui nous séparait de la famille Lamendin.

– Oui ! me contentai-je de répondre pour ne pas lui montrer que la chaleur n'était pas seule responsable de mon indisposition.

Nos noms étaient marqués sur une feuille scotchée sur le côté de chaque rayonnage. Avec une flèche. Pour qu'il n'y ait pas de confusion. Rien ne nous obligeait à respecter la disposition suggérée. Chaque groupe pouvait aménager son baraquement selon son gré. Mais le hasard avait finalement pour nous bien fait les choses. Nous étions les premiers en entrant. Suivaient ensuite les Lamendin. Et c'était donc les Jdrzejowska qui faisaient rempart entre les Lassagne – installés à l'autre extrémité du bâtiment – et nous. Qui mieux que Jedjé était à même de remplir pareille mission ? J'aurais souhaité me retrouver plus près d'Henri. C'est sûr. Mais je me doutais que nous étions amenés à passer plus de temps hors de cette chambre qu'à l'intérieur. Et même si mon père ne disait rien, je savais qu'il n'aurait guère apprécié la promiscuité du porion. Personne ne souhaitait vraiment cette cohabitation avec Benoît Lassagne. J'entendais d'ailleurs Robert Lamendin ronchonner à quelques pas de moi :

– J'vais t'dire, heureusement qu'y nous ont pas placés à côté de Chef-pognon ! Cha auro fait des étincelles, crois-moi !

– Mais vas-tu enfin t'arrêter de râler ? lui chuchota Nadine, son épouse, pour l'inciter à baisser la voix. On est là pour prendre du bon temps. Tu ne vas pas tout gâcher, quand même !

– Mais vous n'pouvez pas aller jouer ailleurs, tisaut ? s'emporta aussitôt Robert en menaçant ses deux garçons d'une correction pour ne pas avoir à reconnaître que sa femme avait (une fois de plus) raison.

Jules et Jean s'enfuirent en riant à gorge déployée, embarquant sans concertation Jacquot et Zabeth qui n'attendaient qu'un signal pour enfin sortir. L'endroit était bien trop confiné pour leurs jeux. Leurs cris nous auraient très vite insupportés.

Une fois les enfants loin de nous, je réalisai qu'un bruit de fond persistait. Il résonnait dans nos têtes. Comme si le peu de temps passé dans le baraquement avait été suffisant pour que mon frère, ma sœur et leurs nouveaux camarades de chahut y laissent définitivement planer l'écho de leur turbulente complicité.

Mais il ne me fallut pas longtemps pour réaliser la provenance de cette pollution sonore.

Maria Jdrzejowska !

– Y en n'a pas un pour lui dire d'aller jouer avec les gosses ? suggéra même Robert Lamendin à mon père à travers les rayonnages.

Maman et Nadine Lamendin s'exécutèrent chacune de leur côté, mais ensemble, dans un ballet de gros yeux. Ce qui ne fut d'aucun effet. Leur tentative de juguler l'envie de rire de leur mari échoua. Et Robert et Papa ne purent faire autrement que pouffer.

Maria était un véritable moulin à paroles. Et elle assommait la pauvre Mme Lassagne d'un flot verbal ininterrompu qui empêchait cette dernière de préparer comme elle le voulait le petit nid estival de sa famille.

– Je me suis acheté cette petite robe parce que je savais qu'ici il faisait très chaud... Et nous autres, la chaleur, on n'est pas habitués, hein !... Vous êtes déjà venus dans le Sud, vous ?... Parce que nous, le plus bas qu'on soit descendus, ce doit être Montargis... Vous connaissez Montargis ?... Kazimierz y a un cousin... C'est donc aussi mon cousin, puisqu'on est mariés, maintenant... Enfin, maintenant... Ça fait vingt-cinq ans... Et vous, vous êtes mariés depuis combien de temps ?...

Jeanne Lassagne avait de l'éducation. Un savoir-vivre qui l'empêchait de crier haut et fort le fond de sa pensée. Elle répondait poliment. Même si son interlocutrice ne se souciait guère qu'elle le fît. Mais ses yeux semblaient appeler à l'aide. Elle parvenait toutefois – avec une maîtrise remarquable – à donner à son attitude une grande douceur alors qu'en elle des envies de meurtre devaient commencer à la titiller. Si elle aussi était à l'écoute de ses petites voix intérieures pour lui dicter sa conduite, il devait à cet instant y avoir en elle une sacrée bagarre.

À côté d'elle, son mari fulminait. On le sentait à deux doigts d'exploser. Tout dans la retenue, lui aussi. Mais une retenue qui n'avait chez lui rien à voir avec la bienséance. Une modération qui avait une tout autre origine : Jedjé ! Il ne voulait pas risquer l'incident en laissant jaillir les mots qui le rongeaient.

Maria Jdrzejowska semblait être la seule à ne se rendre compte de rien. Et elle continuait à se laisser aller sans état d'âme à son irrépressible et maladif besoin de parler :

– Vous avez vu comme ils nous ont bien accueillis ?... Il faut dire aussi que les gens du nord de la France sont des gens accueillants... Plus que dans le Sud, il paraît... Alors s'ils voulaient être à la hauteur... Nous on aime bien recevoir du monde... Vous aussi ?... Avec Jedjé, c'est vrai qu'on aime bien s'amuser... Peut-être un peu trop parfois... Quoique... Peut-on se plaindre de trop s'amuser ?...

La tête de Robert passa à nouveau entre deux piles de linge :

– Le jour de la distribution de la ponctuation, elle s'est fait porter pâle, la Maria !

Nouvel éclat de rire.

Nouvelle réprobation muette de Maman et de Mme Lamendin.

J'aperçus de loin Henri qui me fixait. Lui aussi semblait beaucoup apprécier le spectacle qui se jouait devant nous. J'avais l'impression que plus on malmenait ses parents, plus la situation l'amusait. Il se tenait les côtes tant il contenait l'éclat qui ne demandait qu'à fuser de sa gorge. Et il n'y avait pas de raison. Moi aussi je voulais participer. Je vins donc me coller à mon père pour rire avec lui.

Maman me lança aussitôt un regard menaçant.

Mais moi, au contraire de Papa, je cédai immédiatement à la menace. Trop incapable de décevoir ma mère. Comment aurais-je pu me rendre responsable de faire naître sur son si doux visage ne serait-ce qu'une once de courroux ? Je me contentai donc de rester simple spectateur de la cocasse scène qui se déroulait sous mes yeux fatigués. Même si, à l'intérieur, mon corps tressaillait d'excitation devant tant d'amusement.

Jedjé, lui, continuait d'installer des affaires tout autour de lui. Il ne trouvait rien d'incongru. Rien d'inédit. Sa femme Maria était telle qu'il l'avait toujours connue. Il évoluait avec grâce. Un danseur en pleine représentation. Ses lèvres entrouvertes semblaient encore s'animer au rythme d'un de ces airs qui lui venaient d'instinct dès lors qu'il était heureux. Et il rayonnait de bonheur à cet instant. Maria et lui avaient toujours tendance à en faire trop, c'est vrai. Mais ils affichaient une image si harmonieuse et heureuse que je ne pouvais que les trouver extrêmement touchants.

Papa restait collé à son étagère. À l'affût de la prochaine raillerie de Robert qui se tenait de l'autre côté. Maman fut obligée de le contourner.

– Et pourquoi vous n'emmèneriez pas les enfants voir la plage ? proposa-t-elle. Elle est apparemment juste en dessous du château.

– Mais, je t'attends, riposta Papa. On ne va pas y aller sans toi !

– C'est vrai ça, approuva Nadine Lamendin. Vous nous gênez plus qu'autre chose. On ira deux fois plus vite sans vous avoir dans nos jambes, n'est-ce pas, Édith ?

– Parfaitement ! répondit Maman. On finit de ranger les affaires et on vous y rejoint.

C'était vrai que chacun de nous avait envie de prendre un peu de repos. Mais avec cette chaleur... Et puis nous étions tous si excités à l'idée de découvrir cette mer qu'on nous annonçait si belle.

– Tu viens, Tienot ! me dit Papa en se levant. On dérange. Partons en éclaireurs ! Allons voir si l'endroit est aussi magnifique que le dit la brochure de ton instituteur.

Je le suivais tout en quémandant d'un regard l'assentiment de Maman.

– Va, mon grand ! me fit-elle. J'arrive. Le temps de tout déballer nos affaires et je vous retrouve là-bas.

– Jacquot ! Zabeth ! cria Papa en sortant du baraquement. Venez par ici, on va voir la mer !

– Ouais ! hurlèrent-ils en chœur. Et Jules et Jean, ils peuvent venir avec nous ?

– Mais bien sûr qu'ils viennent aussi, Jules et Jean ! annonça Robert en apparaissant à son tour. Mais attention, les garçons !

Vous restez près de nous ! Si je suis obligé de vous courir après, c'est retour immédiat au dortoir !

– Ouais ! s'égosillèrent les deux garçons Lamendin en s'enfuyant déjà sur le chemin qui menait au château.

Robert tenta un geste pour les arrêter. Mais ils étaient déjà loin. Deux petites silhouettes sautillantes qui disparaissaient progressivement de notre champ de vision.

– Ils me fatiguent, souffla Robert devant son évidente incapacité à les tenir.

– Bah ! le rassura Papa. Ce sont des gamins. Il vaut mieux les voir ainsi. Tu préférerais qu'ils soient aussi amorphes que le tchiot de Jedjé ?

– Non ! T'as raison ! reconnut Robert. C'est vrai qu'il est mou ce Piotr. Moi, si j'étais Jedjé, ça m'inquiéterait… Ben, et Jedjé justement, qu'est-ce qu'il fout ? Oh, gros ! Tu t'ramènes ou pas ? cria-t-il en passant la tête par l'embrasure d'une fenêtre ouverte.

La voix de Kazimierz Jdrzejowska résonna à l'intérieur du baraquement :

– J'arrive, les copains !

Et il apparut sur le pas de la porte en chantant :

« Qu'est-ce qu'on attend pour être heureux ?
Qu'est-ce qu'on attend pour faire la fête ?
Y a des violettes
Tant qu'on en veut
Y a des raisins, des rouges, des blancs, des bleus[1]… »

– Et Piotr ! l'interrompit Papa. Tu n'le prends pas avec toi ?

– Non, lui répondit Jedjé en haussant les épaules, Maria préfère qu'il reste pour se reposer…

Henri nous rejoignit à son tour en courant.

– Attendez-moi ! Moi aussi j'veux venir !

Son père lui cria après :

---

1. Qu'est-ce qu'on attend pour être heureux ?, *chanson de Paul Misraki et André Hornez (1937).*

– Henri ! On n'a pas fini de déballer les valises ! Tu viens aider ta mère !

– Ouais, ben… J'rangerai après ! riposta mon nouveau copain qui venait de prendre une décision qui me ravissait.

Les protestations de Benoît Lassagne redoublèrent. Mais elles ne furent bientôt vite pour nous qu'un râle très lointain.

– Ouais, ouais… C'est ça, cause toujours ! lui lança Jedjé en attrapant Henri par l'épaule pour bien lui signifier qu'il était désormais sous sa protection.

Et il se remit à chanter.

Nous nous empressâmes de l'accompagner pour mieux couvrir les cris de Chef-pognon qui continuait de s'époumoner dans le vide.

« Qu'est-ce qu'on attend pour être heureux ?

Qu'est-ce qu'on attend pour faire la fête ?… »

XXVI

JE DESCENDIS L'ESCALIER À TOUTE VITESSE. Rien ne m'obligeait à assister au cocktail officiel de bienvenue que Papa s'apprêtait à présider. Mis à part le souper qui devait suivre pour lequel ma présence était souhaitée, j'étais libre d'occuper le reste de mon temps comme je l'entendais. Mais j'étais bien obligée d'admettre que toute cette animation m'amusait follement. Et je ne voulais pas en perdre une miette.

– Messieurs-dames ! cria Papa histoire de rassembler tout le monde. Votre attention, s'il vous plaît ! Laissez-moi encore vous souhaiter la bienvenue dans le château d'Agecroft. J'espère que vous êtes maintenant tous bien installés. Il ne vous reste plus qu'à vivre le plus beau des séjours au cœur de notre formidable site.

Toutes les têtes approuvèrent à l'unisson.

Tous avaient déjà dû descendre à un moment ou à un autre de la journée sur la plage de La Rague. Il n'y avait qu'à voir leurs mines réjouies. Les yeux étaient fatigués mais brillaient de cette lueur que générait le doux sentiment de se trouver dans le plus beau des endroits. Cette même petite étincelle que Papa et moi avions eue lorsque nous avions découvert les lieux. Lors d'un premier contact avec cette plage de sable fin, on ne pouvait rester indifférent. Une palette de couleurs éclatantes qui allait du rouge de la roche sur laquelle se dressait le château, au bleu azur de la mer et du ciel, en passant par l'extrême blondeur du sable. Des odeurs enivrantes où les senteurs maritimes que charriaient les embruns se mêlaient à celles de la flore méditerranéenne descendant du massif de l'Esterel. Tout cela dans une quiétude qui ne pouvait que vous inciter à la contemplation, à l'imprégnation, jusqu'à l'enivrement.

Pour beaucoup de ces mineurs, ce devait être la toute première fois qu'ils se retrouvaient confrontés à pareille rencontre avec la nature si particulière d'une région côtière. Ils avaient pourtant la mer, chez eux aussi. Une autre mer, que ce soit la Manche ou un peu plus haut la mer du Nord. Un long littoral qui courait de la baie de l'Authie jusqu'à Bray-Dunes.

Petite, j'avais eu la chance de pouvoir m'y rendre plus d'une fois. Le Portel. Le Touquet. Berck. Ou même plus bas, Quend-Plage ou Fort-Mahon, dans la baie de Somme. Tous ces lieux m'étaient familiers. J'en gardais d'ailleurs d'excellents souvenirs. Certes, comparée à La Napoule, la lumière y était moins éclatante. Les couleurs moins chatoyantes. Mais on y trouvait d'immenses plages. Des vraies ! Avec des marées qui, quand la mer reculait, offraient une incroyable étendue de sable jusqu'à perte de vue. Et lorsqu'il séchait, ce sable était d'une finesse et d'une douceur comme on n'en trouve nulle part ailleurs. Mais combien étaient-ils à s'être déjà rendus sur leur Côte d'Opale ? Très peu, j'en étais certaine. Un mineur ne s'éloignait que très rarement de son coron.

Il était vrai que, quand j'avais découvert le château d'Agecroft et sa plage, j'en étais aussitôt tombée amoureuse. Qui pouvait résister au charme incroyable d'un tel endroit ? Même ce petit chef qui avait tout à l'heure rouspété lorsque j'avais amené son groupe aux baraquements – celui-là même que M. Jedjé avait appelé Chef-pognon – était cet après-midi remonté de la plage de La Rague avec le sourire. Sur lui aussi la magie avait opéré. Alors pour les autres… Il faut dire que la corniche d'Or[1] était irrésistible lorsqu'elle était comme aujourd'hui baignée de soleil.

Un endroit paradisiaque.

Les habitants de la région avaient pourtant pendant longtemps vécu entourés d'une eau impure qu'ils n'avaient pu exploiter. La Siagne, qui descendait des montagnes et traversait la ville jusqu'à l'embouchure, était à la base une eau limpide et poissonneuse. Une eau qui avait eu tout pour faire le bonheur des Mandolociens. Mais, entre son ancien cours et son lit plus récent, s'était étendu le quartier de la Grande Roubine. Et avec lui, son étang. Une eau croupissante qui n'avait cessé de rendre insalubre tout le terroir. Allant même jusqu'à occasionner de nombreux cas de fièvre typhoïde. Et tout cela à une époque où la médecine était le plus souvent dispensée par de simples barbiers… Oui, des barbiers ! C'était son ami lensois, le Dr Schaffner, qui avait raconté à Papa cette histoire de chirurgiens-barbiers.

– Des vrais charlatans ! s'était-il emporté lorsqu'il lui en avait parlé. Tu te rends compte, Joseph, qu'ils venaient dans les villages et ne recevaient que ceux qui avaient au préalable pris la peine de payer un abonnement ! Autant te dire que le serment d'Hippocrate, ils n'en avaient jamais entendu parler. Quant à leur réelle pratique de la médecine, alors là… Ah, ça, pour les saignées ou la pose des ventouses, ils étaient fortiches ! Mais le pire, mon vieux Joseph, c'est qu'ils se permettaient même d'abrutir leurs patients avec tout un ramassis de conneries. Enfin, leurs patients… Leurs cobayes, serais-je tenté de dire. Tu sais ce qu'ils osaient prétendre ? Tu le sais ou pas ?

Bien sûr, Papa n'avait pas su quoi répondre. Et avant qu'il ait eu le temps de placer deux mots pour manifester son ignorance, Ernest Schaffner avait aussitôt poursuivi :

---

1. Nom que l'on donne au tronçon qui se trouve entre Fréjus et La Napoule.

– Je vais te le dire, moi. Ils prétendaient… Écoute bien ça, hein, Joseph ! Ils prétendaient avoir le pouvoir de guérir… par la magie ! Tu le crois, ça ? C'est pas des conneries ? Tu te rends compte ? Eux, de la magie ! Mais alors moi, je suis qui si eux sont des sorciers, hein ? Dieu en personne, c'est ça ?

Et il avait conclu par un de ces grands rires dont il avait l'habitude. Un de ces éclats qu'il aimait exagérer, comme pour dédramatiser les horreurs de son quotidien.

Mais la vie était désormais ici bien moins rude qu'elle avait été. L'endroit avait prospéré et était devenu une station balnéaire où il faisait bon vivre. Et ce n'étaient pas les quelque deux mille cinq cents âmes de la commune qui allaient dire le contraire. Ceux qui vivaient là à l'année. Une population qui s'accordait devant la beauté de leur ville, mais restait divisée quant à l'affluence massive des touristes qui débarquaient chaque été. Il y avait ceux qui observaient cela d'un œil bienveillant, pour qui c'était une manne, une belle occasion de s'enrichir. Et puis les autres, qui n'y voyaient que perturbations et envahissement. Et la période d'accueil des estivants s'allongeait chaque année un peu plus par rapport à la précédente. « On ne sera bientôt plus chez nous ! », maugréaient-ils alors.

Les voyageurs et vacanciers étaient une chose ; l'arrivée des nouveaux locataires du château d'Agecroft, une autre. Et ils étaient nombreux à voir cela d'un mauvais œil. Même parmi ceux qui prônaient le développement du tourisme local. Car quel bénéfice pouvaient-ils en espérer ? La compagnie qui les employait était puissante et aisée. Elle avait d'ailleurs dépensé sur place une fortune pour réhabiliter un site que la guerre avait fortement malmené. Mais les mineurs, eux, n'étaient pas riches. Tout le monde le savait. Et moi – qui les connaissais pour les avoir longtemps fréquentés –, je savais pertinemment à quel point ils pouvaient se contenter de très peu. Ce n'était pas rien ce qu'on leur offrait là, ils en avaient conscience. Ils n'allaient donc pas en demander plus. Ne se montreraient en aucun cas dépensiers. Et même à supposer qu'ils aient voulu l'être, encore eut-il fallu qu'ils en aient les moyens.

Je les observais, tous ces ouvriers, à travers la grande fenêtre du réfectoire du château. Ils étaient tenus de rester à l'extérieur, pour prendre leur repas à l'abri du grand hangar, derrière les bureaux. Leurs rires résonnaient jusqu'à mes oreilles. Pendant ce temps, j'étais, moi, consignée là, à faire des courbettes devant des gens aussi guindés que s'ils avaient la charge d'un ministère. Beaucoup m'interpellaient, me posaient une multitude de questions. Sur mes études. Sur ma vie au château. Sur mon passé de Lensoise. Sur mon avenir… Mais très vite je perdais le fil de leurs insipides conversations. Mes yeux restaient constamment accrochés à celui ou celle qui me parlait, mais dès qu'un cri en provenance du jardin se faisait entendre, mon esprit se mettait à vagabonder. Et j'étais persuadée que mon ennui devait se voir comme le nez au milieu de la figure. Je ne pouvais pas faire semblant. Je n'avais jamais su. Je faisais pourtant un effort. Pour faire bonne figure. Pour Papa. Mais j'avais beau aimer mon père plus que tout au monde, je me sentais sur le point de flancher. Un jeune ingénieur de je-ne-sais-plus-quoi – il m'avait sorti un titre dont je n'avais pas compris un traître mot – semblait avoir eu l'idée saugrenue de croire qu'il pouvait m'intéresser en m'expliquant dans le détail le fonctionnement des nouvelles haveuses à chaîne que sa compagnie venait d'acquérir. C'était interminable. Lui semblait très excité de tout ce qu'il racontait. Et il terminait chacune de ses phrases en m'invitant du regard à m'extasier à mon tour devant l'incroyable révélation qu'il venait de me faire. Mais tous ces termes bien trop techniques n'exprimaient rien pour moi. Je n'avais aucune envie de sauter au plafond à chacune de ses ponctuations. Et puis il m'avait de toute façon perdue depuis longtemps. Il aurait pu m'avouer maintenant être le fils du président Auriol, ou être descendu du Pas-de-Calais à bicyclette et en trois jours, je n'aurais même pas cillé.

Un long cri aigu en provenance du jardin stoppa net toutes les conversations. Un miracle qui me permit d'échapper au chapitre de la haveuse à deux bras sur lequel mon ingénieur de je-ne-sais-plus-quoi s'apprêtait à enchaîner.

Comme la plupart des gens qui m'entouraient, je me précipitai vers les fenêtres.

Dehors, M. Jedjé courait un seau à la main alors que sa femme, déjà trempée, tentait de lui échapper en hurlant à s'en déchirer les cordes vocales.

– Au moins, pendant ce temps-là, ils ne pensent pas à faire la grève ! dit un vieux monsieur en se tenant droit comme un « I », les mains dans le dos.

– Ils sont déjà saouls comme des cochons ! affirma un autre. Quel exemple pour leurs enfants, quand même !

Tout autour de moi, les têtes se mirent à osciller pour approuver.

C'était donc cela la considération que les bien-pensants de la direction des compagnies avaient pour leurs ouvriers ? Tous autant qu'ils étaient, ils m'écœuraient. Papa perçut mon malaise. Il ne devait pas être loin de ressentir la même chose. Mais ses yeux me prièrent instamment de ne pas intervenir. Un esclandre le premier soir n'aurait pas été du plus bel effet. Je me mordis la joue, serrai les pouces dans mes mains, et lui fis un petit signe de la tête afin de le rassurer.

Mais au fond de moi, je n'avais aucun doute. C'était bien vers ces ouvriers mineurs qu'allait toute ma sympathie.

XXVII

Ce fut la voix de mon père qui m'arracha à mon sommeil.

– Oh, Tienot ! Debout, tchiot ! C'est bientôt l'heure du repas, tu vas pas passer tes vacances à roupiller !

J'éprouvai un mal de chien à ouvrir les yeux. À chacune de mes tentatives, un puissant rai de lumière m'aveuglait et semblait me foudroyer la cervelle. Combien de temps avais-je dormi ? Moi, j'avais bien l'impression deux jours d'affilée ! Il faut dire aussi qu'après notre nuit de voyage et la surexcitation de notre arrivée, pas un de nous n'avait souhaité faire la sieste. C'était quand, le jour de notre arrivée, d'ailleurs ? La veille ? L'avant-veille ? J'avais perdu toute notion du temps. Même le babillage de Maria Jdrzejowska n'arrivait pas à me pousser hors du lit. Je l'entendais, pourtant. Mais elle n'était qu'un fond sonore dont je m'étais accoutumé. J'arrivais à en faire abstraction. À ne plus l'écouter. L'entendre, oui, je ne pouvais faire autrement. Mais plus l'écouter. Son bavardage me berçait même. M'invitait à replonger dans les limbes de mes songes nocturnes.

Mais je bondis hors de mon lit lorsque j'entendis Robert Lamendin secouer Kazimierz, qui était visiblement dans le même état que moi :

– Jedjé ! Jedjé ! Lève-toi ! Il est l'heure de repartir pour Noyelles ! Magne-toi, on va louper le train !

Je balayai la chambrée d'un regard affolé. Aurais-je été fatigué au point de ne pas réaliser que notre séjour touchait déjà à sa fin ? Avais-je été malade ? Ne reprenais-je conscience qu'aujourd'hui, pour réaliser que j'avais finalement tout loupé ?

– Maman ! Passe mon pantalon ! hurla Jedjé.

– Vite ! Vite ! insista Robert. Ils ne vont pas nous attendre !

Puis il partit dans un grand éclat de rire, aussitôt imité par sa femme Nadine, puis Papa et Maman. Même Maria se mit à railler son mari avec grand bruit. D'une étrange manière, d'ailleurs. En poussant des cris qui me rappelaient les hennissements de Cloquette – le cheval de la fosse 23 qu'on avait baptisé ainsi à cause de la petite cloche qu'il portait en permanence à l'encolure –, lorsque son meneur l'abandonnait en fin de poste.

Jedjé se leva en râlant.

– Rhoo ! s'exclama Maria après son dernier cri chevalin. Quel ballot tu fais, quand même ! Comme si on allait déjà repartir... Tu viens à peine d'arriver, gros bêta ! Tu t'imagines déjà refaire tes valises ? C'est vrai que le temps passe vite, mais quand même... Oui, c'est vrai que tout passe toujours trop vite ! Ça ne vous fait pas ça, vous ? Surtout quand on vieillit et que...

J'abandonnai à nouveau Maria au milieu de ses explications. Déjà que mon réveil avait été brutal. Je ne voulais pas non plus risquer le mal de tête.

Quel nigaud j'étais, moi aussi. Heureusement, ils se moquaient tous de Jedjé. Et pas un n'avait vu la panique dans laquelle m'avait plongé la fausse annonce de Robert.

Je pensais être le seul – avec Jedjé – à ne pas avoir réussi à émerger, mais en regardant autour de moi, je fus rassuré de constater que c'était loin d'être le cas. Zabeth, Jacquot et les fils Lamendin étaient encore en pyjama. Même s'ils se défiaient dans un concours de trampoline sur leur couchette, riant aux éclats à la peur panique que Robert venait de faire à Jedjé. Le petit Piotr, lui, semblait indifférent à ce qui se passait et restait profondément endormi malgré le vacarme qui l'entourait. La grasse matinée n'était pas dans nos habitudes. Mais ces vacances n'étaient-elles pas faites pour justement rompre avec tout ce qui faisait notre quotidien ? Seule la famille de Chef-pognon manquait à l'appel. Chez les Lassagne, un pareil laisser-aller ne devait pas être du domaine de l'acceptable.

Jedjé ne grogna pas bien longtemps. Il rejoignit la salle d'eau aménagée dans le baraquement et se passa la tête sous un robinet. Il revint tout dégoulinant et enserra Maria pour s'ébrouer au-dessus d'elle.

Un énième hennissement retentit dans tout le dortoir.

Prisonnière des larges bras de son mari, Maria ne put faire autrement que l'accompagner dans la valse chaotique dans laquelle il l'entraînait.

Jedjé se mit à chanter à tue-tête.

« Parlez-moi d'amour,
Redites-moi des choses tendres,
Votre beau discours,
Mon cœur n'est pas las de l'entendre[1]... »

* *
*

Le repas du midi fut vite avalé. Pour la plupart d'entre nous, il ne s'agissait que d'un petit déjeuner. L'appétit n'y était pas. Seul Jedjé avait voulu avaler tout ce qu'on lui avait présenté. Nous l'avons donc abandonné à son festin. Car nous n'avions tous qu'une chose en tête : rejoindre au plus vite la plage de La Rague. Céder au doux chant des vaguelettes qui nous appelaient quelques mètres plus bas.

---

1. Parlez-moi d'amour, *chanson écrite et composée par Jean Lenoir en 1924, interprétée par Lucienne Boyer en 1930.*

Nous rejoignîmes notre baraquement. Pleins d'allégresse. L'excitation était palpable.

Les maillots de bain furent vite enfilés. Moi d'ordinaire si pudique, je ne m'étais pas un instant préoccupé de l'incessant va-et-vient qu'il y avait dans ce dortoir et m'étais mis à nu sans la moindre retenue. Il faut dire que Papa avait ouvert la voie, comme s'il se trouvait dans la salle des pendus du vestiaire de notre carreau de fosse. Et je l'avais suivi. Sans réfléchir.

En nous exhortant à ne pas l'attendre, je sentis bien que Maman réclamait, elle, un peu plus d'intimité afin de se préparer. Et Nadine Lamendin également. Aussi nous poussèrent-elles, Papa, Robert et moi, avec gentillesse mais fermeté, vers l'extérieur. Zabeth, Jacquot et les deux garçons Lamendin étaient déjà dehors, piaffant d'impatience dans leur slip de bain de Tarzan.

– Et Maman ! Elle vient pas ? s'inquiéta Zabeth.

– Mais si, elle va arriver ! la rassura Papa. Tu n'voulais pas mettre ton beau maillot d'bain à fleurs que Maman t'a acheté à Lens avant d'venir ?

– Non, moi aussi j'veux rester en slip ! affirma-t-elle en se plantant devant Papa, les bras croisés et les sourcils en plongée sur son nez comme si elle était en colère.

Papa se contenta de lever les yeux au ciel en se tournant vers Robert.

J'étais déçu de ne pas voir Henri dans les parages. Son Chef-pognon de père avait dû faire tout son possible pour traîner à table. Histoire de créer une distance avec le reste du groupe. Et effectivement, alors que nous nous engagions dans le chemin qui menait au jardin du château, les Lassagne le remontaient.

– J'te rejoins au plus vite ! me souffla Henri en me croisant et en allongeant la foulée.

Et ce n'est que lorsque nous longions le mur ouest du château que Jedjé et sa petite famille apparurent à leur tour. Ils étaient tout essoufflés. Comme si Jedjé avait dû laisser tomber le dernier pilon de poulet dont il se régalait pour sonner un rassemblement urgent de ses troupes. La peur de rater le programme de l'après-midi. Sa bouche encore grasse attestait d'ailleurs de la précipitation avec laquelle ils avaient dû quitter la table.

– Hé ! Vous nous gardez une place, les copains ! s'époumona-t-il en se lançant dans une étrange tentative de course à pied.

– Oh, Jedjé ! lui cria Robert. Tu t'crois à la piscine ? Tu veux qu'on étale ta serviette pour garder ta place autour du bassin ou quoi ? Hé ! Ici, c'est la grande nature qui s'offre à toi ! dit-il en montrant des deux bras tout autour de lui. Y aura toujours une place pour toi, même avec ta grosse carcasse !

Jedjé s'arrêta.

Son doigt tendu annonça une riposte de sa part. Mais le souffle lui manqua. Il préféra faire demi-tour et reprendre sa course. Derrière lui, Maria devait s'employer deux fois plus pour rattraper les grandes foulées de son mari. Une débauche d'énergie qui avait au moins le salutaire mérite de lui clouer le bec. Et à cent mètres derrière eux, Piotr et Jedjéja traînaient le pied. Ils balayaient l'un comme l'autre l'horizon d'un regard morne. Un regard qui trahissait leur totale incompréhension face à la surexcitation qui nous gagnait tous.

Nous empruntâmes le petit escalier au pied du château.

La plage de La Rague. Enfin. Nous l'avions découverte la veille. Le jour de notre arrivée. Mais là, c'était différent. Elle n'était plus le site de la visite d'un jour. C'était NOTRE plage ! Enfin, en arrivant sur place, nous constatâmes avec surprise que nous étions finalement assez nombreux à pouvoir dire la même chose. Robert Lamendin s'était moqué de Jedjé qui craignait de ne plus avoir de place, il ne s'attendait certainement pas – comme aucun de nous – à ce qu'il y ait autant de monde. Une foule au cœur de laquelle nous ne dépareillions pas avec nos peaux trop blanches.

Une fois ma serviette bien en place, je me surpris à courir vers cette eau si attirante. Même Zabeth et Jacquot me fixèrent comme si j'étais soudain victime d'un coup de chaud. Les vagues venaient rouler à mes pieds. J'avançai lentement. Par petits sauts pour y entrer progressivement. J'aperçus Henri qui descendait le sentier. Je l'appelai. Son arrivée venait de capter toute mon attention et j'en oubliai le dernier saut. Une vague acheva de mouiller les parties de mon corps que j'avais jusque-là réussi à maintenir au sec. Ce qui déclencha les rires de Jules et Jean Lamendin.

Derrière Henri, Maman et Nadine Lamendin. Puis Jedjé et Maria.

Jedjé avait tendance à toujours se faire remarquer. Où qu'il soit. Mais Jedjé en tenue de bain… On ne voyait plus que lui sur la plage de La Rague. Il arborait un de ces maillots à bretelles comme on en mettait encore avant la guerre. Un maillot à rayures. De grosses rayures bleues et blanches qui ondulaient en épousant les formes de son corps.

J'avais beau me trouver dans l'eau, j'entendis aussitôt glousser Maria :

– Tu vois ! Tu ne voulais pas mettre ton maillot de bain short… Mais tout le monde met ça, maintenant ! Regarde tes amis ! Regarde tout le monde autour de toi ! C'est vrai, quoi, continua-t-elle en s'installant à côté de Maman, ça n'se fait plus toutes ces combinaisons de bain pour homme… Surtout par cette chaleur… Mais allez faire entendre ça à Jedjé…

Jedjé fit volte-face en direction de Zabeth qui se trempait timidement les pieds au bord de l'eau.

– Qu'est-ce qu'y a ? Il est pas beau mon maillot de bain ?

– Si ! s'esclaffa Zabeth.

Puis il courut et se jeta dans l'eau. De tout son long, sans la moindre hésitation. Il créa un tel remous que les vagues ne semblaient plus autour de lui qu'un doux clapotis.

Zabeth était hilare.

– Jedjé ! s'époumona Maria depuis la plage. Je t'avais dit d'y aller progressivement. En plus tu viens juste de manger !... Tu ne devrais pas...

– Et patati ! Et patata ! riposta-t-il en se tournant vers Jacquot, Jules et Jean. Elle est bruyante, la dame, non ?

Les trois garçons répondirent par des éclats de rire.

Zabeth en fit autant depuis son poste de surveillance qui lui permettait de n'avoir de l'eau que jusqu'aux chevilles.

Jedjé se jeta de tout son poids dans une nouvelle vague.

De la plage émana une énième plainte, ce qui déclencha un rire général.

Henri posa sa serviette à côté de la mienne. Et aussi précipitamment que venait de le faire Jedjé, il plongea à mes pieds. Un plongeon... Une attaque à mon encontre, oui !

Je décidai donc de ne pas le laisser refaire surface.

D'une main ferme, je lui maintenais la tête sous l'eau. Il jaillit soudain comme un diable sur ressort sortant de sa boîte à surprise et fondit sur moi. Avec la ferme intention de me rendre la monnaie de ma pièce. Je me mis à courir aussi vite que je le pouvais. Mais la mission s'avérait impossible. Mes mouvements étaient ralentis par l'eau. Comme dans un cauchemar, quand on essaie d'échapper à un prédateur sans y parvenir.

Jedjé, qui avait bien senti qu'une bataille se préparait, s'approcha. Il voulait participer. Lui n'était nullement freiné par l'eau. Il semblait même dans cet élément retrouver une capacité à se mouvoir que sa forte corpulence lui interdisait sur terre. L'avantage avec le maillot de bain de Jedjé était que, même quand il nageait sous l'eau, on ne voyait que lui. Forcément, dans une eau aussi claire. Un indéniable avantage pour nous. Je dis « nous », parce que, tout comme moi, Henri luttait pour s'arracher à la prison liquide qui nous entourait. Et en deux temps trois mouvements, nos foulées nous ramenèrent sur la plage. Un peu de jeu viril ne nous effrayait pas mais, si Jedjé entrait dans la partie, la donne n'était plus la même. Nous étions foutus.

Le sable autour de nous était chaud. Et sitôt allongés sur nos serviettes, nous éprouvions déjà l'envie de retourner dans l'eau. Mais alors que j'observais les allées et venues de la baleine à rayures bleues et blanches en train de nous narguer de loin, Henri me tapa du coude dans les côtes.

À quelques mètres sur notre gauche, une jeune fille à la chevelure couleur de feu venait d'arriver. Elle installa sa serviette dans un ballet de mouvements plein de grâce et de délicatesse.

Nous l'observâmes. Muets. Béats d'admiration.

Mis à part Zabeth qui avait préféré se présenter dans le même slip Tarzan que celui de ses compagnons de jeu, les filles et jeunes filles avaient sur cette plage toutes adopté la combinaison de bain à jupette de leur mère.

Mais la fabuleuse naïade qui se présentait là attirait tous les regards. Elle portait un de ces maillots de bain deux pièces que la mode féminine venait de créer.

Je n'avais jamais vu pareil spectacle. Ou plutôt si, une fois. Sur les pages d'un magazine que Maman avait ramené de chez le marchand de journaux. Mais la claque qui m'était aussitôt tombée sur le coin du nez m'avait vite rappelé que ce n'était pas un spectacle pour un garçon de mon âge. Mais là, qu'allait faire Maman ? Se lever et frapper toutes les têtes tournées vers la jeune fille ?

À voir Henri, tout aussi figé, j'imaginais aisément qu'il était dans le même état que moi.

– Je la trouvais déjà pas mal, la tchiote, finit-il par dire, mais alors là…

Je l'observai, interloqué.

– Tu la connais ?

– Mais enfin, l'ami ! Tu n'vois pas que c'est la fille qui nous a menés aux dortoirs à notre arrivée ? La copine de Jedjé !

Je dus bien admettre ne pas l'avoir reconnue. Je ne l'avais finalement pas plus remarquée que cela jusque-là. Comment pareille chose put-elle être possible ? Il m'avait fallu un simple coup d'œil pour être subjugué ! Pour être sous le charme !

Elle était là, sous mes yeux, se trempant les pieds dans l'eau, pendant qu'une nuée de papillons commençait à me chatouiller le ventre. Et si je n'avais pas eu le regard fixé sur elle, j'aurais pu voir Maman et Nadine Lamendin s'échanger à leur tour des coups de coude. S'invitant l'une et l'autre à nous observer. À s'amuser de l'émoi qui nous paralysait.

S'il y en avait un qui restait naturel devant cette divine apparition, c'était bien Jedjé. Encore et toujours Jedjé.

– Hé ! Mais c'est ma copine qui arrive là pour faire trempette avec Jedjé ! cria-t-il en restant allongé dans l'eau et en s'aidant de ses bras bien en appui sur le fond pour regagner le bord.

Il arriva à deux mètres d'elle et balaya la surface de l'eau de sa grosse main de haveur, expédiant une gerbe d'eau sur la jeune fille.

Elle cria de surprise mais se mit aussitôt à rire.

Jedjé se mit debout pour rire à ses côtés.

Et de la plage, nous assistions toujours aussi stupéfaits au choc qu'occasionnait sous nos yeux cette incroyable et insolite rencontre de deux générations de maillots de bain.

XXVIII

Ce M. Jedjé était vraiment un personnage des plus pittoresques.

Son maillot de bain était d'un autre âge ? Peu lui importait. Fait d'une matière qui lui laissait un chapelet de peluches sur tout le corps ? Il s'en fichait. Il était à l'aise. Heureux.

Papa ne m'avait-il pas toujours dit : « Bella ! Il ne faut juger les hommes que sur ce qu'ils sont. Jamais sur ce qu'ils semblent être » ?

Cet homme-là ne jouait pas. Il ne cherchait pas à travestir son image. Il se contentait d'être lui-même. Et à voir la mine réjouie qui éclairait à chaque instant son visage, il s'y complaisait, faisant fi de ce qu'on pouvait dire ou simplement penser de lui.

Et en cela, je l'admirais.

Parvenir à atteindre pareille liberté, c'était mon vœu le plus cher. Car non, je n'étais pas au fond de moi la jeune fille lisse et polie que je pouvais laisser supposer. Il était des petits bonheurs de tous les jours qui pouvaient me donner envie de danser sur place. Mais une pudique retenue me figeait en général les bras bien le long du corps, et les pieds bien plantés dans le sol. Quand ma voix se faisait douce, ce n'était bien souvent que pour étouffer ma paradoxale envie d'exprimer haut et fort une folle exaltation. Bella Rosenfeld s'était pourtant échinée à inculquer à Maman toute cette belle philosophie de vie qui la poussait à continuellement chasser le paraître. Mais Maman n'avait pas eu le temps de me l'apprendre à son tour...

Aussi accueillis-je comme un bienfait cette once de liberté qui planait autour de moi dès que ce M. Jedjé traînait dans mon entourage. De là-haut, Maman semblait ne pas avoir abandonné son enseignement. Même si je devais bien reconnaître qu'elle m'envoyait là le plus inattendu des messagers.

La voix d'une fillette m'arracha soudain à mes songes :

– Tu habites ici, toi ? me demanda-t-elle en se plantant devant moi.

– Ou... Oui ! balbutiai-je, l'esprit encore accaparé par mes pensées.

– T'as d'la chance !

Je demeurai silencieuse. Pas parce que je n'avais pas envie de lui parler. Mais elle devait bien avoir la moitié de mon âge. Et je ne savais pas trop quoi lui dire. Mais elle restait là, à m'observer, et certainement à attendre de ma part autre chose qu'un simple « oui » en réponse à ses questions.

– Comment tu t'appelles ? me décidai-je à lui demander.

– Élisabeth ! Mais tout le monde m'appelle Zabeth.

– Et tu n'as personne avec qui jouer ?

– Si ! Il y a bien mon frère... Et Jules et Jean... Mais ils passent leur temps à jouer à la bagarre. Alors moi, j'aime pas tellement tellement... Il est beau, ton maillot de bain, dis donc !

– C'est vrai ? Il te plaît ? On appelle ça un Bikini !

– Oh oui ! T'es trop belle comme ça !

– Tu verras, lui soufflai-je, très bientôt tu pourras toi aussi en mettre un. Et toi aussi tu seras très belle !

– Ben non ! Parce que ma maman m'a déjà acheté un maillot-combi ! Le même que le sien ! Mais moi aussi j'voulais un slip Tarzan ! Comme celui de Jacquot !

– Jacquot ! C'est ton frère ?

– Oui, c'est lui, là ! Et là-bas, celui qui nous r'garde avec son copain, c'est Tienot, mon plus grand frère. Il a peut-être le même âge que toi ?

Je me retournai et me sentis rougir. Les deux garçons ne cessaient de me fixer depuis mon arrivée. J'avais l'habitude de voir le regard des hommes se mettre à briller lorsqu'ils me croisaient, ce n'était pas la question. Mais là, je devais bien reconnaître qu'avec ce simple Bikini sur la peau, je me sentais comme nue. Et ce (volontaire) déshabillage semblait réveiller chez ces garçons une lubricité qui, finalement, me mettait mal à l'aise. Enfin, surtout celui de droite qui avait l'air si sûr de lui que cela en devenait gênant. Parce que l'autre, celui que la petite Zabeth m'avait présenté comme étant son frère, paraissait aussi désemparé que moi. Je ne doutais pas un instant qu'il ne m'avait pas lâchée du regard tout le temps que j'avais parlé à M. Jedjé, et ensuite avec sa petite sœur. Mais maintenant que j'étais tournée vers eux, son regard fuyait, balayait la plage avec désespoir, à la recherche d'un point précis sur lequel se fixer.

Je préférai moi aussi détourner le regard. Je fis vivement demi-tour. La petite Zabeth n'était plus là. Elle m'avait laissée seule avec mon embarras. Elle venait de rejoindre ses petits camarades et sautait avec eux pour s'agripper à M. Jedjé, lui sommant d'honorer sa promesse de les jeter dans l'eau. Ce que M. Jedjé fit sans se faire prier davantage. Il les attrapa un à un et s'en débarrassa avec la même facilité que s'il s'agissait de petits oursins venus se coller sur sa peau.

Je me figeai alors dans la contemplation de l'horizon. Les deux garçons étaient dans mon dos, mais je n'avais pas besoin de les voir pour savoir qu'ils me fixaient à nouveau avec insistance. Une intuition qui me fit trembler de l'intérieur. Je ne savais plus quoi faire. J'avançai donc doucement dans l'eau, jusqu'à ce que mon corps se trouve en totale immersion.

J'étais cachée. Je pus donc enfin me détendre et me laisser porter par les vagues. Elles me berçaient. Et d'un coup, je décidai de les fendre et me mis à nager. En quelques brassées, je me trouvai assez loin pour que les silhouettes de ceux restés sur la plage ne me paraissent pas plus grandes que des allumettes. Quand je vis que même M. Jedjé n'était de là où j'étais pas plus épais qu'une brindille de bois, je sus qu'il était temps pour moi de regagner le rivage.

Je m'allongeai sur ma serviette, bien décidée à laisser ma peau ramollie par l'eau se faire choyer par le soleil toujours aussi radieux qui culminait dans le ciel.

– Tu peux venir à côté de moi, si tu veux ! m'interpella la petite Zabeth. Comme ça, tu pourras parler avec ma maman.

J'acceptai l'invitation de bonne grâce et me déplaçai de quelques mètres pour m'allonger près de la fillette qui piaffait d'excitation.

L'eau m'avait rafraîchie et m'évita de trop rougir en m'approchant du groupe. Ce qui ne fut pas le cas du frère de Zabeth, Tienot, qui se retrouvait maintenant juste derrière moi. Le pauvre bougre devint écarlate. L'autre, à côté de lui, réussit l'exploit – à mon grand désarroi – de faire gravir d'un cran supplémentaire son sourire sur l'échelle de la lubricité. Je préférai donc m'obstiner à leur tourner le dos. La gêne de l'un et l'évidente convoitise de l'autre ne pouvaient que me plonger dans une plus grande confusion.

– Jedjé ! héla celui qui avait le même nom qu'un célèbre syndicaliste à l'intention de son camarade qui se retournait sur sa serviette. Ne t'endors pas, hein ! On ne tient pas à ce que tu déranges toute la plage avec tes ronflements !

– Hé ! Tais-teu, ti, Robert ! riposta M. Jedjé. Parce que j'vais t'dire, min loulou, des défauts, j'en ai à la pelle. Mais je n'ai pas encore celui de ronfler !

Un éclat de rire général retentit tout autour de moi.

– Quoi ? reprit M. Jedjé. Qu'est-ce qui vous fait marrer comme ça ?

– Ben, c'est-à-dire… reprit le fameux Robert, tes ronflements dans le train, ça passait encore, t'étais à peu près en rythme avec le bruit des roues sur les rails, mais cette nuit, t'as de la chance qu'on était tous rincés. Sans ça, on t'aurait sorti et tu aurais terminé ta nuit à la belle étoile.

– Alors ça, c'est la cerise sur l'bateau ! Parce que je suis un peu fort, je ronfle, c'est ça ?

Les rires redoublèrent.

Mais même si M. Jedjé venait d'employer un mot pour un autre, je n'avais pas l'impression qu'il l'avait fait pour amuser la galerie. Il avait l'air trop agacé pour cela.

– Ben écoute, Jedjé ! C'est bien simple, même les murs du baraquement se sont mis à trembler cette nuit tellement tu y allais de bon cœur… C'est qu'j'ai eu peur de les voir me tomber sur la tronche, moi.

– Hé ! T'es bouché ou quoi, Robert ? Je sais ce que je dis, quand même ! C'était pas moi !

– Tout le monde t'a entendu ! surenchérit le père de la petite Zabeth. T'as qu'à dire que c'est Maria, aussi, qui ronfle comme une locomotive !

Nouveaux rires.

M. Jedjé s'était remis en position assise et écarquillait les yeux comme pour laisser entendre aux autres que c'était bien là la vérité. Il tourna vivement la tête vers sa femme, la suppliant de voler à son secours.

– C'est vrai ! finit par admettre Maria Jdrzejowska. J'ai les cloisons nasales mal placées. Enfin, c'est ce que m'a dit un médecin. Oui, parce que j'ai dû aller en voir un. Un spécialiste. À l'hôpital de Lens. Parce qu'à Sainte-Barbe, à Fouquières, ils ne trouvaient pas. C'est que j'en arrive à me réveiller moi-même ! Avec mes propres ronflements ! Mais déjà toute petite c'était comme ça. Mon père racontait qu'on aurait dit un tuba en train d'exécuter un trémolo. Ils en riaient, mais ils étaient inquiets avec maman. Ils se demandaient bien comment une petite fille pouvait être responsable d'un tel tintamarre. Oui, parce que j'ai été petite, un jour, vous savez. Je n'ai pas toujours été la grosse femme que vous connaissez aujourd'hui. Tout bébé, il paraît même que j'étais rachitique. Ce qui ne m'étonne pas parce que…

Maria Jdrzejowska ne s'arrêta plus de parler.

– Ça y est, Alfred ! souffla Robert Lamendin à voix basse à l'intention du père de Zabeth. Tu pouvais pas la fermer, non ? Ça va encore durer des heures… J'préfère encore quand elle ronfle, j'vais te dire.

– Tu m'étonnes ! se contenta de répondre Alfred en se mordant la joue pour s'empêcher de rire ouvertement.

Les deux autres femmes du groupe se contentaient jusque-là d'écouter avec le plus grand respect le soliloque de leur amie. Mais je surpris chez elles un échange de regard qui en disait long. Qui disait que leur patience avait ses limites. Et que là, elles arrivaient au bout du bout de ces limites. Aussi, nonobstant le fait que Maria n'en avait pas fini de s'abandonner dans le récit détaillé de ses problèmes de cloisons nasales, la mère de Zabeth se retourna vers moi en affichant son plus beau sourire.

– Alors, jeune fille, votre père nous a appris que vous veniez de Lens ? C'est Bella, c'est bien ça ?

– Oui, madame ! Bella Spielmann !

– Je t'en prie, me rétorqua la mère de Zabeth, pas de « madame » entre nous. Tu peux m'appeler Édith.

– Et moi c'est Nadine ! intervint son amie qui avait l'air d'être un peu plus jeune qu'elle.

– Et moi, c'est Robert, le mari de Nadine. Quant à Alfred ici présent, c'est l'homme d'Édith.

– Et moi c'est Jedjé ! entendit-on hurler derrière Robert. Kazimierz Jdrzejowska ! M. Jedjé, comme elle dit la tchiote !

– Toi, reprit Robert, toute La Napoule sait déjà comment tu t'appelles, gros !

– Et enfin moi, je suis Maria, la femme de Jedjé. La pipelette de service, tu auras pu t'en rendre compte. Mais ce n'est pas de ma faute. J'ai toujours été comme ça. Déjà toute petite, je n'arrêtais pas, et mon papa me disait…

– Oh, oh, oh ! Freine, Maria ! cria Jedjé. L'épisode de ton père, tu nous l'as déjà fait. On le sait qu'il t'appelait « le tuba » ! C'est bon, tout le monde a compris !

– Non, là c'était autre chose, mais tu as raison… J'ai toujours tendance à m'emporter…

– Et puis tu sais bien qu'en t'emportant de la sorte, renchérit M. Jedjé, tu as tendance à mettre la charrue avant les nœuds, et après, on n'comprend plus rien !

– Oh, Jedjé ! s'écria Robert. Tu l'as fait exprès, là, non ?

– De quoi ? J'ai fait exprès de quoi ? répondit M. Jedjé, surpris.

Robert Lamendin le fixa un long moment pour tenter de savoir s'il plaisantait ou pas.

– Non, rien ! abdiqua-t-il en réalisant que non. Tiens, regarde, un bateau !

– Oui, ben t'as pas fini, lui dit M. Jedjé. Il en passe régulièrement par ici.

– Oui, mais regarde bien celui-là… C'est pas ta cerise, là, qui est au-dessus ?

– J'comprends vraiment rien à ce que tu m'dis ! râla M. Jedjé pendant que Robert se tordait de rire sur sa serviette.

– T'as fini, oui ? rouspéta Nadine après son mari. Laisse un peu parler la demoiselle.

Et soudain, tous les yeux se tournèrent vers moi. Un frisson me parcourut le dos. Qu'attendaient-ils tous de moi ? Que je leur raconte ma vie ? Ce n'est pas que je n'avais rien à raconter, mais je n'avais aucune envie de me confier, là, devant des inconnus. Je me contentai donc de répondre à leurs nombreuses questions, d'une manière assez laconique. Pas trop pour ne pas paraître distante. Mais toutefois assez pour ne pas avoir à entrer dans certains détails qu'il m'était très pénible de partager.

XIX

MARIA JDRZEJOWSKA avait encore une fois ronflé toute la nuit. Un incessant récital de tuba qui nous avait bien fait rire cinq minutes avant de très vite nous agacer. La fatigue avait toutefois fini par m'emporter. Au petit matin. Trop tard. Et j'avais l'impression d'être endormi depuis seulement quelques minutes quand la même Maria passa près de mon lit en parlant si fort que sa voix stridente me fit sursauter.

– Oh, Maria ! pesta Robert Lamendin en prenant appui sur ses coudes. Tu joues de tous les instruments, comme ça ?

– Mais, qu'est-ce que tu racontes, Robert ? gloussa-t-elle. Je ne joue d'aucun instrument ! Pourquoi tu dis ça ?

Robert avait les traits tirés. Comme devaient l'être les miens. Il affichait lui aussi un évident manque de sommeil. Mais un sourire fit toutefois craqueler son masque de fatigue.

– Pourquoi je dis ça ? Tu nous as fait du tuba toute la nuit. Et à peine on ferme un œil, tu viens nous sonner le clairon ! Tu nous en veux ou quoi ? On a été méchants dans une vie antérieure, et c'est toi qui as été envoyée pour nous punir ?

– Rhoo ! Mais qu'il est bête, celui-là ! caqueta-t-elle en battant l'air de la main. Non, mais il y a le marché, aujourd'hui. Et si vous voulez en profiter, il ne faudrait pas traîner !

– Le marché ! hurla Jedjé en se dressant d'un bond dans son lit. Tu veux dire que tu réveilles tout le monde pour… pour aller faire le marché ?

– Maria a raison ! annonça Maman en se coiffant. Si on veut profiter de cette belle journée, il faut se lever !

Puis elle poussa Papa du bras.

À l'autre bout de la pièce, Benoît Lassagne était déjà en train de lacer ses souliers.

– Ta femme est dans le vrai, Kazimierz, intervint-il, l'avenir est à ceux qui se lèvent tôt !

– Ti, Chef-pognon, réagit aussitôt Jedjé, si t'en veux un d'avenir, tu ferais mieux de ne pas t'immiscer dans une discussion entre ma femme et moi avant que j'aie bu un bon bol de café noir ! Il y va de ta santé !

Le porion ne demanda pas son reste. Il sortit en ruminant entre ses dents.

– C'est vrai, quoi ! poursuivit Jedjé pour justifier son coup de gueule de bon matin. Moi, à jeun, j'suis capable du pire comme du pire !

* *
*

Le marché était là, après quelques pas le long de la route du bord de mer, sur une petite place collée à la gare. Vu de loin, il offrait une belle mosaïque de couleurs chatoyantes. Dès la première travée, une odeur entêtante d'herbes de Provence vint me chatouiller les narines. De part et d'autre, des ardoises annonçaient des noms d'aromates que je découvrais pour la première fois : marjolaine, origan, *pistou*[1], estragon, romarin… Même ce que je reconnaissais comme étant du thym, on l'appelait ici *farigoule* !

1. *Nom donné au basilic dans le sud de la France.*

– Bon, mesdames ! clama Jedjé. Votre marché, on y est ! On va vous y laisser, vous aurez tout le loisir de le faire bien tranquillement, et nous, pendant ce temps-là, on va aller boire un tchiot canon. Qu'est-ce que vous en pensez, les enfants ?

– Ouais ! hurlèrent avec enthousiasme Jacquot, Zabeth, Jules et Jean en s'agglutinant aux jambes de Jedjé comme ils l'avaient déjà fait lors de la baignade de la veille.

– Oh, oh, oh ! cria Jedjé à deux doigts d'être renversé par cette soudaine attaque. Doucement, les marmots ! Sinon, j'en prends un pour taper sur l'autre !

Sa menace supposée les calmer ne fit que les exciter davantage.

– Oui, moi j'veux bien que tu me prennes pour taper sur les autres ! s'égosilla le petit Jean Lamendin en revenant à la charge.

– On t'a dit de te calmer ! rugit Robert en serrant les dents et en secouant son gamin par l'épaule. T'en veux une ?

– Oui, moi j'en veux une ! défia Jean, le plus vieux, en se plantant devant son père avant de s'enfuir en riant aux éclats.

Jedjé appela son fils :

– Tu viens, Piotr ?

Mais celui-ci s'accrocha de plus belle à la jupe de sa mère.

– Et vous, les grands ? demanda Papa en se tournant vers Henri et moi. Vous venez ?

– Moi aussi, je peux ? lança Nicole, la sœur d'Henri, en faisant un pas vers nous.

– Mais bien sûr, ma grande ! acquiesça Jedjé.

– Non ! la retint son père. Toi, tu restes là !

Jedjé lança à Chef-pognon un regard noir. Les mots étaient là, prêts à jaillir. Mais il se ravisa. Il passa sa nervosité en tapotant sa cuisse du bout de ses doigts boudinés, fit volte-face et traversa la place en chantonnant :

« J'ai bouffé du cannibale, j'ai même digéré des balles,
Il en faut pour que je m'emballe, j'sais discuter…

Car des bataillons d'Afrique, je porte la marque de fabrique,
Et voilà tout le portrait, d'un tatoué, d'un dur, d'un vrai[1]... »

Henri s'était tourné vers Jedjé en souriant et l'avait accompagné sur toute la fin du refrain.

Surpris de voir un Lassagne connaître la chanson de Fernandel aussi bien que lui, Jedjé l'attrapa par le cou :

– Lui, c'est un bon ! cria-t-il en se tournant vers nous (et surtout afin d'être entendu de Chef-pognon). Un très bon ! Tu es sûr que ton père... enfin... c'est ton père, quoi ? chuchota-t-il en s'approchant de son oreille.

Ce à quoi Henri répondit avec la plus grande spontanéité :

– Hmm... qui sait ? La mère, on en est toujours sûr, mais le père...

– Vous voyez ! se remit à hurler Jedjé, hilare. Qu'est-ce que j'vous disais ? Ce mec est un très très bon !

* *
*

Jedjé nous guida tout droit, comme s'il connaissait parfaitement les lieux. Et nous, nous le suivions sans discuter. Il avait repéré un endroit dès le premier jour. Dès notre arrivée à la gare. Un bar. Le premier qui s'offrait à nos yeux dès que nous passions le petit portail qui séparait le quai du reste de la ville. Enfin, un des premiers. Parce qu'il fallait tout de même laisser sur notre gauche une volée de quinze marches qui grimpaient vers des restaurants pour s'engouffrer dans une ruelle parallèle à la voie de chemin de fer. Et là, à vingt mètres, se trouvait le lieu providentiel pour les gens de notre corporation. À peine une dizaine de tables sur une petite terrasse recouverte d'une

---

1. *Paroles de la chanson* Un dur, un vrai, un tatoué, *de Jean Manse et Casimir Oberfeld, immortalisée par Fernandel dans* Raphaël le tatoué, *film de Christian-Jaque de 1939.*

tonnelle. Et au-dessus, écrit en belles lettres d'or : *La Cave du mineur.*

La terrasse était bondée.

– Bonjour, mes princes ! nous accueillit un homme bedonnant en essuyant ses larges mains sur son tablier bleu. Pépino pour vous servir ! Poussez un peu par là-bas, à l'intérieur !

L'accueil était chaleureux. Et en moins de temps qu'il n'en fallait à Maria Jdrzejowska pour trouver un sujet de conversation, le gros monsieur au tablier bleu – je me demandais s'il n'était pas encore plus gros que Jedjé – était là, collait deux tables en fond de pièce et nous apportait des chaises supplémentaires. Puis il releva la visière de sa casquette – ce qui nous permit de découvrir la bonhomie du personnage. Il sortit un petit carnet et délogea le crayon qu'il tenait calé derrière l'oreille. Après avoir posé une main amicale sur l'épaule de Jedjé, il s'exclama :

– Ne t'inquiète pas, l'ami ! Si je sors mon p'tit carnet, c'est pas pour faire comme ton porion. J'vais pas te coller une amende sur ta prochaine quinzaine. Mais j'ai besoin de prendre note de votre commande ! Plus de trois verres, c'est trop pour ma p'tite tête !

– Oh, mais j'suis pas inquiet ! lui rétorqua Jedjé. Moi, les porions, j'les sens à des kilomètres. Et j'ai tout de suite vu que ti, t'étos pas un d'ces sales jaunes ! claironna-t-il tout en s'excusant du regard auprès d'Henri. Mais... Qu'est-ce qui te dit qu'on est des mineurs, d'abord ? On est en tenue d'vacances, là, comme tout le monde...

– Eh bien, peut-être que comme toi t'as l'pif pour les porions, moi je l'ai pour les mineurs. Mais, pas d'panique ! Pépino, c'est l'ami des mineurs ! T'as vu le nom de la taule ? Ça ne s'appelle pas « Au bureau doré de monsieur le président » !

– Ouais, ben, rigole pas ! intervint Robert. Quand le père Auriol en aura marre de toutes ces crises ministérielles auxquelles il doit faire face depuis que le Parlement l'a élu, moi j'le vois bien venir se requinquer dans un endroit comme ta *Cave du mineur.* Ça s'voit tout de suite qu'il règne ici une atmosphère aussi vivante que reposante. Dès qu'on rentre chez toi, on se sent en terrain ami et on éprouve le net sentiment qu'on va passer un très bon moment. J'me trompe ?

– Bien sûr que non, camarade ! Ce n'est pas moi qui vais te dire le contraire…

Les yeux de Robert se mirent à briller. Ce Pépino l'avait appelé « camarade ». La casquette en toile bleue d'ouvrier qu'il s'obstinait à garder vissée sur la tête n'était donc pas là pour le folklore. Ce type appartenait bien au même monde que le nôtre.

– Alors, qu'est-ce que je vous sers ? demanda-t-il.

– Ben, tu viens de dire que t'avais ar'connu les *chtis* que nous sommes, le railla Jedjé. Et qu'est-ce qu'il boit un *chti* quand il est d'sortie ?

– Une mousse !

– Ben tiens ! Car dans la mousse, tous les problèmes s'émoussent !

– Et les enfants ! Qu'est-ce qui leur ferait plaisir ? Une p'tite menthe ? J'ai un sirop, vous m'en direz des nouvelles.

– Ça vous va une menthe, les mioches ?

La proposition fit l'unanimité et déclencha une nouvelle bruyante manifestation de la part des intéressés. J'optai moi aussi pour le verre de menthe. Je n'étais pas trop bière le matin. Et je sus, dès que Pépino rapporta le verre et le posa sous mon nez, que mon choix avait été un très bon choix. Les fines gouttes qui perlaient tout au long de la paroi annonçaient déjà une grande fraîcheur. Et il me suffit de pencher la tête en avant pour saisir à la volée l'alléchant arôme qui s'en dégageait. À la première gorgée, je fus saisi d'un long frisson tout le long du dos. J'en restai bouche bée. J'avais déjà bien des fois bu du sirop de menthe, mais jamais un aussi bon, je devais bien le reconnaître. Pépino – que le petit Jean Lamendin venait d'appeler « Tonneau » en bafouillant un remerciement sous la menace de son père – n'avait pas menti sur la marchandise. C'était à la fois doux et éclatant. Frais et sucré. Magique, quoi.

– Eh ben alors, Tienot ! se mit à rire Papa en m'observant. T'as vu la Vierge ou quoi ?

En réponse à la raillerie de mon père, je me contentai de sourire. Mes lèvres venaient d'entrer en contact avec une saveur qui, je le sus sur-le-champ, venait de marquer à jamais ma mémoire gustative. Un enchantement qui ne pourrait que m'accompagner jusqu'à la fin de mes jours. Aussi n'avais-je aucune envie d'interrompre ce doux sentiment en me lançant dans d'incompréhensibles explications.

Jedjé se tourna vers son père – qu'il avait forcé à venir avec nous – et l'enlaça.

– Alors, Jedjédja ! On est pas bien là ? T'es pas mieux qu'avec *ches* femmes à piétiner pendant des heures dans ce foutu marché ?

Aucun son ne sortit de la bouche du vieil homme. Mais pour la première fois depuis notre départ de Noyelles je pus lire dans son regard un certain contentement. Et aussi une profonde et sincère reconnaissance pour son garçon. Jedjé lui permettait de vivre là ce que même la somme de tous ses espoirs les plus fous ne l'avait jamais autorisé à rêver. Lui non plus n'avait aucune envie de rompre le charme. Et il demeura lui aussi obstinément muet.

* *
*

Les femmes finirent par nous rejoindre. Encore émerveillées par les couleurs auxquelles elles venaient de se mêler. Encore enivrées des fragrances méditerranéennes qui planaient – encore plus les jours de marché que d'ordinaire – dans La Napoule.

Robert Lamendin s'extasia de leur extraordinaire sixième sens. Nous dénicher au fin fond de cette salle de bistrot relevait de la magie. Mais sa femme, Nadine, lui rétorqua que, quand elles se sont posé la question quant à savoir où nous pouvions bien avoir été nous cacher, une âme charitable avait immédiatement volé à leur secours :

– Vous êtes femmes de mineurs, c'est bien ça ? avait alors demandé la brave femme. De ceux qui sont arrivés pour passer des vacances au château ?

Ce à quoi elles avaient toutes trois répondu en hochant de la tête. Interloquées, nous ont-elles avoué. Mais je pensai aussitôt qu'elles avaient surtout dû être vexées de se voir dans l'incapacité de camoufler leur réelle condition. Je comprenais leur désarroi. Nous étions depuis seulement deux jours en immersion dans un environnement si chatoyant, si chantant, si ensoleillé que nous l'avions immédiatement fait nôtre. Mais là, au sein de la population locale, force était de constater que nous ne pouvions faire autrement que toujours porter sur nous-mêmes la grisaille de notre quotidien. D'ailleurs, Pépino n'avait-il pas lui aussi immédiatement su qui nous étions rien qu'en nous voyant arriver ? Il n'y avait pourtant aucun mépris de sa part. Pas plus que de la part de ses concitoyens qui, dans l'ensemble, semblaient plutôt contents de nous recevoir. Mais je devais bien avouer qu'être au premier coup d'œil identifié comme un mineur de fond du nord de la France avait pour moi (et de façon inédite) soudain quelque chose de dérangeant. Comme si je n'étais pas à ma place. Comme si le béret que je portais aujourd'hui était incapable de faire oublier le béguin et la *barrette*[1] qui me couvraient la tête dès que j'étais à la fosse. J'avais beau porter les mêmes étoffes légères que tous ces gens – la tenue de vacances, comme disait Jedjé –, eux ne me voyaient-ils donc que vêtu de mes « loques ed fosse » de galibot ?

---

1. Casque de mineur en cuir bouilli.

– Il y a de fortes chances pour que vos hommes soient chez Pépino ! avait poursuivi la femme. Tous les mineurs y vont…

Et elle avait indiqué à Maman, Nadine et Maria le chemin de *La Cave du mineur*.

Pépino les accueillit avec effusion, dans un ballet de courbettes et baisemains à la théâtralité exacerbée. Une civilité qui, même si elles savaient le geste exagéré et quelque peu ironique, flatta leur ego. Il n'y avait qu'à voir leurs mines réjouies devant tant d'égards.

On célébra leur arrivée par une nouvelle tournée.

En sortant du bar, le regard des clients en terrasse me rassura. Tous nous saluaient de la tête comme s'ils nous remerciaient d'être passés. Et finalement, si eux aussi étaient des mineurs, je réalisai avec satisfaction qu'on ne les voyait pas tant que cela leurs « loques ed fosse ».

Nous empruntâmes le souterrain qui passait sous les voies du chemin de fer pour arriver sur le quai opposé à celui que nous avions foulé quelques jours plus tôt. Là, un autre petit portail débouchait sur la rue, mais côté mer. Nous marchâmes quelques mètres en file indienne sur un étroit trottoir qui nous mena devant un château. Un autre château. Qui avait, lui, les pieds dans l'eau. Était collé au port. Et alors que nous nous apprêtions à traverser la rue pour aller voir le bâtiment d'un peu plus près, Jedjé s'exclama :

– Oh, Henri ! Ce n'sont pas tes parents, là, devant le restaurant ? Qu'est-ce qu'ils font ?

Mon camarade se contenta d'un simple haussement des épaules.

– Viens ! proposa Robert Lamendin. Nous aussi on va aller prendre connaissance de la carte. J'suis sûr que ça va leur faire plaisir de nous voir rappliquer.

Un panneau annonçait *Chez la mère Terrats*. Un restaurant qu'avait mentionné Joseph Spielmann lorsqu'il nous avait accueillis. Une maison qui devait sa renommée à sa cuisine provençale traditionnelle, ses plats de poissons, sa bouillabaisse… On venait de loin pour manger ici, nous avait dit notre hôte. Nous aussi, nous venions de très loin. Mais nous savions d'avance qu'un restaurant précédé d'une telle réputation ne pouvait tout simplement pas être dans nos moyens.

– Alors, chef ! interpella Robert. Tu veux tous nous inviter au restaurant ? C'est sympa, ça !

– Ouais, c'est ça, grogna Benoît Lassagne, compte là-dessus ! Il n'est pas arrivé le jour où t'auras les moyens de manger à pareille table, Lamendin. C'est même pas la peine de perdre ton temps à t'esquinter les yeux sur la carte.

– Qu'est-ce que t'en sais ? répliqua Robert, vexé. Parce que tu connais l'état de mes finances, peut-être ?

– Non ! reconnut Chef-pognon. Mais déjà, pour un porion comme moi, c'est limite. Alors pour un simple haveur comme toi…

Puis il s'en alla, sans un mot de plus, laissant la place à un Robert désarçonné.

Henri avait l'air mal à l'aise. L'attitude arrogante et méprisante de son père lui faisait honte.

Mais ce fut Jedjé qui s'exprima :

– Ouais, ben… Fais pas tin fier, Benoît ! Faut pas tuer la peau de l'ours avant de l'avoir vendue ! Tu pourrais bien être surpris, un de ces…

La main de Robert l'interrompit. Il ne voulait pas laisser son ami se ridiculiser et se fourvoyer dans l'utilisation approximative de dictons rien que pour voler à son secours. Et puis surtout, son œil vif venait de s'arrêter sur le prix d'une simple assiette de loup grillé. Il parcourut rapidement l'ensemble. Les tarifs affichés ne pouvaient que donner raison à Chef-pognon. Un tête-à-tête amoureux ici, et sa quinzaine s'envolait.

Papa aussi était en train de réaliser à quel point un tel établissement lui était inaccessible. Il restait planté là, tout pâle, le nez collé à la carte.

– Allez, viens, va ! lui dit Robert en le tirant par le bras. Tu te fais du mal, min copain.

– Ouais, et pis on s'en fout ! tonitrua Jedjé en attrapant Papa par l'épaule. On dort dans un château, j'te rappelle.

– Oui, enfin… dans les baraquements du château ! tempéra Robert.

– Et alors, y sont pas chouettes nos baraquements ? insista Jedjé.

— Si… Si ! T'as raison, abdiqua Robert, résolu à embrasser une bonne fois pour toutes le bel optimisme de Jedjé.

XXX

Au *Bistrot de la Place*, il y avait foule. Les amateurs de courses de chevaux s'y bousculaient, le temps d'un verre et de quelques paris. Ou l'inverse. Et parmi eux, nombre de nos hôtes. Papa disait que les mineurs avaient toujours beaucoup aimé jouer au PMU. Les cris qui fusaient d'une table à l'autre semblaient lui donner raison.

– Hé, Loulou ! Té vos quel bidet, tisaut, dins l'trosième ?

– Quo que j'in sais, mi ! Té m'as pris pour l'*Paris-Turf*, ou quoi ?

– Allez, donne-meu qué qu'cosse ! T'as de l'chance, ti, avec ches quevaux !

Aucun doute. Ceux-là n'étaient pas natifs de La Napoule.

J'aperçus Anne et Brigitte qui, du fond de la salle, me faisaient des grands signes. Pourquoi diable Anne m'avait-elle donné rendez-vous ici ? Il y avait tant d'endroits plus tranquilles dans toute la ville. Tant d'établissements où il aurait été plus aisé pour se parler.

Je commandai une limonade et pris place à la table de mes deux amies.

Anne m'accueillit en levant les yeux au ciel.

– Eh bien, Bella, tu dois être bien embêtée, au château, depuis qu'ils sont tous arrivés, me souffla-t-elle en se penchant vers moi afin de s'offrir un peu de discrétion au milieu de tout ce brouhaha.

– Heu... non ! m'étonnai-je. Pourquoi me dis-tu ça ?

– Enfin !... s'étonna-t-elle, son regard oscillant entre Brigitte et moi, à la recherche d'un soutien d'un côté et d'un signe qui trahirait qu'on la faisait marcher de l'autre.

Elle écarta ses deux mains, paumes vers le haut, et balaya de la tête toute la salle pour me montrer que la réponse se trouvait autour de nous, bien en évidence. Elle s'arrêta sur Brigitte et la fixa, attendant visiblement d'elle qu'elle prenne enfin position.

– Ben... o... oui ! balbutia Brigitte, alors que le rouge de la confusion lui empourprait le visage. Ils sont un peu bizarres tous tes mineurs, non ? Et puis tu as vu comment ils s'expriment ! Comment tu fais, toi, pour y comprendre quelque chose à tout ce charabia ?

– Bizarres ?... Bizarres ? m'obstinais-je à répéter. Et pourquoi ? Parce qu'ils utilisent ce patois incompréhensible. Ils sont pittoresques, ça, oui ! Cocasses même, parfois. Mais je ne vois vraiment pas en quoi ils sont... bizarres !

– Tu réagis comme ça parce que toi aussi tu viens de là-bas ! poursuivit Anne.

– Et alors, oui ! Je vous trouve vexantes, vous savez. Je viens effectivement du même endroit qu'eux. Est-ce que vous m'avez moi aussi trouvée bizarre quand je suis arrivée il y a un an ?

– Non ! avoua Brigitte, au bord de la crise d'apoplexie.

Je tournai alors la tête vers Anne et ne la lâchai pas du regard, attendant également une réponse de sa part.

– Non ! finit-elle par reconnaître. Mais toi, c'est différent, tu parles comme nous.

– Je parle comme vous ?... Disons que nous nous comprenons, même si nous n'avons pas le même accent ! Mais si vous ne saisissez pas ce que disent tous ces gens, croyez-vous qu'il en soit autrement pour qui arrive chez vous et vous entend vous exprimer en patois provençal ? C'est exactement la même chose !

– Ah non, alors ! s'offusqua Anne. Ce n'est pas pareil !

– Et pourquoi ? m'écriai-je.

– Parce que chez nous, quand nous parlons, c'est comme si nous chantions. Alors que vous…

– Alors que nous, quoi ? demandai-je tout en devinant que la réponse n'allait pas du tout me plaire.

– Eh bien… vous, votre accent… On dirait que vous aboyez… Et *ch'est mi* ! Et *ch'est ti* ! Ça fait un peu jobastre comme langage, non ?

Je voulus aussitôt répliquer, mais les mots s'emmêlèrent, et ce qui sortit de ma bouche ne ressemblait plus qu'à une vulgaire bouillie. J'étais là, sonnée sur place, dans l'incapacité de réagir. Anne sentit bien qu'elle venait de prendre le dessus. Et elle décida de poursuivre, de s'acharner. Comme un boxeur qui voulait remporter son combat au plus vite. Elle m'avait lancé un uppercut qui m'avait fait vaciller. Elle recherchait maintenant le K.-O.

– Jette un œil autour de toi, ma grande ! enchaîna-t-elle. Le café est envahi de mineurs. Et regarde-les ! Écoute-les !… C'est effrayant, non ? Moi, en tout cas, j'ai l'impression d'être entourée de fadas. Pas toi, Brigitte ?

Brigitte lui fit les yeux ronds, semblant vouloir quelque peu modérer ses propos. Parce qu'elle savait à quel point son amie pouvait s'acharner lorsqu'elle sentait chez l'autre une faiblesse. Parce qu'elle connaissait Anne et son aptitude à se montrer parfois méchante, juste pour avoir le dernier mot. Je devinais bien en Brigitte une volonté d'implorer mon pardon. Mais Anne avait décidé d'exprimer haut et fort son aversion pour ces étrangers qu'elle ne supportait pas – une aversion qui ne pouvait qu'être le résultat d'un endoctrinement familial, on ne naissait pas avec en soi une pareille intolérance. Et elle avait besoin que quelqu'un criât à ses côtés, pour bien montrer que sa voix ne se faisait que l'écho de l'opinion générale.

– Ben alors, la molasse ! s'énerva-t-elle en secouant Brigitte par le bras. Tu t'réveilles ou quoi ? J'ai pas raison ?

– Si… Si, bien sûr ! approuva alors Brigitte, ses yeux baissés révélant son incapacité à contredire son amie de toujours.

– *Hé, biloute ! Min tchiot !* attaqua Anne de plus belle, le visage cette fois déformé par un rictus haineux. Y a vraiment que les fadas pour s'exprimer ainsi ! Y vous bercent trop près des murs *dins ch'Nord*, ou quoi ?

Je ne pouvais en supporter davantage. Je me levai brusquement et fixai Anne. J'étais folle de rage. Animée d'une réelle envie de lui sauter à la gorge et d'aller lui rabaisser son caquet de vipère. Elle avait fini par se taire, mais me toisait maintenant de son petit sourire sardonique. Comme si elle me défiait. Comme si elle m'invitait à tenter ne serait-ce qu'un geste. Mais la violence n'avait jamais fait partie de moi. Je me savais inapte à foncer tout droit là où mes pulsions m'invitaient à aller. Dans ma tête, j'étais vaillante, combattante et sans la moindre peur. Mais dans les actes… Je me retrouvai donc – comme souvent en pareil cas – plus désarmée que décidée. Et je ne pus répondre à pareille hostilité que par la fuite.

Je traversai la place en courant et partis me réfugier dans une ruelle. Les larmes qui inondaient mon visage, je les devais autant à la blessure morale qu'Anne venait de m'infliger qu'à mon dépit de réaliser combien j'étais lâche et faible.

Anne et Brigitte avaient grandi dans des maisons voisines, dans le quartier de Capitou, sur les hauteurs de la commune. Au *village*, comme on disait encore ici. Parce que c'était là-haut, aux portes du massif de l'Esterel, que se trouvaient les immenses exploitations de mimosa qui s'étalaient sur des centaines d'hectares. Une activité rurale qui avait permis à nombre de mimosistes de très vite s'enrichir entre les deux guerres. Parmi eux, les parents d'Anne. Et ceux de Brigitte.

Alors oui, ils étaient à la tête d'affaires maintenant très prospères. Oui, ils avaient pu élever leurs enfants dans l'opulence, le luxe et l'insouciance du lendemain. Mais n'avaient-ils donc jamais pris le temps de leur raconter les simples paysans qu'ils étaient encore il y a seulement vingt-cinq ans ? Le stupide assaut verbal dont je venais d'être la victime me prouvait bien que non. Anne devait se considérer comme un être bien supérieur pour afficher un tel mépris envers ceux qui n'étaient pas de sa condition. Parce qu'il s'agissait bien là de distinction sociale. L'éloignement géographique et la façon de s'exprimer n'étaient que prétextes pour justifier sa haine envers tous ceux qui n'étaient pas de son rang. Sinon, pourquoi m'auraient-elles – elle et son ami Brigitte qui la suivait partout comme son ombre – aussi bien accueillie, quand j'avais fait leur rencontre à la fête patronale de Saint-Pons, au printemps dernier ? J'étais certes une fille de leur âge, ce qui avait facilité l'approche. Mais je n'étais pour elles qu'une étrangère. Une étrangère à l'accent guttural à qui elles avaient ouvert les bras. Immédiatement. Sans la moindre hésitation. Et je réalisais aujourd'hui qu'elles avaient finalement embrassé en moi celle qui venait de s'installer au domaine d'Agecroft. Mon château – même en ruine – n'avait fait que réveiller en elles le fantasme des petites filles qu'elles avaient été quand on leur racontait des histoires de princesses et des belles demeures qu'elles habitaient.

Le constat de ma grande naïveté déclencha en moi un nouveau sanglot. J'y avais pourtant cru, moi, à la sympathie spontanée de ces deux jeunes filles. J'étais arrivée depuis quelques mois à La Napoule. Il y avait eu l'automne. Et l'hiver. Deux saisons peu propices aux nouvelles rencontres quand on arrive dans un endroit inconnu. Puis le printemps. Il m'avait semblé précoce, car dès début mars les journées avaient été belles. Je venais d'un endroit où l'hiver s'achevait irrémédiablement dans le froid. Mais pas ici. Et en mai, il faisait déjà si chaud que j'avais cru l'été arrivé. Le premier samedi du mois,

Papa m'avait annoncé que toute la ville se rendait à Capitou pour la traditionnelle célébration de saint Pons, le protecteur de nos campagnes.

– Ce sera pour toi l'occasion de t'amuser un peu, m'avait-il dit. Et puis, qui sait, peut-être t'y feras-tu des amies.

Et je m'y étais amusée. Follement. Et oui, je m'y étais fait des amies. Du moins avais-je cru que c'était le cas. Jusqu'à aujourd'hui.

Papa m'avait accompagnée et nous étions en train de suivre la foule quand Anne et Brigitte étaient venues m'accoster :

– C'est toi la fille qui habite au château d'Agecroft ?

– Oui, c'est moi ! avais-je répondu tout intimidée.

– Je suis enchantée ! Je m'appelle Anne, et elle, c'est Brigitte ! Tu es déjà venue à la fête patronale ?

J'avais dû admettre que non, qu'il s'agissait pour moi d'une grande première. Anne m'avait alors attrapée par la main et m'avait emmenée de force avec elle sur la petite route qui montait jusqu'à l'église. Un peu paniquée, je m'étais retournée vers Papa qui m'avait d'un signe de la main invitée à les suivre. Un grand pin avait été découpé et posé en tas non loin de l'édifice religieux, et des hommes, torche en main, procédaient à son embrasement. Une farandole nous avait embarquées. Garçons et filles s'étaient mélangés, s'étaient donné la main et avaient contourné le brasier pour ensuite redescendre sur la place du village en chantant et dansant. Là-bas, un chapiteau avait été dressé, et il y avait eu bal. De nombreux garçons étaient venus me chercher pour danser et j'avais été la première surprise de me voir accepter aussi facilement leurs invitations. La danse n'était pas un exercice qui m'était coutumier et c'était donc avec grande gaucherie que je m'y étais employée. Mais tout cela m'avait plu.

Quand Papa était venu me dire qu'il était l'heure de rentrer, Anne et Brigitte m'avaient fait promettre de revenir dès le lendemain à Capitou pour la suite des festivités.

La nuit était douce. Et la petite marche pour redescendre vers La Napoule nous avait fait le plus grand bien. Papa ne m'avait pas beaucoup parlé, mais j'avais pu décoder dans son regard sa grande satisfaction. Parce que je m'étais amusée.

Le lendemain, il y avait une messe. Une cérémonie précédée d'une longue procession qui avait parcouru tout Capitou, avec, en tête du cortège, une statue à l'effigie de saint Pons portée par quatre jeunes du pays. C'était là que j'avais retrouvé Anne et Brigitte. On avait chanté et prié. On s'était même recueillies devant une statue de Jeanne d'Arc – dont c'était la fête, m'avait soufflé Anne. L'abbé Guillon avait alors béni la campagne et nous avait guidés jusqu'à son église. Les porteurs s'étaient arrêtés devant la porte et nous avions tous dû passer sous le saint – pour s'assurer prospérité et santé, m'avait alors appris Brigitte. À la fin de l'office, tout le monde s'était rendu sur la place du village pour un grand apéritif d'honneur. Papa et moi n'avions pas participé au grand banquet servi par les jeunes du village, mais avec Anne et Brigitte nous nous étions promis de très vite nous retrouver. Et nous avions par la suite tenu cette promesse en nous retrouvant à la moindre occasion, dès que j'étais à La Napoule.

Toujours cachée dans ma ruelle, je ne m'arrêtais plus de pleurer. J'avais le sentiment d'un très grand gâchis. Tout cela n'avait donc été que tromperies et faux-semblants ?

Je séchai mes larmes et m'engageai du côté opposé au *Bistrot de la place*. Je craignais trop de tomber sur Anne et Brigitte. Et alors que je marchais la tête basse, une voix forte m'arracha à mes pensées :

– Eh ben, ma copine ! Qu'est-ce qu'elle fait là, toute seule ?

C'était M. Jedjé et ses amis noyellois.

Je m'efforçai de leur sourire mais sentis bien que je ne devais pas beaucoup faire illusion. M. Jedjé pencha la tête pour mieux sonder mon regard.

– Oh, ma tchiote ! Y a quelqu'un qui t'a fait du mal ?

– Non ! mentis-je.

– Écoute, ça s'voit comme un mineur au milieu d'une réunion de cols blancs ! Il est passé où, ton beau sourire ?

M. Jedjé devait s'attendre à ce que je lui donne le nom d'un homme. Un homme qui se serait montré indélicat avec moi. Juste un nom, et il m'aurait dit : « Viens, tchiote ! », m'aurait attrapé par la main, m'aurait demandé de le guider et aurait fait voir au goujat de quel bois il se chauffait. Je voyais dans ses yeux qu'il n'attendait que cela. Mais que pouvais-je lui dire ? Que c'était à cause de mes copines ? Qu'elles s'étaient vraiment montrées cruelles avec moi ? Ce n'étaient que des histoires de filles tout cela. Et M. Jedjé n'y pouvait pas grand-chose, même s'il était animé de la meilleure volonté du monde.

Sa femme, Maria, l'avait d'ailleurs bien senti, elle.

– Mais écarte-toi donc, gros balourd ! Et laisse-la respirer, eul pov' tchiote ! Ce dont elle a besoin, c'est qu'on la laisse tranquille. Elle ne va pas te raconter tous ses petits secrets, non plus ! C'est pas vrai ? me demanda-t-elle en se tournant vers moi et en m'agrippant par l'épaule. Ah, ces bonshommes, ça ne comprendra jamais rien aux femmes !

Puis tout en reprenant sa marche, elle laissa un bras protecteur autour de moi. Peut-être comptait-elle au fond d'elle-même profiter des quelques minutes qui nous séparaient du château pour recevoir mes confidences. Mais elle eut la grande délicatesse de ne me poser aucune question.

Et alors que nous restions toutes deux silencieuses, M. Jedjé rejoignait en pas chassé le groupe de tête et se mit à chanter :

« Où sont tous mes amants
Tous ceux qui m'aimaient tant
Jadis quand j'étais belle
Adieu, les infidèles[1]. »

---

1. Où sont tous mes amants ?, *chanson de Charlys et Maurice Vandair, interprétée notamment par Fréhel en 1935.*

Maria céda à l'appel de la musique et accompagna aussitôt son mari de la voix, tout en me couvant de son plus beau sourire et en donnant à son étreinte une pression supplémentaire.

« Ils sont je ne sais où
À d'autres rendez-vous
Moi mon cœur n'a pas vieilli pourtant
Où sont tous mes amants ? »

Je me décidai finalement à les accompagner, la voix chevrotante, la gorge encore douloureuse.

« Dans la tristesse et la nuit qui revient
Je reste seule, isolée, sans soutien. »

Ce couplet avait au départ tout pour me confiner dans le chagrin. Mais après la vilenie de mes soi-disant amies, la grande sollicitude que m'accordaient soudain ces « étrangers » me rasséréna. Ils avaient un trop-plein d'amour et avaient décidé de me le prodiguer sans compter. Leur générosité finit même par m'arracher un sourire. Un vrai. Plein d'éclat, même si mes yeux brillaient encore. Et malgré ce que je déclamais à haute voix sur l'air de « Où sont tous mes amants ? », je n'étais pas seule et sans soutien. Mon accent ne chantait peut-être pas, mais mon cœur, lui, oui.

XXXI

– UNE PARTIE DE VOLLEY, ça dit à quelqu'un ?

Toutes les têtes se levèrent à l'unisson. Non, ce n'était pas notre imagination qui nous jouait des tours. C'était bien Chef-pognon qui venait de s'adresser au groupe. Il avait sorti un ballon de son sac et le caressait avec délicatesse pour le débarrasser des quelques grains de sable qui étaient venus se coller sur le cuir.

– Mais attention ! précisa-t-il. On est bien d'accord : interdiction de jouer avec les pieds, ce n'est pas un ballon de foot !

Un filet avait été dressé sur la plage de La Rague. La suggestion n'avait donc rien de surprenant. Mais qu'elle émanât du plus asocial d'entre nous – Chef-pognon, quand même ! – nous laissa tous baba. Même Jedjé en restait sans voix. Et ce fut Robert Lamendin qui réagit le premier :

– Tu sais jouer au volley-ball, ti, Benoît ?

– Et comment que je sais jouer, répondit le porion en laissant sa bouche se déformer en un rictus qui devait être chez lui ce qui ressemblait le plus à un sourire. Je faisais même partie de l'équipe du 43e R.I. pendant mon service. Et on a remporté le championnat de France militaire. Donc, oui, je pense pouvoir dire que je sais un peu jouer. Bon, il y a longtemps que je n'ai pas pratiqué, mais c'est comme le vélo, ça ne s'oublie pas.

Et comme pour bien montrer qu'il avait une totale maîtrise du ballon, il lui donna une impulsion d'un coup sec de la main et le laissa tourner comme une toupie au bout de son doigt tendu. Pendant de longues secondes. Tout en nous défiant tour à tour du regard. Il n'en fallut pas plus à Robert. Provoqué, il n'allait pas se laisser intimider.

– J'en suis ! s'écria-t-il en se campant devant Chef-pognon, les mains sur les hanches et les deux pieds bien ancrés dans le sable. Jedjé ! Alfred ! Vous suivez ?

Je vis Maman pousser mon père pour le forcer à se lever de sa serviette. Ce qu'il fit sans la moindre contestation. Je ne savais même pas si Papa savait ce qu'était le volley-ball. Jedjé, lui, se fit prier. Il était toujours en train de bouger et de sauter dans tous les sens, mais il connaissait son corps. Et je devinais à la moue qu'il affichait que le sport et lui n'étaient pas les meilleurs amis du monde.

– Tu ne sais pas jouer avec un ballon ou quoi ? le charria Robert avant de partir dans un grand rire. Même tin tchiot Piotr y doit pouvoir faire ça !

Une mise en boîte qui eut son effet.

Jedjé se leva d'un bond, visiblement piqué.

– Tu rigoles ou quoi ? s'exclama-t-il. Ce n'est pas à un vieux singe comme moi qu'on apprend à faire des limaces.

Robert pouffa dans sa moustache, mais sans relever. Pas question de vexer Jedjé davantage ; il était capable d'abandonner la partie avant même qu'elle ait commencé.

– Bon allez, les garçons, avec nous ! cria Jedjé en secouant la serviette d'Henri, puis la mienne, afin de nous en déloger. Ça vous évitera de vous faire du mal aux yeux en reluquant toutes les jeunes filles de la plage !

Je me sentis rougir. C'était vrai que de voir s'ébattre tout autour de nous toutes ces filles et jeunes femmes en maillot de bain ne me laissait pas insensible. Mais mon intérêt soudain pour la beauté du sexe opposé se voyait-il donc à ce point ? Que Jedjé le remarquât ne me dérangeait pas plus que cela, mais si lui l'avait vu, Papa lui aussi avait dû s'en apercevoir. Et avec Papa… Maman ! Et elle, je la savais capable de faire une réflexion devant tout le monde. De rappeler le malsain intérêt que j'avais eu une fois pour les pages de son magazine féminin. Aussi m'empressai-je de rejoindre les autres.

– Moi aussi, j'veux jouer au ballon ! hurla Jacquot en venant s'intercaler entre Papa et moi.

– Ouais, moi aussi ! reprirent en chœur Jules et Jean Lamendin.

– Maman ! s'époumona Jedjé à travers toute la plage. Viens par ichi faire la dixième !

– Rhoo ! Mais que t'es bête ! Tu sais bien que je suis incapable de faire ça ! l'entendit-on répondre avec la même puissance que celle que devait avoir la sirène du cargo qu'on voyait voguer au loin. Une fois j'ai essayé de jouer au ballon, poursuivit-elle pour Nadine Lamendin et Maman sans descendre d'un degré. Ce fut une véritable catastrophe. C'était au mariage de ma cousine Lucienne. Quand elle a épousé Lucien. Lucienne et Lucien, c'est marrant quand même, non ? Lucienne, elle n'a jamais eu de chance, la pauvre. Son Lucien était cheminot. Jamais à la maison. Et un jour, alors qu'il venait de finir son travail…

En nous voyant nous rassembler autour du terrain, Zabeth sortit de l'eau en courant pour nous rejoindre.

– Et moi ? supplia-t-elle.

– Avec la tchiote, c'est parfait ! annonça Benoît Lassagne. Comme ça, on peut faire cinq de chaque côté. Alfred, tu prends le camp adverse et on se répartit les autres !

Les Lamendin (Robert et ses deux garçons) et Jedjé furent choisis par le porion, pendant que Jacquot, Zabeth, Henri et moi étions sélectionnés par Papa.

Benoît Lassagne nous expliqua sommairement les règles de base tout en mettant bien l'accent sur l'interdiction de jouer avec les pieds. Parce que le jeu était ainsi fait. Et surtout parce que ce geste déplacé risquait d'abîmer le ballon.

– Il est fait dans un très beau cuir, insista-t-il. Il y en a pour de l'argent !

Chef-pognon venait de nous rappeler le pourquoi de son sobriquet.

* *
*

La partie durait depuis vingt minutes. Nous y mettions tous la meilleure volonté du monde, mais il fallait bien reconnaître que notre jeu demeurait des plus décousus.

Le porion s'agaçait de voir la balle être systématiquement réexpédiée de l'autre côté du filet. Sans la moindre passe. Sans construction. Robert s'énervait contre ses gamins, parce qu'il voulait démontrer à Chef-pognon que lui aussi était capable de très bien jouer. Et que s'il n'y parvenait pas, c'était uniquement parce qu'on ne lui en laissait pas le loisir. Jedjé prenait un malin plaisir à se laisser dépasser par les événements. Ses ratés faisaient enrager le porion, et rien ne lui faisait plus plaisir que de voir Chef-pognon fulminer. Je n'arrivais, moi, qu'à démontrer que j'étais bien meilleur en plongeon sur sable que dans la récupération et le renvoi du ballon. Henri ne semblait guère plus enclin à briller. Jacquot ne faisait que courir hors du terrain après une balle plus disposée à rebondir sur les corps allongés sur la plage que sur nos avant-bras. Quant à Zabeth, elle était en vingt minutes passée experte en dessin sur sable, avec ses orteils pour seuls pinceaux. Heureusement que les règles du jeu nous obligeaient à sans cesse changer de place, sans cela, elle se serait vite retrouvée prisonnière d'un îlot de sable cerné d'un profond fossé.

Mais si quelqu'un s'avérait surprenant, c'était bien Papa. Il avait l'air si à l'aise avec le ballon. Il était le seul – avec Chef-pognon – à faire preuve d'un certain sang-froid. Alors que nous tous nous débattions comme de beaux diables et considérions comme une victoire chaque frôlement du bout des doigts de la balle, lui restait posé, rassurant, capable de faire des passes d'une précision qui ne laissait aucun doute quant à sa maîtrise. J'en restai médusé. Papa savait jouer au volley-ball ? Je n'avais même pas idée qu'il pût avoir des prédispositions pour un quelconque sport. En quinze ans, jamais je ne l'avais vu un ballon à la main. Je pensais même tout jeu incompatible avec son mode de vie. Lui si sérieux dans son quotidien. Si soucieux. Parce que la vie n'était que travail. Et voilà qu'en quelques jours, il avait souri. Il avait même ri. Plusieurs fois. Il avait dansé avec Robert dans le couloir d'un train. Et aujourd'hui, il démontrait un réel talent pour… un jeu de plage.

La partie ne devint très vite qu'un duel entre le porion Lassagne et Papa.

Et alors qu'une balle s'éleva dans le ciel – après avoir rebondi par accident sur l'épaule de Jedjé –, j'assistai à un geste incroyable que je n'aurais jamais cru possible. L'œil de Benoît Lassagne s'illumina soudain d'une petite lumière. Arrivait enfin ce qu'il avait espéré depuis le début de la partie. Il décolla du sol, son regard déterminé surpassant soudain le filet, comme s'il volait. Son bras prit alors élan jusque derrière la tête, et avant que j'aie le temps de comprendre ce qu'il se passait, il frappa le ballon du plat de la main pour le rabattre dans notre partie de terrain. Face à lui, Papa venait de faire la même envolée et, les bras tendus vers le ciel, faisant obstacle de tout son corps comme pour protéger les siens d'une menace extérieure, il contra la balle qui retomba au pied d'un

Robert comme moi pétrifié dans son immobilisme de spectateur. Tout avait été si vite. Et en même temps comme au ralenti. J'avais pu, en un quart de seconde, admirer l'attaque du porion Lassagne, m'époustoufler de la réactivité – et efficacité – de mon père tout en voyant sur la plage des têtes se retourner, comme si elles avaient été alertées à temps qu'il allait (enfin) se passer quelque chose. Si Chef-pognon avait tout à l'heure surpris son monde en proposant une partie de volley-ball – et en révélant qu'il était champion dans cette discipline –, Papa venait de le surclasser dans l'épate. Quelques applaudissements montèrent même des serviettes. Le cargo au large donna un coup de sirène. Ah non, c'était Maria Jdrzejowska qui venait de crier. Et nous, sur le terrain, restions sonnés. Abasourdis. Les bras ballants.

Dans l'action de jeu suivante, ce fut Papa qui s'envola pour attaquer à son tour. Et Chef-pognon qui le rejoignit dans les airs pour l'empêcher de réaliser son geste. Mais Papa transforma au dernier moment ce qui s'annonçait comme une frappe violente en une petite pichenette et expédia une balle molle en direction de Jedjé. Kazimierz sentit que le ballon allait être trop haut pour ses bras boudinés. Il ne pourrait pas s'en saisir. Il allait être lobé. Il suivit sa trajectoire du regard, le vit passer au-dessus de sa tête, se retourna vivement et, comprenant que jamais il ne l'aurait, tenta le geste ultime, désespéré. Il se jeta dans le vide, de toute sa masse, et, avant que l'objet de sa folle convoitise ne touche le sol, le frappa de toutes ses forces avec son pied droit. Comme Julien Darui[1] dégageant le ballon pour l'éloigner de sa cage.

Le fou rire s'empara de nous. Jedjé lui-même – qui leva vers nous une tête tout ensablée – ne put faire autrement que s'attraper les côtes et se rouler au sol. Seul Benoît Lassagne ne partagea pas notre hilarité et s'en alla, furieux, récupérer

1. *Julien Darui était en 1947 le gardien de but de l'équipe de football du C.O. Roubaix-Tourcoing et de l'équipe de France.*

son ballon qui flottait à cinquante mètres, dans les eaux de la Méditerranée.

* *
*

Alors que des larmes coulaient encore sur mes joues tant je riais, Henri reprit son sérieux et me glissa à l'oreille :

– Tiens, revoilà Miss La Napoule !

Je tournai la tête. Bella Spielmann venait d'arriver. Toujours aussi belle dans son Bikini. Si les jeunes femmes de la plage avaient tout à l'heure provoqué en moi un certain trouble, mon sang entrait en cet instant en totale ébullition.

Henri perçut tout à fait mon émoi.

– Qui sait, me confia-t-il, t'as peut-être tes chances. T'as vu comme elle pleurait quand on l'a trouvée ce matin ? Son petit copain venait sûrement de la larguer. La voie est libre, mon gars !

– Pfff ! T'es con ! ripostai-je.

– Pourquoi ? Tu veux pas tenter ta chance ? Dis-le tout de suite, hein, parce que moi, elle me branche bien, la p'tite, même si je la trouve un peu jeune !

Je ne trouvai rien à répondre. Bien sûr que Bella Spielmann me plaisait. Mais rien ne pouvait me laisser supposer qu'elle pût être attirée par moi. Avait-elle seulement fait attention à ma présence ? Au sein de notre groupe, Jedjé, lui, se faisait remarquer. Par sa gouaille. Mais Jedjé avait quarante-cinq ans. Elle ne pouvait pas voir en lui autre chose que le pitre qu'il s'obstinait à être. Henri avait un certain pouvoir de séduction. Jeune. Beau. Une prestance que je ne cessais de lui envier. S'il tentait une approche, il avait lui toutes les chances de son côté pour parvenir à ses fins. Et rien qu'en envisageant un instant Bella Spielmann succombant à son charme, je ressentis un profond malaise. Était-ce donc cela, ce sentiment dévastateur qu'on appelait « jalousie » ? Ne fallait-il pas être amoureux pour se retrouver dans cet état ? Mais peut-être l'étais-je, sans le savoir. Après tout, qu'y connaissais-je de l'amour ? Je n'avais encore jamais adressé la parole à cette fille. N'avais jamais rien fait en sa compagnie. Et pourtant, une boule de feu m'irradiait le ventre en l'imaginant tenant la main d'un autre. Elle était là, à deux pas. Il fallait que je me manifeste. Et vite. Faire voir que j'existais. J'entrouvris la bouche, mais avant qu'un son n'en sorte Henri était déjà près d'elle.

– Tu veux faire une partie avec nous ?

– Oui, pourquoi pas ! répondit-elle dans un sourire qui déclencha en moi l'envolée d'une nuée de papillons.

– Tu connais mon copain ? enchaîna Henri en se tournant vers moi.

– Oui, tu es Tienot, c'est bien ça ? me dit-elle dans une voix plus caressante que du coton.

– Heu... Oui, balbutiai-je, troublé. Éti... Étienne ! Mais tout le... tout le monde m'appelle Tienot !

Elle savait qui j'étais. Je n'étais donc pas resté invisible à ses yeux. Mais qu'est-ce que je me sentais ballot ! Je venais d'avoir là l'occasion d'entamer une conversation avec la sublime Bella Spielmann et je n'avais réussi qu'à m'empêtrer dans d'affligeantes banalités.

Dans le dos de Bella, Henri était tout sourire. Il passa sa tête par-dessus son épaule et m'adressa un clin d'œil appuyé.

– Hé ! s'écria-t-il en direction de Jedjé qui restait accroupi dans le sable, les mains en appui sur les cuisses. On a une nouvelle recrue !

Jedjé se remit debout d'un bond.

– Eh ben, ti ! Où tu vas ? apostropha-t-il Benoît Lassagne qui s'en allait sur sa serviette avec son ballon sous le bras. On n'a pas fini ! Y a la tchiote qui veut jouer !

Mais Chef-pognon s'obstina à faire la sourde oreille. Jedjé venait de malmener sa balle de cuir, et on devinait aux jurons qu'il mâchait entre ses dents qu'il n'était pas près de s'y laisser prendre à nouveau.

– Je peux aller chercher un ballon au château, si vous voulez ! nous proposa Bella.

– Bah, laisse tomber, tchiote ! lui répondit Jedjé. Profite de la plage ! On aura bien l'occasion de jouer une autre fois !

– On va à l'eau ? suggéra Henri en courant à travers les serviettes sans attendre notre réponse.

Bella me fixa et me sonda en me souriant de plus belle. J'aurais voulu répondre. Montrer à cette pétillante jeune fille que j'étais capable d'aligner trois syllabes d'affilée sans bredouiller. Mais ce nouveau sourire me désarma. Et je donnai mon assentiment en l'invitant sans un mot à suivre Henri. Je marchais à ses côtés, mécaniquement. Me sentais observé. Scruté. Et n'avais qu'une hâte : me laisser au plus vite tremper par les vagues afin de voir s'apaiser le feu en train de me consumer. Mais dès mon corps en totale immersion, je découvris que même l'eau d'une mer entière n'avait que peu de chance de venir à bout d'un tel embrasement.

XXXII

JE ME LEVAI DE BONNE HEURE et trouvai Papa dans son bureau, à l'accueil, le nez collé à la fenêtre. Il tourna la tête le temps de m'accueillir.

– Bella ! Déjà debout, ma belle ? La journée risque d'être longue. Tu as vu le temps qu'il fait ?

Et il porta de nouveau son regard vers l'extérieur.

Il se mit à pleuvoir.

Je me nichai dans ses bras et l'accompagnai un instant dans la contemplation de ce qui se déroulait à l'extérieur. Le mistral agitait la cime des pins maritimes. Il devait souffler très fort car même le gros cèdre s'était mis à frémir. Et comme tous les éléments de la nature avaient décidé de s'abattre sur nous en même temps, l'eau tombait en trombe. Elle formait une rigole au pied des lauriers-sauce, charriant au passage les écorces de pin de leurs paillis. C'était comme si, de notre fenêtre, nous assistions au défilé désordonné d'une centaine de *nègue-chiens*[1] qui traversaient la cour, allaient s'agglutiner contre le muret pour ensuite se laisser glisser jusqu'à la plage en contrebas.

---

1. *Mauvais bateaux à fond plat, parce que juste bons à embarquer les chiens errants pour les noyer au large (*nega-chins *en provençal, qui peut se traduire par « noie-chiens »).*

Papa et moi restions immobiles, frissonnant de concert dès qu'une bourrasque faisait trembler les battants de la fenêtre. Quand nous vivions dans le Pas-de-Calais, jamais nous ne nous arrêtions de la sorte pour voir la pluie tomber. Parce qu'elle faisait partie de notre quotidien. Méritait très rarement une attention particulière tant nous étions accoutumés à elle. Mais ici, c'était moins commun. Une rareté qui en faisait à chaque fois un spectacle fascinant. Fascinant, mais aussi effrayant parce que souvent violent. Le mauvais temps était à l'image de l'homme : s'il voulait être prompt à marquer les esprits, il se devait d'être exceptionnel et virulent, parce qu'il savait à quel point la normalité rendait invisible.

Une nouvelle rafale nous arracha à nos pensées et nous remit face à la réalité, face à nos préoccupations, même si elles devaient être bien différentes. Papa devait se demander si le chambranle de sa fenêtre avait été correctement rénové et s'il allait tenir le coup. Si son jardin n'allait pas être saccagé. Si on allait pouvoir redonner à la grande allée son aspect lisse tant les cassis en train de se former çà et là étaient pour elle autant de balafres qu'il faudrait très vite panser. Moi, je n'avais qu'une seule inquiétude : qu'allais-je pouvoir faire de ma journée par ce temps ? Puis je décidai de laisser le sort choisir pour moi. J'étais en vacances et n'avais nul besoin de toujours être dans le contrôle. Mes amis mineurs, eux, s'amusaient de tout. Je n'avais qu'à les rejoindre, prendre mon petit déjeuner avec eux et voir de quoi leur programme allait être fait.

J'embrassai Papa, m'emparai d'un parapluie qui, par chance, traînait à l'accueil, et courus jusqu'au grand hangar.

* *
*

Il régnait sous ce réfectoire de fortune un grand désordre. Ils étaient déjà plus de cinquante, parlant tous plus fort les uns que les autres, s'interpellant entre tables, riant à gorge déployée… Un grand tumulte que la pluie confinait à l'intérieur malgré les murs ouverts.

Soudain, je les vis. Ils étaient tous là, assis à la même table. Les cheveux hirsutes et un grand bol de café noir sous le nez. Les traits tirés. Avec ce temps, la nuit avait dû être bruyante dans les baraquements.

Certains m'accueillirent en conservant le masque de leur mauvaise nuit. Comme Robert, le mari de Nadine, qui râla dès qu'il m'aperçut en disant que si la pluie venait à redoubler, ils seraient tous très vite les pieds dans la boue – alors qu'à cent mètres, au château, tout le monde devait être bien au sec. Comme celui qui était porion – et qu'ils appelaient Chef-pognon – qui pesta lui aussi contre le mauvais temps en disant qu'il n'avait pas traversé la France et dépensé tout cet argent pour cela.

Puis il y eut heureusement les autres, dont les traits se détendirent en m'apercevant, me laissant la douce impression que j'étais soudain pour eux le rayon de soleil qu'ils attendaient au milieu de toute cette grisaille. Alfred et Édith Marquet qui n'étaient que douceur. Nadine Lamendin qui ne me prodiguait que bienveillance pour pallier le mauvais accueil de son mari. Maria qui se leva pour me prendre dans ses bras. M. Jedjé, bien sûr, qui après avoir salué mon arrivée par une nouvelle chanson prit le temps de faire taire ceux qu'il nomma « les râleux », arguant que je ne pouvais être tenue pour responsable du temps qu'il faisait. Les enfants qui se mirent à crier en sautant sur leur chaise – un peu comme s'ils voyaient en moi la grande sœur partie très loin et ne revenant qu'une fois l'an. Puis tout au bout de la table, Henri et Tienot avec qui j'avais passé une bonne après-midi baignade la veille.

Henri m'adressa un clin d'œil que j'accueillis avec bonheur – et soulagement – tant il avait perdu toute lascivité pour ne garder qu'amabilité et sympathie. Tienot, quant à lui, se montra incapable de prononcer un mot, visiblement aussi embarrassé que si je venais de le surprendre à la sortie de la douche.

Maria demanda à Piotr de se pousser pour me laisser une place. En face, M. Jedjé lança une bourrade à Tienot pour l'inviter à reprendre contact avec la réalité :

– Eh ben, tchiot bellot ! Tu n'irais pas chercher un bol de café noir à notre copine au lieu de rester là à bayer aux corbeilles comme si t'avais vu la verge ?

– Oh ! Bayer aux corbeilles comme si t'avais vu la verge ! releva Robert Lamendin. Faut que j'la note celle-là ! Avec toutes tes expressions, Jedjé, je vais pouvoir monter un super numéro de *cafougnettes* pour la prochaine Sainte-Barbe !

Tienot s'exécuta. Je l'accompagnai du regard et le remerciai d'un sourire.

– Qu'est-ce qu'on va bien pouvoir faire aujourd'hui ? demanda Maria. Parce que quand il fait soleil, nous n'avons besoin de rien de plus. Mais là... Bon, nous, ça va, nous trouverons toujours à nous occuper. Mais eux ? ajouta-t-elle en donnant un coup de tête vers le bout de table où trépignaient les enfants, et en caressant la tignasse de son Piotr qui venait de quitter son flanc droit pour aller se coller contre le gauche.

– Si vous voulez, répondis-je aussitôt, je les emmènerai voir Tata Claire. Elle est là pour faire la garderie des tout-petits, mais avec ce temps elle se fera sûrement une joie d'en recevoir des plus grands pour leur organiser quelques jeux.

– Oui, réagit Nadine Lamendin, tu crois qu'elle voudra bien d'eux ? Parce que les nôtres, ils ont du mal à tenir en place, tu sais.

– Mais oui ! la rassurai-je. Si c'est moi qui les amène, elle voudra bien. Et puis, vous savez, Tata Claire, elle sait y faire avec les enfants.

– Ça vous dit, les garçons, d'aller jouer avec Tata Claire ? lança Robert.

Un « ouais » tonitruant – le même qu'ils poussaient à chacune des propositions qu'on leur faisait tant ils trouvaient en toutes ces activités estivales quelque chose de palpitant – fit se retourner toutes les têtes dans notre direction.

– En revanche, poursuivis-je sur le ton de la confidence, ne l'ébruitez pas trop, parce que Tata Claire a une forte personnalité et beaucoup d'autorité, mais il lui serait impossible de prendre en charge tous les enfants ici présents.

– Et moi, intervint la petite Zabeth, je peux y aller jouer avec Caca Claire ?

– Oui ! lui soufflai-je en lui souriant et en portant mon doigt sur la bouche pour lui demander d'être discrète. Mais ne l'appelle pas « Caca », ça pourrait la vexer. C'est « Tata Claire ». Et tu verras, elle est très gentille. Elle va bien s'occuper de toi.

Tienot était de retour. Dans ses mains, un bol plein à ras bord de café fumant qui menaçait de déborder à chacun de ses pas. Il le posa avec beaucoup d'application devant moi et se fendit d'un large sourire, fier d'avoir réussi à traverser le hangar sans en avoir renversé une goutte. Mais je vis son sourire très vite se muer en grimace. Le bol était bouillant et Tienot s'agitait maintenant comme s'il lui avait fallu aller ouvrir la porte vitrée d'un convecteur à charbon pour m'apporter un boulet incandescent à pleines mains. Les moqueries fusèrent aussitôt, et Tienot devint aussi rouge que s'il avait dû retenir sa respiration tout le temps qu'avait duré sa périlleuse expédition.

– On peut venir avec toi pour emmener les tchiots chez Tata Claire ? demanda Henri.

– Oui, si vous voulez, répondis-je en soufflant sur le bol qui fumait sous mon nez.

– On est pas des tchiots ! protesta Jacques Marquet. Zabeth, elle, c'est une tchiote, mais pas nous !

– Ouais, c'est vrai ! confirma Jules Lamendin, qui, du haut de ses huit ans, n'acceptait plus qu'on le traitât comme un petit enfant.

– Ouais, c'est vrai ! surenchérit son frère Jean. C'est Zabeth qu'est une tchiote, pas nous !

– Eh ben c'est même pas vrai ! s'enflamma Zabeth, vexée. Et pis d'abord, moi aussi j'ai sept ans, comme toi ! ajouta-t-elle en se tournant vers le dernier intervenant.

Le petit Jean chercha une réplique mais réalisa assez vite qu'il avait dit une ânerie et qu'il lui était inutile de s'acharner sur la seule fille de la bande.

– Piotr, lui, c'est un tchiot ! finit-il par lancer en tournant la tête vers le fils de M. Jedjé et de Maria qui se nicha encore plus profondément dans les rondeurs de sa mère. Mais pas nous !

Implacable. On pouvait lire dans le regard du petit Jean Lamendin la fierté d'être enfin arrivé à avoir le dernier mot. D'abord parce que Piotr avait pas loin de dix mois de moins que lui – personne ne pourrait donc contester sa « large » supériorité d'âge. Et ensuite parce qu'il était assez malin pour savoir que jamais ce gamin sans cesse agrippé aux jupes de sa mère n'oserait rétorquer quoi que ce soit, lui.

– Chut, les enfants ! tempéra Édith Marquet. Bella vous a demandé d'être discrets. Sinon, Tata Claire ne va pas vouloir de vous !

Il fallait que je les accompagne au plus vite, avant qu'ils ne deviennent ingérables. Je trempai mes lèvres dans le café pour aussitôt rejeter la tête en arrière. Rien d'étonnant à ce que Tienot y ait laissé la peau des mains. Même après plusieurs minutes, le bol demeurait aussi bouillant que s'il avait été rempli de lave.

– Écoutez, déclarai-je, je vais les emmener maintenant, avant que Tata Claire démarre sa journée. Je suis désolée pour le café, abdiquai-je en repoussant le bol et en adressant à Tienot un sourire navré, mais il est vraiment trop chaud. Je n'arriverai jamais à le boire.

– T'inquiète, tchiote ! s'exclama Kazimierz Jdrzejowska. Jedjé va s'en charger.

Et sitôt dit, je vis M. Jedjé s'emparer du bol de magma et l'engloutir jusqu'à la dernière goutte sans sourciller. Je l'observai, étonnée, m'attendant à ce qu'il se mette à rugir une fois le café dans l'estomac. Mais rien ne se passa.

– Quoi ? me demanda-t-il même en me voyant plantée là, bouche bée.

– Non… rien !

– Il n'était pas sucré, c'est ça ? M'en fous, je ne sucre jamais mon café. Ce n'est pas bon pour ma ligne, m'a dit le docteur, conclut-il en attrapant son ventre et en le tordant comme s'il s'agissait d'un simple linge qui lui recouvrait le corps.

Je ne pus m'empêcher de rire.

– Tu viens ? dit Henri en se levant et en tapant sur l'épaule de Tienot.

Et nous partîmes tous les trois, suivis de Jacques, Zabeth, Jules, Jean, et même du petit Piotr, que sa mère Maria avait réussi à convaincre.

* *
*

Tata Claire était une femme qui venait de Martinique, une île française des petites Antilles. Sur « l'île aux fleurs », où elle avait grandi – elle était née à Fort-de-France –, elle était Claire Sainte-Rose, fille d'Aimé Sainte-Rose qui avait fait des pieds et des mains pour envoyer son aînée en métropole, dès la loi de départementalisation de 1946[1] promulguée. Il n'y avait qu'un siècle que l'esclavage avait été aboli. Et la Martinique était depuis restée une colonie. Alors dès l'île devenue département français à part entière, Aimé Sainte-Rose – qui avait eu si peur d'un retour arrière de la situation – s'était empressé de mettre

1. La loi de départementalisation de 1946 est une loi qui a érigé la Guadeloupe, la Martinique, la Réunion et la Guyane en départements français, proclamant l'assimilation des citoyens de ces îles à la nation française.

sa fille à l'abri. Il y allait de la destinée de sa descendance. Et il n'y avait pas plus sécurisant, lui avait-il dit, que la métropole. Même si celle-ci se trouvait à plus de six mille cinq cents kilomètres. Et même s'il était conscient qu'en agissant de la sorte il ne reverrait jamais plus sa fille adorée.

Claire Sainte-Rose était alors arrivée à Paris, où le climat lui avait dès le départ paru insupportable. Elle était donc descendue, le plus bas possible. Là où il faisait chaud. Un peu plus chaud. Et elle avait arrêté son long périple à Mandelieu.

Sa douceur, alliée à une grande autorité naturelle, son enthousiasme et la fascination qu'elle exerçait sur les enfants en avaient fait la candidate idéale pour tenir la garderie de la ville, tous les jeudis, lorsque l'école était fermée. Claire Sainte-Rose y était très vite devenue Tata Claire dans la bouche de tous les enfants. Même si les parents, eux, s'obstinaient à l'appeler sarcastiquement Joséphine Baker, parce qu'elle avait la peau noire et un corps longiligne comme celle qui avait fait la gloire de *La Revue nègre*.

Et lorsque les Houillères avaient lancé un appel d'offres pour embaucher quelqu'un pour la garderie de son centre de vacances des mineurs, Tata Claire leur avait été proposée par la municipalité. À la seule condition qu'elle puisse continuer à travailler pour la ville en périodes scolaires.

En arrivant sur place, je pus constater – une fois de plus – qu'il n'y avait pas que les petits qui étaient fascinés par Tata Claire. Tienot et Henri semblèrent soudain magnétisés. Il faut dire qu'elle était jeune – une dizaine d'années de plus que moi – et très belle. Elle était grande, avait la taille fine et élancée, et affichait surtout des courbes généreuses qui transformaient tout homme en carpe dès qu'il la croisait. Et mes camarades ne faillaient pas à la règle. Ils n'étaient encore que des hommes en devenir, mais se retrouvaient dans le même état d'abrutissement que tous ceux de leur sexe face à l'indéniable charme de Tata Claire.

Pour les plus jeunes enfants, l'attrait était différent, mais tout aussi hypnotisant. Ce qui les interpellait de prime abord était ces tenues colorées que portait invariablement Tata Claire. Des tenues que ses ancêtres – alors esclaves – avaient développées parce qu'il leur était interdit de porter celles de leurs maîtres. Elle avait sur la tête un foulard en madras qu'elle s'obstinait à nouer de telle sorte qu'il n'ait toujours qu'une seule pointe. Tata Claire m'avait un jour expliqué que le nombre de pointes avait chez les Martiniquaises une signification sur leur disponibilité amoureuse – et je m'étais jusque-là bien abstenu de dire à tout homme que cette pointe unique sur la tête de Tata Claire voulait dire qu'elle était un cœur à prendre. Il émanait de cette femme à la peau noire vêtue de tous ces tissus aux couleurs chatoyantes une aura flamboyante qui intimidait les enfants. Et dès qu'elle ouvrait la bouche pour s'adresser à eux, elle asseyait une autorité qui rendait folle de jalousie la plupart des mamans. Voir leurs rejetons – après leurs maris – se livrer aussi docilement, rester calmes, à l'écoute de cette jeune femme à l'accent étrange, avait pour elles quelque chose de déstabilisant. Ses mots étaient parfois mangés, sa discussion émaillée d'expressions étranges, mais son timbre de voix faisait qu'on avait face à elle une seule et unique envie : boire ses paroles.

Lorsque j'exposai la situation à Tata Claire, elle se montra des plus compréhensives.

– Ne t'inquiète pas, ma douce ! Je vais m'en occuper, moi, de tes petits monstres !

– Peut-être que nous aussi nous pourrions passer la journée là, non ? proposa Henri qui, ensorcelé par l'accent créole, venait de très vite retrouver son regard fiévreux et lubrique.

– Tu tu tu tu tu ! objecta Tata Claire. Non, jeune homme, ici ce n'est que pour les tout-petits !

– Mais on pourrait vous aider ! Vous ne les connaissez pas ceux-là… Ce sont des durs !

– Il n'y a pas de durs avec moi ! Je vais très bien m'en sortir toute seule. Vous pouvez aller à la plage !

– Mais… lança Henri dans une dernière tentative en montrant par la fenêtre l'exécrable temps qu'il régnait dehors.

– Eh bien, je ne sais pas, conclut Tata Claire en nous poussant vers le couloir, vous n'avez qu'à aller au cinéma !

Ni Tienot ni Henri n'eurent envie de braver la décision de Tata Claire. Aucun d'eux ne tenta ne serait-ce que d'entrouvrir cette porte qu'elle venait de claquer sur nous. Ils avaient bien senti qu'une décision de Tata Claire ne se discutait pas.

– Y a un cinéma, au moins, à La Napoule ? s'enquit Henri histoire de vite passer à autre chose et de ne surtout pas montrer à quel point la jeune Martiniquaise venait de lui faire perdre tous ses moyens.

– Oui ! lui répondis-je, amusée. Il y a un programme à l'accueil. On peut aller y jeter un coup d'œil, si vous voulez.

Et mes deux camarades me suivirent, sans un mot, obtempérant comme si je venais de leur donner un ordre et que Tata Claire les avait sommés de m'écouter.

XXXIII

On se leva de très bonne heure. Comme si nous étions attendus sur le carreau de fosse pour le poste du matin. Nous n'avions plus l'habitude. Quelques jours de vacances et nous avions réussi à rompre avec la rigueur de notre quotidien. Et dans le baraquement, tout le monde était d'accord pour ne jamais quitter son lit avant le lever du jour. Même sous le feu des ronflements de Maria. La grasse matinée était un plaisir inédit auquel nous avions tous très vite adhéré. À Noyelles, même les jours non travaillés, le coron nous imprimait son rythme. Or une cité minière se réveille toujours tôt. Quoi qu'il arrive. Mais ici, nous n'étions pas dans un coron. Nous étions au château. Et la vie de château est faite de privilèges. Même lorsque l'on loge dans ses dépendances.

Mais ce jour était particulier. Nous étions une trentaine à avoir opté pour une excursion à Valberg. Un petit village au cœur du massif du Mercantour. À près de mille sept cents mètres d'altitude au-dessus du niveau de la mer. Ce qui allait nous demander une belle grimpette pour y accéder. Sur la carte, Valberg n'avait pas l'air très loin. Mais on nous annonçait pourtant près de trois heures de route en autocar. Il fallait donc partir à la fraîche.

– Trois heures ! pesta Robert en passant de larges bretelles par-dessus sa chemise. Y prévoient large, non ? Y a quoi ? Même pas cent vingt bornes !

– Oui, mais c'est de la route de montagne ! précisa Papa. Tu crois quoi, toi ? Qu'on va simplement grimper en haut d'un terril ?

– Ben ouais, t'es bête, Robert ! ajouta Jedjé. Là, c'est sur une vraie montagne qu'on se rend. J'peux t'dire que not' 106, à côté, c'est du pipi d'sansonnet !

– Du pipi d'sansonnet ! répliqua aussitôt Robert. Mais tu t'reposes donc jamais, ti ? Et qu'est-ce que t'y connais, d'abord, en routes de montagne ? Tu es déjà monté plus haut que la crête de Vimy ne serait-ce qu'une seule fois dans ta vie ?

– Oh oui ! s'exclama Maria. Pas cette montagne-là, bien sûr. Mais, avec Jedjé, on a déjà voyagé sur ce genre de route. D'ailleurs, il faut que je vous raconte ça. C'était quand on était encore en Pologne. Nous étions dans…

Robert tomba à genoux près de son lit. Nadine, inquiète, se précipita vers lui. Mais Robert releva la tête, joignit les deux mains à hauteur de visage, lança un regard contrit vers le plafond et se mit à psalmodier :

– Pardonnez-moi, mon Dieu, car j'ai été faible. J'ai manqué de présence d'esprit. Je le savais pourtant qu'il ne fallait surtout pas poser de questions. Mais je ne suis qu'un homme, et j'ai péché… C'est ma faute, ma très grande faute ! conclut-il en se frappant la poitrine.

– Idiot, va ! lui dit Nadine, le visage partagé entre la colère et l'envie de sourire.

* *
*

En sortant du baraquement, nous eûmes tous le même réflexe : scruter le ciel. La journée de pluie de la veille nous avait quelque peu échaudés. Il faisait encore noir, mais on y voyait suffisamment pour constater que les nuages avaient passé leur chemin.

Bella nous rejoignit devant le porche d'entrée. Nous chargions dans l'autocar les vivres du pique-nique que nous avions prévu de faire en altitude.

– Alors, c'est bon ? lui demandai-je. Ton père veut bien que tu viennes avec nous ?

– Oui, pas de problème ! Il aurait bien voulu venir, lui aussi, parce que jamais nous n'avons été dans ce coin-là. Mais bon, il lui est impossible d'abandonner le château toute une journée en pleine saison !

Le chauffeur de l'autocar se présenta à nous :

– Messieurs-dames, je suis Maurizio, votre chauffeur ! Si vous voulez bien monter et prendre place. Nous allons bientôt partir !

Il portait une blouse blanche comme celles que mettaient les médecins – même si celle-ci n'était plus très blanche – et avait sur la tête une large casquette de chauffeur de maître camouflant au mieux sa calvitie naissante. Il remonta les manches de la blouse, enclencha la première vitesse et s'exclama :

– *Andiamo !*

Sitôt passé le panneau annonçant la sortie de la ville, Jedjé prit sa plus belle voix de ténor et se mit à chanter :

« Là-haut sur la montagne
L'était un vieux chalet[1]... »

Personne ne l'accompagna. Étaient-ils tous aussi nauséeux que moi je pouvais l'être quand on me réveillait en pleine nuit ? Et j'avais la nette impression que la conduite un peu brusque de Maurizio n'allait rien arranger à mon état.

Nous avons pris place dans le fond du véhicule, histoire de laisser un écart entre les parents et nous. J'étais assis sur la

1. Le Vieux Chalet, *chanson suisse de l'abbé Joseph Bovet.*

même banquette que Bella. Sur notre droite, Henri et sa petite sœur Nicole, qui, après avoir pu nous accompagner au cinéma, semblait ravie de se trouver une nouvelle fois hors du périmètre de sécurité dans lequel son père s'obstinait à vouloir la confiner – même s'il n'y avait aujourd'hui que quelques rangées de sièges qui les séparaient.

Henri pointa du nez vers les places de devant :

– Regardez ! On les a pas nous aussi nos *Pieds Nickelés*[1] ?

Il faisait référence au film vu la veille, ce qui nous fit pouffer.

– Et mon père, poursuivit-il, ne ferait-il pas un magnifique Sherlock Coco[2] ? Avec sa p'tite tête de fouine et son obstination à vouloir toujours prendre tout le monde en faute…

Nous éclatâmes de rire. Même Nicole jubilait de pouvoir elle aussi se payer un peu la tête de son père. Puis, la route s'annonçant longue, Henri se lança dans d'épiques et détaillés récits sur les films qu'il avait vus dans l'année au cinéma. Il y fut question des frasques de *Fantômas*[3], d'une chanteuse de music-hall du Paris de l'après-guerre et de son mari jaloux qui se retrouvait accusé d'un meurtre qu'il voulait commettre mais pour lequel on l'avait devancé (qui donna à Henri l'occasion de nous faire une irrésistible imitation de Louis Jouvet, comédien dans ce film[4]), et d'une œuvre sulfureuse ayant fait scandale en traitant de l'amour interdit entre une aide-soignante (pourtant déjà fiancée à un autre) avec un jeune lycéen[5]. Puis il enchaîna sur le dernier Fernandel. Pas le meilleur, d'après lui, mais il avoua aimer tellement l'acteur qu'il ne loupait jamais une de ses apparitions. Henri se mit à réciter mot à mot certaines répliques des films de son idole. Comme il l'avait déjà fait dans

---

1. Les Aventures des Pieds Nickelés, *film de Marcel Aboulker, avec Maurice Baquet, Robert Dhéry et Rellys.*

2. Personnage du détective (joué par Fred Pasquali) dans le même film.

3. Film de 1947, réalisé par Jean Sacha.

4. Quai des orfèvres, *film de 1947, réalisé par Henri-Georges Clouzot.*

5. Le Diable au corps, *film de Claude Autant-Lara (1947), adapté du roman éponyme de Raymond Radiguet.*

le jardin du château le jour de notre arrivée avec la tirade du *Schpountz*. Après quelques dialogues hilarants, Henri débita un long monologue. Il y était question d'un petit bossu et de l'amour que lui vouait sa grand-mère[1]. Nous avons une nouvelle fois beaucoup ri. Tout du moins au début. Parce que les rires se sont très vite mués en sourires attendris. Puis sur la fin, en une boule douloureuse qui m'obstrua la gorge. Et alors qu'Henri clamait que les grands-mères étaient fragiles comme le mimosa pour signifier que le petit bossu avait perdu la sienne, les larmes montèrent en moi. À côté de moi, j'entendis Bella renifler. Je me tournai vers elle et la découvris elle aussi bouleversée, même si elle tentait de camoufler sa peine derrière un large sourire.

Henri afficha lui aussi un sourire ému. Parce qu'encore dans l'émotion de la scène qu'il venait de jouer. Et aussi parce que flatté d'avoir réussi à toucher son auditoire avec son numéro.

* *
*

Toutes les histoires et imitations d'Henri nous avaient bien aidés à passer le temps. Le voyage paraissait interminable. Rien d'étonnant à ce qu'on nous ait annoncé trois heures de route. Il me semblait que nous étions depuis un temps infini sur cette même petite route départementale. Une route en lacets qui ne cessait de grimper. Une route sans fin, sur laquelle on ne croisait jamais personne. Certains passages étaient si escarpés qu'on avait l'impression que le véhicule allait caler et qu'il nous faudrait descendre pour le pousser. Le chauffeur se battait avec son levier de vitesse et suait de grosses gouttes tant le danger semblait permanent. Il se mettait même à crier en franchissant certains virages en épingle. Parce que visiblement

1. Naïs, *film de Marcel Pagnol (1945).*

il était en panique. Et son trouble était communicatif. Nous avions l'impression d'être prisonniers d'un véhicule dont nous avions perdu le contrôle. Combien de temps allions-nous pouvoir tenir ainsi avant de nous retrouver dans le décor ? C'est que… si nous sortions de route, c'était soit pour aller nous écraser contre un mur de roche – et c'était là, de loin, la meilleure option possible –, soit pour faire le grand plongeon dans un immense ravin dont il nous était impossible de voir le fond.

Bella avait de nouveau les yeux pleins de larmes. Et là, ce n'était plus l'émotion qui l'étreignait, mais la peur, comme nous tous. Il n'y avait que Jedjé et Maria pour rester insouciants face au danger qui nous entourait. Jedjé continuait de chanter à tout bout de champ. Il racontait même des blagues qu'il ponctuait d'un gros rire bien gras et d'une tape sur l'épaule du chauffeur. Maria riait à gorge déployée, comme si elle découvrait le répertoire de son mari, et se retournait visiblement surprise que personne ne participe à son hilarité.

Maurizio faisait rugir son moteur. Il avait jeté sur le côté sa casquette qui, avec la sueur qui perlait à son front, lui retombait sur les yeux à chaque bourrade du comique de service. Il vit soudain une bande de terre sur le bord de la route. Un bas-côté inespéré qui lui permettait de faire une halte sans déborder sur la route. Il donna un coup de volant, pila et tira brusquement sur le long levier du frein à main.

– Alors écoute, mon gros ! se mit-il à hurler en se retournant sur Jedjé. Tu m'as l'air d'avoir tout du brave gars, et toutes tes histoires et chansons m'ont l'air très intéressantes. Mais là, tu gonfles tout le monde ! Tu ne t'en rends pas compte ? Tape-moi encore un coup sur l'épaule pendant que je conduis, et je ne garantis plus de rien, moi ! Si on plonge, ce sera de ta faute !

Personne n'osa émettre le moindre son ni bouger. Jedjé lui-même en resta interdit. Maria stoppa net au milieu de son tout dernier gloussement, ce qui offrit un contraste sonore saisissant.

– Allez ! Pause pipi ! cria Maurizio en ouvrant la porte.

Tout le monde se rua dans l'allée centrale pour descendre au plus vite. Pas forcément pour aller satisfaire un besoin urgent, mais plus pour s'échapper au plus vite cette zone anxiogène dans laquelle nous étions confinés depuis trop longtemps. La pause ne dura pas plus de cinq minutes. La remontée se fit dans l'ordre. Chacun regagna sa place et s'y installa dans le calme. Lorsque Maurizio monta à son tour, les chuchotements s'arrêtèrent et seul le vrombissement du moteur vint déchirer la chape de silence qui commençait à se faire pesante.

Un coup de volant et nous avons repris notre avancée au ralenti. Jedjé ne bougeait plus d'un pouce, mais le chauffeur se débarrassa quand même à nouveau de sa casquette pour mieux se concentrer sur la route et ses lacets.

Nous gardions tous la tête bien droite. Pas un ne risquait un œil en direction du précipice que nous longions. Pour ma part, je préférais même fermer les yeux. Attendre que tout cela passe. Je sentis soudain une main qui attrapa la mienne. Je savais bien que cette pulsion n'était chez Bella que le fruit de son angoisse. La fraîcheur de sa paume alors qu'il faisait une chaleur étouffante en attestait. Mais j'en fus fortement troublé. Et je me mis à trembler de tout mon corps. Il m'était impossible de rouvrir les yeux et je me contentai de répondre à son appel au secours en prenant sa petite main dans la mienne. Et j'ai serré, comme pour la rassurer. Puis nos doigts se sont détendus pour se mêler. Avec délicatesse. Avec caresse. Je sentis sa peau se réchauffer. Jusqu'à atteindre une douceur qui me bouleversa. Je laissais mes gestes se faire avec instinct, mais je luttais avec moi-même. Quelle conduite adopter ? Allais-je oser la regarder ? Il le fallait pourtant. C'était comme si je sentais son appel sans la voir. Je me décidai enfin, laissant mes paupières s'ouvrir avec lenteur, comme si je tenais à me préserver d'une lumière trop vive risquant de m'aveugler. Je constatai qu'elle avait adopté la même attitude que moi.

Elle était bien calée au fond de son siège, les yeux fermés avec insistance pour mieux se protéger de toute cette menace qui planait. Son souffle s'était toutefois ralenti, apaisé. Et elle dut à son tour sentir que je l'observais. Ses paupières s'entrouvrirent avec mollesse. Et dès qu'elle m'aperçut, qu'elle vit que j'étais bien en train de la fixer, elle me sortit sa botte secrète : son sourire. Le soleil était généreux en cette matinée. Il cognait déjà dur sur le flanc de cette montagne que nous nous apprêtions à conquérir. Mais il n'était rien comparé à ce sourire que Bella m'accorda là. Je sentis mon cœur battre soudain si fort dans ma poitrine que j'ai bien cru qu'il allait être expulsé hors de moi. C'était difficile pour moi de savoir si Bella ressentait la même chose. Mais une petite voix me confirmait que oui. Que nous étions en pleine communion. En plein partage. Bella prit alors une grande inspiration. Sa poitrine se souleva et retomba. Très lentement. Je ne ressentis plus la moindre peur en elle. Et à bien y réfléchir, moi non plus je n'en éprouvais plus. L'autocar virait toujours autant. La route était toujours aussi dangereuse. Maurizio semblait toujours en panique. Mais Bella et moi avions trouvé la paix. Je me surpris même un instant à me sentir si serein que même la sortie de route ne m'effrayait plus. Nous pouvions plonger. Tant que Bella et moi nous tenions la main, il ne pouvait plus rien nous arriver. Une simple pulsion due à la recherche d'un peu de sécurité venait de se muer en un geste de tendresse et nous avait fait passer de la peur à un confortable sentiment d'invincibilité.

XXXIV

MAURIZIO FUT SI SOULAGÉ d'enfin voir Valberg qu'il annonça notre arrivée au village en klaxonnant longuement, comme s'il était à la tête d'un cortège nuptial menant les jeunes mariés jusqu'à l'autel. Et ses coups d'avertisseur répétés étaient aussi pour lui une manière comme une autre de nous crier – à nous, ses passagers : « J'ai réussi ! On y est arrivés ! »

Il fit le tour d'une petite église et s'arrêta sur ce qui devait être LA place de ce charmant bourg de montagne.

Je ne lâchai la main de Tienot qu'à cet instant. Abandonner ce doux contact me troubla profondément. Je sentis le bout de mes doigts s'engourdir, mon sang avoir du mal à circuler. Tienot était là, son épaule encore collée à la mienne. Et moi, je n'osais même pas tourner la tête vers lui. Nous venions de rouler main dans la main pendant plus d'une heure et je me montrai incapable de le regarder. Incapable de lui parler. Et à ce que je devinais du coin de l'œil, lui non plus ne semblait pas vraiment savoir quelle attitude adopter avec moi.

Dès le moteur arrêté, nous fûmes les premiers à nous engager dans l'allée. Lorsque je descendis de l'autocar, je pris une longue inspiration. Jamais je n'avais été plus contente de sentir la terre ferme sous mes pieds. L'air était vivifiant et me fit le plus grand bien. Près d'une fontaine, un large panneau nous souhaitait la bienvenue à Valberg et annonçait que nous nous trouvions sur un adret exceptionnellement ensoleillé, s'étirant sur une largeur de deux kilomètres, entre la vallée du Haut-Var, qui se trouvait à l'ouest, et celle du Haut-Cians, à l'est. Une fois nos poumons remplis de tout ce bon air pur, Tienot et moi nous sentîmes suffisamment ragaillardis pour enfin nous autoriser à nous observer autrement que par le jeu de nos regards en coin. Tienot s'avança même vers moi.

– Ça va ? se contenta-t-il de me demander.

– Oui ! lui répondis-je de manière tout aussi laconique.

À chaque fois que quelqu'un venait nous rejoindre sur la place, nous assistions à la même scène. Étirement des membres encore endoloris. Regard circulaire. Narines ouvertes au vent. Et exclamation. L'un s'extasiant du charme de l'endroit. L'autre de la pureté de l'air qui y planait. Beaucoup des deux à la fois. Être les témoins de cette même scène répétée nous fit rapidement sourire. Mais à la dixième représentation, nous ne pûmes faire autrement qu'éclater de rire. Puis Maria Jdrzejowska est arrivée à son tour. Et quand Maria s'émerveille, elle ne peut faire autrement que le crier à la terre entière. Le charme bucolique qui planait sur nos têtes jusque-là fut soudain rompu. Je l'aimais bien Maria, mais il fallait quand même reconnaître qu'elle avait le chic pour troubler la quiétude d'un lieu dès qu'elle arrivait et ouvrait la bouche. Henri dut lire le fond de ma pensée car il pencha la tête vers nous et dit :

– Mieux qu'une fusée de détresse, la Maria ! Si des randonneurs se sont égarés en pleine montagne dans les dix kilomètres à la ronde, elle vient certainement de leur offrir une chance de survie.

Le chauffeur fut le dernier à s'arracher de son siège pour descendre de son véhicule. Comme le capitaine d'un paquebot qui s'était assuré d'avoir mis tout le monde en sécurité avant de s'occuper de lui-même. Il était tout sourire. En plein relâchement tant ses nerfs avaient été mis à rude épreuve tout au long du trajet pour grimper jusque-là. Mais son sourire fut de courte durée. Son visage dégoulinait toujours de sueur. Et à peine posa-t-il les pieds au sol qu'il se mit à chanceler comme s'il était ivre. Il devint d'un coup aussi pâle que si son sang avait décidé de ne plus lui irriguer le cerveau. La couleur de son visage vira même sur le verdâtre, dans un coloris qui laissait supposer qu'il était mal en point. Soudain, ses yeux se retournèrent et il s'écroula. Et il fallut un bon réflexe de M. Jedjé pour que Maurizio ne s'étale pas de tout son long.

– Écartez-vous et laissez-le respirer ! hurla le mineur noyellois en s'accroupissant pour lui offrir un appui confortable.

– Allons l'installer à l'ombre de la fontaine ! proposa le père de Tienot. On va lui passer un peu d'eau fraîche sur la figure.

Maurizio était malade d'avoir trop zigzagué sur cet interminable lacet de montagne qu'était la D28. Et une fois descendu de son véhicule, l'air montagnard, trop pur, avait achevé de l'abrutir, au point de lui faire perdre connaissance.

M. Jedjé s'évertuait à tapoter les joues du chauffeur. Plus d'une fois Maurizio retrouva ses esprits. Mais à chaque fois, ses yeux se mettaient à balayer l'assistance avec frénésie. Il se forçait à nous adresser un sourire qui ressemblait plus à une grimace laissant supposer qu'il était sur le point de rendre, puis il sombrait à nouveau dans le néant.

– Ben nous v'là beaux ! s'exclama un homme derrière moi.

– Qu'est-ce qu'on va devenir ? s'inquiéta une femme. On est en pleine montagne, à cent vingt kilomètres du château, et on n'a plus de chauffeur !

– Eh bien, on va se calmer et le laisser reprendre ses esprits ! s'énerva M. Jedjé. Il nous a fait un malaise vaginal, et puis c'est tout. Il faut lui tenir les pieds en l'air pour laisser le sang redescendre à la tête.

Ceux qui ne connaissaient pas notre ami et sa forte propension à se fourvoyer dans le lapsus le regardèrent comme s'il était un être venu d'ailleurs. M. Jedjé avait dû, dans le cadre de son travail de mineur, être de ceux qui avaient suivi une formation spéciale pour les premiers secours. Il semblait aujourd'hui très fier de pouvoir mettre en pratique certains gestes appris lors de cette session. Et de partager sa connaissance des malaises vagaux. Même s'il en parlait avec ses mots à lui – qui pouvaient effectivement s'avérer des plus surprenants pour un non-averti.

* *
*

Nous partîmes par petits groupes faire un rapide tour de village. M. Jedjé – qui se sentait en partie responsable du malaise de Maurizio pour lui avoir mis les nerfs en pelote pendant le trajet – préféra rester auprès du chauffeur. Vingt minutes plus tard, nous étions tous de retour sur la petite place. Et la situation n'avait guère évolué.

– On doit retourner tout de suite à La Napoule ! suggéra quelqu'un.

– Ah ouais ! s'emporta M. Jedjé. Et ch'est ti, gros malin, qui vas t'mettre au volant ?

– Non, mais si on attend trop longtemps, la journée va filer, et redescendre de nuit… ce sera pire. Vous avez vu déjà la montée en plein jour ?

– Il a raison ! dit Robert Lamendin. On ne peut pas se permettre d'attendre de voir si not' gars se remet ou pas. On doit prendre une décision. Et tout de suite !

– Et je renouvelle ma question, s'agaça M. Jedjé. Qui va conduire ? Tu t'es déjà mis au volant d'un engin de ce genre, toi, Robert ?

– Non ! Mais peut-être que dans l'groupe y en a un qui sait.

Chacun se mit à sonder l'assistance du regard, à la recherche de l'être salvateur capable de nous redescendre jusqu'à notre château. Ce fut la mère de Tienot, Édith Marquet, qui prit la parole :

– Alfred ! Toi tu sais, non ? demanda-t-elle à son mari. Tu as bien passé ton permis à l'armée ?

Tienot fixa son père, très surpris. Son regard trahissait son grand étonnement, comme s'il n'avait jamais supposé son père capable d'une chose pareille.

– O… Oui ! bégaya Alfred, en lançant à son épouse un regard lourd de reproches. Mais comme tu l'as dit, je l'ai passé à l'armée. Et je n'en ai jamais reconduit depuis près de dix-huit ans…

– Oui, mais au moins, t'as déjà conduit un car, ajouta M. Jedjé. Nous, non !

– Oui, mais…

– T'as une meilleure solution ? On n'a pas le choix mon vieil Alfred. Tout le monde ici compte sur toi, dorénavant ! clama M. Jedjé en prenant Alfred dans ses bras. Et… promis, je ne chanterai pas !

– T'as plutôt pas intérêt ! intervint Robert qui vint se mêler à l'accolade.

– O.K. ! abdiqua Alfred. Mais, je vous préviens, ça risque de nous prendre un temps fou pour faire le trajet. Je vais devoir y aller au pas.

Sans plus attendre, nous allongeâmes notre malade sur la banquette du fond de son autocar, et chacun reprit sa place. M. Jedjé attrapa la casquette de Maurizio et la colla sur la tête d'Alfred Marquet.

– Tiens ! T'as l'uniforme, maintenant. T'es un vrai chauffeur. Et celui qui la ramène pendant le trajet, il aura affaire à moi ! lança-t-il à la volée tout en prenant place sur la banquette derrière le siège du conducteur.

Alfred démarra. Il passa une vitesse et, après quelques mètres en avance saccadée, parvint à donner au véhicule une allure à peu près régulière.

Les doigts de Tienot se mirent à pianoter le siège. Je lui attrapai la main avec à la fois douceur et fermeté pour apaiser sa nervosité tout en dissimulant la mienne.

Tout au long de la descente, personne ne lorgna du côté précipice. Les têtes restèrent droites et il plana dans l'habitacle un profond silence. L'heure du déjeuner passa, mais pas un de nous n'osa quémander une halte le temps de se sustenter. Nous n'avions tous qu'une hâte, retrouver le niveau zéro de la mer au plus vite.

En début d'après-midi, Alfred, qui arrivait à maintenir un train lent mais régulier, interpella M. Jedjé tout en continuant à fixer la route :

– Bon allez, Jedjé ! Pousse-nous une petite chansonnette, ça nous changera les idées !

– T'es sûr ? Ça ne va pas te perturber ?

– Puisque je te le demande !

M. Jedjé se retourna vers nous et, les dents serrées et le sourire malicieux, entonna :

« Plus près de toi, mon Dieu
Plus près de toi
Pour que je serve mieux
Reste avec moi[1]… »

– Si tu veux nous conduire tout droit dans le décor, vas-y, continue ! lui cria Robert Lamendin pendant que Maria s'autorisait enfin à glousser.

– Ben quoi ? C'est Alfred qui a demandé ! rétorqua M. Jedjé en riant à chaudes larmes.

– Oui, j'crois que tu peux trouver mieux ! ajouta Alfred en jetant un regard dans le large rétroviseur.

Puis une voix de crécelle perça au-dessus des autres.

C'était Maria qui se lançait tout en dodelinant de la tête :

---

1. Extrait du chant de l'Église catholique A020, Je crois en toi, *adaptation française du chant anglais* Nearer, my God, to Thee *(Sarah Flower Adams/ Lowell Mason).*

« Je ne sais pourquoi j'allais danser
À Saint-Jean au musette[1]... »

– Ça y est ! s'esclaffa Robert. V'là Maria qui veut nous raconter ses amours de jeunesse !

Puis nous reprîmes tous en chœur :

« Moi qui l'aimais tant
Je le trouvais le plus beau de Saint-Jean... »

* *
*

Chacun de nous éprouva un grand soulagement en voyant enfin le panneau qui annonçait l'entrée dans Mandelieu-la-Napoule. Nous avions confiance en Alfred Marquet, là n'était pas la question, mais nous voir arriver sans embûches fut pour nous tous une délivrance.

– Alfred ! héla M. Jedjé. Vu qu'on a le temps, maintenant, arrête-toi en face du port. On va tous aller se boire un petit verre chez Pépino ! On l'a bien mérité, non ?

Personne ne contesta. Nous avions tous tellement besoin de nous remettre de nos émotions.

Alfred se gara. Là où la rue s'élargissait pour se diviser en deux voies avec, en leur milieu, une enfilade de pins parasols. Leurs hauts branchages offraient un abri naturel qui semblait avoir été taillé pour y faire passer notre autocar. Sitôt le moteur coupé, nous nous mîmes tous à applaudir. Avec frénésie. Je frappais dans mes mains jusqu'à m'en faire mal. À côté de moi, Tienot en faisait de même. Ses yeux brillaient d'étonnement et, je pense, d'admiration. Jamais de sa vie il n'avait dû imaginer son père capable de déclencher un tel enthousiasme.

Nous fîmes un tel tapage pour remercier Alfred Marquet de nous avoir « sauvés » que nos cris réveillèrent enfin Maurizio.

---

1. Mon amant de Saint-Jean, *chanson française de 1942 de Léon Agel et Émile Carrara.*

Il était revenu à lui à plusieurs reprises au cours du voyage. Mais il avait trouvé cette position allongée si confortable qu'il s'était finalement laissé aller sans le moindre état d'âme à une petite sieste. Et une bonne. Ses ronflements n'avaient fait que l'attester. Il se mit donc en position assise, le regard hagard, et applaudit à son tour, sans comprendre vraiment pourquoi il le faisait.

La terrasse de Pépino était à cette heure-ci déserte. Le brave homme nous accueillit avec chaleur et s'amusa beaucoup du récit de notre périple montagnard.

– S'il y en a que ça intéresse, proposa-t-il après avoir servi tout le monde, j'ai un bateau pour aller pêcher en mer. Donc si certains sont amateurs, je peux vous organiser ça. Et moi, parole de Pépino, je m'engage à ne pas être malade et à pouvoir vous ramener au port. J'ai le pied marin !

Puis il donna à Maurizio une grande tape dans le dos. Le chauffeur faillit s'étrangler en recrachant le verre d'alcool fort qu'on lui avait commandé d'autorité.

– Té, Pépino ! Tu m'as mis quoi, là-dedans ? Tu veux ma mort ou quoi ?

– Non, au contraire, tes amis m'ont dit « un verre à réveiller les morts pour Maurizio ».

– Et si on allait traîner un peu en ville ! proposa M. Jedjé en reposant le verre de bière qu'il venait d'avaler d'un trait. On a encore plein de choses à voir par ici. Et on se donne rendez-vous au car à 17 heures pour retourner au château ?

Certains choisirent de rejoindre dès maintenant le centre de vacances – qui ne se trouvait finalement plus qu'à deux petits kilomètres à pied. Et pour les autres – dont je faisais partie –, ce fut quartier libre au cœur de la ville. Un seul et même groupe se mit d'abord en marche depuis la gare. Puis chacun laissant ses pas le guider au gré de ses envies, des clans se formèrent naturellement et se disséminèrent çà et là à travers tout le centre-ville.

Henri, sa sœur Nicole, Tienot et moi choisîmes d'aller traîner sur le bord de mer. D'abord sur la plage du château. L'autre château.

– Elle est à qui cette grande propriété ? me demanda Nicole.

– À la famille Clews ! lui répondis-je. Des Américains fortunés. Henry Clews, c'était un artiste. Un sculpteur. Avec sa femme, Marie, ils ont tout refait eux-mêmes. En 1918, ils ont quitté Paris pour acheter les vestiges de cette forteresse. Marie s'est alors improvisée architecte et paysagiste et a dirigé les travaux de rénovation pendant près de vingt ans. Elle a notamment créé tout autour des bâtiments un jardin à la française de toute beauté sur quatre hectares. Et Henry étant sculpteur, il y a décoré chaque colonne, chapiteau ou frise. Ici, tout le monde l'appelait Mancha, parce qu'il se considérait lui-même comme une sorte de Don Quichotte. Mais, moi, je ne l'ai pas connu. Il est mort avant la guerre. Et depuis, Marie se fait plus discrète. Parce qu'il paraît qu'à l'époque il y avait foule, ici. Les Clews organisaient très régulièrement de somptueuses fêtes, aimant y mêler la population locale avec tout le gratin de la Côte d'Azur.

J'entraînai ensuite mes camarades sur le port.

– La vache ! Tous ces bateaux ! s'exclama Henri. Y en a pour une fortune !

– Tu ne serais pas le fils de Chef-pognon, par hasard ? le railla Tienot.

Henri l'attrapa par le cou et, tout en riant, lui emmêla les cheveux d'une main énergique.

– C'est lequel le bateau de Pépino ? demanda Tienot, tout en se libérant de l'étreinte de son ami et en tentant de remettre du bout des doigts un peu d'ordre dans sa tignasse.

– Aucune idée ! Mais bon, pas un de ceux-là, répondis-je alors que nous longions une longue enfilade de bateaux de plaisance. Trop luxueux. Il faut à mon avis plus viser sur un de ceux qui sont là-bas, au fond.

Et je leur montrai les vieux bateaux de pêche qu'on avait relégués à l'arrière-plan parce que moins séduisants pour le regard des touristes. Il était vrai que certains avaient déjà pas mal vogué et demeuraient dans un piteux état.

Tout au long de notre promenade, tout en discutant et en leur présentant les charmes de ma ville, je n'aspirais qu'à une chose : que Tienot se colle un peu plus à moi et ait le courage de simplement me prendre par la main. Je voulais retrouver cet agréable sentiment que nous avions partagé lors de notre sinueux voyage sur la D28. Mais il n'en fit rien. Je devinai pourtant en lui un désir aussi fort que celui que moi j'éprouvais. Mais il ne voulait pas le manifester devant son ami. Et pas dans un secteur où nous risquions de croiser ses parents à tout instant. J'en éprouvai certes une certaine frustration mais, en même temps, cette retenue me toucha. La pudeur, la maladresse, la peur du geste, voire des mots… Beaucoup taxaient cela – mis à part la pudeur – de défauts. Mais moi, non. N'étaient-ce pas là – bien au contraire – ce que moi je qualifiais de vertus chez un homme ? Parce que les gens sûrs d'eux m'étaient insupportables. Parce que je voyais dans le doute la constante volonté de devenir meilleur. Et je réalisai à cet instant que ce que je ressentais pour ce garçon n'était autre qu'un doux sentiment amoureux.

En revenant à l'autocar, M. Jedjé était là, accueillant chaque personne qui revenait de sa petite promenade, et les invitant à prendre place dans le véhicule. Je connaissais cet homme depuis peu, mais j'avais la nette impression de déjà bien le connaître. Et là, je lus dans son regard une petite lueur qui m'interpella. Il avait l'air content de lui. L'air de celui qui venait de faire une bonne blague et qui attendait de voir le résultat éclater au grand jour afin de pouvoir (enfin) en rire avec le plus grand monde.

XXXV

LORSQUE MAURIZIO AVAIT VOULU reprendre les commandes de son car, Jedjé s'était interposé et avait plaidé jusqu'au bout la cause de mon père :

– Écoute ! Laisse-le nous ramener au château, non ? Tu le récupéreras une fois là-bas, ton autocar…

– Ben… Moi, j'veux bien, répondit le chauffeur en fixant Papa qui se tenait debout à côté de son siège. Mais… ça va aller pour conduire jusque là-bas ?

– Attends ! Non, mais te rigole, tisaut ! s'exclama Jedjé. Alfred, y nous a descendu ton engin de Valberg à ici ! Tu n'crois quand même pas que ce sont les deux derniers kilomètres qui vont l'effrayer !

– Bon, d'accord ! Mais, surtout… pas un mot de tout cela à M. Spielmann, hein ! Vous me promettez tous de ne rien lui dire ? implora-t-il en se retournant vers nous.

Je regardai Bella. La situation l'amusait visiblement beaucoup.

– Est-ce que tu crois un de nous capable d'aller cafter à ton patron ? cria Jedjé en clignant de l'œil en direction de Bella. Tu n'as rien à craindre, tu sais !

Maurizio reprit donc sa place tout au fond du véhicule, non sans grommeler au passage ses craintes d'être pris en faute par le directeur du centre de vacances.

Papa reprit commande du véhicule. Il démarra et enclencha la première comme s'il avait fait cela toute sa vie. Et lorsqu'il arrêta le car sous le porche d'entrée du centre de vacances, il eut droit à une deuxième salve d'applaudissements. Ce qui ne manqua pas de contrarier Maurizio, le pauvre espérant une arrivée discrète. Pour cette fois, c'était raté.

– Bon, je vais aller prendre une douche ! me dit Bella. On se retrouve plus tard ?

– Oui... bien sûr ! bafouillai-je en réalisant que c'était bien à moi – et à moi seul – qu'elle s'adressait.

Je la regardai s'en aller sur la route qui montait en virage jusqu'à la cour du château. Sa grâce me subjuguait. « Si elle se retourne, c'est que je ne la laisse pas indifférente ! » me lançai-je alors comme un défi. Je la fixai. Ne ratai pas un de ses pas. Me figeai dans une prière silencieuse. « Allez, vas-y ! » Mais elle avançait toujours. Et d'un pas décidé. Alors qu'elle arrivait presque à hauteur du virage en épingle et allait d'une seconde à l'autre disparaître de ma vue, je me mis à crier par la pensée : « Bella, je t'en prie ! Regarde-moi ! » Et juste avant de disparaître, elle se retourna et m'adressa un petit signe de la main. Son éternel sourire. L'instant fut bref, mais foudroyant. Il me laissa le feu au ventre. Les jambes flageolantes. C'était effrayant le pouvoir qu'avait sur moi un seul de ses regards. Je me mis à paniquer. Comment allais-je devoir me comporter avec elle, à présent ? Je lui avais longtemps tenu la main, aujourd'hui. Des doux instants de partage que j'avais adorés, même s'ils furent au service d'un amour demeuré platonique. Mais qu'allait être la suite ? Que devait-elle être ? J'avais beau essayer de me convaincre que je verrais bien le moment venu, j'étais quand même à deux doigts de lui courir après. Lui glisser à l'oreille un mot tendre. Avoir la folle audace de déposer sur sa joue un baiser. Je ne sais pas. Un geste. Un mot. Quelque chose pour lui faire comprendre à quel point j'avais apprécié cette journée à ses côtés. Mais si j'étais le seul à m'enflammer ? Peut-être n'attendait-elle rien de moi. Comment considérerait-elle alors pareille hardiesse ? Peut-être déplacée. Et là, mon embarras serait encore plus grand…

La seule fille que j'avais eu la témérité d'embrasser jusque-là, c'était Julie Maunier. En C.E.2. Enfin, embrasser… Je ne sais même pas si elle avait eu le temps de comprendre ce qui lui était arrivé tant le geste avait été brusque. C'était Laurent Dubois qui m'avait poussé à le faire. « T'es pas cap ! » m'avait-il provoqué. Et c'était vrai que la démarche m'effrayait. Mais je n'allais pas laisser à Laurent une occasion supplémentaire de se moquer de moi. J'avais alors inspiré un bon coup et avais pris mon courage à deux mains. Et pendant que Julie s'entortillait les pieds à l'intérieur d'un long élastique en invitant Colette Fallières à en faire de même face à elle, j'avais foncé. Avais couru comme jamais je ne l'avais fait – même pas le jour où le chien de la mère Antoine m'avait coursé parce qu'il avait pris mon pain d'alouette[1] pour une épaisse tranche de pâté. J'avais alors sauté à l'intérieur de l'élastique, avais déposé sur la bouche de Julie un baiser du bout des lèvres et m'étais enfui en bondissant. Aussi vite que j'étais arrivé. Et j'avais enfin rejoint mon camarade – qui hurlait de rire – en marchant et en virant le plus au large possible de la zone de mon attentat. Dans la cour, tous s'étaient arrêtés de jouer, tournant vers moi des yeux ébahis. Certains m'avaient même montré du doigt. Ils avaient ri. S'étaient moqué. Et avaient salué mon passage en scandant un railleur : « Bise bise à la galette ! Bise bise à la galette ! »

Jamais je n'avais osé renouveler pareil exploit. L'air dégoûté qu'avait affiché Julie Maunier après le bisou que je lui avais volé devait y être pour quelque chose. Mais là, je me motivais

1. Tartine de pain rassis que le mineur conservait dans sa besace et ramenait après sa journée de travail pour l'offrir à ses enfants comme une friandise.

en me disant que je n'étais plus un gamin dans la cour d'école. Que je n'étais plus au défi – si ce n'était avec moi-même. Bella devait être là-haut, au-dessus de ma tête. À hauteur du portail ouest de la cour de son château. Peut-être s'était-elle arrêtée un instant, avait-elle fermé les yeux et priait-elle à son tour, l'oreille tendue, à l'écoute du bruit de mes pas. Je restai indécis. N'arrivai pas à interpréter ce feu qui me consumait. Était-ce un signe pour me dire de fuir à toutes jambes et d'abandonner toute prétention de pouvoir séduire la belle Bella Spielmann ? Oui, ce devait être cela. Je ne devais pas être fait pour l'amour. Il me paraissait soudain plus confortable d'abandonner. Retrouver la tranquillité d'esprit que j'avais en arrivant ici. Bien profiter de mes vacances. C'était tout. Il ne m'en fallait pas plus. J'avais si peur de l'échec. Il était inutile de lutter avec mes peurs. Mais… Et si cette Bella était tout simplement la rencontre majeure qui allait donnait un sens à toute mon existence. Parce que, oui, l'idée de m'approcher d'elle pour l'embrasser m'effrayait au plus haut point. Et me faisait trembler, même. Mais j'en avais envie comme jamais je n'avais désiré quelque chose. Et n'était-ce pas cela le sel de la vie ? Apprendre à vivre avec cette boule permanente au ventre. Ne pas chercher à s'en débarrasser, mais au contraire l'entretenir. Ne pas espérer un jour pouvoir oublier son corps et accepter de vivre comme un funambule. Avancer d'un pas incertain. Du bout des pieds. Toujours être à deux doigts de chuter. Mais forcer l'autre à constamment lever les yeux pour nous voir évoluer. Et là, j'y étais bien sur mon fil. Mais je le sentais trembler à l'unisson avec chaque parcelle de mon corps. J'étais paralysé sur place. Il fallait pourtant bien que je bouge. Que je me mette à courir. Et vite. Mais de quel côté ?

– T'en pinces pour elle, hein ?

Je tournai la tête. C'était Henri, tout sourire, qui me donnait un coup d'épaule en portant son regard dans la même direction que le mien. Par son intervention, Henri venait de m'arracher à ma réflexion. À mon indécision. Tout en lui n'était que bienveillance à mon égard, mais il avait tout de même réussi, sans le savoir, à me faire tomber de mon fil.

– Pfff ! N'importe quoi ! m'indignai-je. Pourquoi tu dis ça ?

– Oh, Tienot ! s'esclaffa-t-il. Tu crois que je n'ai pas vu votre petit manège à tous les deux ?

Puis il me chatouilla le creux de la main du bout des doigts en poussant des gémissements aigus.

– Ben, vas-y ! Qu'est-ce que t'attends ? ajouta-t-il en constatant que ses pitreries ne parvenaient même pas à déclencher chez moi un simple sourire.

– Non, j'sais pas… me contentai-je de répondre.

Henri n'insista pas. Il m'attrapa l'épaule et, tout en m'accompagnant sur le chemin qui nous ramenait à notre baraquement, reprit d'une voix douce le refrain de Maria :

« Moi qui l'aimais tant, mon bel amour, mon amant de Saint-Jean,

Il ne m'aime plus, c'est du passé, n'en parlons plus. »

* *
*

En arrivant au dortoir, Jedjé était en train de comploter avec Robert et Papa.

– Bon, qu'est-ce qu'il y a, Jedjé ? l'interrogea Henri en s'adressant à lui comme s'il parlait à un camarade de classe. Tu mijotes un truc, j'le vois bien depuis tout à l'heure, et tu meurs d'envie d'en parler. Alors, vas-y, libère ta conscience !

Jedjé se retourna vers les autres comme pour leur demander leur assentiment.

– Bon ! finit-il par reprendre. Mais tu ne dis rien à tes parents, hein ?

– Même ce que je fais de mes journées quand je suis supposé être à l'école, je ne le raconte pas à mes parents, répondit Henri. Tu peux être tranquille sur ce plan-là !

Jedjé jeta un œil à l'intérieur pour s'assurer qu'il n'y avait pas d'oreilles indiscrètes.

– Ils t'ont dit ce que tu faisais ce soir ?

– Ouais ! Ils ont réservé une table dans un restaurant de La Napoule, d'après ce qu'ils m'ont dit.

– Chez la mère Terrats ! s'enflamma Robert. On sait, on l'a vu aller faire sa réservation.

– Et puis surtout, la patronne me l'a confirmé quand je suis allé lui demander ce que ton père voulait ! reprit Jedjé. Elle est sympa, d'ailleurs, cette femme, la mère Terrats !

– Allez, accouche ! s'impatienta (comme nous tous) Robert.

– Eh bien, du coup, la patronne m'a demandé si moi aussi je voulais faire une réservation. Alors, tu penses, j'étais bien embarrassé. J'étais incapable de lui dire que même si on le désirait vraiment, ses menus n'étaient pas dans nos moyens, que nous n'étions tous que de simples ouvriers mineurs, etc. Mais elle est lucide, la mère Terrats. Elle savait parfaitement à qui elle avait affaire. Et v'là t'y pas qu'elle me dit : « Écoute, mon gars, t'as une bonne bouille. Et moi, j'aurais grand plaisir à vous faire goûter ma bouillabaisse, à toi et tes amis. Bon, je ne te propose pas le menu, mais si on fait simple, juste une bouillabaisse et un quart de vin par tête, ça vous va ? » Elle m'a bien vu tout de suite lorgner sur sa carte, à la recherche du tarif de sa bouillabaisse. Mais elle a ajouté : « Tu oublies la carte ! Je te la fais à la moitié du prix qui est indiqué là. Mais attention, pas un mot de tout cela, hein ? J'ai quand même un commerce à faire tourner, moi ! » Du coup, j'ai appelé Alfred et Robert, leur ai fait part de la proposition, et nous avons dit oui. Et là, la femme nous demande : « Vous serez combien ? » Nous avons compté vite fait sur nos doigts, mais elle a un peu pâli que nous lui avons annoncé que nous étions à treize. Mais elle a fini par dire : « Bah, ça va, je ne suis pas superstitieuse... » T'imagines la tête de Chef-po... enfin, je veux dire de ton père, quand il va tous nous voir débarquer ce soir ?

– J'en jubile d'avance ! sourit Henri en se frottant les mains.

Puis nous nous préparâmes. Chacun de notre côté. Les Lassagne sortirent leurs plus belles tenues – tout contents de nous annoncer qu'ils avaient pour ce soir des projets et ne souperaient pas au château. Et nous, qui passions à tour de rôle à la douche pour la toilette des grands jours – qui passait aux yeux de Chef-pognon pour un simple besoin de se laver de toutes les contrariétés de la journée.

* *
*

Lorsque nous poussâmes la porte du restaurant, plusieurs clients étaient déjà attablés. Et parmi eux, les Lassagne.

Henri salua notre arrivée d'un sourire discret. Il ne dit pas un mot, voulant laisser la surprise à son père. Mais Chef-pognon avait toujours le nez collé à la carte. Et, à voir les rides d'expression qui lui striaient le front, il devait être en plein calcul quant à savoir ce qu'allait lui coûter ce repas. Une vraie épreuve pour un pingre tel que lui de s'imposer pareille soirée. Mais sa détermination première était de nous en mettre tous plein la vue. Je pouvais comprendre. Nous ne faisions guère mieux. Car même au tarif spécial dont nous bénéficiions, nous n'avions pas de raison d'abandonner pour un soir la pension complète du château autre que celle de venir enquiquiner Chef-pognon.

Nous nous efforçâmes de rester discrets. Ce monde n'était pas le nôtre, mais nous voulions démontrer notre capacité à nous adapter à toutes les situations. On nous accordait le privilège de côtoyer pour un soir le beau monde, à nous de nous en montrer dignes. Même Jedjé et Maria, en tête de cortège, réussirent l'incroyable performance de passer inaperçus. Un peu trop au goût de Jedjé, d'ailleurs. Il se rappela vite le but de notre soirée. Une bonne bouillabaisse, très bien. Mais montrer à Chef-pognon qu'il n'avait rien de plus que nous était pour lui autrement plus intéressant. Mais le porion ne captait toujours pas notre présence, toujours trop accaparé par sa lecture et ses calculs. Jedjé n'y tint plus. Jouer à cache-cache n'était pas dans ses cordes. Et il se réjouissait tant à l'idée de la tête qu'allaient faire Benoît Lassagne et son épouse qu'il prit les devants et s'écria à travers la salle :

– Hé ! Mais qui je vois, là ? Ne serait-ce pas notre porion favori avec toute sa petite famille ?

Jedjé s'était appliqué à bien articuler chacun de ses mots (à un point qu'il en avait perdu tout naturel). Mais le regard de Chef-pognon apparut (enfin) derrière sa carte, aussi outré que si Jedjé venait de lui faire honte en société en l'interpellant dans un patois bien appuyé et vulgaire. Le visage du porion devint rouge écarlate. Je crus même un instant que Jedjé allait oublier ses bonnes manières pour lui dire devant tout le monde : « Ben, qu'est-ce qu'y t'arrive, min tchiot loute ? Pète un coup, ça ira mieux ! » Chef-pognon aussi devait penser le dérapage possible. Son visage s'empourpra davantage, jusqu'à un point qui laissait maintenant croire que seule une saignée de l'oreille allait pouvoir définitivement le sortir d'affaire.

Sa femme, Jeanne, nous toisa l'un après l'autre, outrée à l'idée que nous ayons osé entrer dans ce restaurant juste pour les railler. Elle paraissait se dire que, si personne n'avait pu empêcher notre intrusion, on n'allait pas tarder à venir nous demander de bien vouloir sortir, que c'était ici un endroit calme et respectable, etc. Et que ce serait très bientôt à leur tour de rire lorsqu'on nous ferait savoir que nous n'étions pas désirés dans un aussi prestigieux établissement. Mais la teinture pivoine de son mari commença à déteindre sur elle quand elle vit la mère Terrats s'avancer vers nous, aimable, pleine d'égards, pour nous dire que notre table était prête et que nous pouvions la suivre.

Henri attrapa une carte et s'en masqua le visage. Peu lui importait de connaître le prix du filet de bar ou du pavé de rascasse au vin blanc. Ce qu'il voulait, c'était uniquement cacher l'irrésistible fou rire qu'il sentait monter en lui. Il me lança en douce un clin d'œil et leva son pouce en l'air.

Nous nous installâmes au fond de la salle, sur une table qui prenait toute la largeur du restaurant. La bouillabaisse nous fut servie avec générosité. Et pour nous tous, ce fut une belle découverte. Jedjé semblait se délecter comme jamais. C'est vrai qu'elle était bonne la bouillabaisse de la mère Terrats. Mais savoir que nous mangions la même chose qu'aux tables voisines (même si pour nous, c'était plat unique) à un prix qui n'avait plus rien de prohibitif, voir Chef-pognon sans cesse lorgner de notre côté dès que jaillissait un rire et avoir réussi à le rendre nerveux au point de lui gâcher sa soirée étaient autant d'éléments qui rendaient le régal de Jedjé encore plus grand.

– Cette bouillabaisse était à la hauteur de notre sacrifice financier ! s'extasia-t-il en essuyant avec un quignon de pain sa troisième assiette.

– T'as pas un tchiot dicton à ta façon pour une situation pareille ? ironisa Robert en lui servant un nouveau verre de vin.

Jedjé réfléchit un instant. Il se cura les dents avec le bout des ongles et dit :

– Non ! Mais, ce que je peux vous dire, c'est qu'après une boustifaille pareille, moi j'peux vous garantir que j'vais dormir comme un Noir !

Robert resta immobile, le goulot de la bouteille en l'air, sondant son ami pour voir s'il n'était pas en train de se moquer de lui.

– Et celui-là, c'est cadeau ! conclut Jedjé en donnant à Robert une petite claque amicale sur la joue.

* *
*

Lorsque Chef-pognon et sa famille se sont levés pour quitter le restaurant, nous n'avons pas poussé la persécution jusqu'à nous empresser de les suivre. La plaisanterie programmée par Jedjé avait déjà été bien au-delà de ses espérances. Il était inutile d'en rajouter.

Et puis la mère Terrats était des plus accueillantes. Elle ne voulait pas nous laisser repartir sans nous offrir un dernier verre. Elle insista tant que Robert ne put s'empêcher de demander à Jedjé ce qu'il avait dû faire pour nous obtenir tant de faveurs. Quand la patronne revint avec sa bouteille, un grand éclat de rire résonna à notre table.

– Vous savez ce que c'est, la farigoule, vous autres, dans le nord de la France ? nous demanda-t-elle dans un arpège qui laissait imaginer qu'un chœur de grillons allait bientôt venir la rejoindre pour l'accompagner.

– Hé oui, peuchère ! l'imita Jedjé en forçant l'accent. On a fait le marché de La Napoule, vous savez ! Et votre farigoule, on l'a bien reconnue. C'est du thym !

– Vaï ! Goutte-moi ça, mon gros ! lui rétorqua-t-elle en versant une larme de liqueur dans sa tasse à café. Mais doucement, hein ! Parce que ce thym (qu'elle s'efforça de prononcer sur le même ton que Jedjé, histoire de le charrier un peu à son tour), ça peut rendre fada ! Mon papa disait toujours : « Un verre de farigoule, et tu te perds dans La Napoule ! »

– Fatche de con ! s'exclama Jedjé, s'obstinant à rester dans la caricature malgré les larmes qu'il ne parvenait plus à retenir. Ça secoue sévère, vot' machin, là !

– Je dois avouer que c'est plus doux, d'ordinaire, justifia la mère Terrats. Mais là, c'est une recette spéciale. Secret de fabrication. Je savais que ça allait te plaire.

– Eh ben chez nous, on dirait plutôt : « Un verre de farigoule, et tu racontes des carabistouilles[1] ! »

1. *Des bêtises.*

Nous avons tous eu droit à une bonne goutte dans le fond de notre café. Puis une deuxième, sans café. J'ai ensuite vite perdu pied avec la réalité. Le vin que l'on m'avait versé pour accompagner la bouillabaisse. La farigoule qui avait mis le feu à mon estomac et m'avait échauffé la tête – une liqueur capable de faire pleurer Jedjé ne pouvait avoir sur moi que de terribles effets. Les voix me parurent soudain amplifiées alors que mes gestes ne m'appartenaient plus. Mes compagnons de virée semblaient eux aussi avoir perdu le contrôle d'eux-mêmes. Car comme une malédiction que nous aurait lancée la mère Terrats en évoquant le vieil adage de son père, je réalisai assez vite que nous nous étions bel et bien perdus dans La Napoule. Nous n'avions qu'un trottoir à longer sur la route du bord de mer, et malgré cela, nous n'étions plus sûrs d'être sur le bon chemin.

Un instant, je nous crus enfin arrivés au château. Mais une fois dans l'enceinte, nous ne reconnaissions plus rien. Tous nos repères s'étaient envolés.

Robert se mit à râler sur Jedjé :

– Tu vois, si ça s'trouve, avec tes conneries, c'est Chef-pognon qui s'est dépêché de rentrer pour tout chambouler. Pour s'venger. Et maint'nant, on n'est plus foutus d'artrouver nos pieux.

– Mais… C'est pas no… c'est pas notre château, ça ! bredouilla Papa.

– Ben… qu'es-ce tu veux qu'ce soit ? s'étonna Jedjé en zieutant tout autour de lui.

Jedjéja, lui, prit place sur un banc en attendant qu'on se décidât.

Je partis dans un grand rire. Car je réalisai que non, ce n'était pas notre château. C'était l'autre. Celui qui appartenait aux Américains. Et alors qu'un grand mur cernait la propriété, nous avions trouvé – par je ne sais quelle magie – un passage et errions dans son immense jardin. Je n'arrivais plus à m'arrêter. Mes larmes coulaient. Nadine, Maria et Maman s'esclaffèrent à leur tour. Elles avaient les joues rouges comme si elles venaient de s'activer en plein hiver autour d'un feu à charbon chauffant à plein régime. Les enfants se rassemblèrent autour de nous et se mirent à hurler à leur tour – même Piotr – tant la situation les excitait. Tant ils sentaient leurs parents – et surtout leur mère – dans un état d'abandon qui ne leur était pas coutumier.

Une lumière apparut à une fenêtre. Nos cris et rires venaient d'arracher le château à son sommeil. Nous prîmes les jambes à notre cou, aussi apeurés et hilares que si nous nous retrouvions tous avec des saucissons plein les mains et que nous venions de réveiller le charcutier. Par le même miracle que celui qui nous avait permis de rentrer, nous nous retrouvâmes aussi soudainement dans la rue. Alors nous avons couru. Loin. Très loin. Trop loin. Car alors que nous étions tous à la recherche de notre souffle, les mains en appui sur les cuisses, Maria – qui fermait la marche – nous rejoignit, haletante. Elle prit à son tour la même posture. Puis elle se releva brusquement, balaya la rue d'un regard affolé et s'écria :

– Et Jedjéja ! Il est où ?

XXVI

UNE VISITE DES ÎLES DE LÉRINS était au programme de ce nouveau jour.

Je retrouvai donc mes amis mineurs, bien décidée à passer encore une fois cette journée en leur compagnie.

– Je vous ai cherchés partout, hier soir, déclarai-je à Tienot en les retrouvant après le petit déjeuner. Vous étiez où ?

– Nous avons soupé à l'extérieur, me répondit Tienot, confus. Nous sommes rentrés… tard dans la nuit.

Puis il me raconta leur repas chez la mère Terrats et les difficultés qu'ils avaient rencontrées pour rentrer au château.

– Comment avez-vous fait pour vous perdre dans La Napoule ? Ce n'est quand même pas si grand que cela.

Tienot balbutia une réponse des plus nébuleuses, à l'image de ce que devait être encore son esprit de si bon matin. Ses yeux fatigués en attestaient. Mais ils retrouvèrent une lueur malicieuse lorsqu'il me raconta leur intrusion dans les jardins de Mme Clews et la fuite effrénée qui leur avait fait oublier le père de M. Jedjé sur place.

– Et… ça va ? m'inquiétai-je. Vous l'avez retrouvé ?

– Oh oui ! répondit Tienot, alors que des larmes de rire perlèrent à ses yeux. Il n'avait pas bougé d'une oreille. Il s'était paisiblement endormi sur son banc. Et il s'est mis à râler quand on lui a dit qu'il ne fallait pas rester là.

Maria nous rejoignit. Elle ne portait sur elle qu'un short minuscule et un t-shirt sans manches qui lui moulaient le corps.

– T'as pas peur d'attraper froid comme cela ? la railla Robert Lamendin.

– Oh non ! répondit-elle. J'ai eu trop chaud, hier. Là, au moins, je serai à l'aise.

– Et tes hommes, qu'est-ce qu'ils font ?

– Jedjé et Piotr arrivent. Mais Jedjéja, lui, il préfère finalement rester ici ! C'est que ça finit par le fatiguer toutes ses sorties.

– On a vu ça, rétorqua aussitôt Robert. Dès qu'on le pose quelque part, il s'endort.

Alors que nous étions maintenant tous rassemblés dans la cour du château, nous vîmes un homme qui sortait du virage de la route montant jusqu'à nous. C'était Maurizio. Toujours engoncé dans sa blouse blanche et la casquette vissée sur la tête. Ses dernières foulées lui semblèrent pénibles et il se présenta à nous tout dégoulinant de sueur.

– Hé ! l'accueillit M. Jedjé. Regardez qui va là ? C'est notre chauffeur préféré ! Tu vas rester avec nous toute la journée, c'coup-ci ?

Maurizio lorgna du côté des bureaux et lança aussitôt un regard suppliant à M. Jedjé, lui réclamant de ne pas en dire plus.

– Pourquoi ils nous ont commandé un car ? s'indigna Robert. On peut quand même descendre jusqu'au port à pied, non ?

– Oui, bien sûr ! répondit Maurizio. Je ne suis pas venu vous chercher en autocar. C'est juste que c'est moi qui vais être votre guide tout au long de cette journée.

On sentit en M. Jedjé une forte envie de répliquer. Mais il n'en fit rien, sans doute soudainement attendri par le regard éploré du vieil homme.

Nous nous mîmes en route.

Je tournai la tête vers Tienot et lui souris.

Il me sourit en retour et m'attrapa la main. Il avait lui aussi le regard suppliant. Comme s'il implorait mon pardon. Mais que voulait-il que je lui pardonne ? De m'avoir laissée seule au château hier soir, sans me prévenir ? J'eus l'impression qu'il devait s'agir de tout autre chose mais n'en trouvai pas la raison. Je me fis alors douce. Pour le rassurer. Pour qu'il sache qu'il n'avait rien fait qui eût pu me froisser. Et je sentis qu'il reçut parfaitement le message car ses doigts se décrispèrent.

Nous marchâmes à vive allure pour descendre jusqu'au port, le pas cadencé par les chants de M. Jedjé et de Maria qui s'en donnèrent à cœur joie tout au long de la route. Le moins que l'on pût dire était que nous fîmes dans le centre-ville une entrée des plus remarquées.

En arrivant sur les quais, Maurizio leva la main pour faire stopper tout le cortège, à l'image d'un tambour-major ordonnant avec autorité une halte à sa clique.

– Vous ne bougez pas d'ici, ordonna-t-il, je vais voir pour récupérer les billets !

Il revint au bout de quelques minutes avec un rouleau de billets à la main qu'il distribua un à un. Puis il prit la tête de la file et nous mena jusqu'au ponton du service des îles. Un grand panneau annonçait les différents départs. Certains pour Sainte-Marguerite. D'autres pour Saint-Honorat. Et un système de navettes qui avait également été mis en place entre les deux îles.

Un bateau était en train d'opérer une manœuvre pour accoster le long du ponton. Une fois qu'il fut stabilisé, nous montâmes à bord. Le temps de la traversée, Maurizio – visiblement plus à l'aise dans son rôle de guide que dans celui de chauffeur – nous apprit que les îles qui nous attendaient composaient l'archipel lérinien, qui séparait notre golfe de La Napoule de celui de Juan. Et il nous invita à nous retourner vers le continent afin d'admirer les chaînes des montagnes environnantes. Le massif des Maures, l'Esterel, les Préalpes de Castellane, le Cheiron et les sommets de l'ancien comté de Nice – surmonté au loin par les cimes enneigées du Mercantour – formaient une large barrière rocheuse. Maurizio disait qu'il s'agissait de remparts naturels qui s'étaient dressés là pour protéger les nombreuses richesses dont la Côte d'Azur regorgeait.

* *
*

Nous abordions déjà la côte de l'île de Saint-Honorat. La plus éloignée, mais la plus petite des deux îles à visiter. Ce qui allait nous laisser le temps d'en faire le tour avant le déjeuner, nous réservant ainsi l'après-midi pour Sainte-Marguerite, quatre fois plus grande.

– Nous sommes au nord de l'île, annonça Maurizio en rassemblant le groupe. Nous allons emprunter le petit chemin côtier qui se trouve là afin de rejoindre la partie opposée, au sud, où se trouve le monastère de Lérins, que nous pourrons alors visiter.

– Et c'est loin ton monastère, là ? demanda M. Jedjé en sortant un grand mouchoir à carreaux de sa poche pour s'éponger le front qu'il avait déjà tout ruisselant.

– Bah ! Ça fait quoi… un kilomètre, un kilomètre et demi. Pas plus.

– Bon, ça ira, alors.

Nous nous mîmes en route, empruntant un petit chemin de terre qui faisait une trouée au cœur des pins maritimes et parasols encadrant les champs cultivés du monastère. Nous passâmes une première petite chapelle. Puis, très vite, une deuxième sur notre droite, en ruines. C'est en apercevant la troisième, quatre cents mètres plus loin, que Robert Lamendin s'exclama :

– Ben dis donc ! Ils ont autant de chapelles sur leur île que nous de troquets entre la fosse et le coron !

– Qui sait ! répliqua M. Jedjé. P'têt bien qu'ils y planquaient leur pinard, les soldats de Dieu. Comme ça, hop ! Une tchiote lichette tous les cinq cents mètres en rev'nant des champs… Comme nous quand on r'vient de la mine, quoi ! Remarque, ce n'est pas moi qui vais les en blâmer, parce que là, je s'rais pas contre m'en j'ter un derrière la savate…

– Derrière la savate ? Ben tiens ! se mit à rire Robert. C'est pour ça que vous, les Polonais, vous arrivez autant à boire. Parce qu'en fait, vous, vous vous les jetez derrière la savate ! Ça ne saoule pas !

– Mais non, tas de mécréants ! s'indigna Maurizio. Ce sont vraiment des chapelles destinées à la prière. Il y en a sept tout le tour de l'île. Le monastère a longtemps été appelé « la pépinière d'évêques ». Il en venait de toute l'Europe, des abbés et des évêques. Une retraite ici avait la même valeur purificatrice qu'un voyage en Terre sainte. Mais pour recevoir l'indulgence, il fallait faire le tour de l'île, pieds nus, et s'arrêter à chacune des sept chapelles pour y expier ses fautes.

– Ouais, elle a bon dos la prière ! s'acharna M. Jedjé.

Maurizio n'insista pas et rejoignit le groupe de tête qui longeait déjà le mur d'enceinte de l'abbaye.

En nous présentant devant la porte d'entrée, un abbé nous arrêta. Voyant que Maurizio menait le groupe, il lui demanda de venir avec lui. Ils s'écartèrent du groupe et se mirent à discuter tout en lorgnant de notre côté.

– Qu'est-ce qu'ils se racontent ? me demanda Tienot. On dirait qu'ils complotent sur notre dos.

– Je n'en sais rien, lui répondis-je.

– Comme ils sont là, intervint Henri, ils sont en train de voir si les cachots du monastère sont assez grands pour pouvoir tous nous y jeter dedans. J'ai vu un film comme ça, où toute une bande de moines…

– Je préfère ne pas savoir ! l'interrompis-je en frissonnant.

C'était vrai qu'ils en devenaient inquiétants. Ils se parlaient en faisant de grands gestes et ne cessaient de se retourner sur nous en nous lançant des regards en coin.

Maurizio sembla abdiquer. Il haussa les épaules, revint vers le groupe et interpella Maria :

– Impossible pour vous d'entrer dans cette tenue. Le short est interdit pour les dames…

– Comment ça, moi je ne peux pas rentrer ! s'insurgea Maria. Je ne suis quand même pas venue jusque-là pour me faire refouler à la porte. Et un homme, lui, il peut ? Qu'est-ce que c'est que cette règle ? Appelez-moi le directeur du monastère, je vais lui faire entendre raison, moi. C'est vrai, quoi ! Ils ne s'imaginent quand même pas…

Sans dire le moindre mot, et laissant Maria s'agiter tout en troublant le calme monastique des lieux comme jamais il n'avait dû l'être, Maurizio retira sa longue blouse blanche pour la passer sur Maria. Il tourna la tête vers l'abbé pour recevoir son assentiment. Le garde ecclésiastique donna finalement un coup de tête approbateur et nous laissa passer.

Henri s'infiltra entre Tienot et moi tout en fixant Maria qui marchait devant nous.

– Un œuf ! marmonna-t-il. Un œuf géant avec deux petites pattes boudinées…

Et alors que l'endroit réclamait calme et recueillement, nous éclatâmes tous les trois de rire. Sur le bord de la grande allée, l'abbé semblait déjà regretter d'avoir cédé. Il trépignait sur place, prêt à tous nous demander de sortir de l'enceinte et de passer notre chemin. Mais il lui fallait pour cela élever la voix pour être entendu, et la chose lui paraissait impossible. Et avant qu'il arrive à prendre une quelconque décision, nous entrions déjà dans le premier bâtiment.

Une petite heure à l'ombre des murs épais du monastère nous avait apporté une fraîcheur salvatrice. Le contraste fut saisissant en ressortant. La chaleur nous parut même étouffante lorsque l'abbé referma sur nous – avec un apparent soulagement – la lourde porte d'entrée. Sans attendre Maurizio qui déshabillait de force Maria afin de récupérer sa blouse blanche, nous suivîmes spontanément la seule voie possible que nous proposait le petit chemin côtier. Nous étions venus du nord de l'île et l'avions suivi en passant par l'ouest, il ne nous restait donc plus qu'un choix possible : à gauche, direction l'est. Nous nous installâmes près de la forteresse, sur les rochers. Là où les vagues venaient s'écraser, provoquant un turbulent ressac tout en diffusant sur nous une brume rafraîchissante.

– L'île n'a pas beaucoup de relief, fit remarquer Alfred Marquet, le père de Tienot. Si on ne veut pas pique-niquer en plein cagnard, on devrait peut-être profiter de cette longue bande ombrageuse que nous offrent ces pins, là, juste derrière nous. Parce qu'après, j'ai bien l'impression que ce n'est que du caillou pour retourner au port.

Chacun accueillit la proposition avec enthousiasme. Et puis les paniers et sacs commençaient à être encombrants. L'idée de s'en délester fit forcément l'unanimité.

– C'est quoi ces rochers qu'on voit sortir de l'eau, là-bas ? demanda M. Jedjé. Une autre île ?

– Oui, lui répondit Maurizio. C'est l'îlot Saint-Ferréol. De même que là-bas, dans une configuration identique, vous pouvez apercevoir l'îlot de la Tradelière, attenant lui à Sainte-Marguerite… Ils sont inhabités, bien sûr, on peut le deviner d'ici.

* *
*

L'île Sainte-Marguerite était la grande sœur de celle que nous avions parcourue le matin. Entièrement boisée de pins et d'eucalyptus en son intérieur, elle possédait elle aussi son chemin côtier, mais sur un périmètre trois fois supérieur à celui de Saint-Honorat.

Le clou de la balade était son fort royal, érigé sur une falaise rocheuse de la côte nord de l'île, face à la rade de Cannes. Autant le monastère et son abbaye avaient le matin finalement peu passionné le groupe, autant là, les yeux se mirent à briller lorsque Maurizio annonça que ces murs avaient abrité l'homme au masque de fer. On ne visitait plus un bâtiment de vieilles pierres, mais la geôle de celui qui était considéré comme le plus illustre et le plus énigmatique prisonnier de l'histoire de France. Chacun y alla de sa petite spéculation. Tout au long de la visite, les noms les plus divers fusèrent quant à l'identité réelle du prisonnier – à supposer qu'il ait réellement existé. Frère jumeau de Louis XIV pour beaucoup. Son fils pour d'autres. Certains soutenaient *mordicus* qu'il s'agissait tout simplement d'un amant de la reine. Mais le duc de Beaufort, Henri II de Guise ou d'Artagnan avaient aussi leurs partisans. Il y en avait même pour affirmer qu'il s'agissait de Molière…

– Onze années, il est resté enfermé ici ! s'enflamma Maurizio. Jusqu'à ce qu'on l'emmène à la Bastille.

– Pourtant, s'ils voulaient préserver son anonymat, intervint Robert Lamendin, ils avaient quand même meilleur compte à le laisser croupir ici, non ?

– Oui, sûrement, parce qu'ici, il faut vraiment venir exprès. Peu devaient s'y aventurer, à l'époque. Mais l'officier chargé de sa garde, M. de Saint-Mars, l'a emmené avec lui lorsqu'il a été nommé gouverneur de la forteresse parisienne.

Nous passâmes par petits groupes dans ce qui était supposé avoir été la cellule de l'homme au masque de fer. Je trouvai l'endroit oppressant et ne m'y attardai pas trop, retournant assez vite dans le couloir et laissant Tienot et Henri à leur morbide fascination pour ces vieux murs et les histoires qu'ils colportaient. Devant la porte, un tableau avait été posé sur un chevalet. Une peinture représentant le célèbre prisonnier dans son quotidien d'entravé sur l'île Sainte-Marguerite. S'agissait-il pour lui d'une prison dorée ? Était-il d'un rang qui exigeait qu'on eût pour lui certains égards ? Car s'il était bien affublé de ce terrible masque – qui empêchait de le reconnaître et le privait de son identité –, s'il était bien assigné à résidence, il était loin d'être représenté croupissant au fond d'un sinistre cachot. Mon regard passait du tableau où apparaissaient luxe et lumière à la cellule que j'avais sous les yeux, dans la réalité, avec son inconfort, son austérité, son obscure froideur.

M. Jedjé restait planté devant le chevalet, lui aussi visiblement des plus dubitatifs. Puis son visage craquela pour laisser place à la mine facétieuse qu'il pouvait avoir quand il était sûr de tenir une bonne blague.

– Hé, Maria ! T'as vu ? cria-t-il. C'est ça qu'y te faudrait ! Ça ferait un chouette bâillon ! Tu veux que je leur demande s'ils font pension complète, ici ?

– Ah ! Ah ! Ah ! s'exclama Maria dans une parodie de rire. Ça t'amuse, ça, hein, gros ballot ? Mais tu te trompes. Tu n'as pas bien regardé. Le menton est libre. Ben oui, comment voulais-tu qu'il mange, sinon ? Et si le menton est libre… Eh bien, il pouvait parler ! Il n'en avait peut-être pas envie, mais il pouvait. Donc tu peux toujours t'amuser à m'offrir un masque identique, ce n'est pas encore ça qui me fera taire. Parce que si tu réfléchis bien…

– Attends ! Attends, chut ! l'interrompit Robert Lamendin, le regard affolé. Écoute !

Qu'avait-il donc bien pu entendre pour sembler soudain si apeuré ? Il tendit une main ferme dans le vide pour tous nous inviter à garder le silence. Je m'arrêtai de respirer, craignant de troubler l'attention demandée. Nous étions tous aux aguets. L'oreille tendue vers toutes manifestations sonores, aussi infimes pussent-elles être. Mais, rien. Juste un silence pesant.

– Ah, oui ! soupira d'aise Robert. C'est ce qu'il me semblait… c'est mieux comme ça !

Et il partit dans un grand rire sous les protestations malgré tout amusées de Maria.

En sortant des bâtiments, il fallut un certain temps pour que mes yeux s'acclimatent à la lumière vive du soleil encore très haut dans le ciel.

Je passais du bon temps avec le groupe, depuis leur arrivée. Je ne pouvais pas dire que le temps me durait. Mais je commençais en même temps à ressentir une certaine frustration. Je n'allais pas me mentir plus longtemps, Tienot me plaisait. Il se dégageait de lui une douceur qui me touchait, me séduisait, m'attirait. Mais même si je devinais en lui des sentiments identiques à mon égard, je sentais également que jamais il n'irait plus loin tant qu'il y aurait tout ce monde autour de nous. J'avais moi-même une certaine pudeur qui me poussait à continuellement refuser le tête-à-tête avec autrui, par crainte de trop me confier, de trop me dévoiler. Et il m'était à moi aussi plus confortable de me noyer au sein d'un groupe. Mais là – et j'en étais la première surprise –, je me sentais en demande d'une plus grande intimité. C'était pour moi un élan si inédit que j'en fus troublée. Ce soudain besoin d'être à l'écoute de ce que réclamaient à la fois mon cœur, mon corps et mon âme me paralysait. Tout était si simple dans ma tête. Et tout si compliqué dans sa réalisation. J'attendais désespérément un geste de la part de Tienot. Mais jamais il ne venait. Et pourtant, la simple idée de le sentir effleurer mon cou du bout des lèvres après m'avoir susurré un mot doux à l'oreille me faisait d'ores et déjà frissonner. L'imaginer me prendre dans ses bras pour m'embrasser avec fougue me faisait trembler. J'appréhendais mais désirais si ardemment qu'il trouve enfin le courage de me manifester un peu de tendresse. Un peu d'amour…

De retour au château, nous restâmes – Tienot et moi – un instant plantés dans la grande allée, les yeux dans les yeux. Chacun attendant que se présente la moindre opportunité pour s'autoriser à prolonger un peu du bonheur simple que nous éprouvions d'être ensemble.

J'allais m'exprimer, mais Tienot me devança :

– Pépino nous emmène à la pêche, demain matin. Tu... Tu veux venir avec nous ?

– Non ! répondis-je, déçue. Tu sais, le bateau de Pépino, je ne le connais pas, mais j'imagine que c'est un tout petit bateau. Et vous devez déjà être au complet.

Les capacités d'accueil du bateau de Pépino ne devaient pas permettre à chacun de lancer ses propres invitations. Et puis je n'allais quand même pas lui avouer que je détestais la pêche et que je n'avais absolument pas le pied marin.

– Tu... Tu veux que je reste avec toi ? bégaya-t-il.

– Non ! protestai-je aussitôt en posant ma main sur son bras pour tenter d'apaiser son apparente nervosité. Je t'en prie. Va faire ton tour en bateau. Ça vous prendra quoi, la matinée ? Nous aurons bien assez de tout l'après-midi pour nous voir ensuite.

Il avait l'air contrarié.

– Et ce soir, tu fais quoi ? me demanda-t-il.

– Ce soir ! Eh bien, rien de particulier. Pourquoi ?

– Ben... On pourrait peut-être se retrouver après le souper.

– Oui, mais bien sûr, répondis-je enthousiaste. Pas de problème !

Et soudain mue par une audace folle, je me penchai vers lui et lui déposai un baiser sur la joue. Je sentis aussitôt le rouge me monter au front. Je lui tournai alors le dos et m'éloignai rapidement en agitant la main en l'air pour le saluer, n'osant plus me retourner. Mais j'étais à peu près certaine, sans le voir, d'avoir plongé Étienne Marquet dans une confusion tout au moins équivalente à celle qui m'empourprait le visage.

XXXVII

Encore un réveil avant le lever du jour. Ces vacances allaient finir par m'épuiser. Mais une partie de pêche en mer ne se refusait pas. Même si j'étais loin d'être un spécialiste en la matière. Même si mon expérience de pêcheur se limitait à une seule et unique tentative. C'était au printemps dernier. Dans la Deûle. Enfin, le canal de Souchez – que nous, nous appelons canal de Lens. J'avais accompagné Papa. Lui-même était d'ailleurs un bien piètre pêcheur. Peu aguerri à l'exercice. Mais en 1943, un arrêté avait déclaré urgent et d'utilité publique l'aménagement du canal. Et c'était seulement cette année que les travaux d'abaissement du plan d'eau avaient pu débuter. La navigation suspendue, la Deûle s'était alors – aux dires des pêcheurs chevronnés – mise à grouiller de poissons.

Papa était un jour rentré tout excité de la fosse.

– Tu te rends compte ? avait-il dit à Maman. Les gars me disent qu'il suffit d'y aller, de poser sa ligne, et tu reviens avec des ablettes, des anguilles, des gardons, des perches… Le gros Dédé dit même y avoir attrapé un sandre, l'autre jour !

Il avait annoncé cela au comble de l'exaltation. Normal, il en avait assez de devoir toujours subir la règle des tickets de rationnement. Toute nouvelle combine lui permettant de varier les plaisirs de notre garde-manger était la bienvenue. Mais chez les Marquet, notre connaissance du poisson se bornait à ce qu'il nous était possible de trouver le mercredi sur le marché de la rue de Courtaigne, pas plus. Nous étions bien incapables de saisir la teneur d'une pareille nouvelle. Était-ce l'annonce d'une véritable mine d'or ? Une simple et affligeante banalité ? Mais portée par un si bel enthousiasme, j'avais aussitôt accepté la proposition de Papa de l'accompagner. Nous avions alors bricolé des cannes de contrebande afin de nous rendre sur les bords du canal. Là-bas, on nous avait aussitôt démontré qu'une fois la ligne dans l'eau, il ne fallait que quelques secondes pour la ressortir avec au bout un poisson frétillant. Un jeu d'enfant. Pour tous. Tous, sauf pour Papa et moi, visiblement. Parce que pour nous, rien. Pas même une touche. À croire que les poissons avaient dès notre arrivée décelé notre amateurisme et avaient pris comme une offense notre proposition de venir jouer avec eux. Pourtant, tout autour de nous, il ne se passait pas trente secondes sans une nouvelle prise. Une véritable compétition s'était même naturellement installée avec nos voisins de Loison-sous-Lens qui avaient eu la même idée sur la rive d'en face. Pour ma part, j'avais trouvé tout cela très vite ennuyeux. Mais Papa, lui, s'était obstiné. Et il avait eu droit à une véritable ovation quand il avait soulevé sa ligne avec au bout une anguille remuant dans tous les sens. Jamais je n'avais vu Papa si fier qu'à cet instant. Mais un orgueil trop tôt exprimé. Et sa gloire n'avait été que de très courte durée. Il avait appris à ses dépens que la partie ne pouvait être considérée comme gagnée qu'une fois la proie dans la besace. Lui avait relâché l'attention sitôt le poisson hors de l'eau. Pour savourer crânement les acclamations que ce que chacun avait considéré comme un exploit avait suscitées tout autour de lui. Même l'anguille avait voulu participer à la liesse générale, s'agitant tellement qu'elle avait fini par décrocher pour retourner de là où elle venait. La scène avait bien fait rire tout le monde. Même du côté de Loison. Et Papa avait à partir de cet instant fait l'objet de toutes les attentions tant sa maladresse et sa guigne avaient ravi les esprits railleurs. En fin de journée, il nous avait fallu compter sur la générosité de nos camarades de pêche pour ne pas rentrer bredouilles. Papa n'avait pas tenu à s'exprimer le temps de la route. Mais sans qu'il m'ait demandé quoi que ce soit, je n'avais rien dit face aux félicitations enthousiastes que Maman nous avait faites en voyant notre besace pleine de poissons frais. Et je crois bien que Papa m'en avait su gré. Mais je crois bien aussi que, depuis, jamais il n'avait ressorti les cannes. Il ne m'avait en tout cas pas une fois proposé de l'accompagner à nouveau le long du canal. Et c'était tant mieux, parce que, mis à part le fait que j'avais bien ri comme tout le monde de l'action d'éclat de mon père, je devais bien reconnaître m'y être longuement ennuyé.

Mais là, Pépino nous avait invités à aller pêcher en mer. À aller taquiner les poissons qui baignaient près des côtes méditerranéennes. Et lorsque Jedjé nous avait proposé de les accompagner, Henri s'était aussitôt enthousiasmé. Alors j'avais suivi, faisant fi du peu d'intérêt qu'avait pour moi pareille activité. Et puis, moi, j'y voyais surtout une sortie en mer. Une aventure comme jamais je n'aurais l'occasion d'en vivre à Noyelles. Et c'était tout ce qui comptait.

* *
*

Il était 5 heures du matin. Jedjé, Robert, Papa – qui semblait serein, loin de son expérience malheureuse de pêche dans la Deûle et vraiment assuré qu'il ne pouvait qu'en être autrement avec les poissons d'eau de mer –, Henri et moi attendions en silence l'arrivée de Pépino.

– C'est bien, vous êtes tous là ! haleta-t-il comme s'il avait couru pour arriver au port. On va pouvoir y aller.

Nous montâmes à bord d'un petit bateau à fond plat. Nos têtes se mirent à trembler au rythme des pétarades du moteur que Pépino avait eu le plus grand mal à démarrer. Puis ce dernier dénoua une grosse corde qui retenait son embarcation, la jeta à nos pieds et fit slalomer son bateau entre d'autres.

– Ben dis donc ! s'exclama Jedjé. On voit que t'es un enfant du pays. Tu pourrais le mener les yeux fermés ton bateau. Parce qu'honnêtement, je t'avoue que moi, là, je n'y vois que dalle.

– *Ma... qué*, un enfant du pays ? protesta Pépino. Mon nom c'est Pépino Bottazzi ! Tu trouves que c'est un nom du pays, ça ?

– Ben... J'sais pas trop quels noms vous avez dans l'coin.

– Non, reprit Pépino. Bottazzi, c'est italien. Ma famille vient de Turin, la ville piémontaise de l'autre côté des Alpes. D'ailleurs, vous saviez que le Piémont doit son nom à sa situation au pied des Alpes ? Au pied du mont...

– Ah... Non, je n'en avais pas la moindre idée, avoua Robert.

Mais très honnêtement, aucun de nous ne s'était jamais posé la question, pour la simple et bonne raison que c'était la toute première fois que nous entendions parler du Piémont.

– C'est à mon grand-père, Giuseppe, que l'on doit notre présence en France. Giuseppe faisait partie des ouvriers italiens à avoir œuvré sur la percée du tunnel de Fréjus. Une fois les travaux terminés, il avait vu en cette porte ouverte sur la France la voie à suivre, se disant que c'était dorénavant de l'autre côté des Alpes que se jouait notre destin. Giuseppe a donc dès 1881 traversé la frontière avec femme et enfants. Parmi eux, mon père, Luigi, qui avait alors huit ans. Giuseppe trouva très rapidement du travail dans les mines cévenoles. Au puits Ricard. À La Grand-Combe, dans le Gard.

– Alors comme ça, tisaut aussi, vous êtes des mineurs ? s'enthousiasma Jedjé.

– Oui, enfin, mon grand-père l'a été ! répondit Pépino en haussant la voix pour bien se faire entendre malgré le bruit conjugué du moteur et des vagues qui venaient claquer contre la coque. Vous pensez bien, il avait fait partie de ceux qui avaient creusé des galeries pour construire un tunnel sous les Alpes. Il pouvait donc tout à fait creuser les entrailles de la terre cévenole. Et puis, la gratuité du logement, du chauffage, des soins, la scolarité des enfants… Il n'y avait pas mieux pour s'installer quand on venait d'un pays étranger. Ça a duré quelques années, le temps pour mon grand-père de réaliser qu'en restant à La Grand-Combe, le seul avenir possible pour ses enfants était de se faire à leur tour enrôler à la mine. Mon père est d'ailleurs descendu, lui aussi, pendant quelques mois. Mais *Grand-Pa* Giuseppe étant pris des poumons, il ne voulait pas que ses enfants passent leur vie à creuser la terre comme lui l'avait fait. Quitte à la travailler, autant le faire en surface. Il avait entendu dire que, près de la mer, la récolte du mimosa se faisait à très grande échelle et qu'on y réclamait sans cesse de la main-d'œuvre. La mer, plus un travail dans une exploitation au grand air. C'était la combinaison idéale. Et ils sont arrivés à Mandelieu. Ils ont longtemps vécu de petits boulots à droite à gauche. Le mimosa, bien sûr, mais aussi la pêche en mer, le liège… Tout ce qui se présentait. Ce n'était pas le travail qui manquait. La ville était en plein essor. Mon père a même participé à la prolongation de la ligne de tramway de Cannes jusqu'à Mandelieu. Il m'a toujours avoué aimer cette liberté qu'il avait à cette époque de pouvoir passer d'un travail à un autre, se laisser aller au gré de la demande. Mais ma mère, elle, avait plus d'ambition. Elle voulait s'installer. Le travail acharné de mon père leur avait permis de se constituer un petit pécule, il fallait saisir l'opportunité d'avoir son affaire à soi. Surtout au sein de cette ville où les touristes affluaient toujours plus nombreux. Ils ont donc acheté ce café, près de la gare. Et moi, en toute logique, j'ai pris la relève.

– Ils ont fait le bon choix, non ? intervint Robert. C'est une bonne affaire ton bistrot.

– Ça oui, approuva Pépino. Je ne vais pas me plaindre. Déjà du temps de mon père c'était une très belle affaire. Je n'ai eu qu'à le maintenir à niveau. Ah, ça n'y paraît pas, comme ça, mais c'est du boulot, je peux vous l'assurer. Mais pour rien au monde je ne voudrais faire autre chose. Et je suis content que mes parents aient eu le temps de me voir heureux dans ce qu'eux avaient réussi à construire.

– Ils... Ils sont morts, aujourd'hui ? demanda Papa du bout des lèvres.

– Hé, oui ! s'exclama Pépino dans un soupir. Tous les deux avant cette foutue guerre. Au moins ils n'auront pas vu tout ça. Mon père, je ne l'avais jamais vu malade de toute ma vie. Pas même un rhume. Et la première fois lui a été fatale. En 1938, en trois mois qu'il est parti. Et ma mère l'a suivi six mois plus tard. Elle n'avait rien, elle non plus. Mais je crois qu'elle aimait tellement mon père qu'elle s'est laissée mourir de chagrin de ne plus avoir son Luigi à ses côtés. Bah, mais je vous sape le moral avec mes histoires, moi. Faudrait quand même pas oublier qu'on est venus pour taquiner la daurade. Regardez, on va s'installer là, en face des calanques.

Moi, elles ne m'embêtaient pas du tout ses histoires à Pépino. Bien au contraire. Son récit me berçait. Mais là, ce qui me berçait maintenant, c'était le ressac de la mer. Les vagues – pourtant pas très hautes – passaient sous notre bateau, le soulevaient, l'agitaient, puis allaient taper contre le mur de roche de la crique pour revenir nous secouer une nouvelle fois. Je sentis la nausée me gagner. Tout le temps du trajet, plongé dans la semi-obscurité de l'aurore et surtout attentif aux histoires de Pépino, je n'avais pas éprouvé la moindre indisposition. Mais maintenant que le soleil se levait et que notre attention n'était plus portée que sur les gestes de notre hôte – qu'il nous invitait à imiter –, je semblais seulement prendre conscience de l'endroit où je me trouvais. Ce n'était pas la pleine mer, et les éléments n'étaient pas non plus déchaînés, mais cet incessant tangage finit par me retourner l'estomac. Et avant d'avoir pu prononcer un mot pour signaler mon malaise, je passai la tête par-dessus bord et me délestai de mon petit déjeuner.

– Hé, tchiot ! s'écria Jedjé. Pépino n'a pas encore donné le feu vert pour appâter !

Je les entendis s'esclaffer. Mais je n'avais pas le cœur à partager leur hilarité. Et je saluai leurs rires par une nouvelle excrétion.

– Oh, la vache ! T'es tout vert ! s'écria Henri.

J'étais incapable de dire depuis combien de temps nous étions là. Trop longtemps, à mon goût. Bien trop longtemps. Je passai la matinée la tête au-dessus du bastingage. Paré à toute urgence. Le cœur au bord des lèvres, au point de le sentir battre dans ma tête. Je tentai bien quelques fois de me lover à l'intérieur du bateau, contre la coque et la tête entre les jambes. Mais il suffisait que Robert me demande si je voulais grignoter quelque chose, que Jedjé me colle sous le nez une daurade frétillant au bout de sa ligne, qu'Henri me tape sur l'épaule ou que Papa me demande simplement si j'allais bien pour que je bondisse et offre à la Méditerranée une nouvelle livraison, même si je n'avais plus à offrir que l'amère bile sécrétée par mon foie.

Tout le temps que dura notre retour au port, Pépino, tout en manœuvrant, reprit le récit de sa vie. Je tentai de m'accrocher à ses paroles. Il parla de son mariage. De ses enfants. Malgré tout l'intérêt que j'y portais, je ne parvins pas à capter la moitié de son histoire. Je restai prostré, tremblant. Pourtant, tout ce bon air iodé qui m'entourait, j'aurais voulu pouvoir le respirer à pleins poumons. Mais ce ne fut qu'une fois mes deux pieds sur la terre bien ferme que je sentis mon malaise se dissiper. Comme si j'avais sombré en léthargie et qu'il n'avait fallu que quelques pas pour me ramener à la vie. Et la première chose que je réalisai en reprenant contact avec la réalité était que j'étais devenu le principal sujet de plaisanterie du groupe. Ce qui me valut quelques sobriquets de circonstance comme « marin d'eau douce », « le marsouin noyellois » ou « Vomito », présenté par Jedjé comme étant le commis pêcheur de Pépino...

À voir les mines réjouies de Papa et de nos camarades, je venais assurément de rater un très beau moment. Et le résultat de leur pêche était d'ailleurs là pour le confirmer.

* *
*

Pépino nous invita tous à boire un coup dans son café.

Son sirop de menthe me requinqua en deux gorgées. Une fois mon verre terminé, j'avais enfin les idées claires. Et je pus remercier le ciel de ne pas m'être obstiné dans un de mes rêves d'enfance : devenir marin à bord d'un baleinier. Il m'avait fallu à l'époque – sur conseil de M. Gondard – lire le *Moby Dick* d'Herman Melville pour me persuader que là était ma destinée. Des baleines, rien de moins ! Mais Pépino m'avait par cette simple traque à la daurade permis de grandir et de comprendre que la beauté d'un rêve était dans le fait de demeurer à tout jamais un rêve.

XXXVIII

J'ALLAI PASSER LA SOIRÉE AU DORTOIR de mes amis mineurs. Ceux de Noyelles, bien évidemment. Là où était Tienot. Ils avaient demandé l'autorisation de dresser une table près du baraquement et de griller sur place le produit de leur pêche matinale.

Je fus dépêchée pour aller plaider leur cause auprès de mon père qui accepta sans rechigner. C'est d'ailleurs Papa lui-même qui avait trouvé pour eux un grand bidon métallique qui traînait derrière les cuisines du château.

– Avec ça, vous n'aurez aucun risque de mettre le feu, leur avait-il expliqué, tout est si sec à cette saison, il faut prendre certaines précautions !

Puis, dans le milieu de l'après-midi, il leur avait brouetté le bidon et une large grille de cuisson. Et je l'avais accompagné. J'étais heureuse d'avoir pu constater que pas un instant Papa n'avait pris cela pour une corvée. Il avait même, je pense, éprouvé un grand plaisir de pouvoir ainsi rendre service. Il aurait pu déléguer la manutention à un de ses employés – ou même demander à nos amis noyellois de venir récupérer eux-mêmes tout ce matériel de fortune –, mais il avait tenu à s'en charger. Je crois bien qu'il avait tout bonnement été heureux de trouver un prétexte pour échapper ne serait-ce que quelques minutes à ses pesantes responsabilités.

Nous nous étions donc présentés au dortoir. Tout semblait calme. Beaucoup trop calme.

– Ça, m'avait soufflé Papa, ils doivent encore être à la sieste. C'est qu'ils se sont encore levés de bonne heure pour aller pêcher.

Puis une voix avait soudain percé. Elle venait de l'arrière du bâtiment. Cette voix, je la reconnaissais. C'était celle de M. Jedjé. Et il était en train de chanter.

« Pour le repos, le plaisir du militaire
Il est là-bas, à deux pas de la forêt
Une maison aux murs tout couverts de lierre
Aux Tourlourous, c'est le nom du cabaret[1]... »

Nous avons fait le tour et ils étaient tous là, à l'ombre, vidant et nettoyant leurs poissons sous le robinet extérieur qui se trouvait là.

En nous voyant arriver, M. Jedjé avait levé les bras, et tout en continuant à chanter m'avait attrapée par la taille pour me faire valser.

« Quand Madelon vient nous servir à boire
Sous la tonnelle on frôle son jupon
Et chacun lui raconte une histoire
Une histoire à sa façon... »

Papa leur avait alors suggéré d'utiliser la cuisine du réfectoire qu'il mettait à leur disposition.

– Vous serez quand même mieux là-bas pour vider vos poissons, avait-il conclu. Et puis une fois préparés, laissez-les au cellier, vous les récupérerez en fin d'après-midi. Sinon, ils vont attraper chaud, ici.

– Alors ça, s'exclama M. Jedjé, c'est vraiment gentil de votre part, monsieur Spielmann ! J'espère d'ailleurs que vous nous

1. *Paroles de* La Madelon, *chanson de Louis Bousquet et Camille Robert.*

ferez ce soir l'honneur de venir partager avec nous cette belle prise. Vous verrez, on vous racontera notre pêche dans le détail. Parce que j'peux vous l'garantir, ce fut hippique.

Papa avait tiqué. Je l'avais bien vu. Il est vrai qu'il n'était lui pas encore familier des approximations de langage de son interlocuteur. Mais il n'avait poliment pas relevé l'erreur, se contentant de répondre :

– Non, c'est très gentil à vous, mais je suis tenu de manger comme chaque soir avec les... autorités. Pourtant, votre invitation est tentante, croyez-le bien.

– Bon, renonça M. Jedjé en haussant les épaules. Mais, eul tchiote, elle, elle peut venir ?

– Oui ! avait aussitôt répondu Papa en se tournant vers moi. Si elle le désire, je n'y vois pour ma part aucun inconvénient.

M. Jedjé avait alors attrapé sa femme Maria par la taille pour reprendre une danse endiablée.

« La servante est jeune et gentille,
Légère comme un papillon.
Comme son vin son œil pétille,
Nous l'appelons la Madelon... »

Papa avait souri et était retourné à ses obligations non sans avoir au préalable reçu d'enthousiastes remerciements de la part de Nadine et d'Édith. Remettre les pieds dans une vraie cuisine était une perspective qui visiblement les ravissait.

* *
*

Je descendis le grand escalier en toute hâte. Il était déjà 19 h 30 et j'avais une demi-heure de retard sur l'horaire que nous nous étions fixé. Mes mineurs noyellois allaient croire que je leur avais fait faux bond.

– Hep, jeune fille ! Pas si vite !

Je reconnus la voix de Papa. Il était installé au bureau d'accueil comme s'il en assurait la permanence.

– Mais... m'indignai-je. Tu m'avais dit que je pouvais...

– Mais bien sûr que tu peux, m'interrompit-il. Mais on ne se rend pas à une invitation les mains vides. Tu sais bien que ça ne se fait pas.

Il me tendit alors un plateau garni de tommes à la sarriette – celles-là mêmes qu'il allait chercher spécialement à Banon, un village perché des Alpes-de-Haute-Provence, au-dessus de Manosque – et un casier de six bouteilles de Bandol qu'il avait spécialement préparées pour l'occasion.

– Tiens, tu leur diras que c'est ma contribution au repas. Amuse-toi bien, ma belle !

– Merci, Papa ! murmurai-je en l'embrassant avant de le débarrasser et de me précipiter tel le Petit Chaperon rouge se rendant chez Mère-Grand à travers bois, avec pour galette et petit pot de beurre fromages de chèvre et vin rouge.

En route, je croisai Jeanne et Nicole Lassagne tandis que je remontais le petit chemin montant aux baraquements.

– Vous ne dînez pas avec nous au dortoir ? demandai-je surprise.

– Non ! rouspéta Nicole sans s'arrêter. Papa a décrété que nous n'y tenions pas. Sans même nous demander notre avis... Y a que Henri qu'a l'droit... Lui, il peut toujours faire ce qu'il veut...

Puis elle poursuivit sa route en tapant des pieds pour bien marquer son mécontentement. La mère s'arrêta à ma hauteur, haussa les épaules en soupirant et en levant les yeux au ciel. Puis, sans un mot, elle se dirigea à son tour vers le grand hangar.

Quelques mètres plus haut, à l'endroit où les branches des pins se rejoignaient pour offrir une belle haie d'honneur, je croisai le père. Il ruminait comme bien souvent sa mauvaise humeur. Mais son visage s'éclaira lorsqu'il m'aperçut. D'un regard rapide, il lorgna vers le bas du chemin, comme pour s'assurer qu'il n'était plus à portée de vue de sa femme.

– Bella ! s'exclama-t-il sur un ton faussement enjoué. Tu m'as l'air bien chargée, dis donc ! Tu n'veux pas un petit coup de main ?

Puis il avança le bras pour attraper le casier à bouteilles.

– Non ! résistai-je en m'écartant de son chemin, mue par une soudaine méfiance devant l'air libidineux qui semblait l'animer. J'y arrive très bien toute seule, vous savez.

Son regard s'assombrit brutalement. Il me toisa alors avec mépris, ce qui me fit froid dans le dos.

– Votre femme doit vous attendre, tentai-je d'ajouter pour désamorcer la colère que je sentais poindre en lui. Je viens de la croiser à l'instant.

Mais il demeura sourd à ce que j'avais souhaité être une injonction de me ficher la paix. Il refit même un pas dans ma direction, et, profitant de mes bras encombrés, m'attrapa par la taille pour m'attirer à lui. Je tentai de me débattre, mais son étreinte se fit plus pressante.

– Allez ! grommela-t-il en tentant de m'embrasser. Ne fais pas ta prude avec moi. Ça ne prend pas, tu sais. Je n'suis pas dupe de tes minauderies, moi. Je vois très clair dans ton jeu...

Je me mis alors à crier, laissai tomber le casier à bouteilles et tentai de le repousser en griffant sa joue râpeuse de mes longs ongles.

Alerté par mon cri, M. Jedjé qui, par chance, se trouvait non loin de là, fondit sur nous en courant.

– Qu'est-ce qu'il se passe, ici ? À quoi tu joues, ti ? se déchaîna-t-il sur Benoît Lassagne en l'attrapant par le col et en l'envoyant mordre la poussière.

– Non, l'arrêtai-je aussitôt. Ce n'est pas grave. Il voulait m'aider, je n'ai pas voulu, et... et j'ai eu peur quand il a insisté. Mais, c'est tout. Il n'y a pas de mal.

Le porion se releva en se tenant la joue. Un petit filet de sang coulait entre ses doigts. Il accéléra le pas en direction du hangar sans demander son reste.

– Heureusement que je m'inquiétais de savoir si t'arrivais ou pas ! me dit alors M. Jedjé en m'aidant à ramasser les fromages qui traînaient maintenant à terre dans la poussière.

– Non, mais je vous assure, tout va bien ! dis-je une nouvelle fois autant pour le calmer que pour me rassurer moi-même.

– Il ne t'a pas fait mal, au moins ? me demanda-t-il sans accorder une seconde une quelconque importance à ce que je m'échinais pourtant à lui laisser croire.

Je fis simplement « non » de la tête et éclatai en sanglots.

Il me prit alors dans ses bras.

– Là !... Là !... se contenta-t-il d'ajouter pour me consoler.

Je ne réalisai qu'à cet instant à quel point Benoît Lassagne m'avait fait peur. Mes larmes l'attestaient. Je respirai donc un grand coup et séchai mes yeux d'un revers de main. Je ne pouvais quand même pas arriver chez mes hôtes dans cet état.

– Ça va ! s'exclama M. Jedjé en ramassant le casier et en scrutant les bouteilles une à une. La cargaison est intacte.

Ce qui eut le mérite de me redonner le sourire.

– Monsieur Jedjé ?... implorai-je alors que nous sortions des pins et nous retrouvions à découvert.

– Oui, tchiote ! me répondit-il en murmurant et en gardant la tête droite pour ne pas montrer aux autres – qui nous regardaient remonter le chemin – que nous étions en pleine confidence.

– Vous... Vous ne dites rien sur ce qu'il s'est passé, d'accord ?

– Tu as ma parole, tchiote ! Et... ne t'inquiète pas ! Le Chef-pognon, je l'ai à l'œil. Et j'te promets qu'il n'aura plus jamais l'occasion de lever la main sur toi. Parole de Jedjé ! Parce que c'qu'il a fait là, c'est la cerise qui fait déborder le vase, je ne laisserai pas passer...

Je jetai au mineur un regard en coin. Lui restait la tête bien droite, mais je devinais la naissance d'un sourire à la commissure de ses lèvres.

– Monsieur Jedjé ?... l'interpellai-je à nouveau.

– Hmm ? grogna-t-il sans desserrer les dents.

– Vos p'tites phrases, là... Vous le faites exprès ? Vous aimez ça, parce que vous savez que ça fait bien rire les autres ?...

– Je ne vois pas du tout de quoi tu veux parler, tchiote ! assura-t-il en répondant de la main aux grands signes avec lesquels ses camarades nous accueillaient. Mais alors pas du tout...

Et son sourire se fit encore plus éclatant qu'il n'était jusqu'alors.

XXXIX

Lorsque Bella nous avait proposé de nous rendre à la fête de Saint-Louis, dans le quartier des Termes, Henri et moi avions aussitôt accepté. Avec grand enthousiasme.

– C'est une chance, nous avait-elle dit, parce qu'il y a quelques années, la fête de Saint-Louis se déroulait à Mandelieu en juin. Mais à la mairie, il a été décidé de la déplacer en juillet. Comme ça, il y a les touristes. La fête est plus grande. Et elle donne surtout lieu à un grand bal où on peut, paraît-il, danser jusqu'au bout de la nuit.

C'était là une très belle occasion d'avoir enfin notre soirée. Une soirée rien que pour nous. Nous étions à mi-séjour. Et, tout au long de cette première semaine, nous nous étions surtout contentés de suivre le mouvement, vivant au rythme d'un programme défini par les parents. Il n'y avait pas à dire, nous ne nous ennuyions pas. Jedjé était hilarant. Les jérémiades de Robert finissaient par l'être tout autant. Même Papa arrivait à être amusant. Mais bon, nous étions aussi à un âge qui nous autorisait à vouloir vivre autre chose. Nous aspirions à un peu de liberté. Désirions mettre un peu d'écart entre nos parents et nous. Vouloir passer quelques heures sans eux n'était pas non plus leur manquer de respect. Surtout en plein été. Dans un cadre et sous un climat propices à l'amusement.

Cette fête de quartier venait donc à point nommé. Et les parents l'avaient très bien compris. Même s'il avait fallu réfréner quelque peu les ardeurs de Jedjé qui s'était un peu trop vite enflammé à l'annonce du programme.

– Calme-toi un peu, gros nigaud ! lui avait alors dit Maria. C'est une soirée pour les jeunes. Ils n'ont pas besoin de toi comme chaperon.

– C'est vrai ? avait alors demandé Jedjé en se tournant vers Bella. C'est un bal pour les jeunes ?

– Non, pas particulièrement, avait bien dû admettre Bella, mais...

Puis Nadine Lamendin était finalement venue à la rescousse.

– Mais ils ont envie qu'on les laisse un peu tranquilles. Tu peux comprendre ça, Jedjé, non ?

– Oui... bien sûr ! avait donc fini par abdiquer le pauvre Jedjé. Bien sûr... C'est que... je serais bien allé danser, moi aussi !

– Tu veux danser, mon gros ? avait aussitôt réagi Robert en se plantant les bras grands ouverts devant lui. Eh bien, je suis ton homme !

Jedjé lui avait alors lancé un regard espiègle avant de foncer sur lui et de le faire tournoyer en chantant à tue-tête :

« Quand on s'promène au bord de l'eau,
Comm' tout est beau...
Quel renouveau...
Paris au loin nous semble une prison,
On a le cœur plein de chansons[1]... »

Il est des jeux sur lesquels il ne fallait jamais lancer Jedjé... Robert l'avait une nouvelle fois appris à ses dépens. Il avait défié celui qui n'avait jamais peur du ridicule : Kazimierz

---

1. Quand on s'promène au bord de l'eau, *chanson de Jean Gabin dans le film* La Belle Équipe *(de Julien Duvivier, 1936), paroles de Julien Duvivier et Louis Pauterat, et musique de Maurice Yvain et Jean Sautreuil.*

Jdrzejowska ! Ce dernier l'avait alors pris en tenaille entre ses bras rebondis de muscles et ne lui avait plus permis de toucher terre tant que n'avait pas sonné la toute dernière note de cette valse endiablée dans laquelle il l'avait embarqué.

* *
*

Alors que Henri et moi nous préparions pour notre soirée, j'aperçus Nicole. Elle ne cessait de tourner autour de nous. Nous regardait à la dérobée.

– Tu veux venir avec nous ? lui demandai-je alors que dans son dos Henri se lança dans un ballet muet de protestations pour me faire savoir qu'il désapprouvait et ne souhaitait pas avoir sa sœur dans les pattes toute la soirée. T'as qu'à aller demander à ton père si tu peux !

– T'es malade ou quoi ? rouspéta Henri en s'approchant de moi pendant que Nicole partait quémander l'autorisation. Tu crois que j'ai envie de faire garderie ? T'as de la chance, mon père n'acceptera jamais, parce que sinon, moi, j'annulais tout, j'te le dis.

– Je suis désolé ! le priai-je de me pardonner. Je voulais lui faire plaisir, c'est tout. Elle a l'air de tellement s'embêter…

Je fus pris d'un soudain vertige. Il n'était pas exclu que Chef-pognon accepte. Peut-être même juste pour nous enquiquiner. Et moi, si Henri ne venait pas…

– Ne t'en fais pas, va ! tenta de me rassurer Henri en sentant la panique me gagner. Jamais mon père n'acceptera de voir que sa fille n'est plus un bébé. Aucune chance qu'il cède. Surtout depuis sa balafre à la joue. Je ne croyais pas la chose possible, mais il est encore plus odieux. C'est te dire…

Puis il se mit à rire en me tapant sur l'épaule.

– Aucun de nous n'a osé lui demander ce qu'il avait fait, surenchéris-je à voix basse. Je pense que sans l'exprimer nous comptions tous sur Jedjé pour le faire. Mais il semble s'en soucier comme de sa première chemise. Tu dois le savoir, toi ! Qu'est-ce qu'il t'a dit ?

– Il nous a dit n'avoir pas vu une branche d'arbre qui était un peu trop basse, dit Henri, dubitatif, tout en haussant des épaules. Mouais… Oh, et puis j'm'en fous, tu sais…

Nicole revint vers nous, de grosses larmes dans les yeux.

– Papa n'veut pas !

– Tu t'imaginais quoi ? lui demanda Henri en la prenant dans ses bras. Tu l'sais bien que papa est un gros con ! Allez, vas-y, dis-le : « Papa est un gros con ! » Allez… Vas-y ! Tu verras, ça te fera du bien !

Nicole murmura l'insulte soufflée par son frère avant d'éclater de rire.

Henri la serra un peu plus fort et l'embrassa sur le front. Puis nous quittâmes le baraquement, abandonnant Nicole dans un sentiment mitigé où se mêlaient rires et sanglots.

Bella nous attendait devant l'entrée principale du château. Elle avait fait préparer deux vélos.

– Ce n'est pas très loin, nous dit-elle, mais j'ai trouvé que ce serait plus marrant.

– Mais… pourquoi deux vélos ? m'inquiétai-je auprès d'elle. Pourquoi pas trois ?

– Avec ma robe, ce n'est pas très commode pour moi de pédaler. Je compte donc sur toi pour me prendre comme passagère. Ça ira ?

– O… Oui, bien sûr ! balbutiai-je en me demandant dans quelle galère je me laissais encore entraîner.

Un vélo, j'en avais un, à Noyelles. Et je savais parfaitement rouler avec. Mais il m'était arrivé une fois de devoir faire grimper Zabeth à califourchon sur le cadre de la bicyclette. Pour l'emmener à l'école. Et l'exercice m'avait paru difficile et périlleux. Nous avions même failli chuter. À deux reprises. J'avais alors demandé à Zabeth de descendre et de courir à côté de moi dans les derniers mètres. Zabeth ! Vingt-cinq kilos avec son cartable ! Et là, je ne pensais pas faire injure à Bella en l'imaginant faisant plus du double… Mais moi, j'avais répondu : « Oui, bien sûr ! » En balbutiant, certes, mais en affirmant avec gloriole que j'y arriverais. Une grande présomption qui me fit d'un coup paniquer.

– Tiens ! s'exclama Bella en tendant à Henri la besace qu'elle avait jusque-là à l'épaule. Tu peux prendre ça ?

– La vache ! s'écria Henri en attrapant le sac. T'as mis tout ce qui t'appartient dans ton sac à main ou quoi ?

– Mais non ! pouffa Bella. C'est juste que j'ai prévu un truc pour après. Mais vous verrez bien. C'est une surprise.

Puis Henri me tendit la besace pour me la faire soupeser à bout de bras.

– J'suis sûr que t'en as pas une aussi lourde quand tu descends à la mine !

J'adoptai comme lui un air surpris, mais ma pensée était déjà tout à l'effort qu'allait me demander le parcours. Et surtout à comment j'allais bien pouvoir faire illusion et ne pas laisser transparaître mon effort. Bella allait avoir ses bras autour de ma taille. Son visage collé au mien. Autant dire qu'elle allait être aux premières loges pour voir le moindre de mes tressaillements. La première goutte de sueur qui allait perler sur mon front – qu'elle provienne de mes efforts ou de mon angoisse – ne pourrait qu'être pile sous son nez.

Je n'étais pas fait pour m'embarquer sur un baleinier. Et visiblement pas mieux fait pour rouler à travers les chemins avec une dame en amazone sur un vélo. L'aventure m'était donc à ce point interdite ? N'aurais-je donc jamais le droit de forcer chez autrui une once d'admiration ? Je ne savais pas ce que le sentiment amoureux allait m'autoriser à être dans ma vie d'homme. Mais quand Bella prit place devant moi, sur le cadre du vélo, qu'elle m'enlaça de ses deux bras délicats et tourna vers moi son regard où se mêlaient douceur et excitation, je me sentis soudain comme investi d'un pouvoir incroyable. C'était à croire qu'il me fallait être en sa présence pour découvrir qui j'étais. Pour me révéler. Pour devenir ce que je ne soupçonnais même pas pouvoir être. Car, quand Henri se lança dans le virage qui descendait jusqu'au grand porche, je le suivis sans même réaliser ce que j'étais en train de faire. Mes jambes ne tremblèrent pas. Ma trajectoire ne trahit pas un instant une quelconque difficulté. Et nous nous retrouvâmes dévalant la route du bord de mer en direction du centre-ville, les cheveux de Bella volant au vent, et nos rires se mêlant au bruit des vagues qui, quelques mètres en contrebas, saluaient notre passage en émettant leur doux clapotis.

XL

Le bal était animé par un « big band » comme il en fleurissait un peu partout depuis la Libération. La musique des soldats américains. Synonyme de fête. Alors qu'auparavant on ne festoyait qu'au rythme du musette, le jazz ou le swing avaient fait leur apparition. On aimait jusque-là reprendre à tue-tête les airs célèbres de Maurice Chevalier, Fréhel, Lucienne Boyer ou Tino Rossi. On se trémoussait dorénavant sur ceux de Glenn Miller, Count Basie ou Duke Ellington. Trompettes et clarinettes étaient toujours de la partie au sein des orchestres, mais saxophones et trombones semblaient maintenant en mesure de vouloir y détrôner l'accordéon. Tout cela n'était certainement qu'un effet de mode. Mais une mode qui durait déjà depuis quatre années. Et une mode que les jeunes musiciens du pays suivaient. Ceux engagés pour animer la fête de Saint-Louis n'étaient pas plus américains que Tienot, Henri ou moi. Peut-être même étaient-ils du pays. Ils avaient en tout cas revêtu des uniformes de l'armée de l'oncle Sam et jouaient un répertoire fait de tous les standards jazz d'outre-Atlantique.

Henri se remuait comme un beau diable. Et il n'hésitait pas à inviter femmes et jeunes filles, les unes après les autres. Il les faisait virevolter et décoller sous les regards de plus en plus médusés – mais surtout courroucés – de compagnons visiblement jaloux de ne pouvoir rivaliser. Ces danses étaient nouvelles pour beaucoup de monde. Alors celui qui, comme Henri, les maîtrisait devenait dans un bal comme celui-ci le coq au milieu de la basse-cour. Et elles étaient de plus en plus nombreuses à venir caqueter dans son entourage, nourrissant l'espoir d'être à leur tour attrapées par les mains pour ensuite être embarquées dans une chorégraphie tourbillonnante. Tout comme ils étaient toujours plus nombreux à toiser Henri de regards en croix qui révélaient des esprits en train de s'échauffer.

Tienot et moi ne provoquions de notre côté aucune animosité. Aussi gauche l'un que l'autre. Aussi peu à l'aise avec notre corps. Nous avions, en nous adonnant à la danse, le même sentiment d'imposture. Celui de ne pas être à notre place. Mais je m'en fichais royalement. J'étais bien. Et le reste m'importait peu.

À chaque fin de morceau, nous arrêtions quelques secondes de nous dandiner, à l'affût des premières notes du numéro suivant. Puis nous reprenions notre déhanchement désordonné, nous contentant de suivre le mouvement collectif de ceux pour qui intercaler un battement des mains entre deux pas s'avérait être la plus audacieuse des cabrioles.

Puis arrivèrent les toutes premières mesures de *Moonlight Serenade*[1].

Moonlight Serenade !

Tout autour de nous, on s'enlaçait. Un soudain laisser-aller des corps s'abandonnant à de langoureux mouvements cadencés et caressants.

Je restai figée. En attente. Remuai quelque peu les épaules pour bien faire comprendre à Tienot combien j'étais sensible à cette mélodie. Et combien j'avais une folle envie qu'il me

1. *Hit musical de Glenn Miller.*

prenne dans ses bras et me fasse sa propre sérénade au clair de lune.

Mais il restait planté là, son épaule collée à la mienne.

Il fallut qu'un jeune homme vienne et m'invite pour que je me jette dans les bras de Tienot.

– Désolée ! m'excusais-je auprès de l'intervenant, qui, sans le savoir venait de provoquer ce à quoi j'aspirais tant. Mais il vient juste de me le demander.

Aussi surpris que désemparé, Tienot ne put faire autrement que m'enlacer et, ensemble, nous nous mîmes à tourner. D'abord avec embarras. Puis très vite avec abandon, au rythme de la musique qui s'emparait de nos corps, nous invitait à n'être plus qu'un. Nous ne savions plus où nos pieds nous portaient. Nous étions comme en apesanteur. Mon regard fut soudain happé par le sien. Il était là, face à moi, me fixant sans ciller. Je sentis ses mains se resserrer sur ma taille. Il avança la tête dans ma direction. J'en fis tout autant. Nos lèvres se touchèrent. D'abord par petites touches. Puis très vite avec une douce détermination. Je fermai les yeux et m'abandonnai à son baiser. C'était chaud. C'était bon. Sa tête glissa sur le côté. Je sentis son souffle descendre le long de mon cou. Un long frisson me parcourut le dos. Notre étreinte se fit plus pressante. Il remonta. Stoppa un instant à hauteur de mon oreille, puis sa joue effleura la mienne afin de venir retrouver mes lèvres. Et j'étais là, offerte, en demande d'un nouveau baiser, quand Henri intervint :

– Excusez-moi, les amoureux, mais il faut disparaître, là, et vite !

Puis il se mit à courir.

Trois types lui emboîtèrent le pas. Et à voir la tête qu'ils faisaient en le poursuivant, il était évident qu'ils n'avaient pas l'intention de lui demander des cours de danse.

– J'le sentais venir ce coup-là, en le voyant se frotter à toutes ces filles ! se mit à rire Tienot.

Je l'accompagnai dans le rire, même si j'étais encore tout émoustillée par ce que nous venions de partager et avais l'amer sentiment d'avoir été arrachée à un doux rêve.

– Viens ! me dit Tienot en me tirant par le bras. On ne peut pas le laisser comme ça.

Je jetai avec regret un dernier coup d'œil vers l'orchestre qui continuait de jouer sur scène. Si j'avais l'impression l'instant d'avant qu'il exécutait le morceau avec fidélité, je me rendis soudain compte – une fois le charme rompu – qu'on était loin du compte, et qu'il fallait faire preuve d'une belle imagination pour reconnaître l'enchaînement de notes de Glenn Miller. Le pauvre clarinettiste était en train de s'empêtrer dans un solo bien trop ambitieux pour le peu de talent qu'il semblait avoir. Et si on avait coutume de dire que l'amour rendait aveugle, je réalisai avec stupéfaction qu'il pouvait tout aussi bien rendre sourde.

– Mais il est passé où, ce con ? se demanda Tienot en approchant de la fontaine.

Moi, j'avais en tête l'image de Henri fuyant à toutes jambes, une cohorte de furieux à ses trousses, pendant que l'orchestre réussissait la performance de faire du somptueux *Moonlight Serenade* une mélasse musicale. Et je ne m'arrêtais plus de rire.

– Non, mais sérieux, poursuivit Tienot, t'as pas vu par où il est parti ?

Je lui fis signe que non, les yeux pleins de larmes tant je trouvais la situation fort cocasse.

– Pssst !

Tienot et moi tournâmes la tête d'un même mouvement.

Rien.

Nouvel appel.

Nous nous penchâmes au-dessus de la fontaine. Henri était là, immobile, allongé dans un petit fond d'eau.

– Ils sont partis ? C'est bon, y a plus personne ? chuchota-t-il.

Tienot se mit lui aussi à rire aux éclats quand il découvrit son ami dans une aussi fâcheuse posture.

– Arrêtez de glousser ! s'énerva Henri en bondissant entre nous deux. Vous allez nous faire repérer.

– Oh ! m'exclamai-je en constatant ses habits tout dégoulinants. Tu as l'air trempé de la tête aux pieds.

Henri prit la pose devant moi, le poing en appui sur sa hanche. Il plissa les paupières pour donner à ses yeux une forme d'amande, adopta un sourire séducteur, et d'un timbre emprunté à je ne sais qui répliqua :

– Franchement, ma chère, c'est le cadet de mes soucis !

Puis son regard se mit à faire le va-et-vient entre Tienot et moi, visiblement en attente d'une évidente réaction de notre part. Mais nous restâmes aussi apathique l'un que l'autre.

– Rhett Butler ! s'égosilla-t-il. La réplique finale de Rhett Butler à Scarlett O'Hara dans *Autant en emporte le vent* !

Je me tournai vers Tienot. À la moue dubitative que nous échangeâmes, il était clair qu'il ne savait pas plus que moi de quoi parlait Henri.

Tienot, le regard fixe, marmonna entre ses dents :

– Tu vois, tu voulais pas qu'on rie, mais c'est toi avec tes cris… Tu les as fait revenir. Les voilà qui rappliquent…

– Déconne ! s'affola Henri en voulant voir si c'était bien eux.

– Ne te retourne pas ! l'interrompit aussitôt Tienot. Ils ne t'ont pas vu.

Nous demeurâmes quelques secondes silencieux, la mine basse, puis Tienot donna l'alerte :

– Si ! Finalement, ils t'ont vu. Cours !

Henri détala dans la seconde. Et alors que nous n'avions pourtant rien à nous reprocher, Tienot et moi en fîmes tout autant. Nous arrivâmes tout dégoulinants de sueur là où nous avions laissé les vélos. Une fois sur place, alors qu'il se tenait les côtes pour retrouver son souffle, Henri nous accueillit en pestant :

– Non, mais vous êtes sérieux ? Vous n'avez jamais entendu parler d'*Autant en emporte le vent* ? Clark Gable ! Vivien Leigh ! Ça n'vous dit rien ?

Il était visiblement plus contrarié par notre ignorance cinématographique que par ce qui venait de le pousser à prendre la poudre d'escampette.

– Non ! haleta Tienot. Mais ce qui m'dit bien, pour l'instant, c'est de filer... T'as qu'à rester pour demander à tes gars s'ils le connaissent ton Clark Gable... Je suis sûr que ça va beaucoup les intéresser...

Henri arracha sa bicyclette du taillis épineux contre lequel il l'avait déposée, s'écorchant la main au passage. Il s'empara en toute hâte de ma besace – qu'on avait laissée accrochée au guidon pour ne pas s'encombrer –, la passa sur son épaule et, après avoir sauté à califourchon sur la selle, se mit à pédaler comme si le diable était après lui. Tienot, lui, prenait tout son temps. Il cala le cycle, m'aida à reprendre ma position assise sur le cadre et donna des coups de pédale fermes pour démarrer sans louvoyer. Fermes, mais sans panique aucune. Après un kilomètre, Henri était là, attendant un peu plus sereinement, au bout de la longue rue que nous venions d'emprunter.

– On les a bien semés, hein ? s'enorgueillit-il.

– Ah ça, oui ! sourit Tienot. Pour les semer, on les a bien semés.

Et je ne compris qu'à cet instant que nous n'avions finalement jamais eu le moindre poursuivant après nous.

XLI

SUR LES INDICATIONS DE BELLA, je bifurquai vers une petite route qui grimpait vers l'Esterel.

– Nous arrivons à Capitou ! me signala-t-elle. Ça monte pas mal mais, rassure-toi, nous y sommes presque.

« Encore heureux », pensai-je tout en restant focalisé sur le violent effort que me demandait la manœuvre. Je faisais mon possible pour n'y laisser rien paraître, mais mes maigres mollets se mirent à souffrir de ce soudain dénivellement. Ils étaient en pleine détresse musculaire. À deux doigts de la rupture. Je n'allais tout de même pas flancher maintenant ! De quoi aurais-je l'air ? Alors que je serrais les dents et camouflais mon effort, une image jaillit dans mon esprit. Le baiser de Bella. Notre baiser. Il ne fallait pas que je me laisse distraire par une si douce pensée, au risque de me voir stoppé net dans mon élan. Et jamais je n'aurais le courage de repartir. Mais cette image me donna au contraire un vrai coup de fouet. Je retrouvai comme par magie une inespérée vaillance. Je ne sais pas ce que Henri avait lui en tête pour se donner du courage, mais il roulait derrière moi sans éprouver la moindre gêne. Il se permettait même de siffloter. Ce qui avait le don de m'exaspérer. Arrivés au-dessus d'un petit cimetière, Bella m'ordonna de freiner. Je m'exécutai. Dans l'obscurité – et occupé par la restitution rossignolesque de son répertoire –, Henri nous vit au tout dernier moment. Il réussit à nous éviter mais ne put faire autrement qu'aller finir sa course dans un talus.

– Oh ! maugréa-t-il en se relevant. Prévenez quand vous vous arrêtez !

Puis il jeta un œil inquiet par-dessus le petit mur de pierre contre lequel nous déposâmes nos vélos. Les monuments monolithes qu'il voyait dépasser ne lui inspiraient pas confiance.

– T'as pas plus sympa comme endroit pour faire une halte ?

Je n'étais pas loin de sentir poindre en moi la même appréhension. Mais je m'abstins à tout commentaire. Les trémolos de ma voix n'auraient fait que trahir mon état. Et ça, je ne le voulais pas. Pas devant Bella. Je ne voulais pas la décevoir.

– Mais vous allez voir, tenta de nous rassurer Bella, l'endroit est au contraire parfait. Vous n'aimez pas vous asseoir dans le noir et vous raconter des histoires qui font peur ?

– Si ! répondîmes-nous à l'unisson d'une même voix étranglée.

– Et puis ici, nous ne dérangerons pas les voisins ! ironisa Henri histoire de montrer qu'il n'avait rien perdu de sa superbe.

Je ne trouvais rien de plus à répliquer pour démontrer que moi aussi j'étais capable de rire de la situation. La repartie n'avait jamais été mon fort. Même au grand jour et en pleine possession de mes moyens. Alors sous la seule lumière d'un quartier de lune et avec pour seule vision d'interminables rangées de pierres tombales…

Un jour, Laurent Dubois m'avait entraîné à la nuit tombante dans le cimetière de Noyelles. Juste derrière l'église. Tout ça parce que son frère lui avait raconté qu'on pouvait y apercevoir des feux follets. Laurent avait aussitôt été très excité à l'idée de pouvoir être le témoin d'une chorégraphie de flammèches pâlottes. Moi, terrorisé. Surtout après qu'il m'a affirmé qu'il s'agissait de l'esprit des morts enterrés là qui profitaient de la nuit pour batifoler un instant au-dessus de leurs tristes sépultures. Nous étions repartis au bout de deux heures – qui, à moi, m'avaient paru durer la nuit entière – sans avoir assisté à quoi que ce soit de particulier. Et j'en avais été très heureux. Mais depuis ce jour, raser le mur d'un cimetière suffisait à me faire frémir.

Bella récupéra la besace que Henri portait toujours sur le dos. Elle en sortit une bouteille de limonade. Trois de bière. Des paquets de biscuits. Une grosse boîte d'allumettes…

– Tu veux jouer à la marchande ? plaisanta Henri en la voyant déballer tout ce qu'elle lui avait fait porter sans qu'il sût un instant ce dont il s'agissait.

Bella se mit à rire à gorge déployée. Elle était encore plus belle quand elle s'esclaffait de la sorte. Et je ressentis une profonde frustration de ne pas être responsable de cet éclat. Depuis que je l'avais rencontrée, je ne cessais de m'interroger sur mon aptitude à aimer. Et sur celle à être aimé. Pourquoi m'avait-elle choisi ? Pourquoi moi ? C'était pourtant bien moi qu'elle avait embrassé tout à l'heure au bal ? En scellant nos lèvres, nous avions ratifié notre engagement l'un envers l'autre. J'allais devoir me montrer digne d'un tel contrat. Mais en étais-je seulement capable ? Je me retrouvais soudain face à un challenge qui provoquait en moi une crainte encore plus grande que celle de côtoyer nos voisins du jour – ou plutôt de la nuit.

Puis Bella nous guida vers un amas de gros cailloux. Certains semblaient placés là comme s'il s'agissait de simples bancs de rocaille. Au milieu, des plus petits formaient un cercle dans lequel gisait encore un tas de cendres froides. L'endroit était un lieu de rendez-vous où les jeunes de la région avaient pour habitude de se retrouver, nous dit-elle. Pour chanter autour d'un feu. Ou, comme elle venait de nous le suggérer, pour se raconter des histoires. Pour trembler. Pour se faire peur.

Du bois sec, il y en avait tout autour. Il ne nous fallut donc pas longtemps pour glaner de quoi alimenter le feu qui allait éclairer notre nuit. Bella nous expliqua que sans tous ces cailloux, il aurait été imprudent de le faire. Les gens d'ici le savaient bien. Surtout depuis que, un quart de siècle plus tôt, en plein été 1923, un terrible incendie avait ravagé plantations et forêts sur toute la commune.

– C'est là, sur toutes ces collines, nous précisa Bella en nous montrant l'endroit de la tête, qu'est exploité le Mont-Brillant, ce fameux mimosa à la floraison si précoce qu'on peut l'expédier à Paris juste avant les fêtes de fin d'année. Vous vous imaginez donc aisément la perte que ça représente quand tout cela part en fumée.

Le bois crépita en s'embrasant. En quelques secondes, de hautes flammes se mirent à danser sous nos yeux. Nos regards brillaient. C'était beau. Fascinant. Et nous restâmes longtemps silencieux. Nous contentant d'observer ce brasier naissant qui était pour Bella et moi comme une représentation extérieure de la douce flambée qui nous animait depuis notre baiser. J'attrapai la main de Bella. La serrai avec affection. Elle tourna dans un premier temps la tête vers moi, me sourit avec une tendresse qui me fit chavirer, puis fixa à nouveau le feu, m'invitant à en faire de même.

Au bout que quelques minutes, Bella lâcha ma main, se recroquevilla sur elle-même, les jambes entre les bras, et se mit à raconter à mi-voix :

– Nous sommes ici au pied du massif de l'Esterel. Un lieu qui a donné naissance à tout un tas d'histoires toutes plus étranges les unes que les autres. Parce que ses bois inspirent depuis toujours une crainte superstitieuse…

Je découvrais là une Bella Spielmann que je ne connaissais pas. Son visage était balayé d'ombres qui lui donnaient un air intrigant. Les flammes imprimaient dans son regard une lueur malicieuse qui me fit frissonner. Henri était lui apparemment très excité par l'ambiance dans laquelle nous plongeait Bella. Il ne tenait plus en place et, pendu à ses lèvres, se balançait sur son rocher, les yeux écarquillés, avide d'entendre la suite.

– L'Esterel a longtemps été le refuge naturel des brigands qui infestaient la région. Sa traversée était des plus périlleuses. Elle l'est toujours, paraît-il. Et on ne peut rien contre ces bandits de grand chemin parce qu'on les dit protégés par des êtres maléfiques et surnaturels dotés de pouvoirs qui leur permettent d'influer sur la vie des hommes.

– Tu veux dire que si on s'aventure aujourd'hui dans ces bois, on risque encore d'être attaqués ? intervint Henri, au comble de l'excitation.

– Oui… et non, tempéra Bella. Parce qu'il y a aussi la fée Esterelle. Et elle veille sur la sécurité de ceux qui traversent son domaine. C'est ce qu'on dit, en tout cas…

– C'est qui, cette fée Esterelle ? m'enquis-je aussitôt, plus enthousiaste à l'idée d'entendre la douce légende d'une fée que le récit d'êtres nuisibles supposés habiter la zone où nous nous trouvions.

– Il s'agit d'une belle jeune fille, contrariée dans ses amours, et donc condamnée à vivre seule depuis plusieurs siècles dans une grotte des environs. Une de ces grottes de roche volcanique comme le bois de l'Esterel en est truffé. Elle veille nuit et jour sur la sécurité de ceux qui s'aventurent sur ses terres. Mais personne ne peut la voir. Elle s'enfuit dès qu'on l'approche. Et elle marque sa présence en laissant accrochés aux buissons de ciste et de bruyère quelques fils blonds de sa magnifique chevelure…

– Mais alors, ça craint ou pas ton endroit ? questionna Henri. En gros, est-ce que nous devons déguerpir à toutes jambes ou ta fée veille aussi sur nous ?

– Hmm… se contenta de répondre Bella en agitant les mains, histoire de bien montrer que le mystère restait entier. Je ne sais pas. Vous savez, il existe à Mandelieu un quartier qu'on appelle « Le Tremblant » ! Alors oui, peut-être à cause des trembles qui poussaient spontanément dans les bois de l'Esterel, fournissant le meilleur bois de boulange qu'on pouvait trouver.

Peut-être aussi parce que les mines d'antan ébranlaient les lieux. Mais moi, je préfère de loin la version qui évoque la peur qu'a toujours inspirée la traversée de l'Esterel dont le quartier semble garder l'entrée… Il paraît même qu'au Tremblant, il y fait plus froid que dans le reste de la ville. Comme si les esprits y rôdaient et déclenchaient par leurs déplacements incessants de permanents courants d'air…

Elle avait terminé dans un murmure. Un léger souffle. Un long frisson me remonta le long du dos, faisant trembler tout mon être jusqu'au haut de ma nuque. Et à voir le rire nerveux dans lequel s'embarquait mon camarade Henri, je ne devais pas être seul à me sentir ainsi troublé.

– Par chez nous aussi, les voleurs de grand chemin ont longtemps terrifié les habitants, continuai-je alors. Mon instituteur, M. Gondard, nous avait raconté qu'une bande de brigands avait au XVIe siècle – un peu comme ici – élu domicile dans la forêt d'Olhain, ce qui rendait des plus incertains les voyages dans les environs de Béthune. La population a alors décidé d'organiser une traque. Jusqu'à Saint-Pol-sur-Ternoise, ils ont poursuivi leur chef, Grand Guillaume. Ils l'ont arrêté et pendu « haut et court » à Béthune. Et c'est pour se rappeler cette histoire que deux brigands apparaissent encore aujourd'hui sur les armoiries de la ville…

Je dus bien admettre que mon histoire n'avait pas de quoi faire paniquer le plus sensible des poltrons. Mais mes camarades eurent la courtoisie de la trouver plaisante. Et je leur en savais gré.

Henri se mit à rire. Tout seul dans son coin. Nous l'invitâmes à partager avec nous la raison de son hilarité.

– Non ! C'est vraiment trop con… se défendit-il.

– Vas-y ! insistai-je. T'as bien vu que la mienne n'avait pas de quoi casser trois pattes à un canard ! Alors, ne te fais pas prier !

– Bon, j'vous aurai prévenus ! abdiqua-t-il en riant toujours plus fort. C'est ton histoire de pendaison en place publique qui m'a rappelé ça. Quand j'étais tchiot, j'avais un oncle à qui je réclamais toujours la même histoire : celle du cochon d'Arras qui avait bouffé un gamin. Et il me la racontait invariablement, avec le plus grand des sérieux. Vous savez qu'au Moyen Âge, dans les villes, les cochons traînaient dans les rues et se nourrissaient des nombreux déchets que la population jetait directement sous ses fenêtres ? Il paraît donc qu'à cette époque, à Arras, un cochon s'en était pris à un gamin. Et il l'avait avalé. Jusqu'au dernier os.

– Beurk ! s'indigna Bella.

– Et ? m'enquis-je en suivant Henri dans ses rires, avide de savoir ce qui pouvait bien ainsi faire poindre en ses yeux d'aussi grosses larmes.

– Eh bien, poursuivit Henri, la voix montant dans les aigus, ils ont arrêté le cochon, l'ont jugé et… et l'ont pendu sur la Petite Place, au pied du beffroi.

Il abandonna soudain toute la retenue à laquelle il s'astreignait jusque-là pour arriver au bout de son histoire. Un grand éclat de rire jaillit du fond de sa gorge et partit en écho sur les hautes parois de l'Esterel. Bella semblait tout comme moi s'attendre à une chute plus désopilante, mais nous ne pûmes réfréner le fou rire dans lequel les larmes de notre camarade nous conviaient. Surtout lorsqu'il se mit à pousser des couinements aussi incontrôlés que stridents, qui ne faisaient que rappeler ce qu'avaient dû être les derniers mots du pauvre cochon de son histoire devant son bourreau.

Le rire dans lequel nous avait embarqués Henri nous incita à continuer sur le registre des histoires drôles. De plus en plus bêtes. Mais que nous, nous trouvions de plus en plus tordantes. Peut-être bien un des effets secondaires de la bière que je buvais à grandes gorgées et qui me faisait tourner la tête.

* *
*

Puis les heures défilèrent, sans que nous n'ayons plus conscience du temps qui passait. Les histoires s'étaient enchaînées. Le plus souvent frémissantes. Il y fut question de la fontaine hideuse de Beuvry qu'on disait maudite depuis plus de quatre cent cinquante ans. D'un vieux marin unijambiste qui revenait de l'au-delà pour hanter les vivants en leur réclamant d'une voix aussi plaintive que spectrale sa jambe manquante. Des étouffeurs qui avaient dans le temps la lourde tâche de faire passer légalement de vie à trépas les hommes atteints de la rage. D'une dame blanche disparue dans un accident de la route et qui hantait les automobilistes passant par là où avait eu lieu le drame. De la cabane en bois du marais de Noyelles. Celle du Grenouillard. Là où on interdisait aux enfants d'aller jouer. Là où disparaissaient les plus désobéissants, les imprudents ayant eu la hardiesse d'approcher un peu trop près…

Il nous fallut voir le ciel noir être déchiré au loin par les premières notes de l'aurore pour réaliser que nous avions passé la nuit entière sur nos rochers. Ces prémices du jour nous surprirent, mais sans nous affoler. Avait-on à cette heure-ci découvert au château que nous avions découché ? Peu nous importait. Et nous restâmes immobiles devant ce beau spectacle de la nature auquel il ne nous était pas couramment permis d'assister.

Henri se leva pour nous annoncer qu'il nous laissait seuls.

– Il faut que j'aille là où vous ne pouvez pas aller à ma place ! justifia-t-il. Si vous avez besoin de moi, ajouta-t-il d'une voix suave empruntée à je ne sais qui, vous n'avez qu'à siffler. Vous savez siffler, Steve ? Vous rapprochez vos lèvres, comme ça, et vous soufflez !

Devant nos mines ahuries, il balaya l'air de la main :

– Bah !… Tas d'ignares que vous êtes ! reprit-il en abandonnant tout artifice. *Le Port de l'angoisse* ! Lauren Bacall ! Bogart ! Non ? Ça non plus, ça ne vous dit rien ? Pfff ! Toute une éducation à refaire…

Le clin d'œil qu'il m'adressa en partant précisait sa réelle intention : me laisser seul avec Bella. Un instant. Rien qu'à nous. Avant que la raison nous oblige à regagner le château. Un geste complice qui semblait me crier : « Vas-y ! J'vous ai tenu la chandelle toute la nuit ! À toi de jouer… Profites-en ! »

En profiter. Quel vilain mot ! Ce que je voulais, c'était juste savourer. Savourer le fait d'être seul avec Bella. Savourer sa présence. Arrêter de me croire obligé de parler dès qu'un silence s'installait. J'aimais bien nos silences, moi. Ils s'avéraient souvent plus significatifs que bien des discours. En même temps, les discours, très peu pour moi. Mais je me savais guère plus à l'aise avec mon corps. Jamais chez moi le geste ne suffirait à pallier mon manque d'éloquence. J'avais pourtant réussi hier soir, au bal. Parce que mû par une impulsion. Parce que la musique nous avait portés. Nous avait bercés. Câlinés. Et nous avait poussés à nous embrasser.

L'embrasser. C'était ce que je désirais le plus ardemment à cet instant. Retrouver la douceur de sa peau. De ses lèvres. Mais le désirait-elle autant que moi ? Elle aussi avait répondu à une impulsion. Elle avait peut-être cédé à la tentation parce que l'instant s'y était prêté. Mais partageait-elle encore à cette heure avec moi les mêmes sentiments ?

Il fallait que j'arrête de me poser toutes ces questions. Nous n'avions plus toute la nuit devant nous. Je me penchai légèrement pour coller mon épaule à la sienne. Je ressentis aussitôt la chaleur émanant de son corps. Je levai un petit doigt tremblant. À la recherche du contact de sa main. Je la touchai. Reculai aussitôt, comme si je venais d'empiéter sur son territoire par erreur. Je restai une seconde paralysé, puis repartis pour une nouvelle exploration. À tâtons. Cette manœuvre me terrifiait encore plus que toutes ces abracadabrantes histoires que nous avions évoquées tout au long de la nuit. Si on m'avait à cette seconde proposé une visite des pierres tombales voisines, je m'y serais empressé. Un nouveau contact.

Furtif. Aussitôt réprimé. Je me voulais caressant. Je n'étais que palpant. Picorant. Aussi je me décidai enfin à me poser. Je laissai glisser l'ensemble de mes doigts sur le dos de sa main et m'immobilisai. Sentait-elle les tremblements qui me secouaient ? Bella avait le souffle court. Je préférais cette réaction à un long soupir qui aurait trahi chez elle de l'agacement. Je fis alors pression sur sa main. Elle me paraissait si menue. Je la tenais avec une certaine nervosité. Nos doigts s'emmêlèrent. Je ressentis cette nouvelle étape comme une libération. Elle m'acceptait. Ne me rejetait pas. Ma poitrine se mit à monter et descendre à l'unisson avec la sienne. Nous restâmes quelques secondes les yeux tournés vers le ciel, là-bas, au-dessus de ce qu'on devinait être la mer. Je tournai ma tête lentement vers elle. Dans un mouvement identique, elle plongea son doux regard dans le mien. Le feu qui avait illuminé notre nuit n'était à nos pieds plus qu'un petit tas de cendres d'où s'envolait un ténu filet de fumée. *A contrario*, celui qui nous consumait l'un et l'autre y allait de ses plus hautes flammes. Il nous emportait dans un tourbillon. Autour de nous, plus rien n'existait. Notre dernière attache avec la réalité devenait l'autre. Les paupières de Bella me donnèrent l'impression de se fermer. Comme si elle s'abandonnait. J'avançai mon visage et vins coller mon nez près du sien. Nos souffles se mêlèrent. S'accélérèrent. Et soudain, n'y tenant plus, nous nous jetâmes dans les bras l'un de l'autre. Ses lèvres étaient d'une douceur capable de me tirer les larmes. Sa bouche était sucrée. Je l'enlaçai avec maladresse, ne sachant pas trop quoi faire de mes bras, et la serrai très fort. Elle colla son visage le long de mon cou pendant que je passai la main dans sa belle chevelure couleur de feu. Elle vint se pelotonner contre moi. Pour que nous ne fassions plus qu'un. Je ne savais plus si les battements sourds qui martelaient ma poitrine étaient ceux de mon cœur ou les siens. Je ne savais d'ailleurs plus grand-chose. La confusion me gagnait. Car tenir Bella ainsi dans mes bras provoquait en moi des sentiments contradictoires où fébrilité et puissance n'avaient finalement de cesse de se disputer l'ascendant.

Henri signala son retour par un discret raclement de la gorge. Je m'écartai de Bella comme si nous venions d'être pris en faute.

– Heu… Dites, les amoureux ! s'excusa Henri. J'm'en veux de venir troubler un aussi charmant moment, mais… le jour se lève et il faudrait peut-être qu'on retourne au château, non ? C'est pas aujourd'hui qu'on doit aller à Menton, en plus ? Parce que si ça continue, ils vont partir sans nous…

Nous ramassâmes en toute hâte les affaires éparpillées un peu partout. Nous avions pendant quelques heures décroché de la réalité en plongeant dans une douce insouciance. Et il nous avait finalement très peu importé de savoir ce que nos parents allaient penser de notre nuit à la belle étoile. Jusque-là. Car il avait fallu ce simple rappel à l'ordre de Henri pour nous replonger dans ce que nous étions : des ados en goguette. Des ados en train de faire une bêtise. Et les adolescents, une fois surpris, n'agissent plus que dans la panique. Tout devient démesurément grave. Nos mots n'allaient à partir de cet instant plus que tourner autour d'une seule et unique idée : celle que nous allions sérieusement nous faire enguirlander. Nous n'avions pas commis quelque chose de si grave que cela. Mais nous savions pertinemment que nos parents étaient à cette heure-ci en droit de se montrer inquiets. Et derrière l'inquiétude pointe très vite la colère. Une colère qu'il allait inévitablement nous falloir affronter.

Henri, lui, semblait s'amuser de la situation. Il venait de nous mettre un sérieux coup de pression et riait de nous voir maintenant évoluer dans l'affolement. Il ne devait même pas encore être grimpé sur son vélo que Bella et moi étions déjà dans le bas de Capitou. Soudain, Bella leva vers moi de grands yeux. Nous ne pûmes nous empêcher de pouffer à notre tour tant notre départ dans la pagaille frisait le ridicule. Je m'employai alors à donner à chacun de mes coups de pédale la plus grande nonchalance. Bella s'agrippa à moi de plus belle, parvenant, dans l'inconfort de sa position en équilibre sur le cadre, à revenir se nicher au creux de ma poitrine. Et si mon cœur battait à cet instant la chamade, ce n'était plus sous le coup de l'effort. S'il s'emballait, ce n'était que pour exprimer l'ivresse dans laquelle me plongeait une nouvelle fois cette si douce étreinte. Bella était aux premières loges. Et si le pouvoir de décrypter ce que mon corps lui envoyait en morse faisait partie de ses dons, elle savait là combien chaque partie de mon être était en train de lui hurler que j'étais amoureux d'elle.

XLII

LA COUR DU CHÂTEAU était encore déserte. La cour, oui, mais sur les marches qui menaient au bureau d'accueil, Papa se tenait debout. Et à voir les traits tirés qui marquaient son visage, il n'avait pas dû beaucoup dormir. Je n'étais pas encore descendue du vélo que déjà je m'en voulais. Parce que je savais être la cause de l'humeur maussade qui semblait l'habiter. Il n'avait pas dit un mot que déjà je goûtais l'amer sentiment de le décevoir. Un sentiment inédit dont je me serais bien passée. Je n'osais pas soutenir son regard. Lourd de reproches. Et pire que le reproche, j'y lisais même de la désillusion. Parce qu'il me croyait différente de ceux de mon âge. Parce qu'il avait toujours placé en moi une confiance aveugle et éprouvait la désagréable sensation d'avoir été trahi.

– Et… Tu viens d'où, comme ça ? me demanda-t-il froidement.

– Je… Nous sommes allés à la fête… à la fête de Saint-Louis, bafouillai-je. Et nous n'avons pas vu le temps passer.

Je soupçonnais en lui une réelle volonté de poursuivre cette discussion. Battre le fer tant qu'il était chaud, comme il avait coutume de dire. Il n'en avait pas fini avec moi. Mais il se montra soudain incapable de prononcer un mot de plus. Je vis ses lèvres se mettre à trembler et des larmes embuer ses yeux.

Et cette image me bouleversa, au point de sentir mon cœur chavirer. Mue par une volonté d'aller le consoler et de lui dire combien j'étais désolée, je fis un pas vers lui. Mais je m'arrêtai aussitôt. La noirceur de son regard venait de me paralyser sur place.

Tienot posa le vélo contre le muret et tenta de voler à mon secours afin de désamorcer la colère de mon père :

– Je suis désolé, monsieur Spielmann ! Bella n'y est pour rien. C'est... C'est moi qui...

– Stop ! l'interrompit Papa en levant un doigt tremblant qui laissait clairement entendre à qui savait interpréter le silence qui avait suivi qu'il n'était pas le moins du monde disposé à entendre quelque explication que ce soit. Vous les garçons, poursuivit-il d'une voix posée qui ne souffrait aucune contestation, vous allez pour l'instant vous contenter de rapporter les vélos là où vous les avez pris. La discussion en cours est entre Bella et moi.

Je vis Tienot et Henri récupérer les vélos et me lancer des regards paniqués. Ils ne demandaient pas mieux que d'obéir, de s'exécuter sur-le-champ pour montrer qu'ils étaient de bonne composition, prêts à tout pour gagner la clémence de mon père. Pour au moins adoucir la punition qu'il n'allait pas manquer de m'infliger. Mais ils ne savaient même pas d'où ils venaient, ces vélos ! C'était moi qui les leur avais mis à disposition.

– Laissez ça là, les rassurai-je. Je m'en occuperai après. Allez rejoindre vos parents, ils doivent eux aussi s'inquiéter.

Et malgré la fatigue de cette nuit sans sommeil passée à la belle étoile, mes deux camarades furent gagnés par une soudaine vitalité. Je n'avais jamais vu quelqu'un déguerpir aussi vite. Si la situation n'avait pas été ce qu'elle était, je crois bien que j'aurais pu m'en amuser. J'aurais même pu éclater de rire face à un tel étalage de poltronnerie. Mais devant les larmes de colère de Papa, je refrénai bien vite cette envie. Je ne voulais pas qu'il pense un instant que je me moquais de lui. Ni le laisser croire que je sois capable de lui manquer de respect. Parce que loin de moi était cette intention. J'aurais voulu au contraire lui formuler des excuses. Ou le rassurer. Lui dire que, bien qu'ayant découché, en aucun cas je ne m'étais laissée aller à des actes qui pouvaient jeter l'opprobre sur moi. Ou sur lui. Mais j'étais si désemparée devant la souffrance de mon père que je demeurai aussi muette que lui. Et je ne parvins à plaider ma cause qu'en me mettant à pleurer.

– Je suis bien aise de t'entendre dire à tes amis que leurs parents ont pu s'inquiéter, reprit Papa d'une voix monocorde. Tu ne peux donc que comprendre à quel point je me suis rongé les sangs de ne pas te voir rentrer.

J'opinais de la tête, mes larmes redoublant.

– Bon, poursuivit-il. Tu vas tout de suite gagner ta chambre et aller te rafraîchir un peu. Parce qu'aujourd'hui, Tata Claire a besoin de tes services pour préparer la kermesse de demain.

– Mais… tentai-je d'objecter. Et la sortie à Menton ?

– Menton ? Non, ce sera sans toi ! Toi, ta journée, tu la passeras à la garderie.

Il pencha la tête comme pour me dire que c'était le minimum que je lui devais. Surtout après la nuit que je venais de lui faire passer. Ses traits avaient retrouvé leur douceur coutumière et je sentis même son regard me couver de toute l'affection qu'il avait pour moi. Et moi, devant tant d'affabilité, je fondis. Je ne tentai soudain plus de retenir le sanglot qui me submergeait. Je le laissai éclater et fonçai me nicher dans les bras de Papa. Sa main était encore tremblante, mais elle me fut d'un grand réconfort lorsqu'il la passa dans les boucles de mes cheveux.

– Allez, file ! me souffla-t-il.

Je l'embrassai sur la joue et partis en direction du château.

– Et tes vélos ? m'interpella-t-il.

Je commençai à faire demi-tour lorsqu'il s'exclama :

– Laisse-les, va ! Je m'en occuperai ! Cours te préparer !

Je m'exécutai sans discuter. Jamais je ne m'étais sentie aussi légère en montant l'escalier du château. J'avais trouvé une certaine cocasserie dans la fuite effrénée de mes amis. Je devais à mon tour offrir de quoi amuser la galerie, sautant les marches deux par deux, bondissant comme une biquette qui grimpait les monts rocheux de l'Esterel.

Une fois dans ma chambre, je me jetai sur mon lit. Je me tins là un instant dans le confort douillet de mon couchage qui, sans s'offusquer un instant de la trahison que je venais de lui infliger, m'enlaça dans ses plis moelleux. J'écartai les bras. Je ne pouvais pas voler, et pourtant je planais. Un agréable voyage dans les hauteurs vertigineuses de la volupté, provoquant en moi une étrange combinaison de griserie et d'appréhension. Avec une boule au ventre irradiant mon corps d'une interminable salve d'adrénaline. J'étais punie, tenue de regarder les autres partir en excursion pendant que moi j'allais rester consignée au château. Et pourtant, je me sentais emplie d'un bonheur sans limite. Parce que Papa avait très vite évacué la colère que j'avais provoquée chez lui. Et parce que là-haut, sur mon nuage de coton, je me sentais tendrement enlacée par Tienot. Tienot avec qui je venais de passer la nuit. Qui m'avait serrée dans ses bras. Qui m'avait embrassée. Et rien qu'en repensant à ces tendres instants, je sentis mon cœur se lancer dans une envolée rythmique à m'en déchirer la poitrine.

XLIII

EN ARRIVANT DEVANT LES BARAQUEMENTS, j'appréhendais un peu ce qui nous attendait. Ils devaient tous être levés à cette heure-ci. Déjà, personne à l'extérieur pour guetter notre arrivée. Je me doutais en même temps bien qu'ils n'allaient pas non plus nous attendre derrière la porte, prêts à nous crier « Surprise ! » avec un verre de bière et un spéculoos à la main. Mais pas un instant je n'avais osé imaginer être accueilli en chanson. Et pourtant, dès que je passai la tête – avec la même prudence que si je rentrais en plein milieu de la nuit –, Jedjé y alla de sa plus belle voix, dans une version personnalisée et improvisée de *Je cherche après Titine*[1] :

« Je cherche après Tienot,
Tienot, oh mon Tienot,
Je cherche après Tienot,
Mais ça y est le voilà… »

Papa fit aussitôt stopper la chansonnette :

– Oh ! Jedjé ! Calme-toi un peu, tu veux !

---

1. Chanson humoristique de 1917 (paroles de M. Bertal, L. Maubon et E. Ronn, musique de Léo Daniderf).

« Ah, Maman ! Ah, Papa !... », murmura Jedjé à voix basse tout en s'éclipsant sur la pointe des pieds.

Papa lui jeta un regard courroucé. Puis il tourna la tête vers moi. Et si j'avais jusque-là réussi à croire qu'il m'importait peu de ce qu'allait être la réaction de mes parents, je devais bien avouer que je n'en menais d'un coup pas large.

Au fond de la pièce, Chef-pognon y alla lui aussi de son plus beau récital. Mais un récital bien moins mélodieux que celui de Jedjé. Il débitait ses mots avec rage, crachant toute l'écume de sa colère sur un fils – et ce furent ces mots – qui lui faisait honte. Il parla pour lui et sa femme de déshonneur, d'humiliation, de flétrissure. Et il traita Henri de graine de vermine, de bon à rien, de paresseux et d'insouciant. Tout un lexique de reproches que Henri encaissa avec la plus grande désinvolture. Je me demandais comment il faisait pour rester aussi calme. Les paroles de son père glissaient sur lui comme les gouttes d'un *pichou*[1] sur ma barrette. Il se paya même le culot de lui balancer une réplique qu'il devait encore sortir d'un de ses films préférés :

– Toi, tu n'es pas bon à rien, tu es mauvais à tout[2] !

Il n'en fallut pas plus. Chef-pognon lui sauta dessus et se mit à le frapper. Avec une animosité qui tenait plus de la bagarre de fin de ducasse que de la correction d'un père à son fils. Tout s'enchaîna si vite qu'il me fallut un moment pour réaliser la scène en train de se dérouler sous mes yeux. Jeanne Lassagne et Nicole se mirent à hurler. Piotr à pleurer comme si on l'avait abandonné au bord de la route. Jacquot et les frères Lamendin à frapper l'air de leurs petits poings, criant et sautant d'un lit à l'autre. Jedjé et Robert bondirent pour arracher Henri aux griffes de son prédateur de père. Jedjé attrapa Chef-pognon par son col de chemise – qu'il déchira au passage – et lui ordonna

1. *C'est ainsi que les mineurs appelaient les nombreuses fuites d'eau de leurs galeries.*

2. *Réplique tirée du film de Marcel Pagnol* Le Schpountz *(1938).*

de se calmer tout de suite s'il ne voulait pas le voir entrer à son tour dans la partie.

Une chape de silence tomba soudain sur le dortoir. Je réalisai que c'était Jedjé qui, en criant plus fort que tout le monde, avait réussi à mettre fin aux hostilités, nous paralysant au passage tous sur place. C'était retombé. D'un coup. Aussi brusquement que ça s'était déclaré. Toutes les têtes étaient maintenant tournées vers le fond de la pièce. Et il fallut que Jedjé relâche le porion et retourne dans son carré pour qu'enfin nous nous autorisions à reprendre vie. Comme si de rien n'était. Papa me fixait. Je sentais son regard lourd de reproches. Il aurait certainement voulu manifester son mécontentement, mais la réaction de Chef-pognon avait atteint de telles proportions qu'elle annihila en lui toute volonté de s'exprimer. Je lui en sus gré et lui manifestai de la reconnaissance – tout en lui implorant de me pardonner – d'un simple mouvement des paupières.

Dans son coin, Jedjé retrouva sans plus attendre sa douce bonhomie et reprit le petit refrain avec lequel il m'avait accueilli :

« Je cherche après Tienot,
Tienot, oh mon Tienot,
Je cherche après Tienot,
Mais ça y est le voilà… »

Je ne pus m'empêcher de sourire. Quel con, quand même, ce Jedjé !

– Vous saviez que, dans la chanson, Titine était un chien ? lança-t-il à la cantonade. Parce que moi, j'ai découvert ça il n'y a vraiment pas longtemps.

– Ben, oui ! lui répondit Robert. C'est dit à la fin.

– Oui, d'accord ! abdiqua Jedjé. Mais quand y parlait de chienne, moi j'croyais qu'y voulait dire… Enfin… tu vois, quoi !

– Non… pas du tout ! le railla Robert.

Et à la surprise générale, ce fut Chef-pognon qui poursuivit pour en donner l'explication.

– C'est bien d'une petite chienne dont il s'agit. Une chienne qui allait de tranchée en tranchée pendant la Grande Guerre. Quand les États-Unis sont entrés dans le conflit, en 1917, les poilus autour d'eux chantaient toujours *La Madelon.* Pour la mélodie, ça allait, mais le texte, les Amerloques n'arrivaient pas à le retenir. Par contre, « Titine », oui. Du coup, ils en ont fait la chanson souvenir de leur passage sur le Vieux Continent.

Nous restâmes tous silencieux, et pourtant chacun de nous sembla apprécier l'anecdote et le manifesta en secouant de la tête.

Henri vint même en rajouter sur les paroles de son père :

– Oui, c'est même tellement devenu un standard américain, que même Chaplin s'en est emparé. Dans *Les Temps modernes*… Vous l'avez tous vu, celui-là ?

– Oui ! m'empressai-je de répondre, trop heureux d'enfin connaître un des films évoqués par mon ami. C'est celui où il travaille à la chaîne et se fait avaler par la machine, c'est ça ?

– Exact, camarade ! Et à la fin du film, ce qu'il fait chanter à son personnage de Charlot dans le restaurant où il est serveur, eh bien c'est *Je cherche après Titine.* Sauf que Paulette Goddard, la gamine dans le film, lui avait écrit les paroles sur ses manchettes, et comme il les perd en dansant, il se voit obligé d'improviser un charabia fait de mots complètement inventés. Personne ne comprend rien, et pourtant tous les clients éclatent de rire.

– Ah ! intervint Jedjé. Moi aussi, je l'ai vu, celui-là. Mais j'croyais juste qu'il baragouinait en anglais, et que c'était moi qui n'y pigeais rien, et pis ch'est toute.

– Eh bien, non ! Et ça a été là le tour de force de Chaplin. Le cinéma venait de devenir parlant, mais lui n'y croyait pas à ce cinéma-là. Son vagabond, il ne l'imaginait pas doté de la parole. Son art, c'était la pantomime. Il a donc contourné le problème par ce génial artifice. Du genre « Vous voulez entendre la voix de Charlot ? Je vais moi vous prouver combien les mots sont superflus. »

– Fascinant ! s'exclama Jedjé. Tu savais ça, ti, Robert ?

– Non, min cousin ! Mais, en fait, c'est comme pour Maria. La pantomime se suffit à elle-même. Pourquoi tu nous as amené le modèle parlant ?

Un oreiller vola.

Sourd aux gloussements de ladite Maria qui s'ensuivirent, je restai admiratif de la force de cette Titine. Car après avoir distillé autour d'elle une bonne dose de fraternité au cœur de l'horreur des tranchées, elle avait aujourd'hui encore eu le pouvoir de désamorcer sous mes yeux un violent conflit familial. Et très vite, nous avions pu passer à autre chose. Ce qui m'arrangeait bien, car après avoir baigné dans une douce euphorie tout au long de la nuit, je ressentais en moi une si profonde béatitude que pour rien au monde je n'aurais voulu m'en extirper.

* *
*

Alors que nous marchions en direction du porche d'entrée où nous attendaient Maurizio et son autocar, Jedjé nous interpella à voix haute, Henri et moi, histoire de nous plonger dans l'embarras devant tout le monde.

– Et sinon, dites-moi, les deux intrépides, qu'est-ce que vous avez bien pu faire pendant toute une nuit, dehors, en compagnie de ma copine Bella ?

– Ça, j'sais pas, se défendit Henri avec un aplomb qui me laissa pantois. Moi, j'ai dormi. Faut plutôt demander à Tienot… C'est vrai, ça, Tienot… Qu'est-ce que t'as fait avec la belle p'tite mad'moiselle ?

Et il m'attrapa par le cou pour m'ébouriffer la tignasse. Une attaque qui eut au moins le mérite de cacher mon visage au regard des autres. Personne n'avait pu me voir me décomposer. Papa marchait à côté de Jedjé. Je me retournai vers lui et vis apparaître le début d'un sourire à la commissure de ses lèvres. Sur sa droite, collée à son épaule, Maman était elle aussi atteinte de spasmes rieurs qu'elle tentait de dissimuler du mieux qu'elle le pouvait – c'est-à-dire, très mal. Mon regard revint sur Papa : il adopta aussitôt le masque grave du père en colère. Mais avec une soudaineté qui laissait clairement paraître qu'il cherchait à duper son monde. En retournant la tête pour regarder droit devant moi, je l'imaginais aisément éclater dans mon dos d'un rire silencieux pour ne pas que je le perçoive. Jedjé et lui étaient peut-être même à cet instant en train de se taper dans la main. Je souris à mon tour. Voir mes parents s'amuser du trouble qu'ils avaient vu naître en moi – ils me connaissaient par cœur, aussi – m'était plutôt agréable. En tout cas toujours plus que si j'avais réellement été pour eux sujet de colère.

L'autocar avait le nez avancé jusque sous le porche, pour ne pas couper la route. Mais malgré cela, son arrière empiétait sur la chaussée. Aussi Maurizio, excédé par les coups de Klaxon des automobilistes surpris à la sortie du virage, nous fit activer la cadence afin de pouvoir dégager son véhicule au plus vite. Il ne voulait surtout pas que M. Spielmann soit obligé de descendre de son château pour voir sur place ce qui était la cause d'un tel vacarme. Ne pas lui donner le loisir de constater qu'il avait tout simplement eu la flemme d'ouvrir le cadenas de la barrière, comme il était supposé le faire pour gagner quelques mètres. Et ce que notre chauffeur italien ne savait pas, c'était que son patron était de très mauvais poil ce matin. Comme s'il s'était levé du pied gauche, alors qu'à cause de nous il ne s'était peut-être même pas couché de toute la nuit. D'ailleurs, était-ce la mauvaise humeur de notre hôte qui était la cause de l'absence de Bella ? Je pris place sur une des banquettes du fond de l'autocar et restai le nez collé à la vitre. Je ne la voyais toujours pas. Elle allait louper le départ, c'était certain.

* *
*

En arrivant à Menton, je déclarai à Henri qu'il avait la main bien moins douce et agréable au toucher que celle de Bella. Il eut un mouvement de recul, horrifié par ce que je lui annonçais.

– Déconne ! C'est vrai ? Si je t'ai tenu la main pendant le voyage, c'était involontaire, tu sais… J'ai dormi tout le long… C'est… dans mon sommeil… Tu comprends, je…

– Mais tu vois pas que je te fais marcher, *nig'doul*[1] !

– Ah bon… Tu m'rassures… Parce que vraiment…

– Enfin, ajoutai-je, j'te dis ça, mais j'en sais rien… Moi non plus je n'ai rien vu du voyage. Peut-être que tu m'as fait des choses sans que je m'en rende compte…

– Pfff ! T'es con !

Menton était à la frontière avec l'Italie. On ne pouvait maintenant pas aller plus loin sans sortir du pays. Nous nous trouvions sur les hauteurs de celle que l'on présentait comme étant « la perle de la France ». Et reprenant son rôle de guide en se plaçant d'autorité à la tête du cortège, Maurizio tendit la main vers un quartier qui nous apparaissait en contrebas comme un enchevêtrement de toitures de tuiles rondes.

– On va commencer par la vieille ville ! Vous allez voir, c'est fabuleux ! Et au moins, on sera à l'abri du soleil. Après les deux heures de route qu'on vient de se taper, ça nous fera à tous le plus grand bien.

1. Idiot.

Maria poussa un gros soupir de soulagement, et se perdit dans la foulée dans son sempiternel laïus sur les méfaits de la chaleur. Ce qui acheva de nous assommer.

Nous pénétrâmes au cœur de ce que Maurizio nous avait dit être la vieille ville. Un dédale de ruelles. Une architecture atypique au service de l'ombre. Alors que nous, à Noyelles, étions en demande de soleil, ici, on cherchait avant tout à s'en préserver. Un clair-obscur permanent. Des fontaines d'eau sur chaque placette que nous traversions. Partout autour de nous, de hauts bâtiments aux façades colorées se faisaient face. Ils semblaient même se tutoyer aux étages supérieurs lorsque, à la recherche de la douce lumière d'un ciel bleu qui avait disparu de notre vue mais que nous savions pourtant toujours bien présent, nous levions la tête.

Jedjé étira les bras et posa une main sur la maison de gauche, l'autre sur celle de droite.

– Ben, dis donc ! s'exclama-t-il. T'as intérêt de t'entendre avec ton voisin, ichi. Parce que quand tu t'mets à ta fenêtre, si l'autre fait pareil, tu dois avoir l'impression de t'asseoir à la même table que lui.

– Ouais, pratique pour s'passer l'sel ! déclara Robert.

Le rire de Jedjé monta en écho en se répercutant d'un mur à l'autre jusqu'à s'envoler par-dessus les toits. Il devait même à cet instant, en suivant le profilé de ces ruelles, dégringoler en cascade jusqu'au poste-frontière qui se tenait sur le bord de mer.

Un petit passage – passage obligé, semblait dire Maurizio – par la basilique Saint-Michel. La chapelle des Pénitents blancs, quelques mètres plus haut. Puis nous redescendîmes par la rue Longue, bordée de part et d'autre d'innombrables ateliers d'artistes divers.

À l'heure du déjeuner, nous nous installâmes pour piqueniquer sur les pelouses des jardins Biovès.

– C'est là que chaque année, à la fin de l'hiver, se déroule la célèbre Fête du citron, nous apprit Maurizio entre deux bouchées de son sandwich à la *porchetta*[1]. C'est une fête qui a une très grande renommée, vous savez. Dans le coin, c'est la plus célèbre après le Carnaval de Nice...

L'appel de la *porchetta* fut toutefois le plus fort et eut raison de la fin de ses explications.

Ce n'était pas la saison de la Fête du citron, mais nous eûmes quand même la chance d'assister en début d'après-midi à un défilé en musique sur la route qui longeait le bord de mer. Fanfares et majorettes se succédaient dans leurs belles tenues de parade offrant un festival de couleurs qui épousait harmonieusement les tons de la ville.

– Nom d'un p'tit bonhomme ! s'écria Jedjé, alors que ses yeux semblaient vouloir lui sortir de la tête. C'est que y a d'la belle pépée, par ichi, dans les majorettes. C'est moi, ou par chez nous on n'a pas les mêmes ?

– Ben, tu sais ce qu'on a coutume de dire, dit Robert d'une voix forte, pour bien se faire entendre de tous, moins gros est le village, plus le sont les majorettes !

Nous éclatâmes tous de rire. Jedjé, bien sûr, plus fort que les autres. Parce que Jedjé était capable, quand une bonne blague le cueillait, de hurler de rire. Et dans son cas, hurler était un doux euphémisme. Il n'y avait qu'à voir la surprise – la panique ! – du soldat à la grosse caisse de la clique du 21ᵉ régiment d'infanterie coloniale[2] qui avait eu le malheur de se trouver juste devant nous à cet instant. Le pauvre bougre venait de perdre à la fois un tympan et le rythme. Comme si un obus avait été largué à ses pieds. Lui qui était supposé donner la pulsation nécessaire à la bonne marche de toute sa troupe se voyait condamné de poursuivre sa marche d'un pas syncopé, la mailloche pendant au bout de sa dragonne, telle une branche morte dans le prolongement de son bras tremblant.

---

1. Spécialité culinaire italienne à base de cochon farci.

2. Régiment qui deviendra en 1958 le 21ᵉ régiment d'infanterie de marine de Fréjus.

– Hé, Maria ! surenchérit Robert qui ne voulait pas s'arrêter en si bon chemin. À Noyelles, on est déjà plus de huit mille habitants ! Faudra qu'tu déménages dans un tchiot village si tu veux faire la majorette dans ta catégorie !

Nouveau mugissement de Jedjé qui mit une nouvelle batterie-fanfare en perdition.

Et à voir les trompettes de cavalerie de l'armée italienne foncer sur nous et nous passer au pas de course tout en soufflant dans leurs instruments, il y avait fort à parier que le mot était passé dans les rangs. Notre zone était dangereuse. Autant pour la musique que pour la bonne santé de ses interprètes.

XLIV

PAPA M'AVAIT AVANT L'ÉTÉ ACHETÉ la petite robe fleurie que je lui avais tant réclamée. « Parfaite pour les soirs de cérémonie ! » s'était-il alors enthousiasmé. Et ce soir, c'était fête. Nous nous apprêtions à célébrer le 14 Juillet au château. Au château, comme ailleurs. J'avais tout au long de la journée adopté une tenue décontractée pour accompagner les enfants à la grande kermesse que Tata Claire et moi avions minutieusement préparée depuis la veille. Mais après deux jours aux côtés de la belle Martiniquaise, j'éprouvais soudain une farouche envie de laisser éclater ma féminité. Claire Sainte-Rose était une beauté renversante de tous les instants, avec ses robes tout en couleurs et son foulard en madras. Bien loin de moi l'idée de vouloir – et pouvoir – rivaliser avec elle, mais je ressentais l'envie de me faire belle, tout simplement.

Face à la grande glace de ma garde-robe, je laissai tomber mes habits au sol. Je m'observai un instant, seulement couverte de mes sous-vêtements. Les courbes de mon corps ne m'étaient pas si déplaisantes que cela. Bien sûr, je n'avais pas les rondeurs affriolantes de Tata Claire, mais je réalisai que je n'étais plus la petite fille que je pensais toujours être. Je devenais femme. C'était indéniable. En revanche, je ne pus m'empêcher de faire la moue devant l'extrême pâleur de ma peau. À croire que je restais constamment enfermée entre les hauts murs sombres de mon château. Une princesse assignée à résidence. Comme la grande-duchesse Anastasia – cette princesse russe dont Maman, certainement en souvenir des origines de Bella Rosenfeld, aimait me conter l'histoire quand j'étais petite. Il n'en était pourtant rien. Je passais depuis deux semaines mes journées à gambader entre les jardins du domaine d'Agecroft et la plage de La Rague. Mais le soleil n'avait visiblement sur moi pas d'autres effets que celui de brûler çà et là les endroits les plus sensibles de ma peau de rousse.

Je présentai ma robe devant mon corps dénudé. Il n'y avait pas à dire. Elle était faite pour moi. Ses petites fleurs en surimpression sur fond blanc, sa ceinture de taffetas – d'une teinte orangée qui rappelait avec délicatesse la couleur de feu de mes boucles que je laissais volontairement tomber jusqu'à elle –, un jupon de tulle qui dépassait de cinq centimètres au niveau des genoux. Autant d'attributs qui m'avaient interpellée lorsque j'étais passée devant la vitrine du magasin. Et qui aujourd'hui, à l'heure d'étrenner la tenue en public, ne cessaient de faire pétiller mes yeux d'émerveillement. Je me décidai enfin à la passer. Elle était si légère. Me laissait l'agréable impression de n'avoir rien sur le dos tout en étant joliment apprêtée. Je nouai la ceinture. Elle me faisait la taille fine – plus qu'elle ne l'était réellement, me semblait-il –, et donnait à ma poitrine un séduisant avantage. La jupe, gonflée par le jupon, offrait de surcroît une douce fantaisie. Et un parfait contraste avec la rigueur du buste.

Je me mis à rire. Si Tienot m'avait jusque-là trouvée plutôt belle, il risquait de tomber à la renverse en me voyant dans une aussi magnifique toilette. Tata Claire n'avait qu'à bien se tenir. Elle ne serait ce soir pas la seule à faire tourner les têtes.

Et rien qu'à cette pensée, je ne pus m'empêcher de rougir, seule devant ma glace. J'étais finalement encore à des années-lumière d'avoir en moi l'assurance nécessaire pour camper une irrésistible vamp.

* *
*

Tienot ne tomba pas à la renverse.

Mais lorsque je le rejoignis, je crus d'abord que M. Jedjé et ses amis m'avaient fait une blague. Ils avaient érigé en plein milieu de la cour une statue de mon galibot préféré. Une réplique parfaite. Trait pour trait. Sauf que cette copie avait la bouche grande ouverte, comme si les muscles de sa mâchoire venaient de lâcher.

– Eh ben, Tienot ! le railla Henri en lui tapant sur l'épaule. T'as vu la Vierge ou qu… ?

Et c'est là que je vis que ce Tienot-là était bien fait de chair et de sang, puisqu'il cligna des yeux et se mit à balbutier. Je me sentis soudain telle Méduse, la plus célèbre des Gorgones, capable de pétrifier les gens – les gens, les hommes ! Aux côtés de Tienot – qui reprenait tout doucement vie, son sang remontant jusqu'à son visage pour lui redonner une teinte écarlate – se tenait maintenant une deuxième statue : Henri. La tête raide, les talons joints, les bras le long du corps. Un peu comme si M. Jedjé venait de lui aboyer l'ordre de se tenir au garde-à-vous. Kazimierz, lui, restait tel quel. Fidèle à lui-même. Non pas hermétique au charme que je dégageais, mais lui, il lui en fallait plus pour le faire flancher. Il était marié à Maria depuis près de vingt ans. Et ce n'était pas faire injure – mais bel et bien hommage – à Mme Jedjé que de reconnaître que si, sur Terre, il existait une personne qui pût faire trembler les Gorgones, c'était elle. Maria était pourtant la bonté même. La générosité. Elle respirait la joie de vivre. Mais quelque chose me disait que celui qui aurait un jour l'impudence – et l'imprudence – de l'arracher à sa bonne humeur pourrait très amèrement le regretter.

– Ça y est, tchiote ! s'exclama M. Jedjé. Tu nous les as envoyés direct au septième siècle !

Personne ne releva l'erreur tant tous les regards restaient braqués sur moi. Cela en devint même très vite gênant.

Heureusement, la musique se mit à résonner à travers la cour.

Devant la porte de son bureau, Papa avait installé son « Gramophone pique-nique » sur une longue table. Avec toute sa collection de disques de l'entre-deux-guerres. Un ensemble d'une cinquantaine de pièces qu'il avait mis plus d'un an à se constituer. Tous les airs de fête qui faisaient danser la France entière. Pour oublier le bruit des bottes et des armes. Pour oublier *La Marseillaise* de Maman et des « 31000 ». Une manière douce et mélodieuse pour lui de se persuader d'être membre intégrant d'une humanité sur la voie de la rédemption. De l'accompagner dans sa convalescence sur le long chemin qui l'autoriserait peut-être un jour à avoir le sentiment d'être à nouveau un homme. Il poussa le couvercle-pavillon à l'autre bout de la table à la recherche de la diffusion optimale de sa musique. Alors que les couples se formaient devant nous – mes deux statues et moi – et allaient rejoindre M. Jedjé et sa Maria qui ne s'étaient pas fait prier pour ouvrir le bal dès les premières notes, Papa me fit de loin un petit signe de la main. Il ne savait pas qu'il venait de me libérer. Pas plus qu'il ne devait réaliser être en train de se libérer lui-même.

Alors que *La Java bleue* – qui, contrairement à ce que son nom indiquait, était une valse – se terminait, Papa lança *Riquita* à plein volume. Maria fonça sur nous et, tout en chantant la jolie fleur de Java de ce fox-trot, attrapa Henri par le bras et l'entraîna dans sa danse. Henri n'eut pas le temps de comprendre ce qui lui arrivait. Il se trémoussait comme il savait si bien le faire, riant à gorge déployée. Maria s'arrêta de chanter le temps de nous héler :

– Alors les amoureux ! Allez, en piste ! Comme tout le monde !

Nous nous exécutâmes sans discuter – et heureusement, sans trop réfléchir. J'attrapai Tienot et l'embarquai dans une danse folle qui exigeait que jamais on ne s'arrête. Pas le temps de souffler. Nos pas étaient gauches, mais finalement à l'image de ceux des autres qui, tout comme nous, s'échinaient tout simplement à ne pas perdre la cadence.

Très vite, je considérai la légèreté de ma robe comme une bénédiction. La soirée était chaude et il ne fallut qu'une poignée de minutes pour voir nos corps trempés de sueur. Au bout de trois danses, c'est un Henri haletant qui vint nous taper sur l'épaule :

– On ne descendrait pas un moment à la plage ? Histoire de respirer un peu !

– Qu'est-ce que t'as encore fait pour devoir à nouveau fuir, toi ? T'as pas su résister aux avances de Maria ? Et c'est maintenant M. Jedjé qui te cherche, c'est ça ?

Tienot éclata de rire.

Henri dut s'y reprendre à deux fois, tant il était essoufflé, pour nous dire que si c'était M. Jedjé qui avait été après lui, il n'aurait plus eu d'autre choix que celui de quitter le pays. Définitivement. Fuir n'aurait pas été suffisant. Il lui aurait fallu disparaître.

– Non, mais plus sérieusement, poursuivit-il en retrouvant un débit de paroles un peu plus fluide, Maria m'a poussé dans les bras de toutes ses copines. Et elles ont une belle condition physique, les bougresses. Elles m'ont épuisé. Alors, la plage ?

Je sentais Tienot qui me sondait du regard avant de se prononcer.

– Oui, allez ! répondis-je. Un p'tit peu de calme, ça ne nous fera pas de mal.

* *
*

L'heure n'était pas à la plage. Chacun était parti profiter des nombreuses animations et festivités qu'offrait comme dans tous les villages et villes de France ce jour de fête nationale. Le sable était encore chaud en surface, mais quand je le grattais avec mes orteils, mes pieds s'enfouissaient dans une couche humide et fraîche. Ça faisait du bien. Surtout après les trois danses que je venais de leur faire subir – trois danses pendant lesquelles ils n'avaient fait que se faire écraser par ceux de Tienot.

Nous étions seuls. Il y avait bien un marin en train d'accrocher son embarcation du côté du quai flottant mais, sur la plage de La Rague, personne. Sur notre gauche, le rocher des Pendus semblait profiter de la nuit pour prendre vie. Il bruissait au-dessus de la mer, telle une haute ombre fantomatique. Je conjurai en silence mes camarades de ne point faire de bruit pour ne pas révéler notre présence. Ce n'était la journée qu'un simple amas de roches, mais qui était capable de dire ce que devenait la nature, la nuit, une fois que l'envahisseur humain l'avait abandonnée ? Et je ne devais pas être la seule à qui les lieux inspiraient quelque inquiétude. Car Henri – à croire qu'il avait entendu la prière qui n'avait pourtant pas franchi le mur de ma pensée – se mit à murmurer en lorgnant du côté du rocher :

– Ben dis donc, pas besoin d'un cimetière pour rendre un endroit flippant !

– Ouais ! se contenta d'ajouter Tienot dans le même chuchotement.

Et je le sentis frissonner jusqu'au bout de ses doigts lorsqu'il agrippa ma main.

Le château était là, au-dessus de nos têtes. Avec la musique de Papa qui descendait jusqu'à nous. En sourdine. Comme une lointaine rumeur. En parfaite adéquation sonore avec la retenue que nous imposait notre appréhension. Je revoyais Papa positionnant son couvercle-pavillon à l'extrémité de sa table.

Comme s'il avait su que j'allais à un moment ou à un autre m'éclipser pour descendre sur la plage. Qu'il avait voulu que ses airs festifs m'accompagnent toujours, où que je sois. Pour en quelque sorte me protéger. Me rassurer.

L'air qui suivit me fit sourire.

– Tiens, revoilà *Mon amant de Saint-Jean* ! annonçai-je d'une voix un peu plus claire. J'en connais une, là-haut, qu'on ne doit plus pouvoir tenir. C'est même étonnant qu'on ne l'entende pas chanter jusqu'ici.

Tienot et Henri sourirent à leur tour.

– Y sont chouettes, Jedjé et Maria, non ? demanda Tienot.

– Absolument ! confirma Henri. Ils sont plus que chouettes, même ! Vous savez là où je trouve qu'ils sont fortiches ? C'est dans la vitesse avec laquelle ils arrivent à faire oublier l'image de crétins qu'ils donnent au premier abord. Quand tu fais leur connaissance, qu'est-ce que tu te dis ? « Tiens, en voilà deux qu'on a dû démouler un peu trop chaud ! » Et puis ils viennent te parler, et te font immédiatement regretter la vilenie de tes premières pensées. Ils sont simples, d'une incroyable gentillesse. Et il se dégage d'eux une telle joie de vivre qu'elle en devient communicative. Même moi, pourtant fils de l'ennemi, ils m'ont d'emblée ouvert leurs bras pour m'offrir toute la bienveillance qui les anime. Comme ça, sans calcul…

– Je n'aurais pas su le dire aussi bien, acquiesça Tienot en secouant la tête, mais je pense tout comme toi. Sous ses airs rustres, Jedjé, c'est le meilleur des camarades. À la fosse 23, tout le monde l'adore. Et Maria, elle est soûlante, mais quelle bonne femme, quand même !

Henri accompagna Tienot dans le même mouvement de tête.

– Oui… mais on est d'accord : elle est quand même très soûlante.

Nos éclats de rire s'en allèrent rebondir sur le rocher des Pendus pour ensuite s'envoler vers le large. La bonhomie et la bonté d'âme de M. Jedjé et de Maria nous avaient une fois de plus été salutaires. Il nous avait suffi de parler d'eux pour retrouver une douce sérénité. Nous restâmes quelques instants silencieux, les regards tournés vers le port. Les frêles esquifs qui l'occupaient s'agitaient sous nos yeux au rythme des flonflons du 14 Juillet. Ils se laissaient bercer par le guilleret clapotis de la mer tout en faisant chanter les chaînes qui les tenaient à l'amarrage.

Je m'allongeai sur le sable, le nez dirigé vers les étoiles. Je sentis Tienot adopter la même position en venant se coller à moi. Henri en fit de même sur la droite de Tienot.

– On est quand même vachement bien, là, non ? se contenta-t-il de dire en mettant ses mains derrière la tête.

– Ouais ! approuva Tienot.

– Hmm ! me contentai-je de répondre sans remuer les lèvres, tant je me délectais de cet agréable moment.

– Le ciel est dégagé, ajouta Tienot. On voit bien les étoiles, c'est signe de très beau temps pour demain, ça.

– Parce que t'en as eu beaucoup des jours où il n'a pas fait beau, depuis qu'on est là ? ironisa aussitôt Henri.

– Hmm ! abdiqua Tienot en empruntant mon riche vocabulaire.

Puis il pointa un doigt vers le ciel et nous présenta les différentes constellations. La Grande Ourse, qui ressemblait à une casserole. La Petite Ourse, plus difficile à distinguer, pour laquelle Tienot nous invita à prendre un espace repère avec nos deux mains, nous demandant ensuite de le déplacer cinq fois jusqu'à tomber sur l'étoile Polaire. Orion, avec ses points les plus lumineux qui formaient un sablier. Cassiopée, qui dessinait un « W ». Persée, d'où jaillirait dans un mois une pluie d'étoiles filantes visibles de la Terre – que Tienot nomma très joliment les « Larmes de saint Laurent »... Je devais bien admettre avoir parfois du mal à identifier les formes annoncées. Mais la leçon était plaisante. À observer ainsi si longuement le ciel et les astres qui l'habitaient, je me sentis soudainement très petite et il me prit l'envie de me pelotonner contre Tienot. Je sentis alors son bras faire pression sur mon épaule.

Henri se leva d'un bond.

– Bon, les amoureux ! C'est pas que je n'suis pas bien avec vous, mais je sens que ça va devenir dégueulasse, vos histoires, là…

Il éclata d'un rire bien sonore et poursuivit :

– Non, et puis y a Maria et ses copines qui doivent se demander où j'suis passé… J'ai encore quelques tours de danse à assurer.

Puis il s'éclipsa sans même nous laisser le temps de réagir.

Et alors que Tienot se penchait sur moi pour m'embrasser, nous fûmes interrompus par la voix résonnante de notre camarade. De la petite allée qui rejoignait la route, Henri venait de reprendre à tue-tête le refrain qui arrivait à nos oreilles depuis la cour du château. Tienot ne put résister à l'envie de l'accompagner et, tout en continuant à me fixer avec un air faussement grave, se mit lui aussi à chantonner :

« La fille du bédouin
Suivait nuit et jour
Cette caravane[1]. »

1. La Fille du bédouin, *chanson extraite de l'opérette* Le Comte Obligado *(1927), sur des paroles d'André Barde (auteur de l'opérette) et une musique de Raoul Moretti.*

XLV

L'EXCURSION DU JOUR ÉTAIT PRÉVUE dans la ville voisine de Cannes. Pas moins de cinq autocars avaient été réquisitionnés pour rallier la célèbre station balnéaire. Henri était des plus excités à l'idée d'aller flâner sur la Croisette, cette large promenade piétonne près de laquelle avait eu lieu deux ans d'affilée une compétition internationale de films. « Une manifestation aussi importante que la prestigieuse Mostra de Venise ! » s'était alors emballé Henri. « Avec des tas de vedettes du cinéma mondial ! » avait-il même ajouté. « Tu te rends compte ? L'année dernière, tu pouvais par exemple y croiser Vincente Minnelli, Elia Kazan, Ingmar Bergman, René Clément ou Jacques Becker ! » J'avais bien réalisé que, pour le cinéphile qu'il était, on ne pouvait prononcer de tels noms sans avoir des étoiles plein les yeux. Mais, très honnêtement, moi, Étienne Marquet, galibot à la fosse 23 de Noyelles-sous-Lens, non, je ne me rendais pas vraiment compte. La seule chose que je réalisais était que notre séjour touchait à sa fin. Dans deux jours, c'était pour nous retour à Douai, puis Noyelles. Dans deux jours, j'allais devoir dire au revoir à Bella, sans savoir si je la reverrai un jour. Et deux jours, c'était très peu. Trop peu. Aussi j'avais décidé de ne pas partir cette fois-ci avec le groupe, préférant rester seul avec Bella. Et Bella s'était montrée ravie de la proposition.

– Pas de bêtises, hein, min garchon ! me recommanda Papa en clignant de l'œil.

Je me contentai de lui répondre par un rire. Un rire gêné. Un rire qui ne faisait que pallier mon manque de repartie. Un rire niais, quoi. Qui faisait de moi un vrai *bec-bos*[1] comme on disait par chez nous. Dans pareille situation, Henri, lui, aurait sorti de derrière les fagots une réplique de film qui aurait amusé la galerie. Moi, il paraissait clair que mon immobilisme et mon assentiment embarrassé me faisaient plutôt plaider coupable pour une erreur de comportement que je n'avais pas encore commise.

– Je te confie ma copine ! insista Jedjé en me tapant sur l'épaule avant de monter à son tour dans le car. Tu fais gaffe, hein ! Tu es gentil avec elle !

Je n'osais plus regarder Bella. Qu'allait-elle penser de nous ? Et de moi, surtout ! Que je faisais étalage de l'intimité de notre relation ? Que j'allais quémander auprès des adultes des conseils pour savoir comment la traiter honnêtement ? Il s'agissait là de NOTRE histoire ! Une histoire plus instinctive que calculée. Et je ne voulais pas laisser croire un instant à Bella que j'avais échafaudé un plan pour mener notre relation encore plus loin qu'elle n'était déjà. Rester seul avec elle était effectivement ce que je désirais le plus au monde. Mais les plaisirs de la chair – puisque c'était bien de cela dont il était question – étaient une étape qui me filait le vertige. M'effrayait. À laquelle je m'étais jusque-là refusé de penser. Enfin, non… En toute honnêteté, je nous avais déjà imaginés franchir le pas. Mais… une telle projection n'avait toujours été que le fruit de mes méditations nocturnes et solitaires. Même avec Henri je n'avais jamais osé aborder le sujet. Les entendre tous évoquer

1. *Un bec en bois, celui qui ne sait pas quoi dire.*

la chose avec autant de liberté ne faisait que souiller la pureté de mes pensées. C'était une intrusion dans mon intimité – dans notre intimité ! – qui, à mon sens, risquait de salir notre belle histoire. Oui, mon sang bouillait quand j'étais avec Bella. Quand elle venait se nicher entre mes bras. Quand ses lèvres se posaient sur les miennes. Quand ma main effleurait subrepticement sa poitrine que je sentais se tendre sous ses vêtements. Mais maintenant, n'allait-elle pas voir dans ma proposition de nous isoler quelque malhonnêteté ? Alors que non, j'aurais voulu pouvoir le lui assurer, pas une minute…

Je sentis la main de Bella attraper la mienne. Ce doux contact eut le mérite de m'arracher à ma réflexion. Je risquai un regard vers elle. Ses grands yeux bleus me couvaient avec une tendresse qui me fit fondre. Elle exerça sur mes doigts une légère pression, comme pour me signaler qu'elle avait parfaitement saisi la virginité de mes sentiments. Qu'elle ne se laissait pas duper par quelques railleries qu'elle devait juger plutôt bon enfant.

L'autocar se mit en route.

Henri se colla à la vitre du fond et se mit à nous mimer une crise de larmes, comme s'il était le gosse éploré du film *Le Kid*[1], quand les services sociaux venaient le récupérer de force chez le vagabond qui l'avait recueilli. Il nous vit rire à ses grimaces, mais j'étais certain que pas un instant il n'avait dû s'imaginer que j'aie pu reconnaître la scène qu'il jouait. Il ne devait plus se rappeler – ou peut-être ne l'avait-il jamais su, car il était plus familier des rues de Douai que de celles de Noyelles – que chez nous, dans l'arrière-salle du *Café de la mairie*, on y projetait régulièrement des films de Chaplin.

* *
*

1. Film de Charlie Chaplin (1921).

Après quelques pas main dans la main sur les quais du port de La Napoule, j'invitai Bella à aller boire un verre chez Pépino.

– Hé bé, les jeunes ! s'exclama-t-il en nous voyant arriver. Vous n'êtes pas allés à Cannes avec les autres ?

– Non, lui répondis-je, on n'en avait pas trop envie.

– Ouais, je comprends bien !

Et à voir le large sourire qu'il affichait en essuyant ses mains sur son large tablier, Pépino nous faisait savoir qu'il avait bien saisi notre irrésistible besoin de nous isoler.

– Vous voulez vous mettre en terrasse, ou alors préférez-vous une place à l'intérieur, bien tranquille ?

– Non, en terrasse ce sera très bien, tranchai-je en lui rendant son sourire.

Pépino nous apporta deux verres de menthe à l'eau, ce divin nectar rafraîchissant dont il avait le secret. J'en avais déjà bu quelques-uns depuis ma première visite à *La Cave du mineur*. Et pourtant, j'éprouvais toujours le même plaisir. Le plaisir de l'inédit. Comme si c'était la première fois. J'observai Bella en train de siroter le sien. Elle avait les yeux fermés. Il n'y avait pas de doute, nous étions tous deux dans la même délectation.

– Je n'arrive pas à réaliser que, dans deux jours, je reprends le train et retourne dans le Pas-de-Calais, lui dis-je tout en regrettant déjà de l'avoir forcée à ouvrir les yeux avec des mots qu'elle n'avait visiblement pas envie d'entendre. C'est passé si vite…

– Il ne faut pas déjà penser à demain, objecta-t-elle en secouant la tête. Et donc encore moins à après-demain. Il nous reste deux jours, faisons en sorte d'en savourer chaque instant.

Ne sachant pas trop quelle contenance adopter, je me contentai de prendre une nouvelle gorgée. Puis une deuxième. Une troisième.

– Mais… Tu crois qu'on se reverra un jour ? ne pus-je m'empêcher de lui demander après avoir respecté un silence qui m'avait paru interminable.

– Je… Je ne sais pas ! répondit-elle, agacée. Qui peut savoir de quoi demain sera fait ?

Je ne m'offusquai pas outre mesure de sa soudaine irritation. Je savais bien ne pas en être la cause. Elle voyait à son tour se pointer le terme de ce que nous croyions à jamais acquis. Et même si je venais de sonner le réveil pour nous mettre face à la réalité de la situation, Bella préférait continuer de ne pas y penser. Pas encore. Pas tant que nous avions un peu de bon temps devant nous. Et elle avait raison. Nous n'avions pas décliné l'invitation à la balade cannoise pour nous lamenter sur ce qui était inéluctable. Je demandai donc aussitôt à Pépino de m'apporter un verre de bière, histoire de célébrer l'événement d'avoir enfin une journée entière pour nous seuls. À ma grande surprise, Bella commanda la même chose. Nous abandonnâmes donc ensemble le régal désaltérant pour nous laisser aller vers une douce griserie. Pour échauffer nos sens. Pour faire sauter nos dernières inhibitions. Et le moins que l'on pût dire était qu'à l'heure où le soleil pavanait au zénith au-dessus de nos têtes, nous avions laissé derrière nous toutes nos angoisses.

Nous payâmes Pépino avant de nous lancer dans une course effrénée à travers les petites rues de La Napoule, comme si nous étions en train de commettre un délit. Je ne lâchais pas la main de Bella et la sentais entraînée par ma foulée plus rapide que la sienne. Elle était à la limite de la rupture et me hurla soudain de m'arrêter. Je stoppai ma course et la réceptionnai dans mes bras. Elle était hilare mais haletait tant que son rire s'en trouvait syncopé. Je ne savais même pas pourquoi on s'esclaffait de la sorte, mais je l'accompagnais sans la moindre retenue. Sans arriver à m'arrêter. Puis, tout en reprenant progressivement nos esprits, nous adoptâmes un pas plus nonchalant pour regagner le château. Une marche accompagnée de longues inspirations. Pour retrouver un peu de souffle. Et par la même occasion pour savourer pleinement l'instant présent.

Tout en parcourant la route du bord de mer aux côtés de Bella, je réalisai la chouette famille que je m'étais trouvée au cours de ce séjour. Ces quelques jours passés dans le sud de la France venaient de tisser entre tous les membres de notre groupe d'indéfectibles liens. J'avais passé des heures formidables en compagnie de personnes qui n'étaient jusque-là que de vagues voisins, concitoyens ou camarades de fosse. Ils étaient aujourd'hui tous des êtres chers à mon cœur. J'aimais leur compagnie, c'était indéniable. Mais j'éprouvais en même temps à cet instant un vif plaisir de les savoir à quelques kilomètres de nous. La famille, on ne l'aime jamais autant qu'une fois que l'on arrive à s'en émanciper.

Ne plus rien entendre. C'était cela qui s'avérait le plus agréable. Aucun bruit autour de nous. Aucun son parasite venant troubler notre petit bonheur ambiant.

Ne plus entendre Jedjé et Maria chanter dans notre dos – nous laissant ainsi la liberté d'errer sur cette route reliant le centre de La Napoule au domaine d'Agecroft à notre propre cadence.

Ne plus entendre Robert râler après un décor trop luxueux à son goût pour être naturel – il soupçonnait quand même les Houillères, quand il avait un coup dans le nez, d'avoir « monté » ce paysage de rêve, comme si nous étions sur une simple scène de théâtre, juste pour nous faire oublier les combats sociaux qui perduraient depuis un an.

Ne plus entendre Henri faire des imitations d'illustres comédiens qui nous étaient pour la plupart inconnus – ce qui était loin de faire de nous le meilleur des publics.

Ne plus entendre Jacquot, Jules et Jean enchaîner les jeux lancés par leur traditionnel « Hé ! T'étais un *machin chose*, et nous des *trucmuches* ! » avant d'aussitôt incarner les personnages proposés tout en hurlant et en gesticulant dans tous les sens.

Ne plus entendre Nadine Lamendin et Maman échanger des astuces pour bien cuire la « tarte au *libouli*[1] » ou rendre nos « loques ed fosse » aussi neuves qu'au premier jour.

Ne plus entendre Zabeth et Nicole ricaner dans notre dos parce que j'attrapais la main de Bella.

Ne plus entendre Piotr faire son *brayou*[2] dans les jupes de sa mère.

Ne plus entendre Chef-pognon nous balancer à la face combien coûtait la reconstruction de la ville du Portel – où il aimait emmener sa petite famille – qui avait été entièrement rasée en septembre 1943, les études de son fils (s'il savait…) ou la dernière robe de sa femme Jeanne.

Ne plus entendre Papa me charrier avec son air de pince-sans-rire.

Ne plus entendre Jedjédja nous demander si on était bientôt arrivés.

Ne plus rien entendre…

* *
*

Bella me tira par la main.

Elle jeta un œil en direction du bureau d'accueil – il était vide – et m'entraîna sur le sentier qui menait jusqu'à nos baraquements.

– Attends ! chuchotai-je alors qu'elle avait déjà la main sur la poignée de la porte d'entrée de notre dortoir.

Je ne savais pas quelle crainte je pouvais avoir. La pièce était forcément vide. Ils étaient tous à Cannes pour la journée. Elle

---

1. *Tarte au lait bouilli, spécialité du nord de la France (une tarte faite d'une pâte à brioche à gros bord garnie d'un flan pâtissier).*
2. *Pleurnichard.*

se retourna vers moi et cligna des yeux. Pour me tranquilliser. Pour m'assurer qu'elle savait parfaitement ce qu'elle faisait.

Jamais je n'avais connu ce lieu plongé dans un aussi grand calme.

Bella m'attira jusqu'à mon lit, le geste aussi sûr que si elle me menait dans un endroit connu d'elle seule. Elle s'assit. Je restais planté face à elle. Interdit. Pétrifié par une invitation à laquelle je ne m'attendais pas. Bella portait une robe légère. Beaucoup plus simple que sa magnifique tenue à fleurs de la veille, mais tout aussi seyante. Celle-là était fermée sur le devant par une rangée de boutons qui allait du ventre jusqu'au col. Elle porta la main gauche à son cou et commença à déboutonner le haut. Lentement. Mais avec détermination. Jusqu'à laisser apparaître sa poitrine. J'étais tétanisé. Je n'arrivais plus à déglutir. Elle était si belle. Et elle était là, me dévoilant une partie de son corps. S'offrant à moi. Sentant la panique me gagner, son regard se fit doux. Puis elle attrapa ma main et la guida jusqu'à sa poitrine. Jamais de ma vie je n'avais connu quelque chose d'aussi agréable au toucher. Mes doigts se firent caressants. J'effleurai son mamelon et le sentis se raidir. Mon sang était soudain une coulée de lave dans un réseau de veines et d'artères en effervescence. Une lame de fond écarlate qui, irriguant subitement – et en surabondance – mon cerveau, me provoqua un étourdissement. Les bras de Bella m'agrippèrent comme si elle était en train de se noyer dans ses émotions et trouvait en moi la balise capable de la maintenir à flot. Je me devais donc d'être fort. Tout au moins le laisser paraître. Même si chaque partie de mon corps était à cet instant secouée par des tremblements que je ne contrôlais pas.

Puis Bella s'allongea en m'entraînant avec elle. Je l'accompagnai. Pris dans le vertige de nos baisers enflammés, nous arrachâmes à la hâte le peu de vêtements qu'il nous restait. Ma chair au contact de la sienne. Chacun de mes pores collés aux siens, leur exhalant toute ma passion. Mon désir. Ma fébrilité.

Pris d'une frénésie croissante, je tentai sans plus attendre de la posséder. Mais son corps résistait. Bella redoubla d'ardeur. Elle s'arc-bouta. Donna à son bassin un persévérant mouvement de va-et-vient.

Suant à grosses gouttes et ahanant comme un beau diable, je m'obstinai, butant sans cesse sur la porte scellée de sa virginité. Bella fit glisser son bras. Elle s'empara de moi afin de canaliser mes débordements et de me guider. Et soudain, je la sentis céder. Se déchirer. Elle cria si fort que j'en restai paralysé. Elle m'ordonna néanmoins de continuer. La figure grimaçante comme si je lui faisais mal, mais semblant vouloir passer outre sa douleur. Et à travers le feu ardent qui me consumait, je sentis très vite une boule de chaleur encore plus forte m'irradier tout le bas-ventre.

Bella et moi nous extasiâmes dans un même râle. Puis nous tombâmes dans les bras l'un de l'autre. Repus. Apaisés. Je me relevai au-dessus d'elle, tremblant, et décollai de ma main la plus tendre ses longs cheveux qui se collaient à son visage. Elle avait les joues rouge écarlate, ce qui la rendait encore plus désirable. Je l'aurais admirée ainsi pendant des heures. Mais je finis par m'affaler à côté d'elle, écrasé par le poids d'un bien étrange sentiment. Celui d'avoir mené un combat amoureux dont l'issue me faisait sentir tout à la fois vaincu et vainqueur.

XLVI

J'AVAIS RESSORTI LES VÉLOS de la remise. Et Tienot, Henri et moi étions partis pour une ultime balade dans La Napoule. Nous étions remontés jusqu'au pas Estrecho[1], le seul gué praticable entre Pégomas et l'embouchure de la Siagne, étions revenus par Capitou, le bureau de poste, le grand domaine du terrain de golf – avec ses immenses pins parasols plusieurs fois centenaires – pour enfin nous arrêter sur la plage de sable du centre, entre le château Clews et le port.

Les yeux tournés vers les îles de Lérins, nous avions maintenant l'un comme l'autre le regard vague. Fuyant. De peur de montrer aux autres le profond désemparement dans lequel nous plongeait l'idée de très bientôt devoir nous séparer. J'avais la veille fait la leçon à Tienot pour profiter jusqu'au dernier instant du temps qu'il nous restait, mais j'éprouvais aujourd'hui le plus grand mal à faire fi de la terrible échéance qui approchait à grands pas. Demain, tout serait fini. D'autres gens des Charbonnages allaient arriver. D'autres mineurs. Mais ce ne serait plus mes mineurs. Parce que les miens, après avoir chamboulé à jamais mon existence, allaient disparaître de ma vie.

---

1. *Le pas étroit, en provençal.*

Je n'étais plus la Bella d'hier. Forcément. Pas après ce que Tienot et moi venions de partager. J'avais beau sonder Henri du regard, je n'arrivais pas à savoir s'il savait. Tienot était son ami. Peut-être s'était-il confié. En même temps, je n'y croyais pas trop. C'était devenu tacitement notre secret. C'était si intime. Mais même sans avoir reçu l'histoire en confidence, Henri semblait avoir perçu quelques changements dans notre façon d'être. Il était d'ordinaire le premier à railler notre amour naissant, notre amour tant qu'il se cherchait. Et depuis ce matin, rien. Comme s'il était inscrit sur nos visages que nous nous étions enfin trouvés. Et que l'ironie du peut-être ne pouvait désormais avoir qu'une saveur désuète.

Nous sommes ensuite allés chez Pépino. Une nouvelle fois. Une dernière fois. Tienot et Henri commandèrent des verres de bière et retrouvèrent très vite l'usage de la parole. Moi, je me contentai du traditionnel sirop de menthe. J'avais la gorge nouée. Et il me fallut jouer avec le tintement des glaçons pour dissimuler au mieux mes problèmes de déglutition. Je tentai d'afficher mon plus beau sourire mais le sentis virer en grimace. Parce qu'il était contraire à l'humeur qui m'animait.

Tienot trinquait et riait avec Henri. Se réfugiant derrière une hilarité exagérée. Faisant tout pour ne pas être témoin du grand désarroi en train de m'étreindre. Cherchait-il à se protéger ? À masquer ses sentiments ? Évidemment. L'agitation de sa pomme d'Adam n'était pas le signe d'une grande sérénité.

J'aurais tant aimé à cet instant me trouver seule avec lui. N'était-ce que pour coller quelques mots sur nos pensées. Nous autoriser à nous exprimer sur nos actes. Sur NOTRE acte ! Quel était son sentiment aujourd'hui ? Était-il au fond de lui-même aussi désinvolte que ce qu'il voulait bien laisser paraître ? Regrettait-il ou pas ? Je le sentais depuis ce matin un peu plus distant. Mais peut-être était-ce une réaction normale. Qu'avait-on à attendre de plus une fois qu'on avait tout eu ? Et je lui avais tout donné. Je devais bien admettre être pour ma part un peu déçue. Moi qui m'attendais à un réveil de mes sens et de mon corps. Alors que tout n'avait été que douleur. N'était-ce finalement que cela l'amour ? J'étais déçue, oui. Mais je ne regrettais pas. Je ne regrettais rien. J'avais fait le premier pas pour offrir à nos corps l'occasion de se découvrir, de s'ébattre et de s'exprimer. Peut-être était-ce là ce qui avait effrayé Tienot. Ce qui l'avait rendu froid… Eh bien, malgré tout cela, je mourrais d'envie de renouveler l'expérience. Mais j'attendrais, maintenant. Lui laisserais prendre l'initiative. L'occasion de me manifester son désir. S'il en avait le cran. Et surtout, s'il en avait le temps. Parce que ce fichu temps ne jouait pas en notre faveur. À peine une journée… Juste quelques heures… De toutes petites heures…

* *
*

Papa avait voulu faire de ce vendredi 16 juillet 1948 un *bis repetita* de la soirée qui avait déjà eu lieu deux jours plus tôt. Il ne s'agissait plus de fête nationale, mais d'une fête d'adieu. Pour quitter dans la plus grande allégresse le premier contingent de mineurs à être venus séjourner au château. Pour imprimer dans nos mémoires l'esprit festif et rieur qui avait animé chacun de nous tout au long de la quinzaine. On savait tous que des adieux pouvaient être tristes. Mais l'heure n'était pas aux larmes. Pas encore.

Après un souper champêtre qu'ingénieurs et mineurs avaient partagé dans la grande cour, M. Jedjé et Maria amusèrent la galerie avec tout un répertoire de chansons comiques et réalistes qu'ils connaissaient sur le bout des doigts. Il y fut question d'une femme qui, après être allée manger un pied de cochon grillé chez *Chartier*, se retrouvait dans une chambre d'hôtel où le lavabo avait une fuite. Et à chaque fin de phrase, le couple Jdrzejowska levait les bras pour tous nous faire crier « Félicie…

aussi ! ». D'un militaire pas bien portant qui nous faisait l'hilarante énumération de tous ses maux – qui en faisaient l'homme le plus mal en point que la Terre ait jamais porté. D'une jeune fille qui vendait des cartes postales, mais aussi des crayons... Et ils conclurent par un gai refrain qui annonçait qu'il n'y avait rien de meilleur au monde qu'avoir un bon copain. La chanson, pourtant joyeuse, fut applaudie dans les larmes et les accolades. Sans distinction sociale. Juste le plaisir d'être là. De partager. Et de réaliser que nous venions tous de vivre les deux semaines les plus exaltantes de notre existence.

Papa installa sa grande table devant la porte du bureau et ressortit son « Gramophone pique-nique ». Aussitôt, les corps s'enlacèrent et se mirent à virevolter tout autour de nous. Tienot et moi rîmes de bon cœur en voyant Henri entraîné de force dans le flot dansant qui transforma la cour du château en une magnifique piste de bal. Il passait de bras en bras, ressemblait à un pantin désarticulé que les femmes se partageaient. Son père était le seul à faire la grimace devant un tel tableau, mais Henri s'en fichait et riait à gorge déployée.

C'était la liesse générale. Et nous, nous restâmes plongés dans le plus grand stoïcisme un long moment. Dans un immobilisme qui contrastait avec l'agitation ambiante. Un peu comme si nous avions été découpés dans les pages d'un magazine pour être collés ensuite dans un autre décor. Deux gratte-ciel newyorkais au milieu d'un village de paillotes. Deux pachydermes intimidés par le vacarme piaillant d'un poulailler. Deux pleureuses invitées à un banquet de noces.

Tienot m'attrapa la main.

Je tournai la tête vers lui et tombai sur un regard franc, déterminé, qui m'enjoignait de le suivre. Sans mot, je me contentai de lui obéir avec la plus grande docilité. J'étais prête à l'accompagner jusqu'au bout du monde si telle était sa volonté. Derrière nous, les corps des danseurs donnaient l'impression de se mouvoir au ralenti, sur une musique qui n'existait plus que dans leur tête. D'un mouvement à l'unisson, nous quittâmes les lieux, drapés dans une étoffe de silence qui n'appartenait qu'à nous. J'étais subjuguée par le regard droit de Tienot qui n'avait plus rien de fuyant. Qui ne laissait paraître aucun doute. Et qui semblait n'autoriser aucune contestation. Je me fis toute petite et, tout en continuant à marcher à ses côtés, vins me blottir contre lui, quémandant sa protection. Sans ciller, il passa son bras autour de mon épaule et me guida d'autorité vers un horizon qu'il avait tracé pour nous. Je ne le reconnaissais pas. L'assurance qu'il dégageait provoqua en moi un long frisson. Je me mis à trembler. Jamais je ne m'étais sentie aussi fébrile. Jamais je n'avais connu pareille sensation. Perdre le contrôle de soi-même. Être à ce point dépendante. Jamais… Un abandon que je trouvais à la fois doux et enivrant.

Je sentis soudain sous mes pieds le sable de la plage de La Rague qui me chatouillait. Là, face à la mer, je me laissai bercer par le duo musical des vaguelettes et de la musique sourde qui descendait du château.

Tienot m'enlaça et me serra très fort contre lui. Je m'abandonnai alors à ses baisers.

Puis, toujours avec le même allant et la même détermination, il me tira par la main. Face à nous, la cabane des pêcheurs qui jouxtait le petit port. Sous mon regard halluciné, Tienot en crocheta la serrure. Y avait-il donc, sans que je l'aie décelé jusque-là, un petit côté Arsène Lupin chez mon galibot de la fosse 23 de Noyelles-sous-Lens ?

Il me fit entrer et referma la porte sans même jeter un œil vers l'extérieur. Pas même l'once d'une inquiétude que l'on pût être vus. Un nouveau frisson descendit en rappel le long de ma colonne vertébrale. Tienot s'avança vers moi. D'une main légèrement tremblante – quand même… à moins que ce ne soit mes propres tremblements que je ressentais là –, il dénoua la ceinture de taffetas de ma robe et me déshabilla, lentement, son regard fixe ne lâchant jamais le mien. Comme s'il arrachait les pétales des fleurs de mon vêtement. Un à un. Pour les laisser tomber au sol en récitant : « Je t'aime, un peu, beaucoup, passionnément… »

Arsène Lupin venait toujours avec un bouquet sur les lieux de son crime.

Je me retrouvai nue, frissonnant tout autant d'appréhension que du violent désir que Tienot venait de faire naître en moi. Puis, toujours avec la même délicatesse, il se débarrassa à son tour de ses habits. Il m'attrapa par les épaules et vint se coller à moi. Puis il m'allongea sur un amas de couvertures qui semblaient avoir été abandonnées là pour nous offrir un doux nid d'amour prêt à accueillir nos ébats. Sans précipitation, il parcourut mon corps. Je sentais ses lèvres chaudes qui embrassaient ma peau. Je m'animai doucement, me cambrai, gagnée par une soudaine surexcitation. Je le voulais. Le désirais. Là. Maintenant. Sans plus attendre. Mais il sentait qu'il me tenait, que j'étais sous son emprise. Et il en joua. Il prit tout son temps, me picorant centimètre par centimètre. Il arriva à mon oreille et l'embrassa en caressant mes cheveux. Puis sa main descendit le long de mon cou, glissa jusqu'à ma poitrine, mon ventre, mes fesses. J'eus un mouvement de recul lorsqu'il la laissa aller entre mes cuisses. Tienot se figea quelques secondes, mais je l'invitai à poursuivre. Intriguée, mais à la fois si impatiente d'enfin découvrir l'exaltation de mes sens, je sentis mon plaisir poindre et s'intensifier sous l'effet de ses caresses. Le feu me monta aux joues. Des petits spasmes commencèrent à m'agiter. Comme si Tienot avait laissé pendre au-dessus de moi un fil à haute tension qui venait toucher ma peau par à-coups. Je concentrai toute mon énergie sur cette frénésie grandissante qui semblait pouvoir me porter à un degré de jouissance jusque-là inexploré. Une vague de chaleur s'empara de moi. Un long chatouillement qui m'imprima dans le ventre la même vertigineuse sensation que si je sautais dans un gouffre profond. Et tout mon corps se mit à trembler. De la tête aux pieds. Jusqu'au bout de chacun de mes ongles qui se plantèrent dans la peau de mon partenaire. Puis je sentis la vague s'éloigner. Elle me déposa repue sur la plage de sable chaud de mon désir ardent. Un sable qui s'était infiltré jusque sous les pores de ma peau, me provoquant de partout des petits fourmillements. Je dus repousser la main de Tienot dont le contact – que je sublimais encore la seconde d'avant – venait en un éclair de me devenir insupportable. Et je me laissai aller à un très long soupir.

Quand j'ouvris à nouveau les yeux, Tienot me fixait. Lui aussi était visiblement très surpris par ce qu'il venait de se passer. Je l'invitai alors à venir s'allonger sur moi. Ma peau était trempée de sueur. La sienne aussi. Mais le contact était agréable. Il glissa ses deux jambes entre les miennes, me forçant à les écarter un peu plus. Je pris peur. Et s'il me faisait mal, comme l'autre fois dans le dortoir ?

Son sexe tendu et gorgé de toute son appétence vint se frotter sur le mien. Un contact qui déclencha en moi une nouvelle salve de décharges électriques tant j'étais encore sous l'emprise des stimuli qu'il venait de me prodiguer. Je ne désirais d'un coup plus qu'une chose : qu'il prenne possession de moi. Et comme s'il était parfaitement à l'écoute de mon corps, je le sentis me pénétrer. C'était aussi doux que ça m'avait paru brutal la première fois. Un nouveau feu m'empourpra le visage. Tienot bougeait doucement en moi. Il freinait son ardeur, se montrait prévenant, comme s'il faisait tout pour ne pas me brutaliser. Et alors que je pensais mon désir rassasié, mon compagnon – qui subitement s'était fait merveilleux amant – le réveilla. Encore une fois. Un désir que nous assouvîmes, ensemble, dans un torride égarement, jusqu'à l'explosion orgasmique de notre étreinte passionnée.

XLVII

ALORS QUE L'AGITATION ÉTAIT GRANDE tout autour de moi, je restais assis sur le bord de mon lit, les bras ballants, l'esprit vagabond.

– Ben alors, Tienot ! me dit Papa. Tu crois que ton sac va se faire tout seul ?

Mon sac… Il était là, à mes pieds. La gueule ouverte. Dans l'attente que j'y jette mes affaires en vrac. Je jetai un regard déjà nostalgique sur mon lit défait. Sur mes draps en boule, qui s'étaient repliés sur eux-mêmes pour garder dans leurs plis les douces fragrances de notre amour. De notre premier amour. Un amour que nous avions concrétisé une première fois ici, puis sublimé ensuite dans la cabane des pêcheurs de la plage de La Rague.

Je soupirai en repensant à ce que je venais de vivre avec Bella. Et moi qui croyais qu'il m'avait fallu être embauché comme galibot à la fosse 23 pour devenir un homme ! Je venais là de réaliser un pas encore plus grand vers l'adulte que j'étais appelé à devenir. Je planais. Vivais désormais dans un monde qui me paraissait si différent, même si c'était moi qui l'étais devenu. Je me sentais géant. Je me sentais roi. Parce que j'avais trouvé ma reine.

– Oh, Tienot ! insista Papa.

Je récupérai mes affaires, une à une, tout en réalisant que ce lit ne serait plus jamais le mien. Que ce dortoir serait le soir même celui d'autres mineurs. Que notre quinzaine appartenait déjà au passé. Que Bella ne serait bientôt plus qu'un souvenir ? Non, il m'était impossible d'imaginer cela. Je respirai profondément. Parce que je savais que l'odeur de sa peau planait encore dans l'atmosphère. Je fermai les yeux. M'enivrai de ce parfum pour imprimer ma mémoire olfactive pour l'éternité.

Il fallut que Maman me prenne des mains la dernière chemise que je refusais inconsciemment de mettre dans le sac pour m'arracher à mes songes. Je m'étais plus d'une fois levé au « mitan de la nuit » (comme disait toujours José, un de nos camarades de la fosse 23 qui aimait émailler son langage de mot appartenant au vieux français) au cours de cette quinzaine. Mais cela avait été pour les besoins d'une activité particulière, d'une excursion. Des programmes que j'avais accueillis avec bonheur et enthousiasme – même si la partie de pêche de Pépino s'était finalement pour moi très vite avérée des plus déplaisantes. Mais là, la donne était tout autre. J'avais perdu de mon entrain et retrouvais le même sentiment nauséeux que lorsqu'on me réveillait en pleine nuit pour rejoindre le carreau de fosse. Pour prendre mon poste. Pour aller me faire avaler par la terre et me retrouver dans l'atmosphère irrespirable de ses entrailles. J'éprouvais là cette même désagréable impression d'avoir le cœur au bord des lèvres. Qui plus est un cœur empli de passion depuis ma rencontre avec Bella. Un cœur qui prenait une place démesurée dans mon corps trop frêle. Tout le monde autour de moi donnait l'impression de s'être fait à l'idée du départ. Mais moi, j'exécrais le fait de devoir me rendre à la gare. De devoir monter dans un train et de regagner notre chez-nous. Nous allions retrouver ces interminables enfilades de maisons de briques rouges qui constituaient nos corons. La rigueur géométrique de nos cités. Une rigueur au service de l'ordre. De l'asservissement. C'était ce que je réalisais là. À l'heure de quitter cet endroit qui était pour moi synonyme de liberté. D'insouciance. D'amour… Et ça me rendait triste. Très triste. Comment pouvait-il ne pas en être de même pour les autres ?

– Tienot !

Je n'étais pas le seul à avoir besoin d'être secoué. J'imaginais ses raisons tout autres, mais à quelques mètres de moi, le père de Jedjé ne comprenait pas vraiment pourquoi on l'obligeait à remuer de la sorte en pleine nuit. « Encore une excursion ? », devait-il se dire alors que son regard implorait qu'on le laisse ici.

– Jedjéja ! lui cria Maria de sa douce voix de crécelle. Allez ! Il faut retourner à la maison, maintenant !

J'étais à peu près certain qu'il avait fini par se persuader que son chez-lui était ici, maintenant.

– Bah ! Laisse-le là, va ! suggéra Robert en riant. Tu lui as fait croire qu'il habitait désormais un château en bord de mer. Il risque d'avoir une attaque quand tu vas le ramener dans son coron.

– T'es fou ! riposta aussitôt Jedjé, les yeux brillants. Jedjéja, c'est peut-être un râleux de première, un vieux machin qui date de Jérusalem, mais on y tient comme à la prune de nos yeux ! Pas vrai, maman ?

Et alors que Maria approuvait, Robert s'esclaffa tout en applaudissant.

– Ça, c'est ce que j'appelle un final remarquable et remarqué de notre Jedjé national ! Tu ne cesseras de m'épater…

* *
*

Tout le personnel du château nous accompagna jusqu'au porche d'entrée du domaine d'Agecroft. Nous descendîmes tous en même temps. À la dernière minute. Nous avions remisé dans nos bagages les couleurs vives de nos habits de vacances pour revêtir les tenues sombres avec lesquelles nous étions arrivés. Les valises et sacs pendaient au bout de nos bras comme de lourds fardeaux. Nous avions le pas traînant. Le dos courbé. La mine basse.

Bella m'accompagnait. Elle avançait deux pas devant moi, maintenant entre nous une distance de sécurité pour me cacher ses larmes. J'étais incapable de prononcer le moindre mot. Ma gorge me faisait mal. Et il valait mieux que nos yeux ne se croisent pas. Je n'aurais pu faire autrement que craquer à mon tour.

Je ne pouvais m'empêcher de repenser à cette dernière soirée. À la cabane de pêcheurs. Au corps dénudé de Bella. À nos étreintes. À ces caresses que je lui avais prodiguées. Des gestes qui avaient été plus instinctifs que prémédités. Qui ne pouvaient résulter d'un savoir-faire dont j'étais bien évidemment dénué. Je frémis en repensant aux tremblements qui s'étaient emparés d'elle. Ensemble, nous avions découvert l'amour. Découvert nos corps. Elle avait ensuite paru si apaisée. Si sereine. Si repue de plaisir… Je me demandais encore bien comment j'avais pu la mener avec autant d'assurance et de détermination vers une si grande jouissance. C'était comme si j'avais moi-même été guidé. Avais été à l'écoute de ma petite voix intérieure qui s'était montrée si loquace que j'en avais perdu tout contact avec la réalité. Elle avait permis à un autre moi de s'exprimer, de se révéler…

J'aurais tout donné pour avoir la chance, ne serait-ce qu'une fois, de revivre pareille exaltation en sa compagnie.

Arrivés à la hauteur du porche, nous posâmes tous nos bagages à terre. C'était l'heure des au revoir. L'heure que chacun de nous s'était échiné à repousser jusqu'à son ultime limite, tout en la sachant inéluctable. Maurizio était là (sans son autocar). Tata Claire aussi. Puis les jardiniers, le personnel de ménage, les cuisiniers, serveurs et serveuses, coursiers...

À leur tête, Joseph Spielmann affichait un sourire ému. Et je ne réalisais qu'à cet instant combien Bella lui ressemblait. Il dégageait à la fois la satisfaction d'avoir mené à bien son entreprise et la peine de nous voir nous en aller. Il allait en voir défiler d'autres. Des centaines. Des milliers. Mais j'avais le sentiment qu'il se souviendrait toujours de nous. Parce que nous étions les premiers. Et que dans chacun des convois de mineurs qui allaient suivre, il n'y aurait pas forcément parmi eux un Jedjé. Jedjé qui, aussitôt suivi de Maria, entonna un *Ce n'est qu'un au revoir*[1] qui fit pleurer tout le monde. Même ceux qui avaient gardé les yeux secs jusque-là. Son chant se voulait un message d'espoir – celui de très vite tous nous retrouver –, mais il résonnait sur les rochers de La Rague comme une oraison funèbre sur une période de bien-être collectif que nous savions maintenant révolue. Bien sûr, nous allions tous garder en nous de belles images et de très bons souvenirs. Mais nous allions en même temps tous laisser un peu de nous-mêmes en terres provençales.

Bella osa enfin me faire face. J'écartai mes bras. Elle s'y jeta et, ensemble, nous partageâmes notre peine dans une grande effusion de larmes. Je ne voulais plus la lâcher, la serrais très fort. Je la sentis elle aussi s'accrocher à moi avec fermeté. Pour tenter de se faire le boulet qui m'empêcherait de partir.

– Allez, tchiot ! Il est l'heure...

À travers mon regard embué, je distinguai la silhouette de mon père. Comme un oiseau de mauvais augure, il était venu me taper sur l'épaule pour me rappeler ce que je ne voulais pas entendre. Il n'était pourtant que bienveillance, je le savais bien.

---

1. Version francophone de Auld Lang Syne, *une ancienne ballade que l'on doit à Robert Burns, poète écossais de la fin du XVIII*e *siècle. C'est le père Jacques Sevin (prêtre jésuite du nord de la France qui fut un des cofondateurs des Scouts de France) qui en écrivit en 1920 les paroles françaises.*

Ses mots en avaient eu la tonalité. Mais il venait pourtant par cet ordre de m'arracher le cœur. En me décollant de Bella, j'eus le sentiment de laisser là ma vie. La vraie. Et que celle de galibot – vers laquelle on me forçait maintenant à retourner – ne pouvait plus à compter de ce jour être pour moi qu'une existence de substitution.

* *
*

Une longue file indienne se forma tout au long de la route du bord de mer. Une longue procession. La même que quinze jours auparavant. Mais dans l'autre sens. Et celle-là était traînante.

Jedjé reprit son refrain en secouant la main et en se retournant une dernière fois vers le château. À côté de moi, Henri et beaucoup d'autres reprenaient en chœur :

« Ce n'est qu'un au revoir, mes frères,
Ce n'est qu'un au revoir,
Oui, nous nous reverrons, mes frères,
Ce n'est qu'un au revoir. »

Moi, j'étais incapable de chanter. Incapable de me retourner. Un sanglot me submergea. Je fus pris de hoquets, crachant bruyamment le chagrin que je n'arrivais plus à contenir. Et tout en poursuivant son chant, Henri passa sa main sur mon épaule. Il devait lui aussi avoir des larmes plein les yeux, mais mon état m'empêchait de le vérifier.

Devant la gare, malgré l'heure matinale, il y avait foule. Beaucoup de monde pour assister à notre départ. Pépino avait un instant délaissé son comptoir – il ne devait de toute façon même pas être ouvert à cette heure-ci – pour venir nous saluer. J'aurais tant voulu rejoindre une dernière fois sa *Cave du mineur*. Je me serais installé en terrasse et aurais commandé une menthe à l'eau. Il m'aurait servi. Un grand verre empli de glaçons. Je m'en serais régalé. Longuement. Très longuement. Jusqu'à entendre le convoi affrété spécialement pour nous filer sur ses rails. Me laissant là. Près de ma belle. Près de ma Bella…

On nous fit avancer sur le quai et nous demanda de nous étaler sur toute sa longueur. Pour désengorger la minuscule place de la gare qui ne pouvait pas recevoir plus de trente personnes. Au milieu de toute cette foule, de nombreuses têtes demeuraient pour moi inconnues. Et pourtant, elles avaient le teint hâlé comme nous nous l'avions. Nous avions donc forcément été voisins durant cette quinzaine.

Le chef de gare se pointa. Et dans la minute, un convoi entra en gare. Une interminable suite de voitures de voyageurs qui s'immobilisa dans un assourdissant cri métallique de freinage. Reléguant les coups de sifflet du cheminot et le dernier rire de Maria au rang de simples murmures. Déchirant l'aube – et nos tympans, par la même occasion.

Ne pas bouger. Rester plaqué contre la grille. Une injonction que j'exécutai sans rechigner. Pour rester plus longtemps au contact de la ville de La Napoule.

Les portes de chaque voiture s'ouvrirent sur des visages blêmes de mineurs ayant passé la nuit dans le train. Ils étaient heureux. Parce qu'ils arrivaient enfin au cœur du fabuleux décor qu'on leur avait présenté quelques jours plus tôt sur une brochure.

Chacun avait quelqu'un à saluer. Qui un voisin. Qui un collègue. Qui une vague connaissance. Mais sans se mêler à eux. Pour ne pas créer davantage de pagaille – c'était déjà bien assez le bazar comme cela. Ils nous semblaient tous être si pâles. Je les enviais. Savaient-ils seulement ce qui les attendait ? Non, pas plus que nous quinze jours plus tôt. Et dire que, parmi eux, il y en avait un qui allait hériter de mon lit. Sans savoir comme il allait bien y dormir tant les vacances incitaient à la détente. Sans savoir que sur ce lit était né un amour. Un amour fou. Un amour qui demeurerait inoubliable. Parce que cela avait été la première fois. Pour elle comme pour moi. Ma gorge se fit à nouveau douloureuse et je ne pus retenir mes larmes – je ne savais pas qu'il était possible d'autant pleurer en aussi peu de temps. Et j'assistai, désemparé, à l'arrivée de vagues silhouettes aux contours de plus en plus indécis. Il aurait pu y avoir à cet instant Laurent Dubois – avec qui j'avais quand même fait les quatre cents coups – qui descendait du train sous mon nez sans que je le reconnaisse.

Les cris et les quolibets se mirent à fuser. Entre ceux qui quittaient les voitures et nous qui attendions pour y grimper. Et comme à chaque fois qu'un chti s'engageait dans une joute verbale, le patois prédominait. Comme pour mieux appuyer l'injure qu'on voulait balancer à la face de l'autre.

– Hé, tisaut ! Vous vous êtes endormis avec eul tiète sur ch'feu à carbon, ou quoi ?

– Tais-teu, ti, face eud' crème !

– Des vrais rouches, que vous êtes, maint'nint ! Vous pouvez armonter dins ch'Nord pour faire suer ches patrons et poursuiv' eul grèf' !

– Attinds que j'viens t'caresser l'pif d'un peu pus près ! Le rouche, ch'est c'que té vas mouquer !

– Hé, gros Jedjé ! Ferme eut' guiffe et artourne au turbin ! Y z'ont b'son d'ti au 23 !

– Qu'est-ce tu fous là, ti, Jojo ? Y t'ont r'lâché pour eut' mette dins ch'train pour l'château ? C'est vraiment donner des larmes à des cochons !

– Hé, apprinds donc à parler avant d'eul ram'ner, Jedjé ! Ch'est ti l'cochon, et ch'est mi qui va t'les faire couler, les larmes !

– Essaye un peu, pour vir ! J't'aurai, va, te payes rien pour attendre !

Moi, je demeurais muet. L'esprit encore en train de vagabonder près du domaine d'Agecroft. À la plage de La Rague. Avec Bella.

Une fois que les nouveaux arrivants eurent pris possession de la ville, nous retrouvâmes le type au nom imprononçable qui travaillait avec M. Dumont aux affaires sociales – celui-là même qui était venu prendre le car avec nous à Noyelles pour rejoindre la gare de Douai. Il vint vers nous, fit l'appel en pointant nos noms sur sa liste et nous invita à grimper dans les voitures.

Lorsque le convoi démarra, je savais que je venais de franchir le point de non-retour. C'était fini. Définitivement. Je quittais La Napoule. Je quittais une région que peut-être jamais je ne reverrai. Je gardais la tête appuyée à la fenêtre de mon compartiment lorsque Jedjé s'écria :

– Regardez ! Ils sont tous là, à la passerelle !

Ce fut la bousculade pour arriver à passer la tête aux fenêtres. Le train avançait au ralenti et nous passions contre le rocher au-dessus duquel devait se trouver le château d'Agecroft. Et sur la passerelle qui enjambait la voie – celle que nous empruntions chaque jour pour nous rendre à la plage – s'était agglutiné l'ensemble du personnel du domaine. Leurs bras s'agitaient dans tous les sens et le conducteur du train répondit à leur salut en faisant longuement chanter son avertisseur. Je levai la main et me mis à crier avec les autres. Le temps d'une rapide – trop rapide, même si nous avancions au pas – dernière communion sonore et visuelle avec nos hôtes. Sitôt mon compartiment passé sous la passerelle, je tournai vivement la tête de l'autre côté. Mais les rails viraient déjà et un rocher fit disparaître la haie d'honneur qui avait été formée pour nous de mon champ de vision.

Bella avait-elle été du nombre de ceux descendus pour nous adresser cet ultime témoignage ? J'étais bien incapable de le dire. Ma vision était encore une fois si troublée par toutes ces larmes qui ne s'arrêtaient décidément plus de couler…

XLVIII

LE TRAIN VENAIT DE PASSER. Depuis ma chambre, j'entendais encore le chant de sa locomotive qui donnait des coups de trompe sans discontinuer. De longs appels qui s'estompaient progressivement en filant vers l'ouest, en direction de Marseille. Puis un grand vide sonore que même les cris de tout le personnel parti se placer sur la passerelle n'arrivaient pas à faire oublier.

Je venais de vivre les deux dernières heures dans un état second. Un peu comme si mon corps et mon esprit s'étaient désolidarisés, l'un ayant fait acte de présence, l'autre étant parti ailleurs. Jamais le lacet pour descendre jusqu'à l'entrée du domaine ne m'avait paru si long. Je n'avais pourtant fait que presser le pas. Pour ne pas laisser Tienot me rejoindre. Pour ne pas lui donner l'occasion de constater que je pleurais déjà. Puis je m'étais jetée dans ses bras. M'étais collée à lui. L'avais embrassé. Le voir ensuite prendre place dans la longue file avait été un déchirement. Je ne savais même pas jusqu'à quel moment il avait pu se retourner sur moi. Dès nos mains séparées, il n'avait plus été à mes yeux qu'un point très flou au cœur de cet incommensurable reptile serpentant sur la roche chaude du bord de mer en direction de la gare. Un reptile qui chantait que ce n'était qu'un au revoir. Mais sur des notes si larmoyantes qu'il était clair pour chacun qu'il s'agissait d'un adieu.

– Allez ! On descend tous d'ici une demi-heure à la passerelle pour voir passer le train ! avait alors suggéré Papa. Bella, tu viens avec nous ?

Incapable de lui répondre, je m'étais enfuie en courant. Pour ne pas étaler ma peine plus que cela. J'avais ressenti le besoin immédiat de m'isoler. Et ma chambre avait été pour moi le seul abri possible. Je m'étais alors jetée sur mon lit pour tenter d'étouffer mon chagrin dans l'épaisseur de mon oreiller. Puis il y avait eu un premier train. Dans l'autre sens. En provenance de Marseille. Certainement celui qui venait déposer nos nouveaux hôtes. Celui-là même qui, quelques minutes plus tard, était reparti en sens inverse. Avec Tienot à son bord. Celui-là même qui venait de corner sous mes fenêtres, sans que je parvienne à le voir. Avec un air de fête se voulant une invitation à la liesse. Mais un air de fête qui, aux oreilles de ma mélancolie, muait graduellement en de longues exclamations gémissantes. Là-bas, dans le lointain…

Ma porte s'entrouvrit.

Une tête passa et resta en appui contre le chambranle. C'était Papa. Il saisit immédiatement le grand désarroi dans lequel j'étais. Il aurait certainement voulu venir s'asseoir sur le bord de mon lit. Pour me caresser les cheveux. M'apporter son réconfort. Mais la tâche lui parut trop ardue et il se contenta de me dire :

– Je te laisse tranquille, ma Bella. Tu nous rejoins quand tu veux. Enfin… si tu le désires. Tu n'es pas obligée, tu sais…

Puis il referma ma porte et s'en alla sans faire de bruit, avec une discrétion que lui seul était capable d'avoir. Comme s'il m'avait trouvée endormie et ne voulait pas me réveiller. J'étais certaine qu'il devait à cet instant regretter encore plus amèrement l'absence de Maman. Parce qu'elle, elle aurait su trouver les mots pour me consoler. Enfin… c'était ce qu'il devait croire. Parce que si dans mes larmes ma pensée en venait inévitablement à prier Maman, à déplorer sa cruelle absence et à souhaiter moi aussi l'avoir auprès de moi, je n'étais pas plus convaincue que cela qu'elle aurait eu le bon remède pour le mal qui me rongeait. Mon cœur saignait. Une plaie qu'on ne pouvait panser. D'après les grandes histoires d'amour que j'avais eu l'occasion de lire jusque-là, seul le temps pouvait y remédier. Mais même cela, j'en doutais. J'avais l'impression que jamais je ne pourrai cicatriser. Jamais…

Je venais de vivre ma première histoire d'amour. Et si celle-ci n'était autre que l'histoire d'amour de ma vie ? Il me paraissait si improbable que je puisse un jour aimer à nouveau. Papa et Maman avaient-ils ressenti la même chose quand ils s'étaient rencontrés ? Toutes mes pensées me ramenaient à Tienot. Rien ne pouvait me le faire oublier. Oublier… Oh non, je ne le voulais surtout pas !

Un nouveau bruit de pas me tira de ma réflexion. Ma porte s'entrouvrit et une nouvelle tête passa.

– Toc ! Toc ! Toc ! Je peux entrer ?

C'était Tata Claire. Elle n'attendit pas mon invitation et avança jusqu'à mon lit.

– Alors, jeune fille ! Raconte à Tata Claire ce qui te torture à ce point. C'est une histoire de cœur, c'est cela ? demanda-t-elle dans son doux accent créole.

Devant mon hésitation à me confier, elle avança la main et me caressa les cheveux.

– C'est le petit mineur, n'est-ce pas ? Comment s'appelle-t-il, déjà ? Tienot ? Mais, vous vous reverrez. Il ne faut pas pleurer comme ça.

– Nous revoir ! m'étonnai-je en me relevant pour me trouver à son niveau. Mais comment veux-tu ?… Nous sommes si loin l'un de l'autre !

– Loin l'un de l'autre ?! répéta-t-elle en fronçant des sourcils. Qu'est-ce que tu me racontes, là ? Moi, je suis loin de ma famille. Un océan nous sépare. Et pourtant, je sais que je les reverrai un jour. Je ne pleure pas notre séparation. Donc toi, tu as encore moins de raisons de le faire.

Elle avait raison. Elle était plus à plaindre que moi. Et pourtant, ça ne me consolait en rien. Je n'arrivais pas à me réjouir de savoir que d'autres vivaient des situations pires que la mienne. Et surtout, j'avais lu en elle quelque chose qui semblait être l'inverse de tout ce bel optimisme qu'elle prônait. La lumière au fond de ses yeux n'était pas aussi vive que celle qu'elle donnait à ses mots. Comme si elle n'était elle-même pas convaincue par ce qu'elle disait. La soudaine détresse que je venais de décoder en elle – et qu'elle camouflait du mieux qu'elle pouvait derrière sa dignité – me plongea même dans une nouvelle crise de larmes.

Je me jetai dans ses bras.

Elle n'avait que quelques années de plus que moi et était pourtant déjà tellement femme. Était capable d'adopter un comportement si maternel. Son opulente poitrine était une terre d'accueil au cœur de laquelle on se sentait immédiatement bien. Un refuge. Elle faisait balancer son corps d'avant en arrière. Me berçait en chantonnant dans un murmure une chanson de son enfance. De son île lointaine.

« *Lè pitit an-mwen ka mandé-mwen tété*
Mwen kalé ba-li manjé matété
Lè pitit an-mwen ka mandé-mwen tété
Mwen kalé ba-li manjé matété
Dodo pitit, papa pa la
Sé manman tousèl ki dan lanbara
Dodo pitit, papa pa la
Sé manman tousèl ki dan la miser[1]. »

1. *Paroles de* Lè timoun an mwen, Manman-doudou, *chant traditionnel créole de Guadeloupe (et non pas de Martinique) d'Ektô Poulé.*

Au sein de cette matrice d'amour, câlinée par cette si jolie chanson triste et par une main si douce, mon sanglot redoubla. Tata Claire poursuivit malgré tout son chant, m'invitant à ne surtout pas lutter et à laisser couler mes larmes pour évacuer ma peine.

« *Manman-doudou ou pé kwè-nou*
Nou ké sav fè ou kontan nou on jou
Nou pa té ké vlé dèmen ou règrété
Lè nou té piti ou ban-nou tété
Manman-doudou si lavi dou
Sé davwa on jou ou fè-nou vwè jou. »

À travers mes larmes, j'aperçus soudain Papa qui se tenait sur le pas de ma porte. Lui aussi pleurait. Il avait fait appel à Tata Claire pour m'aider à sortir de cette morosité dans laquelle il me voyait m'enfoncer. Et il se trouvait soudain lui aussi très ému devant le tableau de la belle créole épongeant mon chagrin en faisant appel aux douceurs de son enfance. Il essuya ses larmes et annonça d'une voix encore tremblante :

– Les nouveaux mineurs vont arriver. Je… Je vais avoir besoin de vous, Tata Claire.

Je bondis au pied de mon lit. Je me penchai pour déposer sur la joue de la belle Martiniquaise un tendre baiser. Il m'en coûtait de m'arracher ainsi à ses caresses, mais je séchai à mon tour mes larmes, me forçai à sourire et m'exclamai :

– Je viens avec vous ! Il faut de toute façon que je me change les idées…

XLIX

Mes yeux étaient lourds et j'éprouvai le plus grand mal à les entrouvrir. Me faisant violence, je parvins à distinguer une silhouette penchée sur moi.

– Tienot ! Hé, Tienot ! T'es avec nous ?

C'était Robert Lamendin qui me tapotait les joues en ne cessant de m'appeler. Mais… Qu'est-ce qu'il faisait là ? Étais-je dans mon lit et avais-je été *farcé* pour prendre mon poste à la fosse ? Non, le sol sous moi était bien trop dur pour qu'il s'agisse de mon lit. Et ces rayons chauds que le soleil dardait sur mon visage…

– Hé, par ici ! cria Robert en se retournant. Je l'ai trouvé ! Il est là !

Il passa sa main sous ma tête. Je ressentis une vive douleur qui déclencha en moi comme une décharge électrique lorsqu'il frôla ma nuque. À croire qu'on avait lancé deux *balles*[1] à pleine vitesse l'une contre l'autre et que ma tête avait servi de tampon entre les deux.

Je ne comprenais toujours pas ce qu'il se passait. Je sentis mon corps entier se soulever du sol. Robert n'était pas très

1. *Berlines pleines.*

grand mais avait suffisamment de force pour m'extraire seul de l'endroit où il venait de me trouver. Il remonta un talus et me déposa avec délicatesse sur le bord de la route. Un groupe s'agglutina aussitôt autour de nous.

– Mais laissez-le respirer, nom de Dieu ! s'énerva Robert. Vous ne voyez pas qu'il est complètement sonné, eul tchiot !

Pour être sonné, j'étais vraiment sonné. Ma tête me tournait. J'avais l'impression d'avoir sur le front une pesante barrette en plomb. Était-ce Henri qui m'avait fait boire plus que de raison ? Et Henri, il était où ?

– Alfred ! Viens par ichi ! cria quelqu'un. In a artrouvé tin tchiot !

Papa apparut et me fondit dessus.

– Mais qu'est-ce que t'as foutu, sacrebleu ? me demanda-t-il en me prenant dans ses bras. On t'a cherché partout !

Qu'est-ce que j'avais foutu ?

Je n'avais pas prononcé un mot et demeurais bien incapable de lui répondre. Ma pensée était encore trop confuse pour que j'aie, ne serait-ce pour moi-même, un semblant d'explication.

On m'installa confortablement dans la brouette de Rosario – un voisin – pour me ramener jusqu'au coron. Jusqu'à la maison. D'habitude, c'était Rosario lui-même qui se trouvait allongé dans sa brouette. Les jours de quinzaine. Quand son fils devait allait le chercher à l'estaminet. On allait donc me trimballer à travers tout Noyelles comme le dernier des pochtrons ? En même temps, c'était bien ce que je devais être. Mon mal de tête et le talus dans lequel je m'étais vautré pour y passer la nuit ne faisaient que le confirmer. Et pourtant, autour de moi, personne n'avait le cœur à rire. Je n'étais aucunement victime de la raillerie qui ne manquait pourtant jamais de fuser dès qu'un de nous se voyait obligé d'utiliser cet extravagant moyen de transport.

En arrivant à la maison, Maman m'enlaça à son tour. Elle avait la tête de celle qui n'avait pas fermé l'œil de la nuit parce que rongée par l'inquiétude. Jamais Maman ne m'avait paru aussi vieille. Et je m'en voulais. Parce que je me savais responsable de son aussi brutale décrépitude. Elle me passa sur le visage une lavette imbibée d'eau fraîche. Ça faisait du bien. Mais je ressentis une nouvelle décharge lorsqu'elle s'attarda sur ma nuque. Je passai ma main et y découvris une bosse qui me parut démesurée. Je devins l'objet des palpations de toute la famille, chacun s'extasiant devant une aussi incroyable protubérance crânienne.

« Mais, qu'est-ce qui t'es arrivé ? » ; « Comment tu t'es fait ça ? » ; « D'où qu'c'est que t'as encore été traîner ? »…

Je me retrouvais la cible d'une salve de questions qui, à elles seules, me donnaient un mal de caboche encore plus fort. D'autant plus que j'avais beau y réfléchir, maintenant que j'étais au calme, je n'apercevais toujours pas la moindre lueur. Ma pensée restait un mur opaque qui gardait prisonniers nombre de mes souvenirs de la veille.

Ce qui me revenait était qu'hier, c'était jour de fête à Noyelles. En ces premiers jours de septembre, nous avions tous voulu nous rappeler que, quatre ans plus tôt, nous avions été libérés de l'envahisseur allemand. J'étais très excité à l'idée de participer à l'événement car c'était pour Henri Lassagne et moi l'occasion d'enfin nous retrouver pour passer une soirée ensemble. Comme quand nous étions à La Napoule. Nous nous étions fixé rendez-vous au bal. Nous avions bu de la bière. Beaucoup de bière. Nos rires s'étaient rapidement amplifiés pour devenir très vite d'interminables éclats. Puis Henri était soudain redevenu sérieux. Il m'avait demandé de le suivre. M'avait invité à aller un peu nous dégourdir les jambes dans Noyelles. Je nous revoyais, errant dans le centre-ville alors que la nuit commençait à tomber. Henri me tirait parfois par le bras, comme si sa balade n'était pas aussi improvisée qu'il voulait bien le laisser entendre. Et…

Un souvenir ressurgit des méandres de ma mémoire sélective.

Un cri.

Oui, c'était un cri. Alors que nous passions près de la grange du père Lestiennes. Il m'avait même sur le coup semblé que ce cri, c'était Bella qui l'avait poussé. Bella en train de s'égosiller. Comme si quelqu'un lui voulait du mal. Mais, depuis que j'étais revenu de La Napoule, je ne faisais que croiser Bella. À tous les coins de rue. Une longue chevelure rousse au loin, c'était Bella. Un rire à la voix cristalline, c'était Bella. Une fille qui m'interpellait, j'étais persuadé n'avoir plus qu'à me retourner pour tomber sur Bella. Et c'était bien sûr à chaque fois pour moi une très grande déception. Parce que toutes ces femmes – ou ces filles – qui avaient à un moment donné croisé mon chemin tout en alertant mes sens n'étaient bien évidemment jamais Bella. Je m'en voulais même, en revenant à la réalité, d'avoir trouvé en elles – même le temps d'une toute petite seconde –, quelque chose de ma Bella. Comme avais-je pu tant de fois déceler une quelconque ressemblance avec ma princesse napouloise ? Bella Spielmann était unique ! Inimitable ! Avait une beauté et un charme qui ne pouvaient appartenir qu'à elle !

Mais ce cri, hier… Il ne cessait maintenant de polluer ma mémoire. Il m'avait glacé le sang. Un effroyable hurlement. Bestial. Comme seuls sont capables de le pousser celles et ceux qui se trouvent en situation de survie. Jamais je n'avais été témoin d'une aussi déchirante supplique. Mais malgré tout, derrière cet appel au secours qui n'avait plus rien d'humain, j'avais moi aussitôt pensé à Bella. Une fois de plus. Et Henri et moi nous étions précipités en direction de la grange du père Lestiennes.

Ma réflexion – pourtant déjà des plus confuses – se voyait subitement contrariée par un défilé d'images qui n'avait rien de cohérent. Tout arrivait par flashs sans que j'arrive à les interpréter. Une succession d'instantanés qui avaient néanmoins tous un point en commun, celui de colporter un message agressif, violent. Un combat. Un corps tuméfié. Du sang qui se mêlait à la terre battue de la grange. Un épais nuage de poussière derrière lequel je distinguais des corps qui se roulaient à terre…

Des corps… Mon corps ?

Puis je me souvenais avoir ressenti une douleur à la gorge. Vive. Insupportable. Qui me faisait suffoquer. M'empêchait de respirer. Et un terrible mal de tête. Foudroyant. Comme si un éclair avait profité de mes yeux grands ouverts pour passer et venir me griller la cervelle.

Et après… Rien.

Le trou noir.

Le néant.

Mon corps enroulé dans un lourd rideau d'obscurité que seule la voix de Robert Lamendin avait réussi à déchirer en me retrouvant dans mon fossé.

L

JE ME RÉVEILLAI.
La pièce était sombre. Le soleil tentait une percée par ce qui devait être un minuscule trou dans un volet. Un rayon fin, presque invisible, s'étirant jusqu'au mur opposé. Comme un long doigt qui s'en allait déposer une infime tache de lumière pour m'indiquer qu'on était bien en plein jour. J'étais allongée dans un lit confortable et tentai – malgré la semi-obscurité dans laquelle on essayait visiblement de me maintenir – d'identifier l'endroit.

Je ne reconnaissais rien.

J'avais l'impression d'avoir sombré dans un sommeil profond. Mais un sommeil fait de cauchemars. D'images violentes. Invraisemblables. D'images qui me faisaient peur sans que j'arrive à les comprendre. Je me retrouvais assise sur le bord d'un lit bien trop haut pour être le mien, hagarde, prise sans savoir pourquoi d'une irrépressible envie de pleurer. Ma tête me faisait mal. Je tâtai mon visage de mes doigts tremblants en m'y prenant à plusieurs reprises. Par de simples frôlements. C'était douloureux. Mais je ne pouvais m'empêcher d'y revenir pour constater avec une panique grandissante l'étendue des dégâts. Je découvrais par le toucher l'horreur de ce qu'allait me renvoyer mon prochain reflet dans un miroir. Le résultat d'une agression qui me laissait dans la bouche un goût tenace. Désagréable. Le goût du sang.

Mon sang…

Je me levai un peu trop vite et dus rester un instant en appui contre le mur que, par chance, ma main avait trouvé dans l'obscurité. Une fois mon vertige dissipé, j'avançai au juger, guidée à la fois par le petit point de lumière remarqué au réveil et le rai qui s'immisçait sous ce qui devait être une porte. Et si j'étais enfermée ?

Dans la pièce d'à côté, on s'activait. On y parlait à voix basse.

Je tendis la main, sentis une poignée et l'actionnai.

La porte s'ouvrit.

Derrière, je découvris Maria qui remuait dans tous les sens. Maria Jdrzejowska. La femme de M. Jedjé. Et si je me trouvais chez eux… C'était donc que tout avait bien été réel ?

Je me sentis vaciller.

– Ah, te voilà, ma belle ! s'exclama Maria.

Elle leva la tête pour constater mon malaise et arriva à temps à mes côtés pour m'empêcher de tomber. Tout en me tenant d'un bras ferme, elle recula une chaise et m'y installa, m'entourant de ses gestes les plus prévenants.

– Reste tranquille ! chuchota-t-elle à mon oreille. Ne bouge pas d'ici, je vais aller te faire un bon café !

Elle m'abandonna un instant. Quelque chose ne collait pas. Je me demandai une seconde si je n'étais pas encore en train de dormir. Je fermai les yeux, me disant que j'allais très bientôt me réveiller. Que j'allais pouvoir raconter ce qui n'avait été qu'un simple cauchemar à Papa autour d'un bon petit déjeuner. Mais les douleurs que je ressentais sur tout le visage ne pouvaient être imaginaires. Et je réalisai vite qu'aussi graves pouvaient être les plaies et contusions de nos rêves, jamais nous n'en ramenions les cicatrices. La blessure d'un songe ne marquait que l'esprit. Une chair meurtrie ne pouvait, elle, que résulter de la réalité.

En ouvrant à nouveau les yeux, je sursautai.

Sur ma droite, le père de M. Jedjé et le petit Piotr étaient là. Je n'avais même pas fait attention à eux en entrant dans la pièce. Ils se tenaient immobiles, chacun dans un fauteuil. Me toisant avec des regards de chiens battus. M'observant sans dire un mot. Un profond silence qui me déstabilisait. Parce qu'ils me laissaient seule avec mes interrogations. Et seule avec mon unique certitude : jamais je n'aurais dû entreprendre ce long périple pour venir jusqu'ici. Si j'avais eu là le pouvoir de remonter le temps, je serais revenue quatre jours en arrière. À l'heure où je m'étais présentée à la gare de La Napoule pour prendre le Nice-Marseille. J'aurais déposé mon sac sur le quai et me serais contentée de regarder partir le train. Sans y monter. Puis je serais retournée au château. Certes bourrée de regrets. Mais en échappant à tous ces remords qui me rongeaient aujourd'hui. Parce que c'était bien de remords dont il s'agissait maintenant. Terribles et cruels, au point d'en devenir douloureux.

Maria réapparut. Je la remerciai par la pensée de ne pas m'avoir laissée trop longtemps seule. Seule face à ma détresse. Seule face aux deux observateurs aphasiques qui ne me quittaient plus des yeux tant je semblais faire peur à voir et les intriguais.

Elle m'observa longuement en fronçant les sourcils, puis son visage se radoucit :

– Oh, ma pauvre chérie ! Qu'est-ce qu'il a fait à ton beau visage ?

Je la savais capable de pareille douceur, là n'était pas la question. Mais ce n'était pas la Maria que moi je connaissais qui se trouvait devant moi. Sa voix n'était plus que murmure. Son sourire avait disparu. Et elle avait les traits tirés. Les yeux livides de celle qui a trop pleuré. Le front strié par ce qui semblait être du tracas.

Gênée de la voir ainsi scruter mes blessures dans le détail, je portai mon regard sur le mur d'en face. Y était accrochée la photo d'une jeune femme jouant au tennis. La légende indiquait « Jadwiga Jdrzejowska, internationaux de France, Paris 1939 ». À côté, un autre cliché représentait un couple le jour de son mariage. Ils étaient très jeunes, mais on reconnaissait bien M. Jedjé et Maria, figés dans leur plus beau sourire.

Très vite, ma pensée fut à nouveau happée par les raisons qui m'avaient amenée ici. J'avais fait ce voyage jusqu'à Noyelles pour faire une surprise à Tienot. Et je frissonnais maintenant en repensant au déroulement de la soirée. Le porion Benoît Lassagne – le père d'Henri – qui m'avait attrapée par le bras. M'avait jetée sur le sol pour se ruer sur moi. Puis des cris. D'abord les miens, à m'en arracher la gorge quand j'avais tenté de lui résister. Ensuite ceux de Henri et de Tienot qui avaient accouru. Puis ils s'étaient battus. Je m'étais reculée. M'étais blottie dans un coin. Avais appelé à l'aide. Et soudain, ç'avait été le calme. Trop soudain. Trop calme.

Et…

Benoît Lassagne…

Un flot de larmes me submergea en repensant à la tête du porion baignant dans une mare de sang. J'étais venue pour une surprise… Ce devait être la fête… Et la fête avait viré au cauchemar… Avait sombré dans l'horreur…

Je n'arrivais plus à garder tout cela en moi. Je ressentais le besoin de m'exprimer. De m'expliquer. Mais mon expression se limitait à des petits gémissements aigus qu'il m'était impossible de dominer. J'étais submergée de sanglots et de hoquets qui me secouaient la poitrine par spasmes.

Maria fit le tour de la table pour me prendre dans ses bras.

– Là… Là, ma toute petite ! Pleure un bon coup, ça va te soulager. Piotr, va chercher un grand verre d'eau pour Bella !

Le gamin s'exécuta.

Dans l'autre fauteuil, sans bouger d'un pouce, le grand-père était parti ailleurs. Il souriait à ses souvenirs pour ne pas se laisser engloutir par les émotions de son triste présent. Un sourire qui devait offrir un troublant contraste avec la détresse dans laquelle j'étais plongée. Mais, comment l'en blâmer ?

Je tentai une nouvelle fois de parler à Maria. Je devais lui expliquer. L'affranchir sur les circonstances qui les avaient tous entraînés malgré eux dans cette épouvantable histoire. Mais j'en demeurai incapable.

– Chut ! me souffla-t-elle. On aura le temps de tout se raconter. Plus tard…

Mais où était la Maria de cet été ? Celle que j'avais connue à La Napoule m'aurait-elle aussi – comme la Maria d'aujourd'hui le faisait – dorlotée et consolée ? Mais en m'étreignant si fort que j'aurais dû lutter pour pouvoir encore respirer. Et en me parlant avec une voix si perçante qu'il m'aurait fallu m'arracher à ses bras pour ne pas risquer la perforation d'un tympan. Mais là, elle me berçait, me câlinait, avec une discrétion que je ne lui soupçonnais pas et une fêlure dans la voix qui faisait de son expression un baume apaisant, caressant. Et sans m'être avant coup imaginé la comparaison possible, elle parvenait à m'apporter le même réconfort que celui de Tata Claire me chuchotant son émouvant chant créole.

Il me fallut un bon quart d'heure pour me ressaisir et retrouver mes esprits. Je bus mon verre d'eau d'un trait, pris une longue inspiration et me mis enfin à parler, laissant ainsi à Maria le temps de passer son café.

– C'est Henri…

J'avais du mal à articuler tant ma mâchoire me faisait souffrir. Je la massai légèrement du bout des doigts et poursuivis :

– Henri Lassagne… Il m'a écrit au cours du mois d'août pour me dire qu'il y avait cette fête à Noyelles en septembre. Et… Et il m'a proposé de venir. Pour faire la surprise à tout le monde.

J'avais la voix chevrotante mais m'obstinai :

– Mon père est un ami du Dr Schaffner, le maire de Lens. Ernest Schaffner a donc été d'accord pour me recevoir et nous avons pu organiser mon voyage. J'étais si heureuse à l'idée de tous vous revoir. Et j'avais si hâte de retrouver Tienot...

Mes larmes réapparurent.

Maria vint se mettre accroupie à côté de moi. Elle s'appuya sur mes cuisses, me saisit le menton pour me tourner la tête et attrapa mon regard.

– Je vais faire appeler l'ami de ton papa. Il saura quoi faire et pourra venir te chercher. Je... Je comprends ton envie de venir nous voir à Noyelles. Ça aurait pu être de très chouettes retrouvailles. Oui, très chouettes...

Son regard se perdit un instant dans le vide.

– Mais il faut maintenant rentrer chez toi, reprit-elle en se concentrant à nouveau sur moi. Tu n'es pas faite pour cette vie-là. Non, toi, tu es une princesse, ma belle. Et les princesses ne sont pas destinées à vivre dans un coron. Mais dans un château. Un château comme le tien. Ici, c'est vrai qu'on s'empresse de rire de tout, mais c'est surtout de peur d'avoir à en pleurer, tu sais. Parce que les larmes et le malheur finissent toujours par nous rattraper...

Et elle éclata à son tour en sanglots.

Maria qui pleurait était une image qui me paraissait aussi incongrue qu'insoutenable. Et je m'en montrai fortement troublée.

– Bella !

Je tâchai de soutenir du mieux que je le pouvais son regard éploré. Ma vue se troubla, mais je l'entendis me supplier :

– Promets-moi de fuir au plus vite cette région et de retourner à la belle vie qui t'attend près de ton papa ! Nous ne t'oublierons jamais, Bella. Jamais, tu m'entends ! Mais toi... Toi, tu dois nous oublier. Oublier ton Tienot. Et... Et tout ce qu'il s'est passé hier. Parce que tu es jeune, tu es belle et intelligente, et les années que tu as devant toi devraient te permettre d'avoir une très belle existence. Ne laisse pas le malheur entacher le début de ta vie de femme. Ne nous laisse pas devenir ton fardeau. Tu me le promets, Bella ?

Je fixai Maria.

Et ce que je lus au fond de ses yeux me terrifia. Je ne faisais que m'interroger jusque-là. J'en avais maintenant la certitude. Elle n'était plus du tout la femme dont j'avais fait la connaissance deux mois plus tôt à La Napoule. Plus celle qui riait de si bon cœur à toutes les pitreries de son mari ou aux taquineries des autres estivants. Je voyais là le fond de son âme. Elle avait renoncé et semblait ne plus être accrochée à la vie que par un fil ténu. Et la voir ainsi lutter au service de ma rédemption avant de s'autoriser à abdiquer me chamboula au plus haut point. J'avais envie de lui hurler de ne point abandonner. Que j'étais, moi, seule responsable de tous ces événements. Que sans ma présence, rien de tout cela ne serait arrivé. Que j'allais pouvoir tout expliquer. Que tout le monde comprendrait très vite qu'il s'agissait d'un accident. Et que personne ne serait incriminé.

Maria saisit parfaitement tout ce qui était en train de me tarauder l'esprit. D'un simple regard appuyé et accompagné d'un mouvement de dénégation de la tête, elle m'obligea à cesser sur-le-champ toute cette recherche de solution qu'elle jugeait intempestive. Le mal était fait, me disait-elle par ce simple geste. Et elle connaissait trop bien la nature humaine pour oser nourrir comme je le faisais un quelconque optimisme quant au dénouement de l'affaire. Elle n'attendait de moi qu'une réponse. Une seule et unique réponse.

J'étais décontenancée. N'étais pas sûre de vouloir céder à ses supplications et lui faire pareille promesse. Mais elle était si bouleversante que je me montrai incapable de lâcher ce regard si intense avec lequel elle me demandait une chose qui pourtant me paraissait impossible. Et, comme hypnotisée, je m'entendis lui répondre avec une énergie et une clarté qui m'étonnèrent moi-même :

– Oui, Maria ! Je vous le promets !

LI

Aéroport de Lille-Lesquin, dimanche 8 septembre 2013, 12 h 35.

DANS LES HAUT-PARLEURS, une voix presque trop parfaite pour être vraie annonça notre vol pour Nice. Nous traversâmes le grand hall du premier étage de l'aéroport sur toute sa longueur pour nous présenter au tout dernier guichet. Juste à côté d'un cordon qu'une jeune femme au chignon – encore une fois trop parfait – venait de décrocher.

J'observai des voyageurs passer par là. Ils empruntaient un long serpentin – dessiné par une succession de piquets et de cordons – avant d'aller se faire avaler par un long couloir qui les recracherait sûrement à l'autre bout sur le tarmac. Deux autres voyageurs arrivèrent. Même scène. Puis encore deux autres. Même long cheminement à l'intérieur de cet intestin invisible qu'on avait virtuellement dessiné pour eux. Quatre-vingt-dix secondes de dédale pour déboucher dans ce fameux couloir qui ne devait pourtant pas être à plus de cinq mètres de là où je me trouvais. Et tous semblaient trouver tout cela très normal. Mais, nom d'un bourricot ! Étais-je donc le seul ici à réaliser la stupidité de la manœuvre et à vouloir leur crier : « Mais retirez-les vos foutus cordons ! Et même moi, avec la démarche hésitante de mes quatre-vingts balais, je pourrai y arriver en dix secondes à votre couloir ! »

Visiblement, oui. Tout le monde s'en fichait royalement. Être obligé de danser *La Chenille* avant de disparaître du champ de vision de ceux qui restaient sur place semblait ne déranger personne. « Parce que c'est comme ça, monsieur Marquet ! » « C'est la règle et puis c'est tout... » Voilà le genre d'inepties qu'on me rétorquait quand j'avais l'audace – que dis-je, l'outrecuidance – de me révolter face à quelque chose d'absurde au sein de notre système actuel. Et j'avais bien conscience, dans ces cas-là, de passer pour un vieux con à leurs yeux. Mais qui était le con dans l'histoire ? Moi qui passais mon temps à contester le saugrenu – et j'avais de quoi contester au quotidien – ou le docile mouton qui était si persuadé qu'il n'avait plus le choix qu'il voulait me convaincre que moi non plus ? Bah... J'avais bien la réponse à cette question. Mais bon, je n'allais pas non plus faire un esclandre ici, aujourd'hui, en plein cœur de l'aéroport lillois. Je ne voulais pas faire honte à Totoche. Ce voyage, c'était le cadeau qu'il venait de m'offrir pour mes quatre-vingts ans. Je n'avais pas le droit de lui gâcher ce plaisir. Parce qu'il l'avait fait pour le mien, de plaisir. Et c'est vrai que c'était un magnifique cadeau qu'il m'avait fait là, le fiston. Même si je devais bien reconnaître que la perspective de ce voyage me rendait quelque peu nerveux.

Je me fis donc aussitôt la promesse de me tenir tranquille. De ne râler sur personne. Et je me plaçai sagement derrière Totoche qui était encore en train de régler les derniers détails avec une hôtesse. Une charmante hôtesse, au demeurant. J'étais donc définitivement condamné à rendre les armes ; je ne pouvais en aucun cas prendre le risque de voler le sourire d'un aussi joli minois.

Totoche, c'était mon fils aîné. Jean-Christophe de son vrai prénom. Un choix de sa mère parce que c'était aussi le prénom d'un personnage récurrent dans l'œuvre d'un écrivain qu'elle affectionnait particulièrement[1]. Mais moi, dès sa naissance, je l'avais toujours appelé Totoche. Comme dans le magazine *Vaillant*[2], qui correspondait mieux à mes lectures – et que j'achetais dans le temps assez régulièrement. Un chouette gamin, ce Totoche. Je disais toujours « gamin » car, tout cinquantenaire qu'il allait bientôt être, c'était toujours mon gamin. Mon fiston. Min tchiot. Et même s'il s'agaçait parfois de ces termes plutôt réservés à un enfant, il savait très bien toute l'affection que je pouvais avoir pour lui et s'en faisait aisément une raison. Même si j'étais encore là quand lui serait un vieillard courbé sur sa canne, il ne serait autre chose que mon gamin. C'était ainsi.

Alors que je prenais mon mal en patience – il n'y avait pas que moi qui devais trouver le sourire de l'hôtesse aussi charmant pour que les formalités durent autant –, je sentis soudain mes mains s'agiter sans que je parvienne à les contrôler. J'eus l'impression que tout mon corps se mettait à frémir. Même ma tête avait soudain la tremblote. Comme si on m'avait ouvert le crâne pour y cacher un réveil et qu'il venait de se mettre à vibrer en silence. Mais Bon Dieu ! La région lilloise n'était pas sujette aux secousses sismiques que je sache ! Pas plus que moi j'étais atteint de cette maladie de *parkin-machin-chose*. Comme ce boxeur qui avait changé de nom en se convertissant à l'islam. Ou comme ce jeunot qui jouait dans *Retour vers le futur*, le film que mon petit-fils Olivier regardait en boucle quand il venait à la maison.

Olivier, justement, qui se tenait devant moi aux côtés de son père, se retourna sur moi et constata le trouble qui m'agitait.

– Pourquoi papy Tienot y tremble comme ça ? demanda-t-il à son père en le tirant par le bras.

---

1. *Romain Rolland (auteur français du roman* Jean-Christophe, *publié en dix volumes, de 1904 à 1912).*
2. *Hebdomadaire français de bandes dessinées créé en 1945 (qui est devenu, en 1969, le célèbre* Pif Gadget*).*

– C'est parce que c'est la première fois qu'il prend l'avion. Il a peur !

– Et alors ! rétorqua crânement Olivier, du haut de ses dix ans. Moi non plus je n'ai jamais pris l'avion. Et pourtant, je n'ai pas peur !

– Oui, mais Papy, murmura Totoche à l'oreille du gamin, c'est un pétochard…

– Hé ! ripostai-je. Je n'suis pas sourd, hein ! Et personne… ne me traite… de mauviette[1] !

Mon imitation du héros du film préféré de mon petit-fils nous entraîna tous les trois dans un grand fou rire.

C'était vrai que j'appréhendais de monter dans une de ces boîtes faites de tonnes de ferraille pour nous envoyer dans le ciel. Si le créateur avait voulu nous faire voler, il nous aurait mis des ailes, que diable ! Pourquoi toujours vouloir aller contre la nature ? Mais si je tremblais comme une feuille morte, c'était aussi – et surtout – à l'idée de revoir La Napoule. Son château des mineurs. Sa plage de La Rague. Je n'avais que quinze ans, la dernière fois. J'y avais connu Bella Spielmann. J'y avais connu l'amour… Et ce grand couillon de Totoche, n'écoutant que son grand cœur, avait décidé de me plonger à nouveau dans le décor de ce que je lui avais toujours annoncé comme étant le plus beau de mes souvenirs de vacances.

Même si c'était avant sa mère…

* *
*

En prenant place dans la carlingue de l'avion, je fus soudain rattrapé par une violente vague de nostalgie. Un tsunami de mes souvenirs. Parce que La Napoule me rappelait cet été de 1948. Et tous ceux avec qui j'avais vécu l'événement. Tant

1. *Réplique récurrente de Marty McFly (joué par Michael J. Fox) dans la trilogie cinématographique* Retour vers le futur *(films de Robert Zemeckis).*

étaient désormais partis. Je me sentais très seul au milieu de tous ces gens qui rangeaient leurs derniers bagages dans des petites cases au-dessus de leur tête. Parce qu'ils étaient étrangers – y compris Totoche et Olivier – au monde de ces souvenirs. Parce qu'ils appartenaient à une autre époque. Et que celle à laquelle, moi, je faisais référence était définitivement révolue. Je savais que j'allais dans quelques heures retrouver des sites qui auraient pour moi une saveur particulière. Mais dans ma bouche, cette saveur avait pour l'instant le goût de l'amertume.

Papa et Maman n'étaient plus là depuis si longtemps. En 1952, lorsque l'extraction avait cessé au 23 de Noyelles, nous avions dû déménager pour rejoindre la fosse 9 de Oignies. Papa y avait terminé sa carrière, mais silicosé à quatre-vingts pour cent. Il avait craché ses poumons pendant de longues années et avait succombé à son incurable maladie à la fin des années 1970. Maman lui avait survécu quelque temps et l'avait rejoint dans la grisaille du mois de novembre 1985.

Moi, j'avais marché sur les traces de mon père. J'avais démarré avec lui à Noyelles et l'avais en toute logique suivi lorsqu'il était parti à Oignies. C'était d'ailleurs dans cette autre ville minière du Pas-de-Calais que j'avais rencontré Odette. Une belle rousse (je devais bien avouer l'avoir choisie au départ parce qu'elle m'avait rappelé Bella Spielmann) qui me donna trois formidables enfants : Jean-Christophe, Pierre et Cécile. J'étais descendu jusqu'en 1987. Jusqu'à être à mon tour pensionné, bénéficiant d'une vague de départs anticipés. Parti sans une once de silicose. La maladie du mineur m'avait miraculeusement oublié. Puis Odette s'en était allée. Déjà cinq ans que j'étais veuf.

Jacquot avait fait comme Papa et moi. Il était descendu à la mine. Eh oui ! Que pouvait-il faire d'autre ? Il avait fait partie des tout derniers à avoir extrait du charbon dans le bassin du Pas-de-Calais puisqu'il était encore en activité à la fosse 9 de Oignies le jour de sa fermeture, en décembre 1990. Dix-huit mois plus tard, il avait été embauché comme figurant sur *Germinal*, le film que Claude Berri était venu tourner dans la région. Il était fier - comme nous l'étions tous - d'avoir été mineur tout au long de sa carrière. Mais cette participation cinématographique avait été pour lui le plus beau des finals. On lui avait offert l'opportunité d'enfiler une dernière fois des « loques ed fosse » pour montrer au monde entier ce qu'avait été sa vie. Et il n'avait de cesse, à chaque réunion de famille, de rabâcher à ses enfants que, quand son heure serait venue, il faudrait l'enterrer avec la photo qui trônait à la place d'honneur dans son séjour. Celle où on le voyait bras dessus bras dessous avec le chanteur Renaud sur le tournage du film.

Zabeth, elle, avait très vite quitté la région. Elle avait été institutrice. À Ruoms, une petite ville des gorges de l'Ardèche. Et elle y vivait toujours depuis qu'elle avait pris sa retraite en 2001.

Robert Lamendin et sa famille avaient eux aussi - comme beaucoup - quitté Noyelles-sous-Lens en 1952. Pour aller à la fosse 4 sud de Méricourt. En 1958, nous avons malheureusement appris que Robert avait été du nombre des victimes d'une de ces satanées catastrophes qui rappelaient régulièrement aux mineurs la dangerosité de leur travail. C'était le 11 février. À 6 h 45, à neuf cents mètres sous terre, accompagné de dix de ses camarades, il avait pris place dans la cage de *bure*[1] pour remonter de cent trente mètres afin d'atteindre le chantier de la veine Saint-Alfred. L'arbre du treuil de la cage s'était brisé et les avait laissé tomber soixante-cinq mètres plus bas. Pas un n'en avait réchappé.

On le savait, la vie des mineurs était faite de drames.

Mais celui qui nous marqua le plus fut indéniablement celui qui causa en une seule journée la perte des Jdrzejowska et des Lassagne. C'était en septembre 1948. Seulement deux mois après notre séjour à La Napoule. Pendant les fêtes de la

1. Un puits intérieur creusé entre deux galeries.

Libération. Le jour où j'avais été retrouvé dans un fossé derrière la ferme du père Lestiennes. Pas loin de là, Jedjé et Chef-pognon en étaient venus aux mains. Mais pas une simple rixe comme il en éclatait couramment les jours de ducasse. Celle-là avait viré au drame et le porion était mort dans la bagarre.

Kazimierz Jdrzejowska avait été arrêté et incarcéré à la prison de Béthune. Son jugement avait été sans appel : la peine capitale. Il avait été exécuté par un froid matin de janvier 1949. L'affaire avait causé une vive émotion dans tout le bassin minier. Le conflit était déjà permanent depuis deux ans entre les ouvriers et la direction des Houillères. L'assassinat d'un porion par un mineur n'avait fait que jeter un peu plus d'huile sur un feu déjà très ardent. Maria n'avait pas supporté de perdre son Jedjé. Elle s'était laissée mourir et avait rendu son dernier souffle à l'hôpital de Lens. À peine dix mois après que Jedjé avait été guillotiné. On avait envoyé Piotr chez un cousin qui vivait à Paris. Et Jedjéja dans un foyer où il avait dû maudire pendant de trop longues années le fait d'avoir survécu à son fils, à sa bru et à toute cette chienlit.

Quant aux Lassagne, ils avaient quitté la région au lendemain du drame. Et jamais après cela je n'avais revu mon copain Henri.

Totoche et Olivier me fixaient sans dire un mot, interprétant les larmes qui coulaient sur mes joues comme un effet de la grande appréhension que me causait le décollage de ce foutu appareil volant.

* *
*

Devant les portes de l'aéroport de Nice-Côte d'Azur, Totoche héla un taxi. Il lui demanda s'il pouvait nous conduire jusqu'à La Napoule et lui tendit l'adresse qu'il avait pris soin de noter sur un petit bout de papier.

Quarante-cinq minutes plus tard, le taxi nous déposa devant un hôtel face au port de La Napoule. Devant le château. Mais l'autre château. Je fixai le compteur qui surmontait le tableau de bord du véhicule. Décidément, ces euros, je ne m'y faisais toujours pas. Mais la course avait l'air de représenter une petite fortune. Je mis la main à la poche, mais le fiston m'arrêta dans mon geste et régla la note.

Je m'étais imaginé aller dormir au château d'Agecroft, mais Totoche m'expliqua que le domaine n'était plus, depuis 1994, la propriété des Charbonnages de France. Il avait été vendu à E.D.F. Et cinq ans plus tard, la R.A.T.P. était à son tour entrée dans le comité de gestion du centre. Les gaziers, électriciens et conducteurs de métro avaient donc depuis dix-neuf ans pris la place des gens de ma corporation. Agecroft n'était plus le château des mineurs.

Je pris possession de ma chambre. Elle était confortable. Avait une grande fenêtre qui donnait directement sur le port et le château Clews. Je me plantai devant et admirai le panorama. L'endroit était resté tel que dans mes souvenirs. Bien sûr, les bateaux amarrés aux pontons étaient plus luxueux. La navigation de loisir avait pris le dessus. Mais la baie ressemblait encore à celle que j'avais découverte soixante-cinq ans plus tôt. Le temps était clair et me permettait de voir les îles de Lérins, là-bas, au large. Elles semblaient à quelques brasses de la côte. La traversée m'avait pourtant paru longue, à l'époque…

On toqua.

– Qui ch'est qui buque ? demandai-je comme je le faisais toujours quand quelqu'un frappait à ma porte.

C'était Totoche et Olivier. Ils avaient quitté la chambre d'à côté pour venir me chercher.

– Ben alors ! s'étonna Totoche. T'es pas encore prêt ? Je t'avais dit 18 heures pour aller boire un p'tit verre sur la terrasse.

Fichtre ! Il y avait déjà deux heures que j'étais là et que je me laissais aller à rêvasser. La Napoule avait donc toujours sur moi le pouvoir de me faire perdre toute notion du temps ?

Je pris en toute hâte le chapeau que ma fille Cécile – elle aussi dans la confidence – m'avait offert en prévision de ce voyage. Le mois de septembre était ici radieux et chaud. Je ne voulais pas risquer l'insolation. Et je suivis Totoche et Olivier dans un long couloir, puis une volée de marches qui nous mena à un étage intermédiaire. Là, ils prirent à droite, à gauche, et poussèrent une lourde porte qui donnait sur une petite terrasse en hauteur dominant la route du bord de mer par laquelle nous étions arrivés. Comment faisaient-ils pour s'y retrouver ces deux loustics dans ce labyrinthe de couloirs et de portes ? C'était à croire qu'ils avaient dessiné eux-mêmes les plans du bâtiment.

La terrasse était très fréquentée. Mais s'ils connaissaient si bien les lieux, n'auraient-ils pas mieux fait d'y jeter un œil avant de venir me chercher ? Il n'y avait pas de place ! Avaient-ils déjà oublié que, depuis quelques années, mes os se faisant vieux, j'économisais mes pas ?

Totoche s'approcha d'une table et tira une chaise, m'invitant à m'y installer. Je me mis à grogner. C'est moi qui avais sur la tête un chapeau à large bord et c'était lui qui avait la vue barrée, ou quoi ? N'avait-il donc pas vu cette dame déjà attablée, en train de siroter son verre de menthe à l'eau ?

Devant mon hésitation, Totoche se montra insistant :

– Papa ! Viens t'asseoir ici, à l'ombre, s'il te plaît !

Je pris place en adressant un signe de tête à la dame pour m'excuser auprès d'elle du sans-gêne de mon fils. J'étais certes un vieil homme, mais l'âge et le besoin de se mettre à l'ombre ne pouvaient pas tout excuser !

La dame retira ses lunettes de soleil. Et alors que je m'attendais à devoir affronter un regard courroucé par notre incorrection, un beau sourire illumina son visage.

– Bonjour Tienot ! me dit-elle d'une voix qui m'était familière.

Je la fixai, hébété. Je plongeai mon regard dans le sien et sentis aussitôt de grosses larmes perler à mes yeux. Je n'y voyais plus grand-chose, mais eus la confirmation que je connaissais ce doux timbre lorsqu'elle me demanda :

– Tu ne me reconnais pas ? J'ai changé à ce point-là ?

– Bel… Bella ! ne pus-je que balbutier.

LII

C'ÉTAIT BIEN LUI. Plus âgé de soixante-cinq années, mais c'était Tienot qui était là, face à moi. Il était devenu un vieux monsieur – tout comme moi j'étais devenue une vieille dame –, mais derrière ses larmes, ses yeux brillaient toujours de la malice de ses quinze ans.

– Tienot ! prononçai-je d'une voix sans relief. Ça fait si longtemps… Et en même temps, j'ai l'impression que c'était hier.

– Oui, pareil pour moi ! chevrota-t-il.

Il était ému de me revoir, c'était indéniable. Moi aussi, je l'étais. Même si je faisais tout pour ne pas le montrer. J'avais à l'époque fait tant d'efforts pour oublier. Je me devais encore aujourd'hui une certaine réserve. Quitte à paraître froide. Distante.

– C'est ton garçon qui a effectué des recherches pour me retrouver, annonçai-je comme pour me dédouaner et bien lui faire comprendre que je n'avais fait que faire preuve de politesse par respect pour tout le mal qu'il s'était donné. J'étais curieuse de voir ce que tu étais devenu.

Jean-Christophe prit la parole et nous expliqua comment il avait procédé. Il parla d'Internet. De sites comme *Genealogie.com*, *Facebook* ou *Copains d'avant*, d'une bibliothèque numérique qu'il nommait *Gallica*, et du recoupage de toutes ces informations... Je n'y entendais pas grand-chose. J'étais toujours restée assez hermétique au jargon des nouvelles technologies. Tienot n'avait pas l'air de bien comprendre, lui non plus. Il ne faisait que me fixer, se nourrissant de mon image et s'abandonnant à ses (à nos) souvenirs.

Je lui racontai ensuite rapidement – et dans le désordre – mon parcours. Que j'habitais maintenant Cannes. Que j'étais veuve depuis quatorze ans. Que j'avais à l'âge de trente ans épousé Alfredo, un Italien de dix-huit années mon aîné qui avait fait fortune en vendant des bateaux sur la Riviera. Que j'avais très longtemps cru ne pas pouvoir avoir d'enfants. Et que le miracle s'était produit. L'année de mes trente-neuf ans. Qu'elle s'appelait Sofia, avait aujourd'hui quarante ans et m'avait donné une petite-fille qui venait de fêter ses neuf ans.

Tienot me fit aussi sommairement part de ce qu'avait été sa vie. Comme si tout cela n'était que très secondaire. Un récit qui intéressait malgré tout au plus haut point le petit garçon – qu'il m'avait présenté comme étant son petit-fils Olivier – qui se tenait à côté de son père, Jean-Christophe. Entendre son grand-père parler de sa vie, de son travail et de sa famille semblait le ravir. Je souris à l'enfant. Il était plus jeune, mais me rappelait tant le Tienot de quinze ans que moi j'avais connu.

Étienne s'arrêta de parler et me fixa en secouant la tête.

– Bella ! murmura-t-il. Pourquoi tu n'as jamais répondu à mes lettres ?

Puis il se remit à pleurer.

L'émotion m'étreignit. Derrière ses larmes, je retrouvais le jeune homme avec qui j'avais tant partagé. Avec qui j'avais eu tant d'intimité. Même si cela avait été bref. Je m'étais promis de ne pas me laisser avoir, mais je me retrouvais désemparée.

– Je... Je ne pouvais pas, balbutiai-je. Pas après notre dernière rencontre...

– Pourquoi ? Tu avais honte ? Moi, j'ai pourtant toujours considéré cet instant dans la cabane de pêcheurs comme l'un des plus beaux qu'il m'ait été donné de vivre. Mais… je peux comprendre. La jeune fille que tu étais…

– Non, je ne parle pas de cette nuit-là ! C'est… ce qu'il s'est passé après…

– Après ? Mais, je ne t'ai revue que le lendemain matin. Nous nous sommes quittés sous le porche d'entrée du château…

Je le fixai. Il paraissait si sincère. Avait-il pu oublier ?

– Moi, je te parle de Noyelles, précisai-je. En septembre…

Je le sentis vaciller. S'il n'avait pas été confortablement assis, il se serait effondré. Sa tête allait de son fils à moi. Sans s'arrêter. Comme s'il cherchait quelqu'un capable de lui donner l'explication qui lui manquait.

– Je suis venue te voir à Noyelles, ajoutai-je. Deux mois après nos adieux sous le porche. Pour les fêtes de la Libération. Tu… Tu ne te souviens pas ?

Ses larmes redoublèrent.

– J'ai toujours été persuadé de t'avoir revue, me dit-il dans un sanglot. Mais… je pensais avoir rêvé. Que tout cela n'avait été que le fruit de mon imagination. Et puis, cette journée… C'est compliqué… Tu étais vraiment là ?

J'opinai de la tête, incapable d'ajouter le moindre mot, réalisant qu'il ne trichait pas, que son amnésie n'était pas feinte.

Tienot s'empara du verre de bière que venait de lui apporter le serveur et en but une gorgée afin de noyer son trouble. Puis d'un large mouvement de son avant-bras, il essuya et la mousse qu'il avait sur les lèvres et ses larmes. Il inspira un grand coup et se mit à raconter :

– Ce que je me souviens des fêtes de la Libération de septembre 1948, c'est d'y avoir retrouvé Henri. Et nous y avons bu. Beaucoup. Plus que de raison. J'ai ensuite le souvenir de cris, de me retrouver impliqué dans une bagarre, et après plus rien. Je n'ai rouvert les yeux que le lendemain matin quand on m'a retrouvé dans un fossé. Si je n'avais pas eu cette énorme bosse sur l'arrière de la tête, on aurait pu mettre mon amnésie sur le compte de ma consommation excessive de bière. Et on s'en serait tenu là. Mais dans les jours qui ont suivi, j'ai tenu à plusieurs reprises des propos incohérents qui ont inquiété ma mère. Elle m'a alors proposé de faire venir le médecin. Et j'ai accepté. Il s'était pendant mon « absence » passé des choses si terribles que je voulais, sinon comprendre, au moins essayer de les mettre en phase avec ce que j'avais pu faire au même instant. Le docteur m'a posé des tas de questions. Sur ce que j'avais fait le jour même. La veille. L'année d'avant. Et il est revenu sur cette foutue journée de la fête de la Libération. Sur le lendemain, après qu'on m'ait retrouvé. Il ne manquait à mes souvenirs que quelques heures. Une nuit. Une seule et unique nuit. Effacée de ma mémoire. Le médecin a alors longuement réfléchi. La bosse toujours bien saillante après quelques jours ne lui disait rien qui vaille. Il m'a convoqué à l'hôpital Sainte-Barbe pour une batterie d'examens et a expliqué à mes parents que j'avais subi un fort traumatisme crânien. Un coup qu'on m'avait porté. Ou alors j'avais glissé et étais tombé sur quelque chose de très dur. Le choc me plongeant dans une longue inconscience. Et mon corps, en réaction, se serait mis dans une sorte d'état de veille. Un état qui avait ralenti à l'unisson l'ensemble de mes fonctions vitales. Avait fait que mon cœur n'avait soudain plus distribué aux autres organes que le strict nécessaire. Ce qui avait provoqué pendant un temps une sous-alimentation en oxygène de mon cerveau. Et ce qui – toujours d'après les conclusions de ce médecin – pouvait être la cause de cette amnésie partielle. Définitive ou provisoire, ça, il n'a su le dire. Toujours est-il qu'en soixante-cinq années cette nuit-là n'a toujours été pour moi que quelques heures qu'on avait arrachées à ma vie.

Nous restâmes tous un long moment silencieux. Le petit Olivier parce que trop absorbé par les manœuvres des bateaux dans le port en contrebas. Le fils d'Étienne parce que conscient que c'était notre histoire et qu'il devait la laisser se décanter d'elle-même. Sans intervenir. Il était à l'initiative de nos retrouvailles mais préférait demeurer un témoin discret. Tienot parce qu'exténué d'avoir dû brasser ses souvenirs – et ses non-souvenirs. Abattu de réaliser que j'étais finalement bien revenue pour lui. Comme il l'avait certainement toujours désiré. Mais juste pendant ce très court laps de temps qui n'appartenait plus à sa vie. Et moi parce que je réalisais m'être toujours basée sur des faux-semblants. Parce que Tienot, dans ses quelques lettres qui avaient suivi, m'avait toujours parlé comme s'il ne s'était rien passé. J'avais pris cela pour de la lâcheté de sa part. Pour un refus de faire face et de prendre ses responsabilités. Et je lui en avais voulu. Alors qu'il ne savait pas…

– Alors, tu étais bien là ?! répéta Tienot pour rompre ce silence qui devenait insupportable. Tu étais à Noyelles ? Et… je t'ai loupée !

– Oui ! acquiesçai-je. J'étais là. Nous avions organisé ma venue dans ton dos. C'est ton ami Henri qui avait fait cela. Il m'avait écrit pour me proposer de venir et j'avais aussitôt été emballée par l'idée.

– Tu es donc… au courant pour Jedjé, et pour Benoît Lassagne ? me demanda-t-il.

– Oui ! admis-je en ne pouvant faire autrement que baisser la tête.

– Personne ne sait ce qu'il s'est réellement passé, annonça Tienot. Et tout au long de ma vie, j'ai bien souvent pensé à Jedjé. Je me demande bien ce qui lui a pris ce jour-là.

Je gardai la tête basse. Il me fixait. J'en étais sûre. Je refusais d'affronter son regard. Je venais de réussir à lui tendre une main pour ne pas le laisser se faire avaler par un profond précipice, ce n'était pas pour le voir à nouveau battre l'air des mains pour ne pas sombrer dans un autre. Et je me réfugiai derrière les verres sombres de mes lunettes de soleil.

– Moi aussi, je pense très souvent à M. Jedjé, soufflai-je. Mais moi... je sais ce qu'il s'est passé.

J'eus soudain l'impression que tous les clients qui se trouvaient sur la terrasse s'étaient arrêtés de parler. En même temps. Je levai la tête vers eux et fus rassurée de les voir tous pris dans leurs propres conversations. Mais en face de moi, Tienot et Jean-Christophe demeuraient muets. Suspendus à mes lèvres. Je venais par mon murmure de les pétrifier sur place. Comme quoi les mots de la vérité pouvaient avoir le même pouvoir que la plus belle des robes à fleurs.

Le vin était tiré. Il fallait le boire.

– Oui, je sais ce qui a coûté la vie à M. Jedjé, leur confirmai-je. Parce que la surprise que nous voulions te faire n'y est malheureusement pas étrangère.

Tienot se mit à danser sur sa chaise, ne sachant plus sur quelle fesse s'appuyer.

Je poursuivis :

– J'avais embêté mon père pendant tout le mois d'août pour qu'il accepte que nous nous rendions dans le Pas-de-Calais début septembre. Pour que je puisse être présente pour les fêtes de Noyelles. Mais à cette date, sa saison n'était pas terminée. Et il lui était impossible d'abandonner le château ne serait-ce pendant quelques jours. Mais j'insistai tant qu'il avait fini par contacter son ami Ernest Schaffner, le maire de Lens. Le Dr Schaffner accepta de me recevoir et de s'occuper de moi. Je pris mes billets de train et attendis avec grande impatience la date de mon voyage. Je mourais d'envie de t'écrire, mais je me suis abstenue. Même par écrit, je n'aurais pas su te mentir. J'avais peur que mes mots me trahissent sur le papier. La veille de la fête, je suis passée chez les Lassagne, et ensemble nous avons mis en place un plan pour le lendemain. Un ami d'Henri devait m'attendre à l'entrée de Noyelles pour m'accompagner sur les lieux de la fête. Au même moment, Henri devait s'occuper de toi et t'attirer pour que vous fassiez ensemble le chemin inverse au nôtre. Et pour que vous tombiez sur nous. Henri se disait pressé de voir ta tête au moment où tu m'apercevrais. Parce qu'il disait que tu n'arrivais plus à voir une chevelure rousse sans aussitôt t'imaginer qu'il s'agissait de moi. Le lendemain, quand j'arrivais aux portes de Noyelles, c'était Benoît Lassagne, le père d'Henri, qui m'y attendait. Je me montrai surprise, mais comme il avait lui aussi participé aux préparatifs, je me suis dit qu'il y avait eu un changement de dernière minute. Le porion m'avait toujours mise mal à l'aise, mais je le suivais sans méfiance. Parce que j'étais tout à la joie de te retrouver. C'était la seule chose qui comptait. Et j'avais moi aussi hâte de voir ta réaction lorsque nos chemins allaient se croiser. Benoît Lassagne ouvrait donc la marche. Et je le suivais, légèrement en retrait. Nous sommes alors passés par la cour d'un petit corps de ferme. Je ne m'en inquiétai pas plus que cela. Nous approchions de l'église. Donc, pour moi, du centre-ville. Là où tout devait se passer. Mais quand le porion entra dans la grange, je trouvai quand même cela étrange. Se pouvait-il que la fête se déroule dans un endroit aussi incongru ? Il n'y avait sur les lieux pas la moindre musique. Et puis nous étions censés nous croiser en chemin. Jamais il n'avait été question de nous mettre à l'abri d'un bâtiment. Mais il insista en me disant de me dépêcher si je ne voulais pas vous louper. Je me rassurai donc en me disant qu'il devait s'agir d'un raccourci et entrai à mon tour dans la grange. Il claqua la porte derrière moi. Je me retournai sur lui, paniquée. Benoît Lassagne avait le même regard que quand il s'en était pris à moi au château, sur le chemin qui menait à votre baraquement…

– Quoi ?! cria Tienot. Comment ça, il s'en était pris à toi au château ?

– Je t'en prie, le calmai-je, laisse-moi terminer. Ne m'interromps pas. Dans la grange, Benoît Lassagne me toisa des pieds à la tête avec un regard injecté de sang qui ne laissait aucun doute possible quant à ses intentions. Il… (Je toussai pour me ressaisir.) Il se jeta sur moi. Je tentai de lui échapper, mais ses bras étaient comme deux puissantes pinces qui se refermaient sur moi. D'un geste sec et violent, il tira sur le col de ma robe qui se déchira. Profitant de ma surprise, il me plaqua au sol et s'allongea de tout son long sur moi. (Ma voix se mit à chevroter.) Et… Alors qu'une de ses mains m'immobilisait toujours, il… (Sanglot.) Il glissa l'autre sous ma robe. Je me mis alors à hurler. Un long cri déchirant. Pour alerter. Il n'y avait donc personne aux alentours pour m'entendre ? Personne pour… pour empêcher le porion d'abuser de moi ? Il me lâcha un instant. J'ai eu pendant quelques secondes espoir que mes cris allaient finir par le faire fuir. Alors j'ai continué. Comme jamais je n'avais crié. Mais il revint au-dessus de moi… Et… (Nouveau sanglot.) Il serra les poings. Et il me frappa au visage. À plusieurs reprises. Tout en vociférant. En m'ordonnant de me taire. Je… Jamais je n'ai eu plus mal de toute ma vie… Je commençais à sentir le goût du sang dans ma bouche. Je… Je… Je ne…

Tienot et son fils restèrent interdits devant le flot de larmes qui m'empêchait de poursuivre mon récit. Au bout d'un instant, Jean-Christophe posa une main sur le bras de son père en donnant un coup de tête dans ma direction. Pour le forcer à réagir. Pour l'inciter à intervenir.

– Et… Et c'est donc là…, prononça Tienot d'une voix tremblante à la fois d'émotion et de colère. C'est donc pour ça que Jedjé, alerté par tes cris, est arrivé…

Je reniflai bruyamment.

Jean-Christophe se pencha par-dessus la table pour me tendre son propre mouchoir que j'utilisai sans plus attendre. Puis je séchai mes larmes et retirai mes lunettes. Et de mes yeux rougis d'avoir pleuré, je fixai Tienot.

– Oui… M. Jedjé et Maria sont bien arrivés sur les lieux. Mais une fois que tout était fini. Parce que quand la porte de la grange s'est enfin ouverte la première fois, c'est Henri… Henri et toi qui étiez là…

LIII

TOTOCHE SUGGÉRA D'ARRÊTER LÀ et de nous retrouver le lendemain. Ces retrouvailles généraient un trop-plein d'émotions. Autant pour Bella que pour moi-même.

Nous accompagnâmes Bella devant la porte de l'hôtel. Là, un taxi vint la prendre. Je la regardai partir sans afficher la moindre réaction. Mon corps était sans vie, alors que, dans ma tête, c'était le tumulte. Je ne mettais un pied devant l'autre plus que par réflexe – et parce que Totoche me tirait parfois par le bras. Et regagner l'étage de nos chambres me parut ensuite un véritable parcours du combattant.

– Ça va aller ? me demanda Totoche en me laissant devant ma porte.

Je fis oui de la tête. Mécaniquement. Car comment aurais-je pu aller bien après ce que je venais d'apprendre ?

– Repose-toi un peu, poursuivit Totoche. On passe te reprendre dans une heure. Pour aller dîner.

– Non ! lui répondis-je d'une voix blanche. Je… Je n'ai pas faim. Je ne souperai pas, ce soir. J'ai besoin d'une bonne nuit de sommeil. On n'a qu'à dire qu'on se retrouve demain matin pour le petit déj.

– Comme tu veux… Bonne nuit, Papa !

– Bonne nuit, tchiot !

Olivier me sauta au cou pour m'embrasser.

Une bonne nuit de sommeil…

Je m'allongeai sur le lit sans me déshabiller. Je savais très bien qu'il me serait impossible de trouver le sommeil cette nuit. Trop d'images se bousculaient dans ma tête.

Bella était venue à Noyelles. Je n'en revenais toujours pas. J'avais toujours si ardemment désiré la retrouver. Et c'était arrivé, bien avant aujourd'hui et sans que j'en aie eu conscience. Sa voix résonnait dans ma tête. Toujours les mêmes mots qui tournaient en boucle, au point de me filer le vertige.

C'est Henri et toi qui étiez là…

Jedjé et Maria sont bien arrivés sur les lieux. Mais une fois que tout était fini…

Parce que c'est Henri et toi…

Henri…

Et toi…

Je me levai brutalement, titubai jusqu'aux toilettes et rendis tout ce que contenait mon estomac. La collation prise dans l'avion. Les pilules pour ma tension. Les cachets pour mon cholestérol. Et le verre de bière. Jusqu'à sentir dans ma bouche le goût amer de ma bile. La seule chose qu'il m'était encore possible de recracher.

Je restai un long moment accroupi, la tête au-dessus de la cuvette, les membres tremblants, les tempes prises dans les mâchoires d'un étau qui se resserrait progressivement.

Jedjé… Maria…

Henri…

Et toi…

Nouveau serrage qui déclencha une douleur lancinante.

Et toi !!!

Je m'effondrai sur le côté des toilettes. Le dos contre le mur. La tête entre les mains. Pour ne plus entendre la voix de Bella. Parce qu'elle ne cessait de hurler au grand jour ma culpabilité dans une affaire que mon subconscient s'était toujours obstiné à refouler.

Et toi !!!

Moi ?! Avais-je donc assisté à la mort du porion Lassagne ? Y avais-je participé ? Les cris… La bagarre… Avant le trou noir. Une obscurité interminable. Une longue nuit de soixante-cinq années. Et la voix de Bella qui résonnait maintenant sans fin dans mon crâne malmené. Une voix grimpant dans les aigus. Stridente au point d'en déchirer le voile opaque dans lequel je m'étais drapé le 4 septembre 1948. Pour ne pas voir la réalité. Pour échapper à ma mauvaise conscience…

Je me traînai en rampant jusqu'à mon lit. Attrapai un des gros oreillers et le pris à pleine bouche pour ne pas m'entendre crier. Les larmes coulaient sur mes joues sans discontinuer. Des larmes noires. Toujours ce voile opaque qui se désagrégeait pour me laisser seul face à ma mémoire. Mon cerveau avait soudain décidé de lever toute censure. De me balancer brutalement à la face ce que je m'étais toujours résolu à ne pas reconnaître. Des images. De la musique. Des dialogues. Même des odeurs. Tout semblait vouloir sortir des méandres de mon subconscient pour se remettre en place. Et je reçus comme un uppercut la recomposition de la fresque qui manquait depuis toujours à mon histoire.

Je suis avec Henri. Henri Lassagne. On est le samedi 4 septembre 1948 et on s'apprête à fêter à Noyelles les quatre ans de la libération de la ville.

– Libération ?! Nous ne serons vraiment libérés que le jour où les tickets de rationnement auront disparu ! m'exclamé-je tout en paraphrasant ce que mon père ne cessait de nous rabâcher à la maison.

– On s'en fout, me répond Henri, hilare, tant qu'on a à boire pour faire la fête !

Et effectivement, une fois au bal, nous buvons. Un verre de bière. Puis un deuxième. Un troisième. Jusqu'à ne plus savoir à combien nous en sommes. Puis Henri s'approche et me secoue par le bras.

– Viens ! On va faire un petit tour dans Noyelles !

Je le suis. Prendre un peu l'air, au calme, loin de tout ce tintamarre. Voilà qui ne pouvait que me faire du bien. Henri me raconte des cafougnettes toutes plus idiotes les unes que les autres. Moi je ris. De plus en plus fort. Et en passant près de la ferme du père Lestiennes, derrière l'église, j'entends quelqu'un qui rit encore plus fort que moi. Sauf que ce n'est pas un rire. Mais un cri. Le long cri déchirant de quelqu'un qui appelle à l'aide. Le temps pour Henri et moi de comprendre de quoi il s'agit, nous nous précipitons dans la cour de la ferme. Un nouveau cri. Il vient de la grange. Nous poussons la porte. J'ai l'esprit quelque peu embrumé, et la scène horrible qui se déroule sous mes yeux me fait l'effet d'une douche froide. Parce que je la sais réelle. Pas tout droit sortie de mon imagination. Pas ce coup-ci. Et j'en reste abasourdi. C'est une jeune fille qui hurle. Et cette jeune fille… C'est Bella ! Ma Bella !

Benoît Lassagne est en train de s'acharner sur elle. Il lui martèle le visage. Mon sang ne fait qu'un tour. Je fonce. Me jette sur lui. Je ne me suis jamais vraiment battu, mais mes poings serrés ne s'arrêtent plus de frapper. Et lui me rend mes coups. Ça fait un mal de chien. Autant pour les coups que je donne que pour ceux que je reçois. Je le sens prendre progressivement le dessus sur moi. Mais je tiens bon. Les cris éplorés de Bella ne s'arrêtent plus. Je reste debout alors que chacun des coups de poing que le porion m'assène a de quoi me terrasser. Je ne vois plus ce que je fais et je suis à deux doigts de flancher. Henri s'agrippe à son père pour tenter de l'arrêter. Mais Benoît Lassagne le repousse. Avec la même hargne que celle qu'il déploie pour me frapper. Pour me détruire. Ses yeux injectés de sang me laissent deviner qu'il ne s'arrêtera qu'une fois que je serai à terre. Qu'une fois que je serai inconscient. Qu'une fois qu'il m'aura ôté la vie. Parce que c'est bien ma mort qu'il cherche visiblement avec un acharnement bestial. Il ne peut en être autrement. Je plie. Me retrouve genoux à terre. Et alors que le porion riposte une nouvelle fois à un des assauts de son fils, je lève la tête vers Bella. Elle est là. Presque à portée de main. Elle a le visage tuméfié et ne s'arrête plus de crier. Mon Dieu ! Que lui a-t-il fait ? La folie me gagne. Je la sens monter en moi. Jusqu'à muter en une folie... meurtrière. Et là, je ramasse une grosse pierre qui jonche le sol près de moi et me rue sur le porion en poussant un long hurlement guerrier...

Je réalisai soudain que j'étais réellement en train de crier dans ma chambre d'hôtel. Les souvenirs m'assaillaient. Ma mémoire se recomposait, et ce que je découvrais m'horrifiait. Je pris ma tête entre mes mains, m'arrachai les quelques cheveux qui me restaient sur le crâne et me mis à pleurer à chaudes larmes comme si j'étais un enfant. Je venais de replonger subitement dans l'été de mes quinze ans. La fin de l'été 1948. Et j'avais eu l'occasion de revoir un acte qui avait fait de moi... un meurtrier ! Un meurtrier qui aurait certes pu bénéficier de circonstances atténuantes devant un tribunal. Mais un meurtrier quand même. Condamné à vivre le restant de sa vie avec l'insoutenable fardeau d'avoir tué un homme. Je prenais finalement comme un cadeau que mon forfait ait été rayé de ma mémoire pendant aussi longtemps. Le fardeau en avait été moins lourd. Son poids allait bien sûr s'en ressentir à partir d'aujourd'hui. Mais il me restait si peu à vivre.

Une nouvelle pensée vint titiller encore un peu plus ma conscience réveillée. J'étais responsable d'un acte délictueux qui avait certes coûté la vie à un salopard fini. Mais un innocent avait lui aussi payé de sa personne. Jedjé, en endossant ma responsabilité. Et au nom de quoi ? De ma jeunesse ? De mon histoire d'amour avec Bella ? Un sacrifice absurde qui n'avait en rien empêché notre histoire d'échouer. Quel incroyable gâchis… Je ne faisais maintenant que penser à lui. Jedjé sautillant et chantant au château d'Agecroft. Jedjé plongeant dans le sable pour attraper un ballon sur la plage de La Rague. Jedjé se jetant dans l'eau, vêtu de son improbable maillot de bain. Jedjé dansant comme un dieu malgré son poids ou encore balançant une expression courante avec ses mots à lui. Une boule de vie et de bonne humeur à laquelle je souriais derrière mes larmes. Avait-il chanté à l'heure de se présenter devant son bourreau ? Je l'en savais capable, même si cela eut été des plus déplacés. Tirer sa révérence avec éclat, panache et élégance. Voilà quel devait toujours avoir été son vœu le plus cher. À l'image de ce qu'il avait vécu. Pour rendre son départ inoubliable. Mais même cela, je l'en avais privé. Il était certes parti en marquant les esprits. Mais parce qu'il était monté sur l'échafaud. Sous la vindicte populaire. Les vociférations qu'on réserve à l'assassin. Montré du doigt. Victime des ragots les plus infâmes. Une terrible injustice qui, je le réalisai à l'instant, m'ébranlait davantage que le crime lui-même que j'avais commis.

Et Maria. Tournant en permanence comme un satellite autour de la planète Jedjé. Toujours prête à s'esclaffer à la moindre de ses facéties. À donner de la voix pour l'accompagner dans un refrain. Hilare du matin au soir – il lui arrivait même de pouffer dans son sommeil, j'en avais été témoin à La Napoule. Son rire s'était éteint. Prématurément. Dans la grisaille. Et elle avait à son tour quitté – plus précisément fui – la vie. Avec une discrétion qui ne lui était guère coutumière. Comme si sa fin de vie n'était déjà plus sa vie.

Un geste, un seul, m'avait rendu responsable de tout ce chaos… Ramasser cette pierre dans la grange du père Lestiennes… Comment avais-je pu oublier ?

Je me saisis de l'oreiller abandonné un instant pour museler mon nouveau sanglot et étouffer les cris que je ne pouvais m'empêcher de pousser à m'en arracher la poitrine.

Et soudain, alors que le tissu garni de plumes commençait à m'asphyxier, je mesurai ma disgrâce. Puis la lumière se fit. Jedjé et Maria étaient là. Ils se tenaient devant moi, main dans la main. Ils me souriaient et avaient l'air si bien. Et si c'était cela, la solution ? Enfoncer un peu plus l'oreiller au fond de ma gorge… Disparaître… Me retrouver là où j'aurais dû être depuis déjà soixante-cinq ans… À la place de Jedjé…

LIV

LA NUIT AVAIT ÉTÉ AGITÉE. Je n'avais pas fermé l'œil, et pourtant des images cauchemardesques n'avaient cessé de me submerger. Parce que j'avais par mon témoignage rouvert une plaie qui jamais n'avait cicatrisé. Soixante-cinq années en arrière s'avérait être un voyage bien trop lourd pour une femme de mon âge. Et il devait en être de même pour Tienot. Il avait les traits tirés et le regard hagard de celui qui venait d'affronter ses démons. Je le vis immédiatement en le rejoignant sur la plage de La Rague.

J'étais accompagnée de ma petite-fille. Lorsqu'elle m'avait demandé si elle pouvait venir, j'avais dans un premier temps refusé. Je ne voulais pas la mêler à toute cette histoire. Elle n'était qu'innocence, une vertu que la vie a si vite fait de corrompre. Puis je m'étais ravisée. Sa présence ne pouvait que m'aider à ne pas craquer. Je ne voulais pas reproduire ce que j'avais montré la veille.

– Tu peux rejoindre Olivier, ma chérie ! lui suggérai-je en lui montrant du doigt le garçon en train de se tremper les pieds dans la mer, à quelques mètres de la table où se tenaient déjà Tienot et Jean-Christophe. Tu verras, vous avez presque le même âge. Vous aurez certainement plein de choses à vous raconter. Mais vous restez là, hein ! Vous ne vous éloignez pas du bord !

– Oui, Mamina ! s'écria Lou-Hannah en courant.

Je l'observais, le regard pétillant. Fière d'être la grand-mère d'une aussi délicieuse petite-fille. Elle était d'une nature si enjouée que mon cœur tambourinait dans ma poitrine dès que je la regardais. Jusqu'à quand la vie allait-elle la préserver, elle ? Je ne faisais que prier le ciel pour que jamais elle ne change. Et surtout pour que rien ne vienne jamais contrarier la douce existence que sa mère et moi nous étions engagées à lui construire depuis sa naissance. C'était un combat de chaque instant. Mais Lou-Hannah nous donnait tant en retour.

Sur ma droite, Jean-Christophe semblait éprouver un sentiment analogue pour son rejeton. Il le couvait du regard avec une tendresse qui ne pouvait être feinte. J'observai ensuite Tienot, me demandant quel père il avait pu être. C'était idiot, mais pour moi Étienne Marquet n'avait jamais été autre que l'adolescent de quinze ans qu'il était quand je l'avais rencontré. Il m'était donc bien difficile de l'imaginer en chef de famille. Il n'avait en tout cas à cet instant pas l'air au mieux, visiblement tiraillé entre deux sentiments opposés. D'un côté l'effroi de se savoir autant impliqué dans la mort du porion Lassagne. De l'autre, la fascination de retrouver un décor qui nous avait été si cher à tous les deux. Sa tête faisait la girouette, tournait au gré de ses souvenirs, à la recherche de quelque repère susceptible de lui rappeler la configuration de la plage six décennies plus tôt. La cabane de pêcheurs avait disparu, remplacée par ce bar à la terrasse duquel nous nous trouvions. Tienot devait avoir envie d'avouer que l'endroit avait changé, mais il s'en garda bien. Cela aurait été reconnaître que cette plage lui était désormais étrangère. Alors qu'il y sentait encore – comme moi je le sentais – le souffle de notre amour qui venait lui caresser le visage

Je plongeai la main dans mon sac et en sortis un petit paquet de lettres.

– Ce sont celles que tu m'as écrites, Tienot ! Je les ai toutes gardées... Et ça, dis-je en lui tendant un deuxième paquet, ce sont toutes les réponses que je t'ai faites. Mais je ne les ai jamais postées. Elles sont telles que tu aurais pu les lire si... Enfin, si rien n'était arrivé, quoi. Si je n'étais jamais passée par Noyelles, en septembre 1948.

Nos regards se croisèrent. J'eus pendant quelques secondes l'impression que Tienot avait retrouvé le visage lisse de son adolescence. Qu'il allait s'approcher de moi. Qu'il allait me déshabiller et m'allonger sur un amas de couvertures installé là comme une couche providentielle. Le soleil chauffait déjà fort à cette heure-ci. Je ne pus cependant m'empêcher de frissonner. J'étais comme aspirée dans une faille temporelle qui me ramenait sur le théâtre de mon premier amour. Prête à tout recommencer...

Je secouai la tête pour m'arracher à mes illusions et renouer avec l'instant présent. Le Tienot qui me fixait avait bien la peau ridée de ses quatre-vingts ans. Et son regard était vide. On dit du regard qu'il est le miroir de l'âme. Étienne Marquet semblait avoir perdu la sienne.

– Je... (Il toussa pour s'éclaircir la gorge.) Je me souviens de tout, maintenant, tu sais... Enfin, presque. Et ce voile que tu as levé pour moi... C'est si insoutenable... Je... J'ai cru un instant qu'il valait mieux pour moi en finir. Et puis, non, un sursaut d'orgueil m'en a empêché. En finir, c'était encore me dérober. Je n'ai pas... Je n'ai plus le droit. Pour toi... Pour Totoche... Olivier... Je t'ai vue, Bella ! J'ai vu ce que Benoît Lassagne t'a fait. Et surtout... Je me suis vu. Me bagarrant comme jamais je ne l'avais fait. Sentant ma haine monter progressivement pendant que Lassagne me frappait. Jusqu'à... (Un hoquet l'interrompit. Il semblait terrifié.) Jusqu'à cette pierre que j'ai ramassée... Je... Je ne pouvais pas faire autrement... Il t'avait fait tant de mal...

Sa voix s'étrangla dans les aigus et il se mit à pleurer.

– Papa ! s'inquiéta Jean-Christophe en se levant pour aller prendre son père dans ses bras.

J'aurais tant voulu avoir moi aussi la force de le rejoindre et de le serrer contre moi. Car je n'en pouvais plus de le voir pleurer. Mais je jetai un œil vers Lou-Hannah et m'interdis tout mouvement. Mon menton se mit à trembler et je dus me mordre la lèvre pour chasser le sanglot qui ne demandait qu'à jaillir.

– Ces images, se ressaisit Tienot au bout de quelques minutes, je me les suis passées en boucle. Pendant toute la nuit. Et même là, à l'heure où je te parle, je n'arrive pas à les empêcher de me polluer l'esprit. Mais... je ne m'explique toujours pas comment je me suis retrouvé dans ce fichu fossé...

– C'est M. Jedjé, lui répondis-je. C'est lui qui t'y a déposé. Quand M. Jedjé et Maria sont arrivés, alertés par mes cris, ils sont tombés sur le cadavre de Benoît Lassagne baignant dans son sang. Maria était à deux doigts de se mettre à hurler, elle aussi. Mais M. Jedjé l'a bâillonnée de sa grosse main pour la faire taire avant même qu'elle n'ait commencé. Et d'un simple regard, il m'a intimé l'ordre de mettre fin à tout ce vacarme. J'ai alors mis mon poing serré dans ma bouche. Et à travers mes larmes qui, elles, ne s'arrêtaient pas de couler, j'ai vu Kazimierz prendre les choses en main. Il ne lui a fallu que quelques secondes pour analyser la situation. Avec un sang-froid incroyable. Il a d'abord vérifié ton état pour constater avec soulagement que tu n'étais qu'inconscient. Il a alors demandé à Maria de m'emmener chez eux, a ordonné à Henri – qui restait collé à un mur en pleurant en silence – de déguerpir de là au plus vite, puis il t'a pris dans ses bras et est sorti de la grange... Il était impressionnant. Un contrôle, une maîtrise de soi. J'ai plusieurs fois relu *Les Misérables* au cours de ma vie. Jean Valjean portant Marius inanimé sur son dos à travers les égouts de Paris, moi j'y vois toujours M. Jedjé t'emmenant dans la nuit.

Je venais de comprendre en l'expliquant à Tienot pourquoi je ne faisais toujours que lire et relire ce roman. Non, ce n'était pas – mis à part à la toute première lecture – le récit de Marius sauvé par Jean Valjean qui me rappelait Tienot et M. Jedjé. Mais tout le contraire. C'était bel et bien le désir – même inconscient – de retrouver ces êtres que j'avais connus dans la vraie vie qui me poussait à toujours reprendre ce livre. Parce que je savais dès les premières pages que le récit épique de Victor Hugo allait inévitablement me mener à eux. Eux que j'avais aimés. Eux que j'avais été contrainte d'abandonner.

Jean-Christophe, toujours assis près de son père, était plongé dans sa réflexion et n'arrêtait pas de hocher de la tête.

– Et ce M. Jedjé, dit-il, c'est bien lui qui a été accusé du meurtre du porion, non ?

– Oui ! lui répondis-je. Quelques semaines après l'affaire, Maria m'a fait un long courrier pour tout m'expliquer. Elle m'y suppliait avant toute chose de continuer à me taire. Parce que c'était ce que voulait M. Jedjé. Elle me disait ensuite avoir cherché à savoir auprès de son mari ce qui avait bien pu lui prendre d'être ainsi retourné sur les lieux. Il lui avait alors avoué que c'était dans le but de faire disparaître le corps du porion. Nous seuls étions au courant. Et sans corps, il n'y avait plus d'affaire. Plus que notre morale et notre conscience – bien assez pesantes comme cela – pour s'ériger en juges devant nous. M. Jedjé connaissait trop bien Benoît Lassagne. S'il y avait un coupable dans cette histoire, il savait que ce ne pouvait être que le porion lui-même. Dissimuler sa mort ne s'annonçait donc pas pour lui comme une si grande injustice. Et puis il n'allait pas nous livrer à la police. Nous étions si jeunes… Mais M. Jedjé n'a pas eu le temps de faire disparaître le corps. Quand il est revenu dans la grange, alors qu'il était agenouillé à côté du porion, le fermier et son fils lui sont tombés dessus.

– Le père Lestiennes et son fils Bertrand ?

– Oui… Enfin, je ne sais pas, les propriétaires de la grange.

– C'est bien ça ! C'était Bertrand Lestiennes et son père !

– Ils revenaient tous deux de la fête. C'était l'heure de nourrir les bêtes. Et le père s'était armé de son fusil de chasse parce qu'il lui avait semblé avoir aperçu une silhouette se glissant dans sa grange.

– Pouah ! pesta Tienot. Ça ne m'étonne pas d'eux. Des vraies saloperies ces deux *crapés*[1]. Y z'ont jamais pu nous encadrer, nous, les mineurs. Ils nous traitaient de privilégiés. Parce que nous avions le logement gratuit et du charbon pour nous chauffer. Nous, des privilégiés ! Et un mois après, en octobre, quand la grève s'est généralisée, là nous ne l'avons plus entendu le père Lestiennes. Quand plus un de nous n'avait de quoi becqueter alors que lui continuait à bien s'engraisser avec son marché noir. Et…

Étienne semblait disposé à nous faire part de toute la rancœur qu'il avait toujours eue pour ce fermier et sa famille. Il appuyait bien chacun de ses mots, une moue de dégoût déformant ses lèvres. Mais il réalisa qu'il m'avait interrompue dans mon récit.

– Je… Je t'ai coupée. Excuse-moi ! Tu disais donc que Bertrand Lestiennes et son père sont tombés sur Jedjé.

– Oui ! Et le fusil à la main. Eux ont vu M. Jedjé penché sur le cadavre d'un homme dans leur grange. Ils n'ont pas cherché à comprendre. Le père a mis le pauvre Kazimierz en joue et a envoyé son fils donner l'alerte. Pour tout le monde, l'affaire était si évidente. Il s'agissait d'un vulgaire règlement de compte entre un mineur et un porion. Ni plus ni moins. Personne n'avait vu quoi que ce soit, mais tout le monde était persuadé avoir tout compris. Alors pour la justice, quand l'opinion publique est de son côté…

---

1. Terme qui désigne dans le nord de la France des gens sales (couramment utilisé comme insulte).

– Mais… riposta Tienot. Jedjé, pourquoi les a-t-il laissé faire ? Pourquoi ne s'est-il pas expliqué plus que cela ?

– Pourquoi ?! Tu comprends bien, Tienot, que M. Jedjé n'a jamais vraiment su ce qu'il s'était réellement passé. Quand il est arrivé, il n'a pu que constater le malheur qui venait d'arriver. Dans cette grange, il a trouvé un cadavre. Un cadavre, et nous autour. Il ne nous a rien demandé. Mais il était clair pour lui que nous seuls pouvions être responsables de la mort du porion. Entre Benoît Lassagne et nous, il n'a pas hésité une seconde avant de choisir son camp. Et il n'a plus eu qu'une idée en tête : nous sortir du pétrin dans lequel nous nous étions fourrés.

– Mais… Et Maria ! Quand elle a vu son Jedjé condamné à la peine de mort, elle aurait très bien pu parler ! Elle en savait tout autant que lui !

– Oh non ! Notre secret, elle l'a bien emmené dans la tombe. Tout comme l'a fait son mari. Maria était elle aussi dès le départ décidée à nous protéger. Coûte que coûte. Quand je me suis retrouvée seule avec elle, au lendemain de l'affaire, elle savait déjà ce que son homme risquait en s'étant accusé de la sorte. Mais elle n'allait pas le revoir avant plusieurs jours. Elle était donc seule. Enfin, avec son beau-père et son fils. Mais… ça ou être seule, c'était du pareil au même !

Un simulacre de sourire se dessina sur le visage de Tienot.

– Ah, ça ! s'exclama-t-il. Ce n'était pas Jedjéja ou le tchiot Piotr qui allaient l'aider. Quels boulets, ces deux-là !

– Et c'est donc bien seule qu'elle avait pris les choses en main. M. Jedjé lui avait certes demandé au départ de m'emmener. Mais après ? La décision quant à ce qu'elle devait faire, c'est elle-même qui l'avait prise. Même si elle allait ensuite dans son courrier m'annoncer agir ainsi parce que son mari l'en avait convaincue. C'est bien elle – et elle seule – qui m'a tenue enfermée pendant deux jours, à l'abri des regards indiscrets. Et c'est toujours elle qui a fait face au Dr Schaffner quand il est venu me récupérer en cachette. Tu penses bien… Quelle réaction crois-tu qu'il a eu en voyant mon visage abîmé ? Il a aussitôt menacé de porter plainte. Il se sentait responsable de moi vis-à-vis de Papa. Et lui, maire de Lens, représentait l'autorité. Il a alors juré qu'il allait en coûter très cher à tous ceux qui avaient participé de près ou de loin à cette affaire. Mais Maria, elle, elle n'a rien eu à faire de l'autorité que représentait Ernest Schaffner. Et elle lui a vite rappelé que, dans cette histoire, il y avait eu mort d'homme. Trouvant les bons mots pour mettre son interlocuteur en face d'une réalité qui, si elle venait à éclater, ne pouvait que tous nous éclabousser. Moi, mon père, et inévitablement lui, le notable le plus respecté de tout le bassin minier. Quand je suis repartie avec Ernest Schaffner, il était furieux. C'était un homme droit et honnête. Et s'il avait fini par céder aux injonctions de Maria, c'était parce que, dans sa grande lucidité, il savait qu'elle avait raison. Pour lui aussi cette tragédie ne pouvait être qu'accidentelle. Mais pour le bien de tous, il est parfois des vérités qu'il faut savoir taire. Il a alors tordu le cou à sa légendaire probité. Certainement pour la seule et unique fois de tout son mandat. Le temps de me mettre à l'abri et de me renvoyer chez mon père. Je m'en voulais tellement de l'avoir impliqué – bien malgré moi – dans une histoire aussi sordide… Et pourtant, je peux te dire que la Maria que j'ai vue pendant ces deux jours, ce n'était déjà plus Maria. Elle avait capitulé. Le malheur était là, à sa porte. Et elle le savait déjà irrémédiable. Mais face à Ernest Schaffner, elle s'était étonnamment montrée forte. Un dernier sursaut. Parce qu'elle devait savoir que jamais elle n'arriverait à convaincre un tel homme si elle lui offrait l'image d'une femme qui n'y croyait plus. Elle était allée jouer dans la même catégorie que lui pour se faire entendre. Et elle avait été entendue. Elle avait tenu juste le temps qu'il avait fallu. Pour très certainement se résigner à nouveau une fois la porte refermée sur nous. Le ton de sa lettre était en tout cas suffisamment clair pour y voir les mots du désespoir. Si seulement j'avais su... Abandonner ainsi, au point de se laisser mourir... C'est le Dr Schaffner qui m'a prévenue lorsque Maria est décédée. Cette femme l'avait fasciné, je crois. Il l'avait même très certainement admirée. Et quand il l'a su malade, il a tout fait pour la soigner. Mais même tout son savoir médical et ses grandes compétences n'ont pas pesé bien lourd face à la détermination de Maria. L'incroyable et paradoxale détermination de ne pas lutter. De renoncer.

* *
*

Jean-Christophe Marquet interpella le serveur et lui demanda de rapporter de nouvelles boissons. Il assistait, impuissant, au profond désarroi dans lequel nous plongeaient des retrouvailles qu'il avait dû espérer festives et émouvantes. Mais il semblait refuser de rester là sans rien faire pendant plus longtemps. Assister à notre agonie et nous regarder sombrer lui était insupportable. Ne plus s'exprimer, c'était renoncer. Et après ce que je venais de raconter sur Maria, il avait saisi que renoncer, c'était déjà un peu mourir. Aussi fit-il tout ce qu'il put pour relancer le dialogue. Évoquer ce drame avait laissé apparaître chez son père et moi une douloureuse tumescence qui nous bloquait à l'un comme à l'autre la respiration et gênait notre expression. Une entrave à tout espoir de rapprochement. Une grosseur virtuelle qu'il fallait – maintenant que nous avions mis le doigt dessus – continuer de presser. Afin d'en évacuer tout le fiel que nos souvenirs gangrenés avaient eu le temps d'y développer. Afin de nous purifier. Et sinon nous libérer, tout au moins nous permettre d'un peu mieux la tolérer, voire l'accepter.

Jean-Christophe chercha ses mots et finit par demander :

– Mais... Votre M. Jedjé, là, pourquoi n'a-t-il pas tout simplement dit être arrivé sur les lieux par hasard et avoir fait en passant cette macabre découverte ?

– Mais grand couillon que tu es ! s'emporta Tienot. La ferme du père Lestiennes, tu n'pouvais pas y passer par hasard ! Et encore moins dans sa grange. Qui aurait cru une ânerie pareille ?

– Je ne sais pas, moi, bougonna Jean-Christophe en haussant les épaules. J'essaie de comprendre. Il devait bien y avoir une solution pour échapper à tout cela. Quand même, la peine capitale, tu admettras que c'est on ne peut plus radical ! N'importe qui, face à une sentence pareille, ne peut que se battre. Refuser cette mort imposée. Qui plus est celui qui est innocent.

– Oui, mais comme Maria l'avait déjà plus ou moins suggéré au Dr Schaffner, me sentis-je obligée de tempérer pour lui faire oublier la soudaine virulence de son père, plaider l'innocence obligeait surtout à une enquête plus poussée qui risquait de les mener jusqu'à nous. Tout ce à quoi M. Jedjé avait dès le départ refusé d'arriver.

– Mais il aurait quand même pu tenter de se défendre, non ? s'indigna Jean-Christophe. Plus aucun de vous n'était sur les lieux. Comment auraient-ils pu remonter jusqu'à vous ?

– Mais tu comprends rien ou quoi, Totoche ? pesta Tienot qui semblait vouloir que son fils cesse de remuer toute cette fange. Jedjé, c'était le plus brave homme que la Terre ait jamais porté, ça, on est tous d'accord. Et sa plus grande intelligence, eh bien, c'était justement de savoir qu'il ne l'était pas, intelligent. Face à l'acharnement et le savoir-faire des enquêteurs de police, son témoignage n'aurait pas tenu une heure ! Il aurait fini par commettre une boulette !

Tienot se mit à trembler. Il sembla soudain apeuré.

– Excuse-moi, Totoche ! reprit-il, les yeux rouges. Je ne voulais pas m'en prendre à toi. Mais tout cela m'est si intolérable à découvrir… Même soixante-cinq ans après… On me dira qu'il y a aujourd'hui prescription. Mais pour la mémoire de Jedjé… Pour la mémoire de Maria… On ne peut plus se taire. Je dois réhabiliter Jedjé aux yeux de la justice. Car même le peu qu'il me reste à vivre, je ne pourrai le faire en connaissant maintenant la vérité. Je… Je veux aller me dénoncer… Totoche, il faut qu'on y aille !

Puis il se leva subitement, manquant de trébucher à son premier mouvement.

– Oh ! Oh ! Oh ! s'écria Jean-Christophe en le forçant à se rasseoir. Tu ne bouges pas de là ! On va en discuter, si tu veux. Mais dans le calme !

– Je le dois, Totoche ! Il le faut…

Je le fixai, complètement hébétée.

– Mais non, tu ne le dois pas, Tienot !

– Ah bon ! me rétorqua-t-il avec sarcasme. J'ai ramassé une pierre, explosé la tête de Benoît Lassagne, laissé accuser un pauvre bougre à ma place, et je ne devrais rien dire et rester là à boire tranquillement des verres en contemplant la mer ?

– Mais… Tu… balbutiai-je. Tu as ramassé la pierre et t'es rué sur Benoît Lassagne, oui. Mais lui fracasser le crâne, non, jamais !

Il s'apprêtait à protester une nouvelle fois, par pur automatisme, mais s'arrêta dans son élan, interdit.

– Je… n'ai… pas…

– Non ! m'emportai-je, tout en m'en voulant d'avoir pu lui laisser croire une chose pareille. Bien sûr que non ! Tu ne te souviens pas ? Henri t'en a empêché !

Devant la mine ahurie que Tienot affichait, je réalisai avec effroi qu'il n'avait pas recouvré la totalité de sa mémoire. Et que je lui devais donc encore quelques explications.

– Henri t'en a empêché, répétai-je. Il a foncé sur toi et t'a retenu le bras, te rappelant qu'il s'agissait quand même de son père. Et toi, tu l'as écouté. Ta colère est aussitôt retombée. Je crois que tu avais d'un coup réalisé la portée du terrible acte que tu t'apprêtais à commettre. Et la pierre, tu l'as lâchée !

Il me fixait avec des yeux tout ronds.

– Mais, pourtant… Benoît Lassagne, il a bien été…

– Oui, ça oui ! Dès que tu as abandonné cette pierre, le porion a bondi. Il t'a frappé et tu es tombé au sol. Il s'est alors jeté sur toi. Puis il a mis ses mains autour de ton cou. Et a serré fort, très fort, en te frappant la tête à plusieurs reprises sur le sol avec une violence inouïe. C'est pour ça que tu as perdu connaissance.

– Mais, alors... qui ?

– Mais... Henri, voyons ! Il a ramassé à son tour la pierre que tu avais laissé tomber. Et voyant son père qui s'acharnait sur toi sans qu'il parvienne à l'arrêter, il... il l'a tué... Pour ne pas que lui te tue...

Épilogue

LE SOLEIL CHAUFFAIT MA PEAU. C'était bon. Les vagues claquaient sur mes jambes. Puis je les regardais s'étaler derrière moi sur le sable encore chaud. Et elles repartaient dans l'autre sens. À grande vitesse. Comme si elles fuyaient un lieu qu'elles avaient envahi par erreur. À chacune d'elles, je sentais mes pieds qui s'enfonçaient un peu plus dans le sable. Jusqu'à les voir disparaître. Je me retournai vers Papa et Papy pour partager avec eux ma stupéfaction de me trouver prisonnier jusqu'aux chevilles. C'est alors que je l'ai vue. Elle courait vers moi. Visiblement très enthousiaste à l'idée de me rejoindre. Ses boucles rousses dansaient sur ses épaules. Elle souriait. Riait presque. Comme si elle s'était fait la promesse en avançant vers moi que nous allions passer ensemble un très bon moment.

Comment pouvais-je être aussi bête ? J'observais une fille qui s'approchait de ma zone de jeu et étais persuadé qu'elle venait à ma rencontre. Alors que c'était l'eau remuante de la mer qui devait l'exciter. Comme moi je l'avais été en arrivant sur cette plage de La Rague. Rien de plus.

Mais elle se planta devant moi. Ses grands yeux clairs et brillants me fixaient avec insistance. Je tournai la tête pour voir derrière moi ce qui pouvait ainsi attirer son attention. Mais il n'y avait rien. Pas même un bateau. Juste la ligne de mer se confondant à l'horizon avec le ciel. J'étais seul dans son champ de vision. Et c'était bien mon regard qu'elle cherchait à capter. Je ressentis soudain le même malaise que la fois où je m'étais décidé – après une très longue hésitation – à aller parler à Sophie Loumier. Sophie Loumier, c'était la plus belle fille de l'école. Elle était si belle qu'elle nous intimidait tous. Alors moi, j'avais voulu jouer au mec sympa avec elle. Pour qu'elle me remarque enfin. Et je n'avais réussi qu'à bafouiller. M'étais rendu ridicule à ses yeux.

Dans mon ventre, des milliers de papillons se mirent à battre des ailes. Cette fille-là était encore plus belle que Sophie. Je n'avais pas encore prononcé le moindre mot que déjà elle riait. Avait-elle perçu le trouble qui s'était emparé de moi en découvrant son joli sourire ? Il faut dire qu'avec mes deux pieds bien enfoncés dans le sable, je devais frôler le grotesque. Je m'arrachai donc à ma prison, y laissant une profonde empreinte qui disparut presque dans la seconde.

– C'est toi, Olivier ? me demanda-t-elle en minaudant et en entortillant une boucle de ses beaux cheveux ondulés autour de son doigt.

– Heu… Ou… Oui ! balbutiai-je.

Elle connaissait mon prénom. C'était donc bien moi qu'elle venait voir. Je ne savais pas si c'était dû au fait de ne plus avoir les pieds plantés dans le sable frais, mais j'eus soudain comme une bouffée de chaleur. Et je sentis le rouge me monter au visage. Je n'étais pourtant pas du genre timide. Papy disait même de moi : « Eul tchiot ! Un chien avec un chapeau, il s'en va lui parler ! » Je n'avais jamais vraiment compris cette expression. Mais ça le faisait à chaque fois beaucoup rire. Et moi, si j'arrivais à faire rire Papy, alors j'étais content.

– Et t'as quel âge ?

– Heu… dix ans !

– Moi, je m'appelle Lou-Hannah ! dit-elle en ne me lâchant pas du regard. Et j'ai neuf ans ! Je suis venu avec Mamina. Ma grand-mère…

Puis elle se retourna vers la terrasse du bar pour me montrer du doigt la belle vieille dame – dont j'avais fait la connaissance la veille – qui était à nouveau en pleine discussion avec Papa et papy Tienot. Je me demandais bien ce qu'ils pouvaient se raconter. Mais j'étais en même temps inquiet. Parce que la veille, la dame était partie en pleurant. Et je trouvais Papy tout bizarre depuis.

– C'est avec ton papa qu'elle parle Mamina ?

– Oui, mon papa et mon papy Tienot !

– C'est lequel ton papy ?

– Ben… Heu… le… le vieux !

– Ben oui, j'suis bête ! gloussa-t-elle. Tu faisais quoi ?

– Hein ? Heu… Rien de spécial !

Pouvais-je lui avouer que je m'extasiais de voir le fond marin du bord de plage avaler mes pieds avec une telle gloutonnerie ? Certainement pas ! Je ne tenais pas à ce qu'elle me prenne pour un *babache*, comme on dit par chez nous.

Je pris une longue inspiration et tentai un compliment :

– C'est drôlement joli comme prénom, Lou-Hannah ! Je n'ai jamais connu personne qui s'appelle comme ça. Ça vient d'où ?

– Hannah, c'était le prénom de mon arrière-grand-mère. La mère de Mamina. Elle est morte pendant la guerre.

– Ah ! Mince ! me contentai-je de dire tout en regrettant d'avoir peut-être réveillé chez elle un souvenir qui lui était pénible.

– Non, mais… je ne l'ai pas connue, tu sais ! me rassura-t-elle. Mamina n'était encore qu'une petite fille quand sa mère est morte. Et puis moi, la guerre, je suis née bien longtemps après.

– Oui, évidemment… Un partout ! m'exclamai-je tout en réalisant la bêtise de ma réflexion.

Et nous rîmes ensemble de bon cœur.

– On fait un concours ? s'enflamma-t-elle soudain. On joue à celui qui s'enfonce le plus vite sans bouger !

– O.K. ! répondis-je, rassuré de voir que derrière ce joli sourire se tenait une fille qui avait finalement les mêmes jeux que moi.

Et nous nous mîmes côte à côte, face à la mer, les pieds dans le sable, laissant les vagues faire doucement leur ouvrage sous le poids de nos corps.

– Tu as vu ce château qui est au-dessus de nous ? me demanda-t-elle d'une voix douce en m'invitant à tourner la tête vers les rochers auxquels nous tournions le dos.

– Oui ! Mon papy m'a dit que c'était le château des mineurs.

– Oui ! Et c'était le château de Mamina ! Elle a vécu ici avec son papa, il y a très longtemps.

J'opinais de la tête. C'était donc cela. Sa grand-mère habitait un château. Elle était donc une princesse. Et si mon cœur battait si fort lorsque mon bras frôlait celui de Lou-Hannah, c'était parce que j'avais d'instinct senti qu'elle ne pouvait qu'appartenir à une lignée royale.

– Je crois que c'est ici que Mamina a rencontré ton papy. Je l'ai entendue en parler à Maman hier soir. Tu crois qu'ils ont été amoureux ?

– Je ne sais pas.

Sa question venait toutefois de lever en mon esprit une évidence. J'apercevais de loin mon grand-père. Et j'avais bien l'impression qu'il pleurait en écoutant parler la grand-mère de Lou-Hannah. Encore une fois. Je ne l'avais jamais vu pleurer avant ce voyage. Je ne l'en croyais même pas capable. Et s'il était aussi triste, c'était donc – comme venait de me le faire comprendre Lou-Hannah – parce qu'il retrouvait la femme dont il avait été amoureux en étant jeune. Un amour qui avait dû être impossible. Parce que les mineurs ne pouvaient pas épouser les princesses.

J'avais envie de parler à Lou-Hannah, mais je ne savais pas trop quoi lui raconter. C'était facile de dire tout et n'importe quoi à un chien avec un chapeau. Mais s'exprimer face à une jolie fille sans passer pour un crétin était une tout autre paire de manches. Je me tournai vers elle et constatai avec soulagement qu'elle n'attendait pas plus que cela que je lui fasse la conversation. Elle restait le nez tourné vers l'horizon. Dans un émerveillement béat. Je pensai même que briser ce soudain silence ne ferait que rompre le charme. Aussi je l'imitai et restai en admiration devant cette incommensurable ligne qui semblait au loin délimiter le décor tout en apportant une preuve géométrique visible que la Terre était ronde. Cette Terre sableuse qui avait su profiter de notre immobilisme pour déjà réussir à nous engloutir jusqu'à mi-mollet.

Je fermai les yeux, invitant ainsi chacun de mes autres sens à la fête. Laissant le soleil caresser ma peau de sa chaleur bienfaisante. Tendant l'oreille, bercé par le rythme régulier de l'eau qui m'arrivait comme un chuchotement porté par le vent. Et respirant à pleins poumons, jusqu'à m'enivrer du suave parfum de bonbon à la fraise que la peau de Lou-Hannah exhalait. Je n'avais pas le souvenir de m'être un jour senti mieux qu'à cet instant. Je voulais que cela ne s'arrête jamais. Je fus toutefois rappelé à la réalité. Par un simple geste. Une intervention extérieure contre laquelle il me fut impossible de protester. Parce qu'elle était aussi caressante que lorsque Maman venait me réveiller sans me brusquer. Et ce geste, c'était la main de Lou-Hannah qui venait d'attraper la mienne. Une main toute menue, câline, avec la douceur du velours. Je tournai la tête dans sa direction. Elle me souriait avec éclat. J'en fis donc tout autant. Et mon cœur se mit à battre si fort que je crus qu'il allait sortir de mon corps en m'arrachant la poitrine.

Je jetai alors un œil vers la terrasse. Soucieux d'avoir pu être observé dans ce partage intime à découvert. Ce que je vis me fit d'abord sursauter, puis très vite, je m'en amusai.

– Regarde papy Tienot et ta grand-mère ! soufflai-je à Lou-Hannah tout en pouffant.

Elle se retourna et constata à son tour que nos deux grands-parents étaient là, sur la plage, à quelques mètres derrière nous. Eux aussi plongés dans une contemplation silencieuse de la beauté du décor. Et eux aussi se tenaient par la main.

– Tu crois qu'ils font ça pour faire comme nous ? me demanda-t-elle.

Je lui répondis par un haussement d'épaules accompagné d'une moue dubitative. Pour ensuite mieux me laisser aller à une grande hilarité qui traduisait en moi à la fois la gêne d'avoir été surpris et l'amusement de voir mon grand-père retomber amoureux. Un rire bête. Mais pouvait-il en être autrement quand on avait dix ans ? C'était le rire de mon âge, tout simplement. Si j'avais été adulte, je n'aurais bien évidemment pas ri. J'aurais plutôt été ému de la situation. Je me serais alors risqué à les épier avec une plus grande insistance. J'aurais vu leurs visages toujours sillonnés de grosses rides. Les traces profondes des tourments qui les avaient assaillis depuis deux jours. Mais j'aurais aussi pu, là, à cet instant, sur cette plage, les trouver quelque peu apaisés. Je me serais aperçu que leurs larmes avaient séché. Qu'ils avaient l'air encore tout tremblants et le regard un peu vide, mais que le feu du soleil commençait à s'y refléter, ravivant par petites flammèches le magma trop longtemps enfoui de leur passion adolescente.

Mais je n'étais qu'un enfant. N'avais qu'une vision limitée du haut de mon mètre trente-cinq. N'avais pas encore en moi suffisamment de poésie pour interpréter avec de pareils mots la scène qui se déroulait sous mes yeux. Non, moi, je ne pouvais tout simplement plus m'arrêter de rire sous cape avec Lou-Hannah. Parce que se tenir par la main était pour nous l'acte le plus audacieux – et donc le plus indiscret – que ce qu'on appelait « amour » était capable de provoquer. Et dans ma tête d'enfant de dix ans, Papy avait tout simplement retrouvé sa princesse. Ici. Au pied de son château. Les livres, le cinéma ou les dessins animés abondaient d'histoires de ce genre, où une jeune femme amoureuse plongée dans un très long sommeil ne devait son salut qu'à l'intervention finale de son prince. Mon papy Tienot était peut-être de ceux-là. Bon, pour eux, il était trop tard pour se marier et avoir beaucoup d'enfants. Mais ils pouvaient certainement encore vivre heureux comme l'annonçait invariablement la conclusion de tous les contes. Et qui sait, peut-être dans ce château qui surplombait la plage où nous nous donnions tous la main. Ce château, c'était leur histoire. Il avait un temps été celui de Bella, la grand-mère de Lou-Hannah. Mais papy Tienot l'avait aussi fait sien. Toute sa vie. Tout au moins dans son cœur et dans sa tête. Parce que cette grande bâtisse en pierre aux couleurs de la roche sur laquelle elle se dressait était à jamais son château des mineurs.

Sallaumines, 15 mars 2014 – 3 septembre 2015.

Imprimé en France
par Corlet Numérique
Dépôt légal : août 2016 - N° 130494
ISBN : 978-2-8129-1854-4
www.deboree.com
livres@centrefrance.com